莎士比亞故事集

影響世界400年經典莎劇精選

【附人物關係表、莎劇小知識】

TALES

FROM

Shakespeare

William Shakespeare
莎士比亞・原著

Mary & Charles Lamb
蘭姆姊弟・改寫

謝靜雯・譯

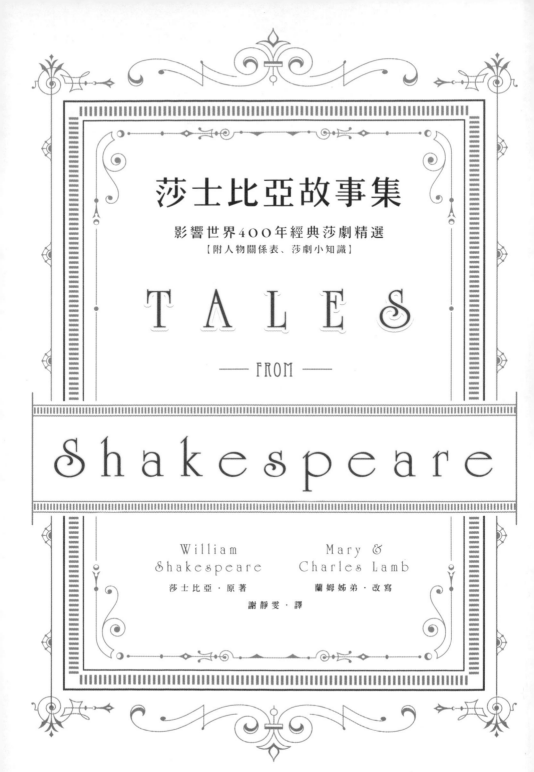

推薦序

想像力、心靈劇場與全球化——談《莎士比亞故事集》為什麼重要

各位讀者手上這本《莎士比亞故事集》是由蘭姆姊弟（Mary & Charles Lamb）合著，最早發行於一八〇七年，幾乎是兩百年前，而蘭姆姊弟活躍的年代，是英國浪漫主義盛行的時候。瑪麗．蘭姆與查爾斯．蘭姆，都是倫敦文學圈的一員，裡面包括了詩人柯勒律治（Samuel Taylor Coleridge）與華茲華斯（William Wordsworth）等，他們推崇想像力的力量，將莎士比亞的文學地位提升到新的高度。

「想像力」這個關鍵字，是浪漫主義的核心。這些十九世紀初的英國文學家，在莎士比亞的劇作裡，看到想像力被發揮得淋漓盡致。各位若翻到蘭姆姊弟合寫的序言，會發現「想像力」這個詞在最後一段出現了，這並非只是單純的意外。

即使在莎士比亞劇作中，作者也經常讓演員直接對觀眾說話，呼籲觀眾使用他們的想像力，藉以進入劇作的世界。比如《亨利五世》一開場，致辭者就一再對觀眾說：

「那麼，讓我們就憑這麼點渺小的作用，來激發你們龐大的想像力吧……發揮你們的想像力，來彌補我們的貧乏吧……把我們的帝王裝扮得像個樣兒，這也全靠你們的想像幫忙了；憑藉那想像力，把他們搬東搬西，在時間裡飛躍，叫多少年代的事蹟都擠塞在一個時辰裡。」

英國浪漫主義時代，是在莎士比亞逝世的兩百年後，莎劇演出風格已有很大的變化，隨著時間與語言的距離漸遠，如何回歸真正的莎士比亞，是各種版本的莎劇出版品與評論家們仍在爭議的話題。對這些浪漫主義的文學家來說，莎士比亞的偉大之處，在於他的文學性——也就是透過閱讀，才能真正體會莎士比亞之美。

在原序的第三段，作者們提到希望只能聽姊姊解說故事集的小朋友年紀稍長後，可以自行去閱讀莎士比亞的劇本，體會莎劇的精妙。這是有點奇怪的，因為當年英國莎劇演出相當盛行，可是這對姊弟卻沒有推薦讀者去看現場演出，反而是鼓勵讀劇本。這就像推薦讀者去看貝多芬的樂譜，而不是去聽貝多芬音樂的現場演奏，背後不免有些蹊蹺。

《莎士比亞故事集》出版四年後，查爾斯．蘭姆寫了一篇非常重要的評論《論莎士比亞的悲劇是否適宜演出》（*On The Tragedies Of Shakespeare Considered with Reference to Their Fitness for Stage Representation, 1811*）。文中他強烈主張莎劇不適合由演員呈現，這只會破壞我們對原著的理解。最好的方法是透過想像力，也就是藉著閱讀的方式，讓這些角色在讀者心中演戲，他說：「在閱讀的有利條件下，我們可以進行思索，這是閱讀勝過看戲的地方……舞台演出過於逼真，會讓我感到痛苦與不安，完全破壞了閱讀時給我們的快感……在閱讀時，我們的腦袋裡只有崇高的形象，只有詩意。」當然，查爾斯不只認為莎翁悲劇不適合演出，他在文章結尾強調莎翁喜劇一樣不適合真人扮演，要證明也不是很困難，只因文章篇幅，無須再深入。

這種認為只有心靈劇場（Mental Theater）才是欣賞莎劇唯一場所，正是浪漫主義所推崇的觀念。同時代知名作家如柯勒律治、拜倫（George Byron）與雪萊（Percy B. Shelley）等，都抱持類似的看法。如果考慮到浪漫主義的影響，就不能把《莎士比亞故事集》只當作是劇本的替代品，也應視其為一場透過文學詮釋的心靈劇場，彷彿蘭姆姊弟是導演，透過文字與各位的想像力，將莎劇再現在各位心中。

我想在這裡舉一個例子，說明浪漫主義的想像力觀念，是如何左右了蘭姆姊弟的改寫。本書的六篇悲劇是由查爾斯改編（《李爾王》、《馬克白》、《羅密歐與茱麗葉》、《雅典的泰門》、《哈姆雷特》與《奧賽羅》），其餘十四篇則是由瑪麗負責。第一篇《暴風雨》結尾，如果讀過原劇本，就知道重點是主角普洛士帕羅放棄法術，向觀眾道別的那一大段獨白。瑪麗卻把焦點放在精靈艾芮兒身上，甚至讓他唱大一段歌（出自原劇第五幕第一場開頭），將普洛士帕羅的部分草草帶過。可見在浪漫主義的影響下，瑪麗更愛那些能刺激人們想像力的超自然力量。而且，瑪麗版本的最後，居然是在艾芮兒的護送下，大夥搭的船才平安抵達那不勒斯。這個結局是原劇中缺少的，瑪麗在這裡的暗喻很明顯——唯有在想像力的護送下，現實才能平安著陸。

《莎士比亞故事集》在整個東亞的莎士比亞接受史上，扮演非常關鍵的角色。包括日本、韓國與中國，都是先透過《莎士比亞故事集》的翻譯，才首度接觸到莎士比亞的戲劇世界。日本在還是明治維新的一八七七年，首度翻譯了這本書。到了一九二八年，根據統計，再版次數高達九十七次，可見受歡迎程度。也因如此，早期日本的莎劇演出，主要都是根據《莎士比亞故事集》（這部分更詳細內容，可參考《亞洲劇場期刊》（*Asian Theatre Journal*）在二〇一一年春季號的特別專刊《莎士比亞與亞洲》（*Shakespeare and Asia*）。

中國最早是在一九〇三年，由上海達文社以文言文翻譯《莎士比亞故事集》其中十篇故事並出版，書名為《澥外奇譚》。隔年，商務印書館出版由林紓和魏易合譯的完整文言文譯本，名為《英國詩人吟邊燕語》。第一部完整的莎士比亞劇本翻譯，是一九二一年田漢的白話文版《哈姆雷特》。至於朱生豪或梁實秋的莎劇翻譯，都要到一九三〇年代才開始進行。

二〇一六年是莎士比亞逝世四百周年，不論是透過原作或《莎士比亞故事集》，莎士比亞已成為世界文化的一部分。根據英國文化協會的統計，全世界的小學裡，有五〇％會在課堂上學習到莎士比亞。在這個全球化的時代，莎士比亞、聖經或老子，都是全人類共享的文化遺產，已不能再用地域觀念來限制人們對莎士比亞的接受與詮釋。

莎翁作品的普世性，除了文學價值與人性議題之外，多少也因為在莎士比亞開始密集創作的二十五年間（一五八九－一六一四），恰好是英格蘭碰觸全球化的歷史時刻。當時德雷克爵士（Francis Drake）才剛環球一周歸來沒多久（一五八〇），英格蘭大敗西班牙無敵艦隊（一五八八），莎士比亞見證了英國海上勢力崛起。我們可以在《仲夏夜之夢》（一五九六）中讀到帕克誇耀：「我可以在四十分鐘內，替地球圍上一圈腰帶。」莎士比亞所屬劇團在倫敦新經營的劇院於一五九九年開幕時，用當時最時髦的流行語取名，命名為「環球劇場」（Globe Theater）。以上種種都暗示了，莎士比亞之所以未被時間淘汰，在於他碰觸到全球化現象中各種複雜的種族問題（如《奧賽羅》）、國際政治（如《哈姆雷特》）與資本現象（如《威尼斯商人》）。

莎士比亞一直是我們的同時代人。這可能也是為什麼，至今全世界有那麼多各式各樣的莎劇演出，五花八門的詮釋角度或跨文化版本，都能保有一定的有效性與共鳴感——其實莎士比亞早在對四百年後的我們說話。

因此，我們可以很容易在各種通俗文化中，發現大量莎士比亞的影子，比如迪士尼卡通《獅子王》是改編自《哈姆雷特》，電影《足球尤物》所本是《第十二夜》。甚至搭著星際大戰的電影熱潮，二〇一四年美國也出了一套《莎翁版星戰三部曲》（*William Shakespeare's Star Wars Trilogy*），以莎士比亞的劇本格式，去重寫星戰故事，還成為熱賣商品，獲得亞馬遜讀者的五顆星評價。

當莎士比亞成為世界文化的通用語時，如何找到一個最簡易入門本，既能領略莎劇精妙，又能享受閱讀樂趣，《莎士比亞故事集》就成了最好的選擇。

請隨著蘭姆姊弟的引導，大膽發揮您的想像力吧！

台北藝術大學與台灣藝術大學戲劇系兼任助理教授／耿一偉

推薦序

浪漫主義下的莎士比亞

蘭姆姊弟的《莎士比亞故事集》，是最早翻譯成為中文語言的莎士比亞相關著作，以《莎氏樂府本事》。雖然這本於一九〇三年出版的譯本，不但譯者未知，也僅翻譯部分書中介紹的部分故事，更非莎士比亞作品的平行翻譯，但此譯本開啟了華人對於莎士比亞故事、乃至作品的廣泛興趣。一九〇四年，林紓與魏易據聞以蘭姆姊弟此書為本，改寫翻譯其中故事，成了《吟邊燕語》，更受到廣大的文人喜愛。在田漢翻譯的《哈姆雷特》於一九二一年出版，成為華語第一個完整翻譯的莎士比亞戲劇之前，華人對於莎士比亞的理解，可說多依賴蘭姆姊弟的改寫。

蘭姆姊弟於序中亦明白表示，兩人合寫該書的目的，是為了讓更多的讀者親近莎士比亞，尤其是年輕的讀者，而受教育程度可能明顯不及小男孩的小女孩，則是該書特別提出來的標的觀眾，序言也邀請「年輕小紳士在姊妹閱讀本書時，能夠好心協助她們，向她們解釋故事裡難以理解的部分」。或許撰寫此書的動機之一，除了讓長期受到精神疾病困擾的兩人，能在生活中有所寄託之外，也是生長於十八世紀末期、十九世紀初期的蘭姆姊弟，在共同進行此書之際，重享兩人年輕時共有的時光。（瑪麗．蘭姆雖比查爾斯．蘭姆大年長十一歲，但兩人姊弟情誼極深。）

雖然此書對於了解莎士比亞「原著」的幫助，僅算是「入門」的階段，但兩人以生動的筆法，並以說故事為前提，為年輕讀者勾勒出莎劇裡錯綜複雜的人際關係。莎劇多有兩條以上的敘事線同時進行，對於初次接觸莎劇的讀者而言，免不了因其平行的情節發展而感到困惑。蘭姆姊弟常常在行文中之中，為其讀者抽絲剝繭、解釋某條線索、某個人物行為的前因後果，可說是為讀者進入劇院看戲之前，所準備的最佳情節說明，功勞可謂不小。

尤其莎士比亞所用的語言，已經離當時英國人之慣用語言約有百年之隔，不論進劇院看戲、或是閱讀原劇作，對於當時的英國人來說，對莎士比亞之語言人有隔閡感，因此蘭姆姊弟的改寫，使理解莎劇不再因為時代略久以及語言使用上的改變，而成了令人望之卻步的差事；至少，以曲折不斷、離奇有時的精采故事，先引起閱讀莎劇的興趣之後，再去找「原著」，也該是甘之如飴吧。

對於二十一世紀的讀者來說，蘭姆姊弟的版本，還提供了理解浪漫主義時期文學的最佳平台。

莎士比亞雖然在伊莉莎白時期、詹姆士時期皆大受歡迎，其友人更在過世之後，為莎士比亞以《第一對開本》（*First Folio*）的形式，出版了其作品全集，也讓其劇作，得以在稍縱即逝的劇場藝術中，得以案頭書的形式，繼續流傳於讀者與觀眾之中。但在復辟時期，莎士比亞的作品並未受到如前期般的重視，劇作被搬上舞台的次數也大幅減少。

然而，十八世紀的詩人兼評論家柯勒律志，不斷地鼓吹對莎士比亞作品的重視，除了讚揚他的詩作之外，也對推動莎士比亞劇作之上演、閱讀等不遺餘力。而柯勒律志與查理．蘭姆為好友，兩人的書信往來，也是理解當時文學發展的重要文物之一。

但浪漫主義的寫作美學與風格，已有別於伊莉莎白時期、詹姆士時期的美學；美學上的不同品味，也自然反映在柯勒律志與蘭姆姊弟的作品裡。

最大的差別，從目錄上即可看出。莎士比亞《第一對開本》，以「喜劇、悲劇、歷史劇」將其作品分為三類，並收錄三十六個莎士比亞劇本。而蘭姆姊弟僅從中選取二十個故事，可分為悲劇及喜劇兩大種類，卻不見歷史劇。歷史劇原為奠立莎士比亞聲譽的重要劇種，莎翁崛起之時，便以撰寫精采的英國君主故事而聞名，《亨利六世》（*Henry VI*）上中下三本、《理查三世》（*Richard III*）、《理查二世》（*Richard II*）、《亨利四世》（*Henry IV*）上下兩本，都為莎士比亞贏得良好聲名；他也根據當時的翻譯，以羅馬歷史為背景，寫作了《凱撒大帝》（*Julius Caesar*）、《安東尼與克莉奧佩特拉》（*Antony and Cleopatra*）等膾炙人口的作品。然而，蘭姆姊弟似乎對這些作品興趣不大，所選的喜劇數目也遠遠多於悲劇，足可反應英國自復辟時期以來，對於喜劇的喜好更多於悲劇。

閱讀了引人入勝的莎劇故事之後，再去找莎士比亞劇本研讀的人，也會發現，蘭姆姊弟有時會省略故事線。例如，《仲夏夜之夢》裡，雅典的四位青年男女的愛情故事與森林中的精靈產生互動之外，還有另一條故事線，環繞者雅典城的幾位工匠，描述這群人為了婚禮慶祝自發性地排戲、最後也如願成為祝賀節目之一，過程逗趣熱鬧，其中主要人物，也成了仙王作弄仙后的重要關鍵。但蘭姆姊弟的故事集，對於工匠的排練，僅淡淡點到，因此，若只看蘭姆姊弟的書寫，很可能不知道《仲夏夜之夢》原來竟有這麼逗趣熱鬧的橋段。或許是為了讓情節更為入勝，蘭姆姊弟多少簡化了故事。

後代的文學家，有時會更動莎士比亞故事結局，讓莎士比亞的情節更能符合浪漫時期讀者的想像。最出名的例子，即是十七世紀泰德改寫的版本，非但沒讓小女兒寇迪莉雅死，還讓她繼承王位。負責寫悲劇的查爾斯．蘭姆，曾為此投書，批評泰德不尊重莎士比亞原作，因此在姊弟的改寫中，雖然裁減葛勞斯特伯爵一家的平行支線，避開了刺瞎葛勞斯特伯爵雙眼的慘烈情節，將故事聚焦於李爾一家，但仍依循莎士比亞原結局，為該劇保有悲劇結尾。

蘭姆姊弟的敘事筆法流暢，能夠引起閱讀莎士比的興趣；若能因此找出完整莎劇閱讀，進而理解劇情之複雜、搬演之奧妙，就達成兩人的寫作目的了。而閱讀兩人的作品，也間接讓我們理解浪漫時期之美學。

國立臺灣師範大學表演藝術研究所教授／梁文菁

作者序

以下的故事是為了年輕讀者而寫的，期望能作為他們研究莎士比亞劇作的入門；為了達到這個目的，筆者盡量在文中引用莎翁的遣詞用字。為了以前後連貫的故事體裁來呈現這些劇作，我們在內容上必須有所增添，字斟句酌，力求不損及莎翁原作的語言之美。因此，我們盡可能避免運用莎士比亞時代之後才蔚為流行的用語。

等年輕讀者未來在閱讀莎翁原作時，就會發現，本書裡以悲劇為本所寫成的幾則故事中，莎翁筆下的用語經常出現於敘述的段落或是對話裡，鮮少經過改動。可是，依據喜劇所寫成的幾則故事中，筆者發現很難把莎翁的用字轉化為敘述的形式，因此，對於不習慣戲劇形式的年輕讀者來說，對話可能出現得過於頻繁，如果這種行文方式算是缺點，那也是因為我們誠摯希望盡可能讓大家接觸到莎翁原本的用語。對於「他說」、「她說」以及一問一答的方式，如果年輕讀者有時覺得冗長乏味，祈請年輕讀者諒解，因為唯有如此，才能讓他們稍稍領略莎翁原作的精彩之處。等他們年紀稍長一些，便能自行拜讀莎劇原作，享受箇中的無比樂趣。

莎劇原作有如豐富的寶藏，而本書是根據原作編寫而成的故事，相較之下，就像是從寶藏中挖取出來的不值錢銅板，頂多只能算是臨摹莎翁無以倫比的原畫所繪成的複製品，模糊又不完美。為了讓故事讀來像是散文，筆者不得不改寫莎翁諸多的絕妙文句，使得文句的表達力遠遠不如原作，常常因此破壞了莎翁的文字之美。即使有些地方我們一字不改地保留了原作的無韻詩，希望藉由原作的單純簡潔，能給年輕讀者有種閱讀散文的錯覺，但是將莎翁的文字從原本的土壤以及充滿詩意的野生花園裡移植過來，難免會失去原本的美。

我們希望把這些故事寫得讓年紀很小的孩子也能讀懂。筆者時時把這個目標謹記在心不曾稍忘，但因為這些故事的主題，使得目標變得難以企及。要把這些男男女女的人生故事用幼小心靈所能理解的文字寫出來，實非易事。這些故事主要也是為了小淑女而寫的，因為大人一般允許男孩比女孩更早使用父親的書房，所以早在姊妹獲准閱讀莎翁原作以前，男生往往早已對莎翁原劇裡最精彩的場景瞭若指掌。既然年輕小紳士可以從原著讀到更精彩的內容，我們並不推薦小紳士來讀這本書，而是希望小紳士在姊妹閱讀本書時，能夠好心協助她們，向她們解釋故事裡難以理解的部分。等小紳士幫忙姊妹讀懂困難的部分之後，如果在故事裡有自己喜愛的場景，也許可以把原作的段落（小心挑出適合妹妹聆聽的段落）找來朗讀給姊妹聽。但願姊妹們透過這個不完美的縮節版本，先對原劇的故事梗概有了點概念之後，對於小紳士特地為她們從原劇精挑細選出來的美麗摘文跟段落，會有更深的體會與理解。倘若年輕讀者能夠從這些故事裡得到樂趣，希望這些故事能讓他們心生盼望，到他們年紀稍長時，可以完整閱讀莎翁原劇——這種願望並非任性，也不違反理性。等年輕讀者年紀到了，睿智的成人准許他們閱讀原劇時，會發現在這些故事裡（更別說還有不少劇作並未改寫於此）有不少出人意料的事件跟命運的轉折都經過刪節，因為內容太過豐富多元，無法收錄在本書這麼小的篇幅裡。他們也會發現，另外還有形形色色、讓人愉快的活潑角色，有男有女，但都直接省略了，要是為了納入本書而強行壓縮刪減，恐怕會失去原本的趣味。

筆者衷心期盼，年輕讀者讀完本書之後會認識到，這些故事可以豐富大家的想像力，提升大家的品德，教大家拋開自私自利與唯利是圖的念頭，引領大家學習美好又高貴的思想與行動，也教導大家學習禮貌、仁慈、慷慨與人性。我們也盼望，等年輕讀者年紀稍長，展讀莎翁原劇時，更能證明以上所述，因為莎士比亞的作品裡充滿了代表這些美德的典範人物。

目錄

暴風雨

The Tempest

How beauteous mankind is!
O brave new world, That has such people in't!...

這裡有多少好看的人！
啊，新破的世界，有這麼出色的人物！

——米蘭達，第五幕，第一場

海裡有座島，只有名叫普洛士帕羅的老人跟他女兒米蘭達住在島上。米蘭達是個花容月貌的姑娘，年幼時就來到這座島上，除了父親的面容，對其他人的長相早已不復記憶。

他們住在岩石開鑿出來的洞穴或穴室裡，裡頭隔成了幾個空間，普洛士帕羅把其中一處當成自己的書房，那裡是他貯放書本的地方，大多書籍都在探討魔法。當時的飽學之士都喜歡鑽研魔法，他發現這門學問的知識讓他受益匪淺。他因緣際會流落到這座島上，一個叫希考拉克斯的女巫曾對這座島下了咒，女巫在他來到這座島之前不久才死去。普洛士帕羅藉由魔法，釋放了諸多好精靈——這些精靈當初因為拒絕遵從希考拉克斯的邪惡指令，結果被囚禁在大樹的軀幹裡。從此以後，這些和善的精靈就聽命於普洛士帕羅，精靈的首領就是艾芮兒。

艾芮兒這個活潑的小精靈天性並不愛作怪，只是老愛折磨叫卡力班的醜妖怪，卡力班是他往日仇人希考拉克斯的兒子，所以他對卡力班心懷怨恨。普洛士帕羅當初在樹林裡找到卡力班，卡力班長得畸形古怪，比猿猴更不像人。普洛士帕羅把他帶回穴室，教他講人話。普洛士帕羅原本想善待卡力班，可是卡力班遺傳到母親希考拉克斯的劣根性，學不了什麼好的或有用的本事，最後普洛士帕羅索性把他當成奴隸使喚，要他撿柴跟做些吃力的差事。艾芮兒就負責強迫卡力班幹活。

除了普洛士帕羅之外，誰都看不見艾芮兒。卡力班偷懶怠工的時候，艾芮兒就狡猾地跑過來掐他，有時還害他跌進泥沼。有時幻化成猿猴的模樣對卡力班擺鬼臉，轉眼又變成刺蝟，躺在他的跟前打滾，卡力班很怕刺蝟的尖刺會扎到他的赤腳。只要卡力班怠忽普洛士帕羅交付的任務，艾芮兒就會常常使出各種惱人的招數來折磨他。

普洛士帕羅有這些神通廣大、對他言聽計從的精靈，就可以呼風喚雨、興風作浪。精靈在他的命令之下，掀起了劇烈的風雨，一艘精美的大船就在驚濤駭浪之間翻騰掙扎，隨時就要遭大浪吞噬，他指著那艘船對女兒說，船裡淨是跟他們一樣的生靈。

「噢我親愛的父親，」她說，「如果這場可怕的風雨是您用魔法掀起的，他們痛苦得這麼悽慘，同情他們一下吧。看哪！船就要撞碎了。可憐的人們！他們都要死了。如果我有力量，我寧可讓大海沉到土地底下，也不要讓那艘好船毀於一旦，更不要讓船上那些寶貴生命跟著陪葬。」

「不用這麼害怕，我的女兒米蘭達，」普洛士帕羅說，「沒事的，我老早吩咐過了，船上不會有人受傷。我親愛的孩子，我這麼做是為了妳著想。妳對自己的身分，對自己從哪裡來，全都一無所知。至於我呢，妳頂多知道我是妳父親，住在這個破洞穴。來到這個穴室以前的事，妳還有任何記憶嗎？我想妳應該記不得了吧，妳當時才三歲哪。」

「當然記得，父親。」米蘭達回答。

「記得什麼呢？」普洛士帕羅問，「是房子還是人？快把妳記得的告訴我，孩子。」

米蘭達說：「我覺得那段回憶好像一場夢，以前是不是有四、五個女人負責服侍我？」

普洛士帕羅回答：「是啊，說起來還不只四、五個呢，這件事妳怎麼還記得呢？那麼妳記得自己是怎麼來到島上的嗎？」

「不記得了，父親，」米蘭答說，「別的全不記得了。」

「十二年前，米蘭達，」普洛士帕羅繼續說，「我還是米蘭的公爵，妳是郡主，也是我唯一的繼承人。我有個弟弟叫安東尼歐，我把一切都交託給他；我喜歡隱修跟埋頭研究，所以把國事交由妳叔叔，也就是我那個無情無義的弟弟來管理，事後證明他確實背信忘義。我拋開了一切俗事，埋首於書堆之中，所有時間都投注在提升心智上。我弟弟安東尼歐大權在握，開始自詡為公爵。我讓他有機會獲取我臣民的愛戴，反倒在他的劣根性裡喚起了狂妄的野心，動念要奪取我的公國。不久，他就在我的宿敵，位高權重的君王那不勒斯國王的聲援之下，遂行了奸計。」

米蘭達說：「他們當時為什麼沒殺了我們？」

「我的孩子，」她父親回答，「他們不敢，因為子民非常愛戴我。安東尼歐先把我們帶到一艘船上，在海上航行幾英里之後，再逼我們改搭一艘小船，上頭既沒索具、船帆，也沒有桅杆。他把我們丟在上頭，想讓我們自生自滅。可是我宮裡有個好心的大臣貢札羅，對我敬愛有加，他事先在小船上偷偷放了飲水、糧食跟衣物，還有對我來說比公國更珍貴的一些書本。」

「噢父親，」米蘭達說，「當時對您來說，我一定是個累贅！」

「不是的，寶貝，」普洛士帕羅說，「妳是個小天使，給了我繼續奮鬥的力量。妳天真的笑容支撐我度過難關。我們抵達這座荒島以前，糧食都足以飽腹。自從來到這裡，我最大的樂趣就是教育妳，米蘭達，而妳也在我的指導下獲益良多。」

「真是感謝，我親愛的父親，」米蘭達說，「現在請告訴我，父親，您在海上興起這次風浪的原因？」

「妳要知道的是，」她父親說，「透過這場暴風雨，我的敵人，就是那不勒斯國王跟我那殘忍的弟弟，會被沖上這座島來。」

話音方落，普洛士帕羅就用魔杖輕點女兒，她立刻陷入沉睡，因為精靈艾芮兒此刻來到主人面前，準備報告那場暴風雨的概況，說他如何處置船上那批人馬。米蘭達永遠都看不到精靈，但普洛士帕羅也不願讓她見到自己對著空氣說話的模樣（她會覺得是這樣）。

「唔，我的好精靈，」普洛士帕羅對艾芮兒說，「你的任務進行得如何？」

艾芮兒活靈活現地描述那場暴風雨，說水手如何驚慌失措，國王的兒子斐迪南又怎麼率先跳船墜海，而他父親親眼見到愛子被浪濤吞噬，以為兒子葬身海底。

「可是斐迪南平安無事，」艾芮兒說，「目前正在島上的一隅，手臂抱胸坐著，傷心哀悼父王的死。他斷定父親溺斃了，自己卻毫髮未傷，華貴的服飾雖然吸飽了海水，色調卻比原來更鮮亮。」

「我的艾芮兒就是這麼靈巧，」普洛士帕羅說，「把他帶過來，一定要讓我女兒見見這個年輕的王子。國王跟我弟弟呢？」

「我讓他們去找斐迪南，」艾芮兒答道，「他們以為自己眼睜睜看著他滅頂，所以不抱什麼找到他的希望。船員一個也沒少，不過每個人都以為自己是唯一的生還者。他們雖然看不到船，但是船其實好端端泊在港口裡。」

「艾芮兒，」普洛士帕羅說，「你盡心完成了任務，不過還有更多事情要辦。」

「還有更多事情要辦？」艾芮兒說，「容我提醒您，主人，您之前承諾過要放我自由。請您回想一下，我替您做過多少了不起的工作，不只沒對您撒過謊，更沒出過任何差錯，服侍您的時候，也不曾心存怨恨或是發過牢騷。」

「你這話是什麼意思？」普洛士帕羅說，「看來你忘了我當初把你從什麼樣的磨難裡救出來。你難道忘了那個邪惡巫婆希考拉克斯，她上了年紀，滿肚子壞水，佝僂的身子幾乎彎成一半？她在哪裡出生的？說啊，告訴我。」

「主人，在阿爾及爾。」艾芮兒說。

「是嗎？」普洛士帕羅說，「看來你不記得自己的來歷了，我非得再說一次不可。這個壞巫婆希考拉克斯，用巫術做盡了不堪聽聞的壞事，從阿爾及爾被驅逐出境，水手把她扔在這座島上不管。你這個精靈心太軟，不願遵從她的命令作惡使壞，所以她把你關進樹裡。我找到你的時候，你正在樹裡高聲哀嚎。你要記得，是我救你脫離了那場磨難。」

「原諒我，親愛的主人，」艾芮兒說，因為自己好像很忘恩負義而無地自容，「我會遵從您的命令。」

「就這麼做吧，」普洛士帕羅說，「總有一天我會放你自由的。」他吩咐完艾芮兒接下來的任務之後，艾芮兒就離開了，接著到之前留下斐迪南的地方，發現王子還以同樣憂鬱的姿態坐在草地上。

「噢少爺，」艾芮兒看到他的時候說，「我很快就會把你帶到別的地方。一定要把你帶到米蘭達小姐那裡，讓她看看你俊俏的模樣。來吧，先生，跟我來。」然後唱起歌來：

「你父親躺在五噚深的海裡；
骨骸化為珊瑚，
眼睛變成珍珠，
軀體沒有任何腐壞潰爛，
而是經過海洋的洗禮徹底變幻，
化為更為豐富奇特的東西。
海仙子每小時敲響他的喪鐘：
聽啊！現在我聽到了那鐘聲──叮咚響。」

關於失蹤父親的離奇消息，很快就把王子從迷糊的狀態中喚醒。他滿頭霧水地尾隨艾芮兒的聲音，最後走到普洛士帕羅跟米蘭達小姐附近。父女倆正坐在大樹下的涼蔭裡。除了自己的父親之外，米蘭達從未見過其他男人。

「米蘭達，」普洛士帕羅說，「告訴我妳在那邊看到了什麼。」

「噢父親，」米蘭達非常訝異地說，「那是精靈吧。天啊！它在東張西望呢！父親，它長得真美。是精靈沒錯吧？」

「不是，女兒，」她父親回答，「它會吃會睡，跟我們一樣有知覺。妳看到的這個青年原本在船上。要不是因為悲痛稍微讓他變了樣子，要不然他可以說是個美男子。他失去了同伴，正四處尋找他們。」

米蘭達原本以為所有的男人都跟她父親一樣，有張嚴肅的面孔跟一把灰鬍子。她一看到這位俊美的年輕王子，不禁喜出望外。斐迪南在這片荒地上見到這樣可愛的姑娘，加上之前聽到的奇聲異音，原本就預期會有奇遇，他以為自己來到了仙島，而米蘭達就是這地方的仙女，他就開口這樣稱呼她。

她羞怯答說自己並非仙女，而是平凡的姑娘，正準備說起自己的身世，這時普洛士帕羅打了岔。看到兩人互相愛慕，他相當滿意，因為他清楚看出（俗話說）他們一見鍾情。但普洛士帕羅為了測試斐迪南的情意是否堅定，決心刻意刁難他們。他走上前去，以嚴厲的態度對王子說話，痛斥王子是奸細，前來島上的目的不外乎是為了從他手中奪走這座島。

「跟我來，」他說，「我要把你的脖子跟雙腳綁在一起，你只能喝海水解渴，吃貝類、枯根跟橡子殼充飢。」

「不，」斐迪南說，「我絕不接受，除非你能打敗我。」然後拔劍出鞘，可是普洛士帕羅揮動魔杖，讓斐迪南定在原地動彈不得，連一絲移動的力量都不剩。

米蘭達緊抱著父親說：「您為什麼這麼殘忍？可憐可憐他吧，父親，我來替他做擔保。他是我這輩子見過的第二個男人，我覺得他看起來很可靠。」

「安靜，」父親說，「再多說一個字，我就要罵人了，女兒！怎麼搞的，妳竟然替騙子說情！妳只不過見過他跟卡力班，就以為世界上沒有其他好男人了。我告訴妳，傻姑娘，世上比他優秀的男人多得是，就像他比卡力班優秀一樣。」他說這番話是為了證明女兒的情意是否堅定，而她回答：「我對愛情沒有奢求，也不想去找更俊美的男人。」

「來吧，年輕人，」普洛士帕羅對王子說，「你沒有力量違抗我。」

「這倒是真的。」斐迪南回答，不知道自己之所以連一絲抵抗的力量也沒有，是因為魔法的緣故。當他發現自己竟然不由自主跟著普洛士帕羅走，相當吃驚。他邊走邊回頭望著米蘭達，直到看不見為止。跟著普洛士帕羅踏進洞穴的時候，他說：「我的精神受到了束縛，好像在作夢似的，不過，只要每天能從監牢裡看一眼這位美麗佳人，這個男人的威脅恫嚇，還有我感受到的虛弱無力，對我來說都不算什麼了。」

普洛士帕羅把斐迪南關進穴室裡沒多久，就又把這個囚犯帶出來，發派苦差事給他，還刻意讓女兒知道自己強迫他做什麼勞動，然後假裝進了書房，其實暗地觀察著他們。

普洛士帕羅命令斐迪南把沉重的原木疊成堆。國王的兒子並不習慣做勞力活，米蘭達不久就發現自己的愛人累到差點斃命。「天啊！」她說，「不用這麼賣力，我父親在讀書呢，這三個小時都不會出來的，請你休息一下吧。」

「噢，我親愛的小姐，」斐迪南說，「我可不敢，我一定要先完成任務才能休息。」

「如果你坐下來歇歇，」米蘭達說，「我就替你搬一會兒。」可是斐迪南說什麼都不答應，米蘭達沒幫上忙，反倒拖累了他，因為兩人暢談許久，搬木頭的工作進行得拖拖拉拉。普洛士帕羅當初分派這個工作給斐迪南，純粹只是為了試驗他的愛情。普洛士帕羅並沒在看書，而是隱藏身影站在他們身邊，偷聽他們說話。

斐迪南詢問她的芳名，她回答了，還說這樣其實違背了父親特別的囑咐。

女兒生平第一次違逆父親，只是逗得普洛士帕羅微微一笑；他用魔法讓女兒突然陷入愛河，而她為了表達愛意，忘了遵從父親的囑咐，所以他並不生氣。普洛士帕羅心滿意足聽著斐迪南不斷傾訴衷情，宣告對她的愛勝過他見過的所有姑娘。

斐迪南對米蘭達的美貌讚不絕口，說她勝過世間所有的女子，她回答：「我不記得其他女性的長相。我的好朋友，除了你跟我父親之外，我沒見過其他男人。島外的人長什麼模樣，我並不清楚，可是，相信我，先生，這世界上除了你之外，我不想跟其他人作伴。除了你之外，我想像不出還有什麼模樣會討我喜歡。不過，先生，我說話恐怕太口無遮攔，把父親的告誡都忘光了。」

聞此，普洛士帕羅含笑點頭，彷彿在說：「事情全照我的意思發展，我女兒就要成為那不勒斯的王后了。」

接著斐迪南在另一段久久的動人告白（年輕王子總愛用高貴典雅的言詞）裡，告訴天真的米蘭達，他是那不勒斯王位的繼承人，說她就要成為王后。

「啊！先生，」她說，「我竟然開心到落淚了，真傻。我會以坦率又聖潔的純真來回報你。如果你願意娶我，那麼我就是你的妻子。」

斐迪南還來不及向米蘭達致謝，普洛士帕羅就在兩人面前顯形。

「別害怕，我的孩子，」他說，「我全都聽到了，也同意妳所說的話。斐迪南，如果我之前對你太過苛刻，我現在就把女兒交給你，作為豐厚的補償。之前的折磨只不過是在考驗你的愛情，而你高貴地通過了考驗。我要把女兒交給你，她是你靠真愛掙得的禮物。別笑我自吹自擂，不管是什麼樣的讚美，都沒有她本人好。」接著他告訴他們，自己另有要事待辦，希望他們在他回來以前，坐下來好好談談。對於這個命令，米蘭達倒沒有一點違抗的意思。

普洛士帕羅離開他們身邊，召喚精靈艾芮兒過來，艾芮兒迅速在他面前現形，急著報告自己怎麼處置普洛士帕羅的弟弟跟那不勒斯國王。艾芮兒說他把他們嚇得六神無主，讓他們眼見耳聞種種奇怪事物。他們四處遊蕩而疲憊不堪，缺乏糧食而飢腸轆轆，他突然在他們面前變出一席美味的盛宴，就在他們打算大快朵頤的時候，他卻幻化成人面鳥身的妖怪（這種貪食無厭的妖怪長著一雙翅膀），出現在他們眼前，這席盛宴立即消失無蹤。接著，教他們更吃驚的是，這個人面鳥怪竟然開口對他們說話，提醒他們當初如何殘忍地將普洛士帕羅驅逐出他的公國，把他跟襁褓中的女兒丟在海上自生自滅，說他們之所以有這些恐怖經歷全是這個緣故。

那不勒斯國王跟背信的弟弟安東尼歐都很懊悔，曾經對普洛士帕羅做出這麼不公不義的事。艾芮兒告訴主人，他有把握他們的悔悟出自真心，即使身為精靈的他，也忍不住同情。

「那麼把他們帶過來吧，艾芮兒，」普洛士帕羅說，「你只是個精靈，如果連你都對他們的痛苦感同身受，我跟他們同樣是人，難道不會對他們起惻隱之心嗎？快把他們帶來吧，優秀的艾芮兒。」

不久，艾芮兒就把那不勒斯國王、安東尼歐，還有跟在後頭的老貢札羅帶過來，他在空中彈奏狂野奇異的音樂，將他們引到主人面前。邪惡的弟弟當初把普洛士帕羅丟在扁舟上，任他在海上漂流，以為他必死無疑，但就是這個貢札羅好心替普洛士帕羅悄悄預備了書本跟糧食。

悲痛和恐懼讓他們變得遲鈍迷糊，一時竟然認不出普洛士帕羅。普洛士帕羅先向老好人貢札羅表明自己的身分，尊稱對方是自己的救命恩人，接著才讓弟弟跟國王知道他就是蒙受冤屈的普洛士帕羅。

安東尼歐淚流滿面，悲痛地表達憂傷跟真心悔悟，並且乞求哥哥的寬恕。國王誠心悔恨自己當初協助安東尼歐逼退哥哥。普洛士帕羅饒恕了他們。當他們保證會恢復他的爵位，他對那不勒斯國王說：「我也有個禮物等著要送你。」他把門打開，讓國王看到兒子斐迪南正跟米蘭達下棋對弈。

這場意料之外的父子團圓，沒有任何事情比得上這種喜悅，他們以為對方早在暴風雨裡滅頂。

「噢，太奇妙了！」米蘭達說，「這些人看起來真是高貴！世上有這樣的生靈，一定是個美麗的世界。」

那不勒斯國王看到年輕的米蘭達長相如此姣好，風度又這般優雅出眾，跟兒子一樣大感驚奇。「這位姑娘是誰？」他說，「她就像是將我們拆散，又讓我們重逢的仙女。」

「不，父親，」斐迪南回答，發現父親跟自己初次見到米蘭達一樣有了誤解，不禁揚起笑容，「她是凡人，不過，不朽的神已經將她賜給我。父親，我選擇她為妻的時候，不知道您還活著，沒先徵求您的同意。她是普洛士帕羅的女兒，普洛士帕羅就是那位名氣響亮的米蘭公爵，我久仰他的大名，直到現在才有緣一見。他將這位親愛的姑娘許配給我，給了我新生命，成為我的第二個父親。」

「那麼我也是她的父親了，」國王說，「可是，噢，聽起來雖然奇怪，但我必須請求這孩子寬恕我。」

「舊事不必再提，」普洛士帕羅說，「既然有這麼美滿的結局，就把過去的恩恩怨怨拋到腦後吧。」接著普洛士帕羅擁抱弟弟，再次保證會原諒他，還說統領一切的賢明神祇，就是為了讓他女兒繼承那不勒斯的王位，先將他從米蘭公國被流放出來，再讓大家到這座荒島上相會，又使國王的兒子湊巧愛上米蘭達。

普洛士帕羅為了安慰弟弟安東尼歐，說了這番寬大為懷的話，弟弟聽了既羞愧又懊悔，哭得無法言語。仁慈的老貢札羅看到這場歡喜的和解，也喜極而泣，並且祈求上蒼祝福這對年輕人。

普洛士帕羅現在告訴他們，他們的船安安穩穩泊在港口，水手也都上船各就各位，而他跟女兒隔天早晨會陪他們一起返家。「在這之前，」他說，「請來我的洞窟寒舍享用一下便餐，今天晚上，我會說說我登上這座荒島以來的經歷，娛樂一下大家。」然後他要卡力班準備食物、整理洞窟，這群人看到這個醜陋妖怪的粗野外型跟野蠻的相貌，詫異不已。普洛士帕羅表示，服侍他的幫手向來只有這麼一個。

普洛士帕羅離開這座島以前，卸除了艾芮兒的職務，活潑的小精靈歡天喜地。雖然他向來忠心耿耿服侍主人，但一直渴望享受徹底的自由，巴望能像野鳥在空中無拘無束四處遨遊，在綠樹下、在可口果實跟芳香花叢之間自由飛翔。

「優秀的艾芮兒，」普洛士帕羅放小精靈自由的時候，對他說，「我會想念你的，你現在自由了。」

「感謝您，親愛的主人，」艾芮兒說，「不過，等我用順風將你們的船吹送回家，您再向忠誠協助您的精靈道別吧。主人，等我恢復自由，我會過得快活無比！」此時，艾芮兒唱起這首美麗的歌曲：

「蜜蜂吸吮的地方，我也在那兒吸吮；
我躺在蓮香花的花冠裡；
貓頭鷹啼鳴時，我呼呼大睡。

我乘著蝙蝠飛翔
快活地逐夏而居。
我將在懸掛枝頭的繁花下方
生活過得歡樂無比。」

普洛士帕羅把魔法書跟魔杖深深埋進土裡，決心不再操使法術。既然已經征服了敵人，跟弟弟、那不勒斯國王言歸於好，他的幸福可說是已臻完滿，只剩重返故土、恢復爵位，見證女兒跟斐迪南王子的快樂婚禮。國王說等他們回到那不勒斯，就要立即盛大舉辦這場婚禮。在精靈艾芮兒的平安護送之下，他們的航程相當平順宜人，不久便抵達了那不勒斯。

暴風雨　人物關係表

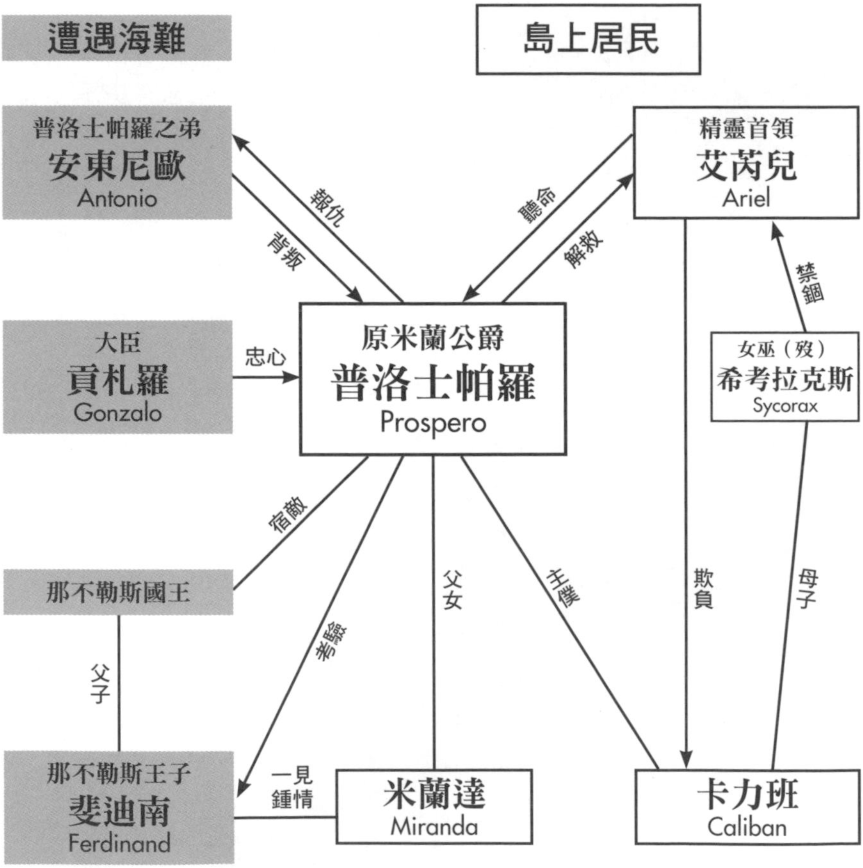
遭遇海難
島上居民
普洛士帕羅之弟
安東尼歐
Antonio
報仇
背叛
聽命
解救
精靈首領
艾芮兒
Ariel
禁錮
大臣
貢札羅
Gonzalo
忠心
原米蘭公爵
普洛士帕羅
Prospero
女巫（歿）
希考拉克斯
Sycorax
宿敵
那不勒斯國王
父女
主僕
欺負
母子
考驗
父子
那不勒斯王子
斐迪南
Ferdinand
一見
鍾情
米蘭達
Miranda
卡力班
Caliban

暴風雨

The Tempest

屬性：傳奇劇

創作年代：一六一一年

關於暴風雨：

✽公認為莎士比亞最後一齣獨立完成的劇作。

✽腓特烈五世與伊莉莎白公主大婚慶典（一六一二至一六一三年）表演劇目。

✽浪漫主義詩人雪萊的〈給珍妮，並贈吉他〉（With a Guitar, To Jane）、維多利亞時期詩人勃朗寧（Robert Browning）的〈凱利班談論塞提柏斯〉（Caliban upon Setebos）、現代詩人奧登（W. H. Auden）的〈海與鏡〉（The Sea and the Mirror），三大詩作都源於此劇。

✽英國作家阿道斯·赫胥黎（Aldous Huxley）的反烏托邦名著《美麗新世界》（*Brave New Word*）一書書名，出自此劇角色米蘭達的台詞。

✽美國奇幻作家尼爾·蓋曼（Neil Gaiman）代表作《睡魔》（*The Sandman*）系列漫畫中，曾介紹此劇。

✽有人將迪士尼動畫長片《風中奇緣》稱為「政治正確」版的《暴風雨》。

✽《揮灑烈愛》（*Frida*）導演茱莉·泰摩（Julie Taymor）在二〇一〇年再次將《暴風雨》改編為電影，並將劇中主角普洛士帕羅改成女性。

仲夏夜之夢
A Midsummer Night's Dream

Love looks not with the eyes but with the mind.
And therefore is winged Cupid painted blind.

愛情是不用眼睛而用心靈看著的，
因此生著翅膀的丘比特常被描成盲目。

————海倫娜，第一幕，第一場

雅典城有這麼一條法律，規定市民想把女兒嫁給誰，就有權強迫女兒嫁給誰。要是女兒拒絕嫁給父親挑選的夫婿，父親就可以憑藉這個法條，求處女兒死刑。不過，為人父者通常不會希望葬送女兒的性命，因此即使城裡的年輕女孩有時不大好管教，這條可怕的法律卻鮮少實施或不曾實施過，或許只是時常被為人父母者拿來嚇唬女兒罷了。

不過，曾經有個案例，名叫伊吉斯的老人真的來到當時統治雅典的忒修斯公爵跟前申訴，說他命令女兒赫米亞嫁給出身貴族家庭的雅典青年狄米崔斯，女兒卻拒絕聽話行事，因為她的心另有所屬，對象是個名叫拉山德的雅典青年。伊吉斯要求忒修斯主持審判，希望能夠依據這條殘酷的法律，判處女兒死刑。

赫米亞替自己辯解，說她違背父親的旨意，是因為狄米崔斯曾經對她的閨中密友海倫娜示愛，而且海倫娜正難以自拔地愛著狄米崔斯。可是，即使赫米亞提出這個光明正大的理由，解釋自己為何違抗父親的命令，卻打動不了生性嚴厲的忒修斯的心。

忒修斯雖然是個偉大仁慈的君主，卻無權改變國家的法律，頂多只能寬限赫米亞四天時間好好考慮。四天過後，要是她依然拒絕跟狄米崔斯結為連理，就要認命接受死刑。

赫米亞從公爵面前退下之後，馬上去找情人拉山德，通知他自己身陷怎樣的險境，說她再過四天，要不是得棄他而去並嫁給狄米崔斯，不然就性命不保。

一聽到這些不幸的消息，拉山德痛苦萬分，此時想起有個姑媽就住雅典城外不遠，既然這條法律的施行範圍僅限於雅典城邦，赫米亞只要到那個姑媽家避避風頭，就不必受到那條殘酷法律的制裁。他向赫米亞提議，要她當晚悄悄離家，一起前往他姑媽家，他會在當地娶她為妻。「我會到城外幾英里的樹林裡跟妳會合，」拉山德說，「就是那座美妙的樹林，我們在氣候宜人的五月，常跟海倫娜一起散步的地方。」

赫米亞欣然同意這項提議，只將潛逃計畫告訴她朋友海倫娜一人。姑娘常為了愛情做出傻事——海倫娜竟然有失厚道地向狄米崔斯通風報信，雖然她洩漏朋友的祕密，除了只能自討沒趣追隨不忠的愛人到樹林去，自己其實沒什麼好處。她很清楚狄米崔斯會為了追赫米亞而到樹林裡去。

拉山德跟赫米亞提議要會面的樹林，是叫仙子的小東西最愛流連的去處。

午夜時分，仙王奧布朗跟仙后提泰妮婭總會領著小小隨從，在這座樹林裡縱情歡樂。

碰巧在此時，小仙王跟小仙后起了爭執。朗朗月光之下，在這個宜人樹林的幽暗步道之間，他倆只要碰上了面，就會唇槍舌戰一番，直到那些小仙子嚇得爬進橡樹殼裡躲起來。

這場不愉快的紛爭，起因是提泰妮婭拒絕把偷換來的小男孩交給奧布朗。小男孩的生母原本是提泰妮婭的朋友，朋友一死，仙后就把那孩兒從奶媽身邊偷來，在林子裡撫養他長大。

就在戀人們即將在這樹林裡會面的當晚，提泰妮婭正跟幾位侍女在這裡散著步，好巧不巧竟碰上了奧布朗，一群仙宮侍臣簇擁在他身旁。

「月色正好，卻不幸狹路相逢，傲慢的提泰妮婭。」仙王說。

仙后答道：「什麼？善妒的奧布朗，竟然是你？仙子們，咱們儘管繼續往前走，我已經發誓不跟他打交道了。」

「且慢，魯莽的仙女，」奧布朗說，「我難道不是妳的夫君嗎？提泰妮婭何必跟她的奧布朗作對呢？把那個小小偷換兒交給我當侍僮吧。」

「你死了這條心吧，」仙后回答，「即使你拿整個仙國來換，我也不會把這孩子交給你。」接著她拋下火冒三丈的夫君，逕自拂袖離去。

「哼，隨便妳，」奧布朗說，「竟然這樣侮辱人，天亮以前，我要給妳苦頭嘗嘗。」

奧布朗接著召來了他鍾愛的親信帕克。

帕克（也有人叫他「好人羅賓」）是個精明狡猾的精靈，老愛到鄰近的村莊耍些滑稽的惡作劇。有時溜進酪農場，撇去牛奶頂端的奶皮。有時，整個輕盈纖細的身體鑽進奶油攪拌器，在裡頭跳起奇特的舞蹈，害得酪農姑娘怎麼使勁，都沒辦法把牛奶攪成奶油，即使村裡的小伙子出力相助也起不了作用。只要帕克溜進釀酒器裡去作怪，整批麥酒注定會毀於一旦。幾個好鄰居相約對酌，想舒服自在地享受幾杯麥酒時，帕克就會幻化成烤酸蘋果的模樣，躍入酒杯；老太太喝酒的時候，他就往她的嘴唇一彈，讓麥酒潑在她乾癟老皺的下巴上。然後，等老婦準備莊重地坐下，跟鄰居敘說一則哀愁的故事時，帕克就會把三腳凳從她身下一把抽走，害可憐的老太太跌得四腳朝天，那些老鄰居就捧著肚子嘲笑她，發誓自己從沒這麼快活過。

「過來，帕克，」奧布朗對他這個歡樂的小夜遊者說，「替我摘朵姑娘們通常稱作『閒遊之愛』的小紫花過來。趁人睡著的時候，把小紫花的汁液抹在那人的眼皮上，那人醒來的時候，會對第一眼見到的東西一見鍾情。我要趁提泰妮婭睡著的時候，把那種花的汁液點在她眼皮上。她一睜眼，就會深深愛上第一個映進眼簾的東西，不管是獅子還是熊，或是愛干涉人的猴子，或是愛管閒事的人猿。我知道怎麼用另一個魔法解開這個魔咒，但替她解除眼上的魔力以前，要先逼她把那孩子交給我當侍僮。」

帕克打從心坎裡就愛惡作劇，覺得主人這把戲很有意思，於是跑去尋覓那種花朵。奥布朗等待帕克回來的當兒，看到狄米崔斯跟海倫娜踏進樹林，聽到狄米崔斯正在斥責海倫娜為何緊追他不放，狄米崔斯還一連說了不少刻薄的話。海倫娜則是一派溫柔地苦苦勸說，提醒他過去如何愛著她，還曾經對她表示會忠心不二。狄米崔斯卻轉眼就拋下海倫娜不管，說要把她丟給野獸、任憑牠們處置，而她只能盡量加緊腳步追上去。

仙王的心總是向著真摯的戀人。他非常憐憫海倫娜。拉山德說過，他們以往常在月光下漫步於這座美妙的樹林；在那段歡樂時光中，狄米崔斯還愛著海倫娜，奥布朗或許曾經見過她。不管如何，等帕克帶著小紫花回來，奥布朗就對自己的愛臣說：「摘點花瓣去吧，剛剛有個討喜的雅典姑娘路過這裡，她愛上了一個傲慢的青年。如果你發現青年睡著了，就把一點愛汁滴到他眼上，可是盡量在姑娘很靠近青年的時候才滴，這樣他一醒來，第一個看到的才會是這個被人看輕的姑娘。你從青年身上的雅典式裝扮就認得出是誰。」帕克拍胸脯保證，會以靈巧的手法完成任務。

然後奥布朗悄悄溜到提泰妮婭的仙室去，她正準備就寢。她的仙室是個花壇，那裡種有野麝香草、蓮香花跟香菫，上頭是金銀花、麝香薔薇跟香葉薔薇盤根錯結的華蓋。夜裡，提泰妮婭總會來這裡睡上一陣子，她的被衾是鮮豔多彩的蛇皮，雖然只是張小小被罩，但足以裹住一個仙子。

他發現，提泰妮婭正在對仙子們下達命令，說她入睡期間有哪些事要辦。

「你們其中幾個，」仙后說，「去殺了麝香薔薇花苞裡的蛀蟲。另外幾個去跟蝙蝠大戰一場，取些牠們的皮翅回來，好替我的小仙子們做外套用。再找幾個好好守夜，可別讓那隻整晚呼嘯、鬧個不休的貓頭鷹接近我。不過，你們先來唱首歌，伴我入眠吧。」接著仙子們就唱起這首歌來：

舌頭開岔的花蛇，
滿身尖刺的刺蝟，別現身；
蠑螈和蜥蜴，勿搗亂，
遠離我們的仙后。
夜鶯用你美妙的歌喉，
唱出我們這首絕妙催眠曲。
睡吧，睡吧，好好睡。
睡吧，睡吧，好好睡。

但願傷害、咒術或魔咒，
永遠不會接近可愛的仙后；
就用催眠曲道聲夜安。

仙子用這首美妙的催眠曲，哄仙后入眠之後，就離開她身邊去辦理她吩咐的事。奧布朗輕手輕腳接近提泰妮婭，往她眼皮滴了幾滴愛汁，並說：

等妳一甦醒，就會把眼前所見
當成自己的真愛。

再回頭來說說赫米亞吧。她因為拒絕嫁給狄米崔斯而死劫難逃，為了保住性命，當晚逃出了父親家。她走進樹林裡，找到了親愛的拉山德，拉山德正在等她，準備帶她到姑媽家去。但是林子都還沒走到一半，赫米亞就已經耗盡力氣，而拉山德對親愛的赫米亞體貼入微。赫米亞為了他，寧可冒生命危險，更加證明了對他的深情。他勸她先到一處鋪滿柔軟苔蘚的斜坡上休息，等天亮再啟程，自己則拉開一點距離之後才躺下來。兩人很快就進入了夢鄉。帕克找到他們，看到睡著的俊美青年一身雅典風格的服飾，而有個美麗姑娘就睡在附近，他判定這肯定是奧布朗要他找的雅典姑娘跟她傲慢的戀人。因為他倆單獨在一起，帕克自然推想，青年一醒來，第一個映入眼簾的肯定是那位姑娘，於是毫不猶豫地把小紫花的汁液點在他眼裡。但始料未及，海倫娜竟朝這頭走來，拉山德睜開眼看到的第一個東西，不是赫米亞，而是海倫娜。說也奇怪，這愛情魔咒如此強大，他對赫米亞的愛頓時煙消雲散。拉山德就這樣愛上了海倫娜。

要是他醒來第一個看見的是赫米亞，那麼帕克的失誤就無足輕重，因為他早已對那位忠實的姑娘一往情深。可是，因為仙子的愛情魔咒，拉山德被迫遺忘自己的真愛赫米亞，拋下赫米亞午夜獨自在林子裡睡覺，轉而追求另一個姑娘。這對可憐的拉山德來說，還真是個悲哀的意外。

不幸的事情就這麼發生了。如同前面所述，狄米崔斯不顧情面地逃離海倫娜，而她在後頭拚命追趕。但是這場追逐比賽，她實在撐不了多久；比起姑娘來說，男人對長跑總是更為擅長。海倫娜不久就追丟了狄米崔斯，她四處遊蕩，喪氣又絕望，抵達了拉山德正在睡覺的地方。

「啊！」她說，「拉山德躺在地上，是死了還是睡著了？」接著，她輕輕碰他並說：「先生啊，如果你還活著，醒醒吧。」

拉山德聽了便睜開眼，愛情魔咒開始發酵了，他馬上對她滿口的愛意跟傾慕。告訴她說，她的美貌遠遠勝過赫米亞，有如鴿子跟烏鴉相比。說他願意為她赴湯蹈火也在所不惜，還說了好多癡情的話。海倫娜知道拉山德是她朋友赫米亞的戀人，也曉得他早已鄭重跟她私訂終身。海倫娜聽到對方這樣對自己說話，不禁怒不可抑，以為（會這樣想也是情有可原）拉山德在戲弄她。

「噢！」海倫娜說，「我為什麼生來就要被大家嘲弄跟奚落？年輕人，狄米崔斯從來不給我好臉色看，也沒對我說過一句好話，難道這樣還不夠嗎？還不夠慘嗎？先生，你一定要用這種瞧不起人的方式來假裝追求我嗎？拉山德，我還以為你是個正人君子。」她七竅生煙地說完這些話就憤而跑開，拉山德跟著她走，將睡夢中的赫米亞拋諸腦後。

赫米亞一醒來就發現自己形單影隻，既悲傷又害怕。她在林子裡茫然遊蕩，不知道拉山德出了什麼事，也不曉得該往何處去找他。於此同時，狄米崔斯四下遍尋不著赫米亞跟他的情敵拉山德，搜尋未果，疲憊不堪，熟睡之後讓奧布朗看見了。奧布朗問了帕克幾個問題，明白帕克下的愛情魔咒，搞錯了對象。既然現在找到了原本的目標，於是趁狄米崔斯熟睡之時，用愛汁往他眼皮上點了點。狄米崔斯立刻醒來了，第一眼就看到海倫娜，正如拉山德之前的狀況，狄米崔斯開始對她情話綿綿。就在那一刻，拉山德也出現了，後頭跟著赫米亞——都是因為帕克那個不幸的失誤，害得現在赫米亞得追著戀人跑。接著拉山德跟狄米崔斯一起開口，對著海倫娜公開示愛，兩人受到了同一種強大魔咒的支配。

海倫娜大感驚愕，以為狄米崔斯、拉山德跟她原本的手帕交赫米亞聯手密謀要愚弄她。

赫米亞跟海倫娜一樣吃驚；她不懂，拉山德跟狄米崔斯之前明明愛著她，現在怎麼轉眼成了海倫娜的情人。在赫米亞看來，整件事似乎不是個玩笑。

兩位姑娘向來是最親密的朋友，現在卻開始惡言相向。

「赫米亞妳真殘忍，」海倫娜說，「竟然叫拉山德用那些虛假的讚美來氣我，妳的另一個情人狄米崔斯，他以前恨不得一腳把我踢開，難道不是妳要他叫我女神、仙女、絕世美人、心肝寶貝、仙姿玉色的嗎？他明明討厭我，要不是因為妳唆使他來捉弄我，他才不會這樣對我說話。殘忍的赫米亞，竟然跟著男人一起譏笑妳可憐的朋友，難道妳忘了我們的同窗情誼？赫米亞，難道妳忘了我們常常坐在同一張椅墊上，高唱同一首歌，仿照同一個繡花樣本，用針細細繡出同一種花朵嗎？難道妳忘了，我們兩人有如並蒂的櫻桃一起成長，幾乎形影不離？赫米亞，妳跟著男人一起嘲笑妳可憐的朋友，不僅不顧朋友的道義，更不合大家閨秀的身分。」

「妳的氣話讓我聽了很吃驚，」赫米亞說，「我沒嘲笑妳，反倒是妳在嘲笑我吧。」

「欸，就是有，」海倫娜回話，「繼續嘛，繼續裝成一本正經的樣子啊，等我一轉身就對我扮鬼臉，然後跟對方擠眉弄眼，再繼續捉弄我下去。要是你們有任何同情心，要是你們有點修養跟禮數，就不會這樣欺負我了。」

正當海倫娜跟赫米亞氣呼呼地你來我往，狄米崔斯跟拉山德為了搶奪海倫娜的愛，離開現場，準備到樹林裡決鬥。

她們一發現男士離開了，也跟著離去，再次疲憊地在樹林裡遊蕩，四下尋覓愛人。

仙王跟小帕克一直在聽他們爭吵，等大家一離開，仙王就跟帕克說：「都是你的疏忽，帕克，你該不會是故意的吧？」

「幽影之王，相信我，」帕克說，「這是個失誤，你不是告訴我，從雅典式穿著就可以認出那個男人嗎？不過，發生這種事，我倒是不覺得遺憾，因為我覺得他們的爭吵，聽起來挺有趣的。」

「你剛剛也聽到了，」奧布朗說，「狄米崔斯跟拉山德要去找個合適的地點決鬥。我命令你用濃霧籠罩夜色，趁黑讓這些爭吵不休的情人迷路，讓他們誰也找不到對方。裝出對方說話的嗓音，用尖酸刺耳的話來調侃對方，激他們跟著你走。讓他們以為自己聽到的是敵手的聲音。你就這樣做吧，直到他們累得再也走不動為止。等你發現他們都睡著了，就把另一朵花的汁液點進拉山德的眼睛；等他醒來，就會忘記剛剛對海倫娜萌生的愛意，恢復原本對赫米亞的熱情。然後這兩個窈窕佳人就可以各自跟心愛的男人快快樂樂在一起，他們會以為這一切都是場惱人的夢。快把這件事處理妥當，帕克，我要去看看提泰妮婭找到了什麼甜蜜的愛。」

提泰妮婭還在睡夢中，奧布朗看到她附近有個鄉巴佬在林子裡迷了路，目前他正呼呼大睡著呢。「這傢伙啊，」他說，「就要成為我提泰妮婭的真愛了。」他把驢子的腦袋罩在鄉巴佬的頭上，契合得很，簡直像是直接從肩膀長出來的。雖然奧布朗套上驢頭的動作輕柔，卻還是把鄉巴佬吵醒了。鄉巴佬站起身，沒意識到奧布朗對他做了什麼，逕自往仙后走去，仙后正在那裡睡著。

「啊！眼前這是什麼樣的天使？」提泰妮婭說。她一睜眼，小紫花的汁液就開始生效。「你的智慧跟你的美貌不相上下嗎？」

「欸，小姐，」愚蠢的鄉巴佬說，「要是我聰明到可以走出這片林子，那種程度的智慧就夠我用的了。」

「別離開這片林子啊，」意亂情迷的仙后說，「我可不是普通的精靈，我愛你。跟我來吧，我會叫仙子來伺候你。」

接著她召來了手下的四個仙子，名字分別是豌豆花、蛛網、飛蛾跟芥菜籽。

「好好服侍這位迷人的男士，」仙后說，「在他的周圍蹦蹦跳跳，在他的眼前歡樂舞蹈；餵他吃葡萄跟杏桃，替他從蜜蜂那兒把蜜囊偷來。來，陪我坐坐，」她對鄉巴佬說，「讓我逗逗你討人喜歡的毛毛臉，我美麗的驢兒！讓我吻吻你漂亮的大耳朵，我溫柔的寶貝！」

「豌豆花呢？」驢頭鄉巴佬說，不怎麼留意仙后的示愛，對於自己有了新侍從這點，倒是洋洋得意。

「在這兒呢，老爺。」豌豆花說。

「搔搔我的腦袋，」鄉巴佬說，「蛛網呢？」

「在這兒呢，老爺。」蛛網說。

「好蛛網先生，」愚蠢的鄉巴佬說，「替我把薊草頂端的紅熊蜂給殺了。然後啊，好蛛網先生，替我把蜜囊拿來。出任務的時候不要慌張，蛛網先生，小心別把蜜囊弄破了。要是到時把蜜灑得自己滿身是，我會很遺憾的。芥菜籽呢？」

「在這兒呢，老爺，」芥菜籽說，「您有什麼吩咐？」

「沒事，」鄉巴佬說，「好芥菜籽先生，就幫豌豆花先生一起替我抓癢吧。我得去找理髮師了，芥菜籽先生，我覺得臉上長了好多毛啊。」

「我甜美的愛人，」仙后說，「你想吃些什麼呢？我有不畏艱險的仙子會去找松鼠的存糧，替你拿點新鮮堅果回來。」

「我倒想來把乾豌豆，」鄉巴佬說，頂著驢頭，讓他有了驢子似的胃口，「可是，拜託，別讓妳的手下打攪我，我想好好補個眠。」

「那就好好睡吧，」仙后說，「我會把你摟在臂彎裡，噢，我好愛你！你把我迷得暈頭轉向！」

仙王看到鄉巴佬睡在他王后的懷裡，於是走進了她的視線之內，痛斥她竟然寵溺一頭驢子。

這點她否認不了，因為鄉巴佬正睡在她的臂彎裡，驢頭還頂著她編織的花冠。

奧布朗調侃她一陣子之後，再次索討那個偷換兒。她因為被夫君發現自己跟新歡在一起，羞愧之下不敢拒絕。

奧布朗一償宿願，得到了可以當侍僮的小男孩，這會兒反倒同情起提泰妮婭，都是他的滑稽詭計害得她顏面盡失，於是把另一朵花兒的汁液灑進她眼裡。仙后立即恢復理智，對於自己先前竟會迷戀這種對象直呼離譜，說她現在一見那個畸形怪物就滿心厭惡。

奧布朗也把驢頭從鄉巴佬身上摘下，任由他那顆蠢人腦袋垂靠著肩，繼續呼呼沉睡。

奧布朗跟他的提泰妮婭現在言歸於好，他向她說起那些戀人的故事，還有他們夜半的爭吵。她同意跟他一起去瞧瞧他們這場奇遇的結局。

仙王跟仙后找到了那些戀人跟他們的佳人，他們正睡在一片草地上，距離彼此都不遠。帕克為了補償先前的失誤，費盡心思將他們帶到了同樣的地點，但他們彼此並不知情。帕克用仙王給他的解藥，小心翼翼解除了拉山德眼上的魔咒。

最早醒來的是赫米亞，她發現自己失去的拉山德就睡在近處，她瞅著他，為他怪異的反覆無常感到驚訝。拉山德一睜眼，見到他親愛的赫米亞，恢復了被仙咒蒙蔽以前的神智。隨著理智恢復，對赫米亞的愛也跟著回來。他倆談起夜裡的奇遇，懷疑這些事情是否真正發生過，還是他們都做了同樣一場令人費解的夢。

此時，海倫娜跟狄米崔斯也醒來了。一陣好眠讓海倫娜煩躁的情緒平靜下來，她歡歡喜喜聽著狄米崔斯繼續示愛，教她又驚又喜的是，她開始覺得對方確實一片赤誠。

兩個在夜裡遊蕩的美麗佳人，現在不再是情敵。之前的惡言相向都得到了原諒，兩人平心靜氣一起商量，在當前的情勢下做什麼打算最好。大家很快就同意，既然狄米崔斯已經放棄娶赫米亞為妻，應該竭力勸服她父親，撤回她被判處的殘忍死刑。當狄米崔斯為了友誼準備返回雅典為此事奔走，卻意外看到了赫米亞的父親，伊吉斯。他追著逃家的女兒來到樹林裡。

伊吉斯明白狄米崔斯現在不會娶他女兒為妻，也就不再反對女兒跟拉山德結為連理，並且同意他倆可以在四天後成婚，那是赫米亞預定被處死的日子。海倫娜也喜孜孜地答應在同一天，跟她向來深愛、現在也對她一片忠心的狄米崔斯成婚。

仙王跟仙后隱身旁觀這個和解的場面，現在看到由於奧布朗的調解援助，幾位戀人的故事有了快樂的結局，兩人都樂開懷。這些善良的精靈決定在即將到來的婚禮期間，在仙國裡尋歡作樂，大肆慶祝一番。

好了，要是有人因為仙子的故事跟惡作劇而不高興，覺得難以置信又離奇，只要這樣想就好：當作自己睡著做了場夢，而這些奇遇都是夢中見到的幻象。我希望我的讀者裡沒人會這麼不可理喻，被這麼一場無傷大雅的仲夏夜之夢給惹惱。

仲夏夜之夢　人物關係表

- - - - 虛線為點愛汁後的效果

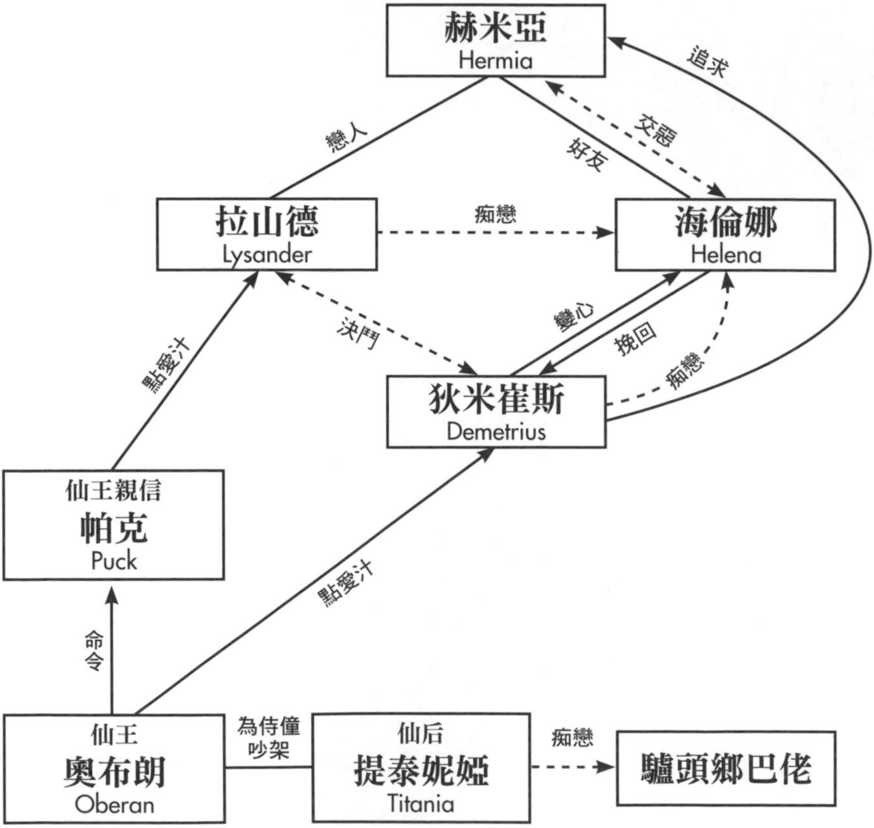

仲夏夜之夢

A Midsummer Night's Dream

屬性：喜劇

首演：一五九五至一五九六年

關於仲夏夜之夢：

✽莎士比亞筆下最受歡迎的喜劇。

✽德國作曲家孟德爾頌（Felix Mendelssohn）讀完該劇，寫下E大調仲夏夜之夢序曲（Op.21），後來又創作整部戲劇配樂（Op.61），我們耳熟能詳的結婚進行曲便出自此配樂。

✽美國芭蕾之父巴蘭欽（George Balanchine）第一部長篇芭蕾劇就是以此劇為本，加上孟德爾頌的配樂編制而成的。

✽曾多次改編成電影，近來最知名的版本是美國導演麥克．霍夫曼（Michael Hoffman）於一九九九年改編的版本，集結知名演員如凱文．克萊（Kevin Kline）、米雪兒．菲佛（Michelle Pfeiffer）、蘇菲瑪索（Sophie Marceau）、克里斯汀．貝爾（Christian Bale）等。

✽著名導演伍迪艾倫曾於一九八二年改編成電影《仲夏夜性喜劇》（*A Midsummer Night's Sex Comedy*）。

✽二〇〇五，年英國廣播公司（BBC）曾將此劇改編成現代場景，並以影集形態播放。

✽美國奇幻作家尼爾．蓋曼代表作《睡魔》系列漫畫第十九期，不但直接取「仲夏夜之夢」為題名，更將故事融入，作為當期主軸。這一期榮獲世界奇幻文學短篇小說獎。

✽天王星的主要五顆衛星中有兩顆以此劇角色命名，包括天衛三（提泰妮婭）、天衛四（奧布朗）。

冬天的故事

The Winter's Tale

The bug which you would fright me with I seek.
To me can life be no commodity:
The crown and comfort of my life, your favour,
I do give lost; for I do feel it gone,
But know not how it went.

這你所用來使我害怕的鬼物，正是我求之不得的。
對於我，生命並不是什麼可貴的東西。
我的生命中的幸福的極致，你的眷寵，已經無可挽回了；
因為我覺得它離我而去，但是不知道它是怎樣去的。

——赫米溫妮，第三幕，第二場

從前，西西里國王里昂提斯跟他美麗賢淑的王后赫米溫妮過著琴瑟和鳴的生活。這位夫人相當出眾，她的愛讓里昂提斯非常幸福。他事事如意，只是有時很渴望跟老友兼同窗——波希米亞國王波力克希尼斯再次相聚，並將對方引見給王后。里昂提斯跟波力克希尼斯自小一塊兒長大，可是雙方的父親駕崩之後，他們就被召回各自的王國，扛起統治的大任。雖然兩人時常互贈禮物、魚雁往返，也常派遣使節互相傳情致意，但兩人已有多年未見。

經過再三邀請，波力克希尼斯終於從波希米亞來到西西里宮廷，拜訪朋友里昂提斯。

起初，這次的探訪讓里昂提斯快樂極了，特地央請王后殷勤款待這位年少時代的友人，能跟這位親愛的摯友暨老同伴再次團聚，讓他覺得幸福無比。兩人暢談過往的點點滴滴，回憶求學時光跟青春年少的玩鬧嬉戲，並向赫米溫妮細數經過，而她總是興高采烈加入這些談話。

波力克希尼斯留訪了好長一段時間之後，準備啟程離去，赫米溫妮順著丈夫的意思，一起挽留波力克希尼斯，希望他能再多待些時候。

這位好王后自此踏上了哀愁之路。波力克希尼斯原本拒絕了里昂提斯的挽留，但是赫米溫妮的溫言軟語打動了他，他最後決定多停留幾個星期。雖然里昂提斯向來知道朋友波力克希尼斯為人正直、品格高尚，也清楚賢淑的王后品行高潔，但是難以駕馭的嫉妒心卻支配了他。每次只要赫米溫妮關照波力克希尼斯——原本就是丈夫要她特別這麼做的，而她這麼做也只是為了討丈夫歡心——卻只是加重了這位不幸國王的嫉妒心。里昂提斯原本是個忠實牢靠的朋友，也是最優秀、最深情的丈夫，卻搖身變成沒人性的野蠻怪物。里昂提斯派人去叫宮廷裡的大臣卡密羅過來，說起自己的懷疑，然後下令要他毒害波力克希尼斯。

卡密羅是個好人，他很清楚里昂提斯的嫉妒毫無真憑實據。卡密羅並未毒殺波力克希尼斯，反倒把國王的命令告訴對方，並且同意陪他一起逃出西西里。波力克希尼斯在卡密羅的協助之下，平安回到自己的波希米亞王國。從那時起，卡密羅就留在波希米亞的宮廷裡生活，成為波力克希尼斯的知己跟親信。

波力克希尼斯逃逸的消息，更加激怒了妒火中燒的里昂提斯。他到王后的寢宮裡，那位好夫人正坐在小兒子邁密勒斯身邊，邁密勒斯正準備說個最拿手的故事來逗母親開心。這時國王走了進來，把孩子帶走，然後把赫米溫妮丟進大牢。

邁密勒斯雖然還年幼，但深深愛著母親，看到母親受到這樣的屈辱，發現她被帶走並關進牢裡，心裡受到極大打擊，慢慢地消沉憔悴，失去了胃口，輾轉難眠，大家都認為他會悲傷過度而死。

國王把王后關進牢裡之後，派兩個西西里大臣克里歐米尼斯跟狄恩前往德爾菲斯，到當地的阿波羅神廟去求神諭，看看王后是否對他忠貞不二。

赫米溫妮才進監牢不久，就產下了女兒。這個可憐的夫人看著漂亮的女嬰，從中得到不少安慰。她對嬰兒說：「可憐的小犯人，我跟妳一樣清白無辜。」

赫米溫妮有個好心的朋友，就是品格高潔的寶麗娜，她是西西里大臣安提哥納斯的妻子。這位寶麗娜夫人聽到王后生了孩子，就到囚禁赫米溫妮的監牢去。她對王后的侍女艾蜜莉亞說：「艾蜜莉亞，請妳告訴王后，要是她願意把小寶寶託付給我，我會把小寶寶抱到她父王面前，說不定他見了這個無辜的孩子，心就軟了。」

「可敬的夫人，」艾蜜莉亞說，「我會把這項可貴的提議轉達給王后，她今天正巴望著有朋友願意挺身而出，將孩子帶到國王跟前呢。」

「也請告訴她，」寶麗娜說，「我願意斗膽在里昂提斯面前替她辯護。」

「願上帝永遠祝福您，」艾蜜莉亞說，「您對仁慈的王后真好！」接著艾蜜莉亞就去找赫米溫妮，王后原本擔心沒人敢冒險將這孩子帶到她父親面前，這會兒便歡歡喜喜將女嬰交託給寶麗娜。

儘管寶麗娜的丈夫害怕國王會大發雷霆，想盡辦法阻撓她，寶麗娜還是抱著新生兒，硬闖到國王面前。寶麗娜把嬰兒放在她父王腳邊，鏗鏘有力地替赫米溫妮辯護，嚴厲指責里昂提斯不人道，求他憐憫無辜的妻子跟孩兒。可是寶麗娜勇敢的勸諫只是惹得里昂提斯更加不快，他命令她丈夫安提哥納斯把她帶下去。

寶麗娜臨走前，將小寶寶留在她父親腳邊，以為他要是有機會跟她獨處，好好看著她，見到她這般無助又無辜，必定會升起憐憫之心。

好寶麗娜卻想錯了，她前腳一走，這個無情的父親就吩咐她丈夫安提哥納斯，把孩子帶出海，隨便丟在什麼荒涼的海岸上任她自生自滅。

安提哥納斯跟好心的卡密羅不同，他對里昂提斯言聽計從，立刻將孩子帶上船出海去，打算一找到荒涼的海岸就把她扔下。

雖然派了克里歐米尼斯跟狄恩到德爾菲斯的阿波羅神廟請示神諭，但國王深信赫米溫妮罪證確鑿，不願等他們回來。他不顧王后產後還沒調養好身體，又因為失去心愛的寶寶而悲痛，就逕自派人將她帶進宮中，當著大臣跟貴族的面公開審判。全國的大臣、法官跟貴族齊聚一堂，準備審問赫米溫妮。不幸的王后以犯人的身分站在臣民面前，克里歐米尼斯跟狄恩就在此時走進人群當中，將封緘的神諭上呈給國王。里昂提斯令人拆開諭封，高聲誦讀，神諭裡寫著：「赫米溫妮無辜，波力克希尼斯清白，卡密羅是一代忠臣，里昂提斯是善妒的暴君。如果失去的尋不回來，國王必將後繼無人。」國王不相信神諭所言，咬定是王后的親信編派的謊話，他要法官繼續審問王后。但就在里昂提斯說話的當兒，有個男人走進來通知他，王子邁密勒斯聽聞母后即將被判死刑，在悲痛跟羞辱的雙重打擊之下不幸猝死。

赫米溫妮一聽到親愛又深情的孩子因為她的不幸而憂傷致死，旋即昏厥。這項死訊刺痛了里昂提斯的心，頓時同情起不幸的王后，於是下令要寶麗娜跟侍女把王后帶開，想辦法將她救醒。寶麗娜不久之後回來稟報國王，赫米溫妮已經死去。

里昂提斯一聽到王后死了，才後悔自己曾經對她如此殘忍。既然他的錯待讓赫米溫妮心碎，於是相信她是無辜的，此時也才領悟到原來神諭所言不假。他明白「如果失去的尋不回來」——他認定這指的是他的小女兒，自己將會後繼無人，因為小王子邁密勒斯已經死去。現在，他願意用整個王國換回自己的女兒。里昂提斯悔恨不已，從此以後，在哀傷跟痛悔裡度過了多年歲月。

安提哥納斯帶著小公主坐船出海，最後被暴風雨颳到了波希米亞的海岸上，那裡正巧是好國王波力克希尼斯的領土。安提哥納斯在這裡上了岸，將小寶寶遺棄在這裡。

安提哥納斯再也無法返回西西里，向里昂提斯報告他把小公主丟在何方，因為就在他要回船上的時候，有頭熊從林子裡跑出來，將他撕個粉碎。這對他來說倒算是公正的懲罰，誰教他聽從了里昂提斯的惡毒命令。

這孩子一身華麗的衣裳，配戴著珠寶。赫米溫妮把她送到國王跟前時，事先將她打扮得漂漂亮亮。安提哥納斯還在她的斗篷上別了張紙，在上頭寫下她的名字波蒂塔，另外加了幾句話，暗示她出身高貴、命運多舛。

有個牧羊人撿到了這個可憐的棄嬰。他心地善良，將小波蒂塔帶回家交給妻子悉心照料。可是窮困讓牧羊人難敵誘惑，於是將撿到的珠寶私藏起來，還因此舉家遷離原址，免得有人知道他是怎麼發財的。他拿波蒂塔的一部分珠寶買了幾群羊，這一來便搖身成了富有的牧羊人。他將波蒂塔視為親生孩子撫養長大，她只知道自己不過是牧羊人的女兒。

小波蒂塔長成了一個可愛的姑娘，雖然只有牧羊人之女一般會有的教育程度，但她從貴為王后的母親那裡繼承了天生的優雅，從未受薰陶的心裡散放光采，因此單從她的舉止儀態看來，沒人知道她並非在父王的宮殿中長大。

波希米亞國王波力克希尼斯有個獨生子，名叫弗羅里茲。這個年輕王子到這位牧羊人住家附近打獵的時候，湊巧見到了這老人的養女。波蒂塔的姣好相貌、端莊得體以及王后般的風度，立刻讓他墜入愛河。不久，他就化名為多里克利斯，喬裝為平民百姓，常常前往老牧羊人家作客。弗羅里茲時常不在宮裡，讓波力克希尼斯相當不安。他暗中派人去監視兒子，發現兒子愛上了牧羊人的漂亮女兒。

於是，波力克希尼斯把卡密羅叫來——當初在里昂提斯的盛怒之下，這個忠實的卡密羅救了他一命——希望對方能陪他去牧羊人的家，就是波蒂塔養父的家。

波力克希尼斯跟卡密羅事先經過喬裝打扮，最後到了老牧羊人的家。當時牧羊人正在慶祝剪羊毛的日子。雖然他倆是陌生人，但在歡慶剪羊毛的節日裡，不管來自何方的賓客都會受到歡迎，兩人因而受邀參與盛會。

現場笑聲連連，熱鬧歡騰。桌子已經擺開，準備盛大舉辦這場鄉村宴會。有些小伙子跟姑娘就在屋前的草地上跳起舞來，有些年輕人則在門口跟攤販買緞帶、手套跟那類的小玩意。

眾人熱鬧滾滾的當兒，弗羅里茲跟波蒂塔卻獨自靜靜坐在隱密的角落裡，好像更喜歡跟對方談心，而不想跟眾人嬉戲同歡、傻氣笑鬧。

國王喬裝得很成功，連親生兒子都認不出他來。於是他走了過去，近到可以聽見兩人的交談。波蒂塔跟他兒子談話的風度純真但優雅，這點教波力克希尼斯頗為意外。「出身低微的姑娘裡，我從沒見過長這麼漂亮的，她的一言一行好像都勝過自己的身分，高貴得跟這地方很不相稱。」

卡密羅回答：「是啊，在畜牧人家裡，她可以算是女王了。」

「這位好朋友，請問一下，」國王對老牧羊人說，「跟你女兒聊天的那個英俊小伙子是誰啊？」

「大家都叫他多里克利斯，」牧羊人回答，「他說他愛上咱家女兒，老實說，根本看不出誰愛誰更多。如果年輕的多里克利斯娶到她，她會帶來作夢也想不到的好處。」牧羊人指的就是波蒂塔剩下的那些珠寶，當初他用了一部分來買幾群羊，其餘的細心收好，準備來日給她當嫁妝。

波力克希尼斯接著對兒子說：「小伙子，怎麼了！你好像心事重重，沒什麼心情吃喝享樂。我年輕的時候啊，老愛送情人一堆禮物，可是你竟然眼睜睜看著攤販過去，沒買點玩意兒給你的姑娘。」

年輕的王子萬萬沒料到對方就是父王，於是回答：「老先生，她看重的不是那些小東西。波蒂塔希望我送她的禮物，就鎖在我的心坎裡。」接著他轉向波蒂塔說：「噢聽我說，波蒂塔，這位老先生看來也是情路上的過來人，就讓他聽聽我的表白吧。」接著，弗羅里茲就請這位年長的陌生人，在他向波蒂塔鄭重許下婚約時充當見證人。他對波力克希尼斯說：「請你當我們的婚約證人吧。」

「我要當你們的離婚證人才對！大少爺。」國王說著便卸除偽裝，恢復了本來的面目。波力克希尼斯斥責兒子，竟敢私自跟這個出身微寒的姑娘訂婚，還罵波蒂塔是「牧羊崽子、牧羊女」以及其他羞辱人的難聽話。他威脅說，如果波蒂塔敢再見他兒子，就把她連同她父親老牧羊人，一起處以殘忍的極刑。

然後國王怒髮衝冠拂袖而去，並且吩咐卡密羅帶王子弗羅里茲回宮。

波力克希尼斯一番痛罵，激出了波蒂塔的高貴本性，國王一離開之後她就說：「雖然我們兩個是沒指望了，可是我並不害怕，剛剛有一兩次我差點脫口跟他把話說白了：太陽照亮他的宮殿，也不會躲著臉不照耀我們家茅屋。太陽對大家一視同仁。」接著她憂傷地說，「可是我現在已經從這場夢醒來，不再做什麼當王后的美夢了。離開我吧，先生，我要去替母羊擠奶，然後大哭一場。」

好心腸的卡密羅相當欣賞波蒂塔活潑端莊的舉止，也看出年輕王子深陷愛河，不可能因為父王一聲令下就放棄戀人。他想出一個辦法，既可以幫忙這對戀人，同時又能實現他心上的妙計。

卡密羅老早就知道西西里國王里昂提斯已經真心悔悟。雖然卡密羅現在成了波力克希尼斯國王的知交，卻忍不住想再見見過往服侍的國王以及自己的故鄉。因此他提議弗羅里茲跟波蒂塔陪同他回西西里宮廷，到時他會負責出面調解，在他倆獲得波力克希尼斯的諒解並同意這樁婚事以前，他會先商請里昂提斯提供庇護。

一聽見這個提議，兩人欣然表示同意。卡密羅負責張羅出逃的事宜，還允許老牧羊人一併同行。

牧羊人隨身帶著波蒂塔剩下的珠寶、嬰兒裝以及別在斗篷上的紙條。

旅程一帆風順，弗羅里茲陪同波蒂塔、卡密羅跟老牧羊人安全抵達里昂提斯的王宮。里昂提斯依然悼念著死去的赫米溫妮跟失去的孩子，寬宏大量地接待卡密羅，也竭誠歡迎弗羅里茲王子。不過，里昂提斯的心神似乎都聚焦在波蒂塔身上；弗羅里茲介紹波蒂塔時，說她是他的王妃。里昂提斯看出她跟死去的王后模樣肖似，不禁再度悲從中來。他說，要不是他用殘忍的手段毀掉女兒，她如今也該長成這麼一個可愛姑娘了。「那時候，」他對弗羅里茲說，「我也跟你高貴的父親斷絕來往，葬送了友誼，我現在多想再見他一面啊。」

老牧羊人聽到國王這麼在意波蒂塔，又聽到國王曾經失去女兒，而且是在襁褓時期丟失的，就把撿到小波蒂塔的時間、遭人遺棄的方式，還有證明她出身高貴的珠寶跟其他信物，掂量比對了一下。這一切讓他不得不得出這個結論——波蒂塔就是國王失去的女兒。

老牧羊人當著弗羅里茲跟波蒂塔、卡密羅跟忠實的寶麗娜的面，跟國王述說自己當初怎麼撿到這孩子，還有目睹安提哥納斯死於熊掌之下的事。老牧羊人拿出華麗的斗篷，寶麗娜記得赫米溫妮當初就是用它裹住小寶寶的。他又拿出一件珠寶，她記得赫米溫妮曾經把它掛在波蒂塔的頸子上。接著拿出那張紙條，寶麗娜認出那就是丈夫的筆跡。毫無疑問，波蒂塔就是里昂提斯的親生女兒。噢，可是高貴的寶麗娜心裡真是矛盾極了，一方面為了丈夫的死而悲傷，另一方面又因為神諭應驗了而心生歡喜——國王的繼承人，失散已久的女兒再次尋得。一聽到波蒂塔是自己的女兒，里昂提斯便想到赫米溫妮沒辦法活著見到女兒，他悲痛欲絕，除了大喊「噢妳母親，妳母親啊！」之外，久久無法言語。

寶麗娜打斷了這個悲喜交加的場面，對里昂提斯說，她聘請了傑出的義大利大師朱里歐·羅曼諾塑了尊雕像，模樣酷似王后，近來才剛完成。如果國王陛下願意到她家來看看，一定會覺得簡直就像見到了赫米溫妮本人。他們一行人一同前往，國王等不及要看看赫米溫妮的雕像，波蒂塔則是全心渴望見見未曾謀面的母親長什麼模樣。

寶麗娜把這座知名雕像的遮簾拉開，雕像維妙維肖，就跟赫米溫妮一個模樣。國王一見，再次悲不自勝，久久說不出話，身子也動彈不得。

「陛下，我欣賞您的沉默，」寶麗娜說，「這樣更能顯示您有多驚訝。這尊雕像是不是很像您的王后呢？」

國王終於開口：「噢，她站在那裡雍容華貴，就跟我最初追求她的時候一樣。可是，寶麗娜，赫米溫妮的模樣沒有雕像這麼老啊。」

寶麗娜回答：「這樣更能凸顯雕刻家的高明啊，他刻畫出赫米溫妮活到今天的模樣。我還是把遮簾拉起來吧，陛下，要不然您會誤以為它在動呢。」

這時國王說：「千萬不要啊，要是妳把簾幕拉起來，那我寧可死去！看哪，卡密羅，你不覺得雕像會呼吸嗎？她的眼睛似乎會轉呢。」

「我非得拉上遮簾不可了，陛下，」寶麗娜說，「您情緒太過激動，把這座雕像幻想成活的了。」

「噢，可愛的寶麗娜，」里昂提斯說，「再過二十年我也不會改變這個想法。我還是覺得她在呼吸。什麼樣精巧的鑿刀，竟能雕出氣息？誰也別笑我，我要上前吻吻她。」

「陛下，不行啊！」寶麗娜說，「她唇上的紅彩還沒乾呢，讓我把遮簾拉上吧。」

「不行，」里昂提斯說，「再過二十年都不行拉上。」

波蒂塔一直跪在雕像跟前，默默欣賞她美得無與倫比的母親，現在開口道，「我也願意在這裡待上二十年，一直望著我親愛的母親。」

「別再這麼激動了，」寶麗娜對里昂提斯說，「讓我拉上遮簾吧，不然就準備面對更教人驚訝的事。我確實可以讓這座雕像動起來，是的，還能讓雕像從基座上走下來，握住您的手呢。不過，這麼一來，您肯定會認定我在耍弄什麼妖術了，絕對沒有這回事。」

「不管妳能讓她做什麼，」國王驚愕不已地說，「我都很願意看看，既然妳都能讓雕像動起來了，那麼要她開口說話也不難吧。」

寶麗娜下令要人奏起莊嚴徐緩的音樂，是她專為這個場合準備的；在場的人看了全都驚愕莫名，雕像竟然從基座上走了下來，還展開雙臂摟住里昂提斯的脖子。雕像接著開口說話，祈求上帝賜福給她丈夫跟剛剛尋回的孩子波蒂塔。

這座雕像摟住里昂提斯的脖子，並出聲祝福她丈夫跟孩子，這點並不稀奇，因為雕像正是赫米溫妮本人，貨真價實、活生生的王后本人。

原來當初寶麗娜向國王謊稱赫米溫妮已死，只是為了保全王后的性命。從那之後，赫米溫妮就跟寶麗娜住在一起，要不是聽到尋獲波蒂塔的消息，不然赫米溫妮並不打算讓里昂提斯知道她還活著。雖然赫米溫妮早已原諒了里昂提斯對她的傷害，但始終無法饒恕他對小女兒的殘忍無情。

死去的王后就這樣復活了，失去的女兒也尋回了，悲傷多年的里昂提斯差點承受不住過度的歡喜。

恭賀跟深情的問候聲此起彼落。這對歡喜的父母向弗羅里茲王子致謝，謝謝他愛上表面看來出身卑下的女兒，又向好心的老牧羊人表示祝福，因為他保住了他們孩子的性命。盡忠職守的卡密羅跟寶麗娜，親眼見到這麼美滿的結局，兩人都喜不自勝。這個出人意料又離奇的歡樂場面早已圓滿無缺，這時波力克希尼斯國王走進了宮殿。

波力克希尼斯之前就知道卡密羅老早就想返回西西里，一發現兒子跟卡密羅失蹤，就猜想應該可以在這裡找到那兩個逃亡者。他全速追趕，湊巧就在里昂提斯一生最快樂的時刻抵達了。

波力克希尼斯跟著大家同歡共樂，原諒了朋友里昂提斯當初的無理嫉妒，他們再次像年少時期那樣友愛。大家再也不用擔心波力克希尼斯會反對兒子跟波蒂塔成婚了，因為她現在再也不是「牧羊女」，而是西西里王位的繼承人。

赫米溫妮蒙受多年的苦難，她堅忍的美德終於得到回報。這個卓越的女性跟里昂提斯、波蒂塔共同過了多年的生活，是母親跟王后裡最幸福的一個。

冬天的故事　人物關係表

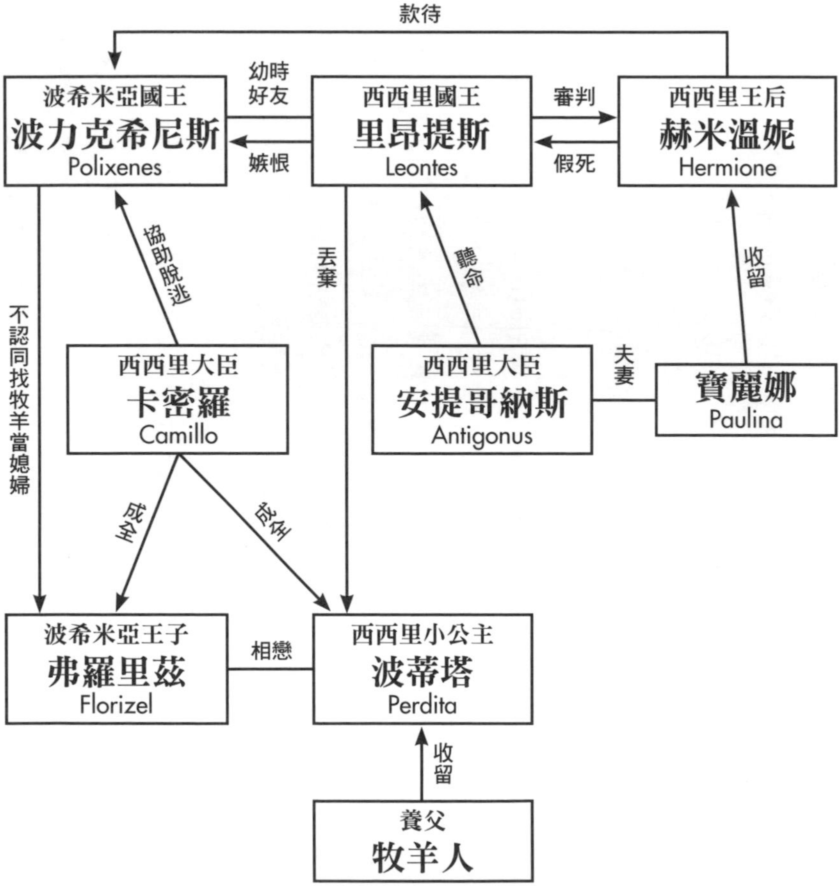
款待
波希米亞國王
波力克希尼斯
Polixenes
幼時
好友
嫉恨
西西里國王
里昂提斯
Leontes
審判
假死
西西里王后
赫米溫妮
Hermione
協助脫逃
丟棄
聽命
收留
不認同找牧羊當媳婦
西西里大臣
卡密羅
Camillo
西西里大臣
安提哥納斯
Antigonus
夫妻
寶麗娜
Paulina
成全
成全
波希米亞王子
弗羅里茲
Florizel
相戀
西西里小公主
波蒂塔
Perdita
收留
養父
牧羊人

冬天的故事
The Winter's Tale
屬性：傳奇劇
創作年代：一六一〇至一六一一年

關於冬天的故事：

✵此劇大部分情節來自羅伯．葛林（Robert Greene）一五八八年的傳奇劇《潘朵思托》（***Pandosto: The Triumph of Time***）。

✵雨果曾評論此劇：「詩人筆下最嚴肅也最具深度的劇作之一……《冬天的故事》並非喜劇，而是悲劇。」

✵英國專研都鐸王朝、並曾撰寫安博林傳記的歷史學家艾瑞克．伊夫（Eric Ives）認為，莎士比亞將此劇中的王后赫米溫妮比作亨利八世第二任妻子安博林（亨利八世認為她與別人有染，而此劇中的王后則是被國王誤解），赫米溫妮的女兒波蒂塔則暗指伊莉莎白一世。

✵曾兩度改編成電影，英國廣播公司於一九八〇年改編成電視劇。

✵英國新興編舞家克里斯多夫．惠爾登（Christopher Wheeldon）於二〇一四年將此劇改編成芭蕾舞劇。

✵莎劇中最廣為人知的舞台指示「被熊追著下場」（Exit, pursued by a bear）出自此劇第三幕，暗示安提哥納斯被熊殺死，也是後來常出現的「惡人被兇猛野獸殺死」橋段。

無事生非
Much Ado About Nothing

Sigh no more, ladies, sigh no more,
Men were deceivers ever,
One foot in sea and one on shore,
To one thing constant never.

不要歎氣，姑娘，不要歎氣，
男人都是些騙子，
一腳在岸上，一腳在海裡，
他天性總是朝三暮四。

——鮑瑟沙，第二幕，第三場

梅辛那的宮殿裡住著兩位姑娘，一位叫希羅，另一位叫碧翠絲。希羅是梅辛那總督里歐納托的女兒，碧翠絲是總督的姪女。

碧翠絲生性活潑，喜歡用輕鬆的俏皮話，逗個性較嚴肅的堂妹希羅開心。不管發生什麼事，無憂無慮的碧翠絲總是可以拿來說笑。

這兩位姑娘的故事一開場，幾位軍階較高的青年正好路過梅辛那，前來拜訪里歐納托。他們在剛剛結束的戰事裡，驍勇善戰而立下彪炳戰功。他們當中有阿拉貢的親王唐·彼德羅、他朋友佛羅倫斯貴族克勞狄奧，還有帕度亞貴族——豪放機智的班尼迪克。

這些異鄉客以前就來過梅辛那，好客的總督把他們當成老友，引見給自己的女兒跟姪女。

班尼迪克一走進房裡，就精力充沛地跟總督里歐納托、親王暢談起來。不管是誰說話，碧翠絲都不喜歡被冷落，於是打斷班尼迪克並說：「怪了，班尼迪克先生，明明沒人在聽你講話，你怎麼還自顧自說個不停啊。」班尼迪克跟碧翠絲一樣都是愛喋喋不休的人，可是碧翠絲這麼隨便的招呼，還是惹得他老大不高興。他覺得教養良好的姑娘說話這樣輕率，很不恰當。他想起上次來梅辛那時，碧翠絲常拿他來開玩笑。愛開別人玩笑的人，最不喜歡別人把他們當成調侃的對象；碧翠絲跟班尼迪克正是如此。這兩個伶俐機智的人以往只要碰上面，就會一陣唇槍舌戰，互相譏諷調侃，最後氣悶地分道揚鑣。

當碧翠絲打斷班尼迪克的話，告訴他沒人在聽他講話時，他就假裝之前根本沒看到她在場，並說：「怎麼，親愛的輕蔑小姐，妳還活得好好的啊？」兩人再次爆發舌戰，接著就是久久一陣你來我往的針鋒相對。碧翠絲明明知道班尼迪克在這次戰事裡的表現英勇無懼，卻故意說自己願意吃光他在戰場上殺掉的人。她也觀察到班尼迪克的談話把親王逗得很開懷，就說他是「親王的弄臣」。這番挖苦比碧翠絲之前說過的話都傷人。她說願意把他在戰場上殺死的敵人吃光，就在暗示他是懦夫一個，這點他並不在意，因為他很清楚自己英勇無畏。可是最機智的人最害怕的，莫過於被冠上小丑的汙名，因為這番指責有時候太逼近真相。所以，當碧翠絲說班尼迪克是「親王的弄臣」時，他恨得牙癢癢。

希羅是個端莊的姑娘，在這些貴客面前沉默不語。克勞狄奧專注地觀察希羅，發現她出落得很標致，望著她曼妙的身姿儀態——她真是個賞心悅目的年輕姑娘啊。於此同時，碧翠絲跟班尼迪克詼諧的對話，讓親王聽得興味盎然，親王悄聲對里歐納托說：「這個朝氣蓬勃的姑娘真是討人喜歡，要是嫁給班尼迪克，會是天作之合啊。」

對於這個提議，里歐納托回答：「啊，殿下啊殿下，他們要是成了親，不到一個星期肯定吵翻天哪。」雖然里歐納托認為他們無法成為琴瑟和鳴的佳偶，可是親王並未放棄撮合這兩個伶俐機智的人。

親王跟克勞狄奧從皇宮回來之後，發現除了撮合班尼迪克跟碧翠絲之外，這群人裡頭還有別樁婚事等待安排。克勞狄奧對希羅讚不絕口，親王猜中了他的心思。親王相當高興，對克勞狄奧說：「你對希羅有意思？」

針對這個問題，克勞狄奧答道：「噢殿下，上次來梅辛那的時候，我用軍人的眼光來看她，喜歡歸喜歡，但無暇談情說愛，可是現在日子快樂太平了，不用去想戰爭，腦袋空了下來，溫柔細膩的思緒就一口氣湧上，全都在提醒我，年輕的希羅有多麼美麗，提醒我在上戰場前就已經喜歡上她。」克勞狄奧表白了對希羅的愛，親王深受感動，刻不容緩向里歐納托提親，請他接受克勞狄奧這個未來的女婿。里歐納托同意了這項提議。親王也輕易說服了溫柔的希羅，說高貴的克勞狄奧天賦異秉、多才多藝，希羅便答應了克勞狄奧的追求。在仁慈親王的聲援之下，克勞狄奧很快就說動里歐納托，答應早早定下他與希羅的大喜之日。

再過幾天，克勞狄奧就要跟美麗佳人結為連理，但他卻埋怨這中間的空檔太過乏味——大部分的年輕人在等待自己一心想完成的事件時，總是耐不住性子。所以，親王為了讓他覺得時間過得快一點，就提議大家來策劃一個妙計，作為愉快的消遣，目的是要讓班尼迪克跟碧翠絲墜入情網。親王這個一時興起的念頭，克勞狄奧也樂得配合，里歐納托也保證會伸出援手，連希羅也說她會盡棉薄之力，幫忙堂姊覓得好夫婿。

親王想出來的計策是，男士們要讓班尼迪克相信碧翠絲愛上了他，而希羅要讓碧翠絲相信，班尼迪克愛上了她。

親王、里歐納托跟克勞狄奧率先採取行動；他們等待時機，等班尼迪克靜靜坐在涼亭裡看書的時候，親王跟他的助手就在涼亭後方的樹林裡站定，跟班尼迪克的距離如此之近，讓他非得把他們說的話一字不漏聽進耳裡。隨意閒談一會兒之後，親王說，「里歐納托，過來一下，前幾天你跟我說了什麼啊——說你姪女碧翠絲愛上了班尼迪克先生？我從沒想過那個姑娘會愛上任何男人。」

「是啊，我也沒料到啊，殿下，」里歐納托回答，「表面上看來，她好像一直都很討厭他。」

克勞狄奧證實了這件事，說是希羅親口告訴他的，希羅說碧翠絲愛極了班尼迪克，要是他不肯回報她的愛，碧翠絲說自己一定會傷心至死。里歐納托跟克勞狄奧似乎一致認為，班尼迪克不可能愛上碧翠絲，因為他總愛嘲弄每個窈窕淑女，尤其是碧翠絲。

親王聽了這些話，假裝非常同情碧翠絲，並說：「最好跟班尼迪克說說這件事。」

「說了又有什麼好處？」克勞狄奧說，「他只會把這件事當成笑話，害那個可憐的姑娘更苦惱吧。」

「如果他真的這樣，」親王說，「把他抓來吊死都算是善事一件，碧翠絲是個出色甜美的姑娘，面對任何事情的反應都聰明絕頂，就只有愛上班尼迪克這件事不夠聰明。」然後，親王對同伴比比手勢，要大家繼續往前走，留下班尼迪克一人，讓他好好思索剛剛聽到的話。

班尼迪克一直熱切地聽著這番對話，聽到碧翠絲愛著他時，喃喃自語：「有可能嗎？事情真的朝著這種方向發展了？」他們離開之後，他分析起來：「這不可能是騙局！他們的態度一本正經，話又是從希羅嘴裡說出來的，而且他們似乎還滿同情那個姑娘。她竟然愛上我了！我一定會回報這份愛！我從來沒考慮過婚事，我當初說會單身一輩子，是因為沒想到自己會活到可以結婚的那天。他們說這姑娘品行端正又長得漂亮，確實是這樣沒錯。他們竟然說除了愛上我這件事之外，她事事聰明。欸，也不能因為愛上我就說她傻吧。碧翠絲來了。她真是個漂亮姑娘啊。我的確看出了她的幾分愛意。」

這時碧翠絲朝他走來，用一貫的尖酸口吻說：「他們硬要派我來叫你進去吃飯，我可是老大不願意啊。」

班尼迪克過去從沒想過要用這麼客氣的態度跟她講話，他答道：「美麗的碧翠絲，麻煩妳了，謝謝。」碧翠絲回了兩三句粗魯的話之後轉身離開。班尼迪克覺得在她失禮的話語背後，可以察覺到一絲隱藏壓抑的深情。他高聲說：「如果不同情她，我就是個惡棍。要是不愛她，我就是鐵石心腸。我要想辦法討張她的肖像畫來收藏。」

這位男士就這樣跳進了他們設計的圈套，現在輪到希羅對碧翠絲下工夫了。為了達成目的，她派人把侍女烏蘇拉跟瑪格麗特喚來，然後對瑪格麗特說：「好瑪格麗特，到客廳去，妳會在那裡找到我堂姊碧翠絲，她正在跟親王、克勞狄奧聊天。妳悄悄告訴她，我跟烏蘇拉在花園裡散步，說我們嘴裡談的全是她。要她悄悄溜到那個舒適的涼亭去，那裡的忍冬花被太陽催熟了，可是就像不知感恩的寵臣，害得陽光透不進來。」希羅要瑪格麗特慫恿碧翠絲去的涼亭，正是班尼迪克先前凝神傾聽的那一個。

「我保證一定讓她馬上過來。」瑪格麗特說。

然後，希羅帶著烏蘇拉走進花園，然後對她說：「好了，烏蘇拉，等碧翠絲一過來，我們就在這條小徑上來來回回散步，話題只能繞著班尼迪克打轉，我一提到他的名字，妳就把他誇得好像全天下就這男人最棒。我會跟妳說，班尼迪克怎樣愛上了碧翠絲。現在開始吧，看看碧翠絲像隻田鳧一樣，縮頭縮腦跑來偷聽我們講話了。」她們開始行動。

希羅開口了，彷彿在回應烏蘇拉才剛說完的話：「不，說真的，烏蘇拉，她這傢伙太瞧不起人了，性格就像山頂的野鳥一樣高傲。」

「可是妳確定班尼迪克全心全意愛著碧翠絲？」

希羅回答：「親王跟我未婚夫克勞狄奧就是這樣說的啊，他們還求我告訴碧翠絲，可是我勸他們，要是他們真心愛護班尼迪克，可千萬別讓碧翠絲知道這件事。」

「當然了，」烏蘇拉回答，「別讓碧翠絲知道班尼迪克愛上她，免得被她拿來說笑。」

「欸，說實在的，」希羅說，「我還真沒見過這樣有智慧，這麼高貴年輕、相貌堂堂的男人，可是碧翠絲會把人家批得一無是處。」

「是啊，是啊，這種愛挑毛病的習慣真的不好。」烏蘇拉說。

「確實不好，」希羅回答，「可是誰敢跟碧翠絲直話直說啊？要是我跟她講了，她肯定會把我嘲笑到抬不起頭來。」

「噢！妳錯怪妳堂姊了啦，」烏蘇拉說，「她不可能這麼沒眼光，去拒絕班尼迪克這種難能可貴的紳士吧。」

「他的名聲很好，」希羅說，「說真的，除了我親愛的克勞狄奧之外，他是義大利最出色的男人。」這時，希羅暗示侍女該改變話題了。

烏蘇拉便說：「小姐，妳什麼時候要結婚？」希羅告訴烏蘇拉，隔天就是她跟克勞狄奧成婚的日子，希望能跟烏蘇拉商量一下明天要做什麼裝扮。

碧翠絲一直屏氣凝神，熱切傾聽這段對話，她們離開的時候，她驚呼：「我的耳朵竟然熱得發燙。這會是真的嗎？輕蔑與嘲笑，永別了！少女的傲氣，再會吧！班尼迪克，愛下去吧！我會回報你的，我會馴服我狂野的心，交到你深情的手裡。」

這對老冤家成了親愛的新朋友，性情溫和的親王用滑稽的巧計，誘騙他們愛上對方之後，頭一次再見到對方的景象——任誰看到都會覺得愉快。可是，希羅的命運卻出現悲哀的轉折，現在該回頭想想這件事了。隔天原本是希羅的大喜之日，卻讓她跟慈父里歐納托的心深陷憂傷。

親王有個同父異母的弟弟，在戰爭結束之後跟著他來到梅辛那。這個弟弟叫唐·約翰，是個性情憂鬱、心懷怨懟的男人，他似乎總愛策劃些陰險的勾當。他痛恨親王哥哥，也厭惡克勞狄奧，因為克勞狄奧是親王的朋友。唐·約翰下定決心阻止克勞狄奧跟希羅成親，純粹只是為了折磨克勞狄奧跟親王，從別人的痛苦當中得到樂趣。他知道親王一心想成全這門婚事，態度幾乎跟克勞狄奧一樣熱切。為了遂行這個陰險目的，唐·約翰雇用了作風跟他一般狠毒的波拉契奧，以豐厚的獎賞來唆使這個人聽話辦事。波拉契奧這陣子正在追求希羅的侍女瑪格麗特，唐·約翰得知此事之後，便要波拉契奧叫瑪格麗特承諾，那天晚上等希羅入睡，到女主人的臥房窗口跟他談心。為了讓克勞狄奧更加信服那就是希羅本人，特地要瑪格麗特穿上女主人希羅的服飾。那就是唐·約翰遂行奸計的目的。

接著，唐·約翰就去找親王跟克勞狄奧，告訴他們希羅是個行為不檢的姑娘，說她三更半夜會在臥房窗口跟男人談心。婚禮前夕的夜裡，他自願陪同他們過去，讓他們親耳聽聽希羅在窗畔跟男人對話。他們答應過去看看，克勞狄奧說：「今天晚上要是看到什麼事情，讓我打消了結婚的念頭，明天我會在婚禮上，當眾羞辱她。」

親王也說：「既然當初幫你們兩人牽線的是我，我也會跟你聯手羞辱她。」

那晚，唐·約翰帶他們到希羅的臥房附近，這行人看到波拉契奧站在窗下，眼見瑪格麗特探出希羅的窗外，聽到她跟波拉契奧在聊天。瑪格麗特身上穿的服飾，親王跟克勞狄奧正巧看希羅穿過，於是相信那就是希羅姑娘本人。

克勞狄奧發現了（他自以為發現了）這樁醜事，氣得火冒三丈。他對無辜希羅的愛意轉眼化為仇恨，照他先前所說的，決心隔天要在教堂裡揭發她的醜事。親王也同意了，認為不論什麼懲罰，對這個沒規矩的姑娘來說都不算嚴苛，即將跟高貴的克勞狄奧成婚的前一天晚上，竟然還在窗邊跟男人談情說愛。

翌日，大家齊聚一堂準備舉行婚禮，克勞狄奧跟希羅站在神父面前——有人也稱這位神父是托缽僧。神父正要宣布婚禮開場，克勞狄奧卻以激烈的言詞訴說無辜希羅的罪狀。那番荒唐的發言讓希羅驚愕至極，她溫順地說：「我的夫君生病了嗎？竟然說出這樣莫名其妙的話？」

里歐納托震驚不已，就對親王說：「陛下，您為什麼不說話？」

「有什麼好說的？」親王說，「我當初替親愛的朋友跟這個卑劣女人牽線，就已經顏面掃地了。里歐納托，我憑著我的名譽向你發誓，我自己、我弟弟跟苦惱的克勞狄奧昨天晚上親眼看見跟聽到，她半夜在臥房窗口跟男人談心。」

班尼迪克聽到這些話，一時驚愕便說：「這根本不像是婚禮啊。」

「是不像啊，噢，天啊！」傷心欲絕的希羅回答。接著，這位不幸的姑娘便昏厥倒下，一副死去的模樣。親王跟克勞狄奧頭也不回離開教堂，既沒留下來查看希羅是否甦醒，也不在乎他們害得里歐納托痛苦不堪。怒氣讓他們變成鐵石心腸。

碧翠絲想把昏厥的希羅喚醒，班尼迪克留在現場幫忙並說：「她的狀況怎樣？」

「我想是死了。」碧翠絲非常苦惱地回答，因為她深愛堂妹，也知道堂妹向來品行端正，剛剛他人指控堂妹的那番話，她一概不信。可憐的老父親就不是這樣了，他相信自己的孩兒做了教人蒙羞的事。對著躺在面前如同死去的女兒，他發出聲聲悲嘆，卻也巴不得她永遠別再睜開眼睛——聽到這些話真教人同情。

可是老神父相當睿智，對人性的觀察敏銳，他先前仔細留意這姑娘的臉色，有人指控她的時候，她的臉龐先湧上羞辱的紅暈，接著無辜的蒼白將羞紅的面色驅離，更在她的眼裡看見一團火，表示親王說她不貞是莫須有的指控。

老神父對傷心的父親說：「躺在這裡的甜美姑娘，蒙受了冤屈，她是無辜的，要是我說得不對，你儘管罵我傻子，別再相信我的判斷跟觀察，更不要相信我的年紀、我的名譽或是我的地位了。」

希羅從昏厥的狀態中甦醒過來時，神父對她說：「姑娘，他們指控妳跟什麼人談心？」

希羅回答：「指控我的人才知道是誰，我根本不曉得。」然後轉向里歐納托並說，「噢父親，如果您能證明，我在不恰當的時辰跟男人談話，或是昨天晚上我跟任何人聊過，那您就跟我斷絕父女關係，儘管恨我，把我折磨到死吧。」

「親王跟克勞狄奧一定是有什麼奇怪的誤會。」老神父說，然後建議里歐納托對外宣稱希羅已經死去，親王跟克勞狄奧離開的時候，希羅陷入了死亡一般的昏厥狀態，要相信她死了也不難。他也建議里歐納托應該穿上喪服，並且替女兒立一座墓碑，葬禮的儀式全數照辦。

「為什麼要這樣做？」里歐納托說，「這樣有什麼好處？」

神父回答：「希羅死亡的消息會把誹謗變成同情，就會有點好處。可是我希望能夠發揮的作用還不只這些。克勞狄奧一旦聽到希羅因為他的指控傷心至死，她生前的甜美模樣就會悄悄浮現在他的腦海裡。要是他真心愛過她，就會為她哀悼，巴望不曾出面指控她，是的，雖然他還是會認為自己的指控沒有錯。」

這時，班尼迪克說：「里歐納托，聽神父的勸吧，雖然你知道我有多愛親王跟克勞狄奧，可是我以名譽保證，這個祕密我不會對他們透露分毫。」

經過這番好言勸說，里歐納托終於同意了。他滿腹愁腸地說：「我現在好傷心，眼前不管出現多細的救生索，我都會緊緊抓住。」好心的神父把里歐納托跟希羅帶走，繼續安慰跟開導，只剩碧翠絲跟班尼迪克兩人。他們的朋友先前想出撮合兩人的滑稽計謀，就是為了捉弄他倆，大大消遣一番，可是朋友們現在苦惱透頂，所有玩樂的思緒早已煙消雲散。

班尼迪克率先開口，他說：「碧翠絲小姐，妳一直在哭嗎？」

「對啊，而且打算再哭一陣子。」碧翠絲說。

「當然了，」班尼迪克說，「我相信妳的漂亮堂妹是冤枉的。」

「啊！」碧翠絲說，「要是有誰能替我堂妹雪恥復仇，要我怎麼報答我都願意！」

班尼迪克接著說：「要用什麼方式來表達這樣的情誼呢？這世上我最愛的就是妳了，很怪吧？」

「那我也可以輕鬆就說出口：這世上我最愛的就是你了，」碧翠絲說，「不過，不要相信我，雖然我沒說謊。我什麼都不會承認，什麼也都不會否認。我只是替堂妹覺得好難過。」

「我以我的劍起誓，」班尼迪克說，「妳愛我，而我發誓我愛妳。來吧，儘管吩咐，要我替妳做什麼都行。」

「殺了克勞狄奧。」碧翠絲說。

「啊！絕對不行。」班尼迪克說。他深愛朋友克勞狄奧，相信對方受騙上當。

「克勞狄奧誹謗、嘲弄我堂妹，還毀了她的名聲，難道還不算是壞蛋嗎？」碧翠絲說，「噢，我如果是男人該有多好！」

「聽我說嘛，碧翠絲！」班尼迪克說。

可是，只要他替克勞狄奧辯解，碧翠絲就一句也聽不進去。她不停催促班尼迪克替她堂妹的冤屈報仇。她說：「什麼在窗邊跟男人談心，說得像真的一樣！甜美的希羅！她是冤枉的，她被人中傷，這輩子都毀了。噢，為了教訓克勞狄奧這傢伙，我要是男人就好了！要是我有什麼朋友可以挺身為我做個男子漢就好了！可是勇氣都已經融化成禮貌跟恭維了。既然我單靠許願也沒辦法變成男人，只好以女人的身分悲憤而死。」

「等等，好碧翠絲！」班尼迪克說，「我願意舉手發誓我愛妳。」

「你要是愛我，就別只用手來發誓，實際動手做點事吧。」碧翠絲說。

「妳真心認為克勞狄奧冤枉了希羅？」班尼迪克問。

「對，」碧翠絲回答，「就跟我能思考、我有靈魂一樣確定。」

「說到這裡就夠了，」班尼迪克說，「我會去找他決鬥。我吻吻妳的手就走。我用這隻手發誓，克勞狄奧會付出慘痛的代價！等我消息，惦記著我。去吧，快去安慰妳堂妹。」

碧翠絲竭力鼓吹班尼迪克，用憤慨的話語挑動他的騎士精神，替希羅爭一口氣，跟好友克勞狄奧決鬥。於此同時，里歐納托向親王跟克勞狄奧通報希羅已經傷心至死，並且向他們倆下了戰帖，以決鬥來回應加諸在他女兒身上的傷害。可是他們尊重他年事已高，加上喪女之痛尚未平復，於是說：「不，好心的老人家，別跟我們吵架。」

現在班尼迪克也來了。他也向克勞狄奧下戰帖，要對方用劍來回應對希羅的傷害。克勞狄奧跟親王對彼此說：「一定是碧翠絲指使他的。」要不是上天有眼，主持了公道，及時在此刻捎來了消息——比起難以預知結局的決鬥，這個消息更能證明希羅是無辜的——要不然克勞狄奧肯定會接下班尼迪克的挑戰。

親王跟克勞狄奧正在談論班尼迪克的挑戰時，治安官就把波拉契奧當成犯人押到親王面前。原來有人無意間聽到波拉契奧跟同伴閒聊，說起唐·約翰雇他去幹了什麼勾當。

波拉契奧把事情一五一十向親王如實招供，克勞狄奧全聽在耳裡。波拉契奧說，瑪格麗特當初穿著大小姐的服飾陪他在窗邊聊天，所以他們才會誤以為那是希羅姑娘本人。這下子，克勞狄奧跟親王對希羅的無辜再也不抱任何懷疑；倘若還存有一絲疑心，也在唐·約翰逃走的時候一掃而空了。唐·約翰一察覺事跡敗露，哥哥必定震怒難平，於是就從梅辛那逃之夭夭。

克勞狄奧發現自己冤枉了希羅，內心悲痛難抑。他以為希羅就是聽到那番殘酷無情的話才死的。回憶頻頻浮現，摯愛希羅的身影盤據了他的腦海，模樣正如最初愛上她的一般。親王問他，剛剛聽到的話是不是像烙鐵一樣燙穿了他的靈魂，他回答說，聽波拉契奧說話的時候，他感覺就像吞下了毒藥。

痛切悔悟的克勞狄奧懇求老人里歐納托，寬恕自己加諸在他女兒身上的傷害。克勞狄奧因為輕信他人對未婚妻的誣告而犯下的過錯；他承諾說，為了親愛的希羅，不管里歐納托想怎麼懲罰他，他都願意承受。

里歐納托給他的懲罰是：要他隔天早上跟希羅的一個堂妹結婚。里歐納托說，這位姑娘現在是他的繼承人了，長相肖似希羅。既然之前才向里歐納托許下鄭重的誓言，克勞狄奧只好答應跟這個素未謀面的姑娘結為連理，即使是黑人也不要緊。可是他非常悲傷，當晚在里歐納托替希羅豎立的墓碑前面，流淚懺悔了一整夜。

到了早晨，親王陪克勞狄奧到教堂去，老神父、里歐納托跟那位姪女已經到場，準備舉行第二場婚禮。里歐納托把許配給克勞狄奧的新娘介紹給他。新娘蒙著面，克勞狄奧看不到她的相貌。「在這位聖潔的神父的面前，把妳的手給我，如果妳願意嫁給我，我就是妳的丈夫。」

「我活著的時候，曾經做過你的妻子。」這個素不相識的姑娘說著便摘下面紗，原來她不是什麼姪女，而是里歐納托的親生女兒，希羅姑娘本人。對克勞狄奧來說，這真是天大的驚喜，他本來以為希羅已經死了，這會兒喜出望外，幾乎不敢相信自己的眼睛。眼前的景象也讓親王大吃一驚，不禁出聲驚呼：「這不是希羅嗎？不是那個死去的希羅嗎？」

里歐納托回答：「殿下，誹謗還活著的時候，她是死了沒錯。」

神父答應他們，在婚禮結束之後，會把這個奇蹟似的事情解釋給大家聽。神父正要證婚，這時班尼迪克打了岔，表示他想同時跟碧翠絲成親。碧翠絲對這樁婚事遲疑了一下，班尼迪克質疑她，她不是向人透露過對他的愛意嗎？他還是從希羅那裡聽來的呢。接著眾人一陣歡喜的說明，他們兩人這才發現原來中了圈套，誤以為對方愛上自己，其實這份愛根本不存在。在朋友的戲弄之下，兩人假戲真作，成了真正的戀人。這個滑稽的計策原本是用來騙他們滋生感情的，結果這份感情倒是越發濃烈，再怎麼嚴肅的解釋也動搖不了。既然班尼迪克都開口向碧翠絲求婚了，不管別人怎麼批評，他都決心達到目的。他繼續歡喜地耍著嘴皮子，一面向碧翠絲發誓說，他都是因為可憐她才娶她的，因為聽說她為愛憔悴得只剩下一口氣。碧翠絲反唇相稽，說她可是經過百般勸說才勉強讓步的，部分原因是為了救他一命，因為聽說他為她害了相思病，憔悴得命快休矣。於是這兩個豪邁機智的人達成了和解，待克勞狄奧跟希羅完婚之後，也跟著步上紅毯。

為了讓故事更完整，要說一下唐·約翰的事。策劃那個勾當的唐·約翰在逃走的途中被逮個正著，並且押回了梅辛那。自己的計策一敗塗地，又看到梅辛那的宮殿沉浸在喜樂跟歡宴之中，對這個陰鬱不滿的傢伙來說，就是最棒的懲罰了。

無事生非　人物關係表

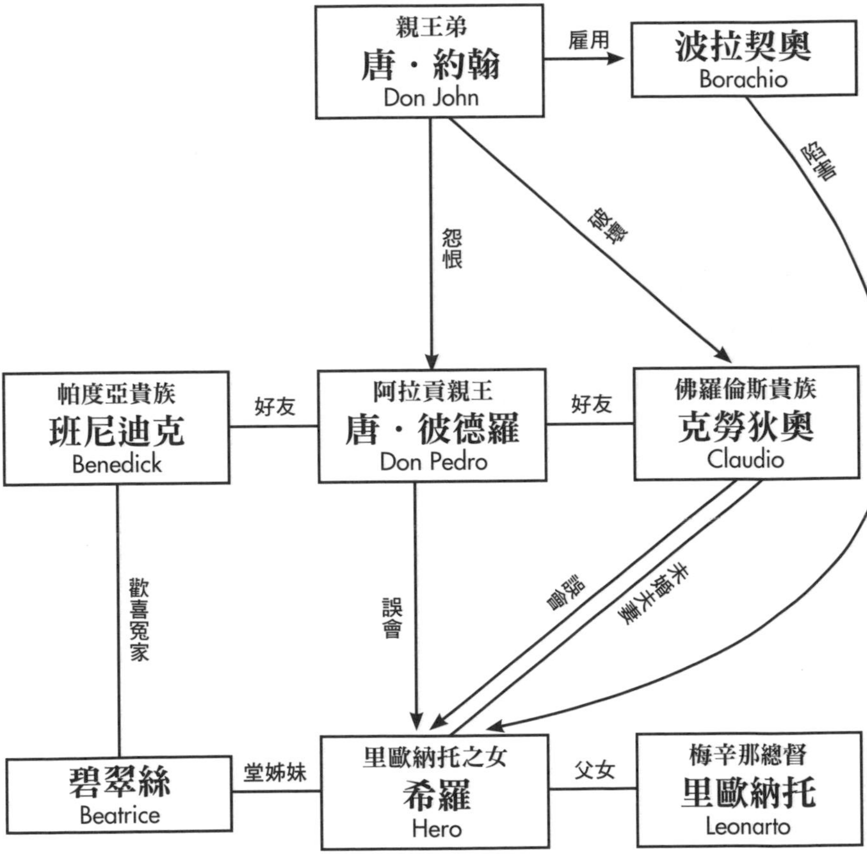
親王弟
唐・約翰
Don John
雇用
波拉契奧
Borachio
陷害
破壞
怨恨
帕度亞貴族
班尼迪克
Benedick
好友
阿拉貢親王
唐・彼德羅
Don Pedro
好友
佛羅倫斯貴族
克勞狄奧
Claudio
歡喜冤家
誤會
誤會
未婚夫妻
碧翠絲
Beatrice
堂姊妹
里歐納托之女
希羅
Hero
父女
梅辛那總督
里歐納托
Leonarto

無事生非

Much Ado About Nothing

屬性：喜劇

首演：一五九八至一五九九年

關於無事生非：

* 碧翠斯與班尼迪克雖然分別是劇中的女配角與男配角，但受歡迎程度時常搶了主角風采。
* 十九世紀法國作曲家白遼士生前最後一部歌劇作品《碧翠斯與班尼迪克》（*Béatrice et Bénédict*）就是源於此作。
* 一九九三年曾改編成英國電影《抱得有情郎》，由肯尼斯．布萊納（Kenneth Branagh）自導自演，多位知名演員如基努．李維（Keanu Reeves）、麥可．基頓（Michael Keaton）、愛瑪．湯普森（Emma Thompson）、丹佐．華盛頓（Denzel Washington）等參與演出，是史上最賣座的莎劇電影之一。
* 二〇〇一年曾改編成印度喜劇電影《心歸何處》（*Dil Chahta Hai*），由知名演員阿米爾．罕（Aamir Khan）主演。
* 二〇〇五年，英國廣播公司曾將此劇改編成現代場景，並以影集形態播放。
* 《復仇者聯盟》導演喬斯．溫登（Joss Whedon）曾於二〇一三年將此劇改編成現代背景的同名電影。

皆大歡喜

As You Like It

All the world 's a stage,
And all the men and women merely players.
They have their exits and their entrances...

全世界是一個舞台，
所有的男男女女不過是一些演員；
他們有下場的時候，
也都有上場的時候……

——————雅克（大公爵的朋友），第二幕，第七場法蘭西還是省分林立的時候（按照當時的說法是公國各自林立），有個篡位者逼退他哥哥這位合法的大公爵，將之放逐出境，然後接管了這個省分。

大公爵從自己的領地被驅逐出去時，領著幾位忠實的追隨者，隱遁到亞登森林裡。好公爵跟親愛的友人就在此地安頓下來，篡位者強占了這些朋友的土地跟收入，他們心甘情願追隨大公爵過著流放的生活。他們在這裡過慣了無拘無束的自在生活之後，都覺得比起講究排場跟光鮮奢華的宮廷生活要舒服多了。他們過著古英格蘭俠盜羅賓漢一般的生活，日日都有不少貴族青年離開宮廷，陸續來到這個林子裡，無憂無慮地閒度時光，彷彿生活在黃金年代[1]。夏天，他們就伸展身子躺在涼爽的樹蔭底下，看著野鹿嬉戲玩耍。他們很喜歡這些帶斑點的可憐傻東西，看來這林子是牠們的原生棲息地。他們不得不殺鹿果腹時，總覺得過意不去。冬日的寒風總讓大公爵想起自己多舛的命運，他會耐住性子咬牙承受並說：

「吹在我身上的陣陣寒風，就是忠臣。它們不會假意奉承，而是如實呈現我真實的處境。雖然冰冷刺骨，卻不像無情跟忘恩負義一樣尖銳傷人。不管大家怎麼抱怨逆境，我發現還是可以從中得到好處。就像卑劣有毒的蟾蜍頭上有個寶石，可以作為珍貴的藥材。」大公爵心平氣和，從所見所聞的一切事物當中，汲取有用的教訓。就是因為他習於從事物當中體會寓意，所以即使寄居在遠離文明的荒郊野地，還是可以從樹木裡找到語言，從潺潺溪流裡獲得知識，從石頭裡聽見教誨，在事事物物當中取得益處。

1 編按：在希臘羅馬神話中，天帝宙斯即位後開創了黃金年代。

遭到流放的大公爵有個獨生女叫羅瑟琳。篡位奪權的公爵弗德烈克放逐羅瑟琳的父親時，卻把她留在宮中陪伴自己的女兒希莉雅。這兩個姑娘建立了緊密的情誼，雙方的父親雖然失和，卻未曾影響兩人的關係。心知自己的父親以不公不義的手段逼退了羅瑟琳的父親，希莉雅總是盡可能善待羅瑟琳，作為補償。羅瑟琳只要想到父親遭到流放，自己又不得不待在陰險篡位者的屋簷下，就不禁憂鬱起來，這時希莉雅就會誠心安慰跟開導她。

某天，希莉雅跟平日一樣跟羅瑟琳聊著天，她說：「羅瑟琳，可愛的堂姊，拜託妳開心點吧。」這時，公爵派了個人來傳話，告訴她們有場摔角比賽即將開場，她們如果想看，就要立刻到宮殿前面的院子去。希莉雅想著這樣可能會讓羅瑟琳開心點，就同意過去看看。

如今只有鄉下人才玩摔角，可是在當時，連王公貴族的宮廷裡都盛行這種競技活動，還會當著美麗夫人跟公主的面較量力氣呢。於是，希莉雅跟羅瑟琳前去參觀摔角比賽。她們發現這場賽事可能會有慘不卒睹的結局，一方是身材魁梧、孔武有力的男人，摔角經驗豐富，在這類競賽裡陸續打死過不少人，另一方卻是非常年輕的男子，不只年紀輕，還是摔角生手，觀眾都認為他必死無疑。

公爵一看到希莉雅跟羅瑟琳就說：「哎，女兒跟姪女啊，妳們一聲不響跑過來，是想看摔角嗎？妳們可能會覺得沒什麼看頭，因為這兩個男人實力太懸殊了。我還滿同情這個年輕人的，想勸他別上場。姑娘們，妳們去找他談談，看看勸不勸得動他。」

這種有人情味的差事，姑娘們倒是很樂意去做。希莉雅苦勸陌生的年輕人，要他打消上場的念頭，羅瑟琳緊接著溫情喊話，真情流露地表示替他的安危擔憂。她溫柔的話語不僅沒勸退他，反倒讓他更想藉由自己的勇氣，在這位可愛姑娘面前一展身手。他用優雅莊重的言詞，拒絕希莉雅跟羅瑟琳的請求，這一來她們更加關心他了，他最後說：「不能答應兩位美麗出眾的姑娘，我實在抱歉。可是請用妳們美麗的雙眼跟善意的祝福，陪伴我面對考驗。如果我輸了，頂多只是一個不曾受到疼愛的人失了顏面；如果我死了，也不過是個情願死去的人如願以償罷了。我不會對不起朋友，因為沒人會為我哀悼；這世界也不會有什麼損失，因為我在世上一無所有。我不過在世上白白占據一個位置，要是空出來，也許能讓更好的人來遞補。」

摔角比賽開場了。希莉雅希望那個陌生青年別受傷，不過羅瑟琳最能感同身受。他說自己無朋無友、情願一死，羅瑟琳覺得他跟自己同是天涯淪落人，非常同情他；他在摔角的時候，她非常關切他的安危，幾乎可以說在那一刻就愛上了他。

兩位美麗高貴的姑娘所展現的善意，賜給這位不知名青年勇氣跟力量，結果他有了奇蹟般的卓越表現，最後徹底擊潰了對手。對方受了重傷，好半天都說不出話也動彈不得。

對於陌生青年的勇氣跟技藝，弗德烈克公爵相當滿意，想知道他的姓名跟家世，有意加以延攬重用。

陌生人說他名叫奧蘭多，是羅蘭．德波伊斯爵士的么子。

奧蘭多的父親，羅蘭．德波伊斯爵士幾年前過世了。他還在世的時候，是遭放逐公爵的忠臣跟摯友，所以，弗德烈克一聽到奧蘭多的父親曾跟他流放在外的哥哥交好，對這勇敢青年的好感馬上變成了不悅，惱怒地離開現場。只要聽到哥哥朋友的名字，他就滿心厭惡，但還是很賞識青年的英勇，所以邊走出去邊說，他真希望奧蘭多是別人的兒子。

羅瑟琳聽到自己心儀的人是父親老友的兒子，心裡一陣歡喜，於是對希莉雅說：「我父親很敬愛羅蘭．德波伊斯爵士，早知道這年輕人是他兒子，我會流著淚勸他千萬別冒險。」

姑娘們走到他面前，看到他因為公爵突然不悅而尷尬難安。就對他說了好些親切跟鼓勵的話。臨走前，羅瑟琳轉過來跟父親老友那個勇敢年輕的兒子，再多說點客氣的話，然後從頸上摘下項鍊並說：「先生，為我戴上這條項鍊吧。要不是因為我時運不濟，不然會送上更貴重的禮物。」

兩個姑娘獨處的時候，羅瑟琳滿嘴談的都是奧蘭多，希莉雅逐漸看出堂姊愛上英俊年輕的摔角手。她對羅瑟琳說：「難道妳一見鍾情了？」

羅瑟琳回答：「大公爵——我父親，以前很敬愛他父親。」

「可是，」希莉雅說，「難道那就表示妳也得愛他兒子？如果按照這種思路，我父親恨他父親，那我不是該恨他嗎？可是我並不恨奧蘭多啊。」

弗德烈克見到羅蘭．德波伊斯爵士的兒子之後怒火中燒，因為他想到流放在外的公爵有許多貴族朋友。加上他對姪女已經積怨好些時日，大家總愛稱讚羅瑟琳的品行，而且看在她父親的面子上，頗為同情她的處境。弗德烈克突然惡意迸發。希莉雅跟羅瑟琳在談論奧蘭多的時候，弗德烈克走進房裡，怒容滿面地下令羅瑟琳即刻離開王宮，跟隨父親的腳步踏上流放之途。希莉雅怎麼求情都沒用，弗德烈克告訴女兒，當初會准許羅瑟琳留在宮中，不過為了她罷了。

「我那時候沒有求您讓她留下啊，我當時年紀還小，不懂得珍惜。可是現在我知道她有多寶貴了，這麼久以來，我們一起就寢、起床，無論學習、玩耍跟用餐都在一起。沒有她的陪伴，我活不下去。」

弗德烈克回答：「對妳來說，她這人心思太過迂迴。她平易近人、惜字如金又堅忍不拔，在在吸引著民眾，他們都很同情她。妳真傻，竟然還替她求情。她走了，妳反而顯得更聰明、德行更出眾，所以，別再浪費唇舌替她說好話了，我的判決已經無法挽回。」

希莉雅發現自己勸不動父親，沒辦法讓羅瑟琳留在身邊，於是毅然決然要陪她上路，當晚就離開父親的宮殿，跟朋友一起出發。兩人想到亞登森林尋找羅瑟琳的父親，也就是遭到放逐的大公爵。

出發在即，希莉雅覺得，兩個年輕姑娘穿著一身華麗服飾在外奔波，人身安全恐怕不保，於是提議打扮成鄉下姑娘，以便隱藏身分。羅瑟琳說，要是她們其中一人女扮男裝，就更保險了。兩人很快達成共識，羅瑟琳個頭高，就由她穿上年輕莊稼漢的服裝，希莉雅做村姑的裝扮。她們準備對外宣稱兩人是兄妹，羅瑟琳說她要用蓋尼米德這個化名，希莉雅則挑了愛蓮娜這個名字。

兩位美麗的郡主經過喬裝，身上帶著現金跟珠寶作為盤纏，就這麼踏上漫長的旅程。前往亞登森林的路途遙遠，遠在公爵領土的邊界之外。

羅瑟琳姑娘，現在要改口叫她蓋尼米德了，她一旦穿上男裝，似乎也湧現男子的勇氣。希莉雅陪在羅瑟琳身邊，經過漫長跋涉，疲憊不堪，她在途中表現出來的忠實情誼，使得這個新哥哥也盡力以爽朗的精神來回報這份真摯的愛，彷彿自己真的是蓋尼米德，是溫柔村姑愛蓮娜那個樸實勇敢的哥哥。

他們終於來到亞登森林，卻遍尋不著沿途那種便利的客棧跟舒適的食宿。蓋尼米德一路上用輕鬆愉快的閒聊逗妹妹開心，這會兒卻因為缺糧跟無法休息，不得不向愛蓮娜坦承，說「他」累得顧不得男性的裝扮，想跟女人一樣大哭一場。可是一聽到愛蓮娜說她走不動了，蓋尼米德就力圖振作，想起男人有責任安慰跟開導女人，因為女人比較柔弱。他想在新妹妹面前展現勇氣，於是說：「來，堅強起來吧，妹妹愛蓮娜，我們的旅程就快結束了，這裡就是亞登森林了。」可是勉強裝出來的男子氣概跟勇氣再也支撐不了他們。雖然已經到了亞登森林，卻不曉得該上哪兒找公爵。疲憊的姑娘們很可能會因為迷失方向跟飢餓至死，而陷入悲慘的結局。但幸運的是，當他倆疲憊不堪、死氣沉沉坐在草地上，以為沒有得救的希望時，有個鄉下人湊巧路過。蓋尼米德再次嘗試以男人的大膽態度說：「牧羊人，在這荒郊野外，不管是靠人情或金錢，只要能夠換到食宿，都請你帶我們去，讓我們好好休息。這個年輕姑娘是我妹妹，她趕路趕到累壞了，也因為缺糧餓得頭昏腦脹。」

男人答說，他只不過是牧羊人的僕人，說他主人正要賣房子，雖然那裡的存糧少得可憐，不過，如果他們願意過去一趟，不管那裡有什麼都歡迎他們共享。於是他們跟著這個男人走，因為有了獲救的希望而湧出新的力量。他們把牧羊人的房子跟羊群買下來，將帶路到牧羊人家的男人留在身邊伺候他們。就這樣，他們幸運地得到了一間整潔的茅屋，後來也有了充足的糧食。他們決定在查出大公爵住森林的哪一帶以前，先在這裡安頓下來。

這一路旅途勞頓，經過充分的休息之後，他們逐漸喜歡上新的生活方式，差點假戲真作，以為自己就是牧羊人跟牧羊女。可是，蓋尼米德有時還是會想起自己還是羅瑟琳姑娘時，深深愛著勇敢的奧蘭多，他是父親友人老羅蘭爵士的兒子。經過這趟疲憊的長途旅程，蓋尼米德以為奧蘭多此時遠在天邊，不久後卻發現，奧蘭多竟然也在亞登森林裡。這件離奇的事情是這樣發生的：

奧蘭多是羅蘭．德波伊斯爵士的小兒子。羅蘭爵士臨終前，將當時還非常幼小的奧蘭多，託付給長子奧利佛，除了給兒子祝福之外，還囑咐他要讓弟弟受良好的教育，並且好好供應弟弟所需，讓弟弟過著合乎古老門第的體面生活。奧利佛是個不夠格的哥哥，毫不顧念父親死前的囑咐，一直沒把弟弟送到學校受教育，只是把他留在家裡，無人教導也無人照料。可是奧蘭多的天性跟高貴的人格都相當肖似卓越的父親，雖然未經教育的薰陶，卻長成了看似受過悉心照料的青年，不僅儀表堂堂，舉止也相當莊重。奧利佛對這個未受教育的弟弟心生忌妒，最後竟然想將他剷除。為了達到這個目的，他叫人勸誘弟弟跟知名摔角手對戰，正如先前所說，這位摔角手打死過不少人。奧蘭多之所以說自己情願死去，說自己無依無靠，就是因為有個殘忍的哥哥對他漠不關心。

事與願違，奧利佛的惡念並未實現，因為弟弟在摔角比賽裡大獲全勝。他的妒忌跟惡意無限擴張，竟然發誓要趁夜燒了奧蘭多的寢室。有人湊巧聽到了他的誓言，就是他們父親的一位老忠僕。這僕人非常愛護奧蘭多，因為奧蘭多跟羅蘭爵士非常相像。奧蘭多從公爵的宮殿回來時，這個老人家趕緊迎上前來。想到親愛的少爺可能會面臨什麼樣的險境，老人不禁激動驚呼：「噢，高貴的少爺，好主人，你簡直就是羅蘭老爵士的化身！你為什麼這麼優秀？你為什麼這麼親切、強壯又英勇？但你為什麼這麼傻，竟然打敗赫赫有名的摔角手？你的名聲傳得太快，比你早一步到家了。」

奧蘭多聽得莫名其妙，問老人到底是怎麼回事。老人告訴他，他那壞心眼的哥哥原本就很嫉妒大家對他的擁戴，現在聽到他在公爵的宮殿一戰成名，就打算在當晚放火燒他的寢室，殺人滅口。最後老人勸他馬上出走，逃離當前的險境。這位好心老人叫亞當，他知道奧蘭多身無分文，早把自己當僕從的微薄積蓄帶在身上。

亞當說：「我有五百克朗，是在你父親底下做事時，省吃儉用攢下來的，是我原本想等這身老骨頭沒辦法服侍人的時候，拿來養老用的。拿去吧，上帝都不讓烏鴉餓肚子了，等我老了，祂自然也會照顧我吧。喏，那筆錢就在這裡，全部交給你，讓我當你的僕人吧。雖然我看起來老態龍鍾，不過我會盡量像個年輕人一樣服侍你。」

「噢，好老人家！」奧蘭多說，「你真正展現了舊時代的工作倫理！跟時下的現實風氣不一樣。一起走吧，在耗光你年輕時代賺來的養老金以前，我一定會找到辦法維持我們兩人的生計。」

這位忠僕跟他愛戴的少爺就這麼上路了，奧蘭多跟亞當不確定該走哪個方向，只顧著往前走啊走，最後來到了亞登森林。他們因為缺糧，陷入了蓋尼米德跟愛蓮娜相同的窘境。他們繼續漫無目的地遊走，尋找有人居住的地方，最後因為飢餓與疲憊而耗盡了體力。

亞當終於說：「噢，親愛的主人，我快餓死了，沒辦法再走了！」接著就地躺下，想把那裡當成自己的墓地，並向親愛的主人訣別。

奧蘭多看到老僕人這麼虛弱，於是一把抱起他，放在宜人的樹蔭底下，並對他說：「打起精神啊，老亞當，你累了，就在這裡先歇會兒，別把死掛在嘴上！」

奧蘭多接著就出發尋覓糧食，湊巧走到了大公爵棲居的區域。尊貴的大公爵跟朋友正要用餐，他們直接坐在草地上，除了大樹的涼蔭之外，沒搭任何遮篷。

奧蘭多餓到走投無路，於是拔劍出鞘，打算靠蠻力奪取糧食。他說：「住手，別再吃了，把食物交出來！」大公爵問他，是不是因為落難才變得這麼膽大妄為，還是或他原本就是不懂規矩的粗人？聞此，奧蘭多說他是因為餓到活不下去的關係，大公爵就告訴他，歡迎他坐下來一同用餐。奧蘭多一聽對方說話這麼溫文儒雅，便收起了長劍，想到自己剛剛態度魯莽地命令對方交出糧食，便羞得滿臉通紅。

「請見諒，」他說，「我還以為這裡是蠻荒之地，就擺出凶神惡煞的模樣。你們在這片荒地裡，閒坐在陰暗的枝椏之下，任憑時光流逝。可是，不管你們是誰，如果你們曾經見識過好日子，如果你們曾經去過鳴鐘的教堂禮拜，如果你們曾經受邀參加過盛宴，如果你們曾經拭去淚水，懂得何謂憐憫人或受人憐憫，那麼希望我這些溫和的話能夠打動你們，讓你們願意以禮相待！」

大公爵回答：「我們確實如你所說，見識過好日子，雖然目前寄居在野林裡，以往也住過大大小小的城市，也曾經受到神聖鐘聲的召喚上教堂敬拜，也曾經在人家的盛宴上用膳，更曾經因為神聖的憐憫而拭去淚水。所以請坐，盡情享用餐點吧。」

「還有個可憐的老人家，」奧蘭多說，「他純粹是出於疼愛，跛著腳勉強跟我趕了好久的路程，受到年老跟飢餓的雙重壓迫。在他吃飽以前，我什麼都不會碰。」

「快去找他，把他帶過來，」大公爵說，「我們會等你們回來再開動。」於是奧蘭多好似急著餵飽小鹿的母鹿，立刻抱著亞當回來。大公爵說：「放下這位可敬的老人家吧，歡迎你們兩位。」他們拿東西給老人家吃，老人的精神振奮起來，漸漸重現生機，恢復了健康跟體力。

大公爵問起奧蘭多的身分，一發現他是老友羅蘭爵士的兒子，便立刻收留了他。從此，奧蘭多跟他的老僕人就跟公爵一起住在森林裡。

如同先前所提，蓋尼米德跟愛蓮娜買下了牧羊人的茅屋。奧蘭多抵達森林的時間只比他們晚個幾天。

有天，蓋尼米德跟愛蓮娜發現樹上刻了羅瑟琳的名字，覺得奇怪又意外。樹上還掛著十四行情詩，全都是寫給羅瑟琳的。兩人正覺得納悶時，就碰巧遇上了奧蘭多，他們也看到他脖子上掛著羅瑟琳當初饋贈的項鍊。

奧蘭多怎麼都料不到蓋尼米德就是美麗的郡主羅瑟琳。羅瑟琳當初紆尊降貴，向他表示好感，馬上贏得了他的心，於是他成天在樹上刻寫她的名字，用十四行詩來頌讚她的美貌。奧蘭多對這個風度翩翩的俊秀牧羊少年頗有好感，於是跟少年攀談起來。他覺得蓋尼米德跟心愛的羅瑟琳頗為相像，可是少了那位高貴姑娘的莊重風度。蓋尼米德裝出了即將成年的小伙子身上常見的魯莽舉止，態度淘氣又幽默地跟奧蘭多聊起某個戀愛中人的事。

「那個傢伙啊，」蓋尼米德說，「老在我們的林子裡出沒，在細嫩的樹皮上頭刻下『羅瑟琳』，把我們家的小樹都糟蹋了。還把頌歌繫在山楂樹上，把哀歌掛在黑刺莓叢上頭。要是讓我找到這個癡情郎，我肯定要好好勸勸他，快快治好他的相思病。」

奧蘭多承認自己就是蓋尼米德提到的癡情郎，並請蓋尼米德照剛剛說的給他忠告。蓋尼米德提議的療法，以及給奧蘭多的忠告就是，每天來他跟他妹妹的茅屋一趟。

「你過來的時候，」蓋尼米德說，「我會假裝成羅瑟琳，你就把我當成羅瑟琳，假裝向我示愛，然後我會模仿那些難以捉摸的姑娘，使出種種花招，直到你為自己的癡情覺得羞愧。這就是我治你相思病的辦法。」奧蘭多對這種療法不大有信心，但還是同意天天登門拜訪，演一場求愛的假戲。奧蘭多每天拜訪蓋尼米德跟愛蓮娜，開口閉口都把蓋尼米德叫成羅瑟琳，天天將青年追求戀人時愛說的甜言蜜語跟恭維奉承掛在嘴邊。不過，蓋尼米德說要幫忙治療奧蘭多的相思病這件事，好像沒有多大進展。

奧蘭多認為這只不過是歡樂的遊戲，作夢也沒想到蓋尼米德就是他的羅瑟琳，可是這倒給了他機會傾訴衷曲，滿足了自己的幻想，同時也滿足了蓋尼米德的幻想。蓋尼米德知道這些纏綿的情話都是說給自己聽的，暗地裡享受著這種樂趣。

就這樣，這三個年輕人愉快地共度了不少時日。性情溫和的愛蓮娜看到蓋尼米德這麼開心，就任他投入這齣追求大戲，她旁觀也覺得有趣，所以也沒去提醒蓋尼米德要跟父親大公爵相認。其實他們早從奧蘭多嘴裡打聽到大公爵住在森林的哪個地帶。某天，蓋尼米德巧遇大公爵，跟他閒聊，大公爵問起他的身世。蓋尼米德答說，自己的身世跟大公爵一樣好，大公爵不禁啞然失笑，不認為這位俊俏的牧羊少年可能會有王族血統。蓋尼米德看到大公爵的氣色頗佳、心情愉悅，就打算過個幾天再跟大公爵好好說明。

某天早上，奧蘭多正準備去拜訪蓋尼米德，卻在半路看到有個男人睡倒在地上。有條大青蛇正盤繞在男人的脖子上。看到奧蘭多走過來，蛇趕緊竄進灌木叢裡。走得更近時，奧蘭多發現有頭母獅正趴伏在附近，腦袋抵著地，像貓一樣監看男人的動靜，等待男人甦醒——據說獅子不吃屍體或睡覺的人。彷彿是天意派奧蘭多來救這個男人，免得男人受到大蛇跟母獅的襲擊。可是當奧蘭多往沉睡男人的臉一看，卻發現陷入雙重險境的正是哥哥奧利佛。奧利佛曾經殘酷地虐待他，還威脅要放火燒死他，他幾乎想立刻掉頭就走，把哥哥留給飢餓的母獅當獵物。可是手足之情加上本性良善，馬上壓過了奧蘭多原本對哥哥的怨恨，於是奧蘭多拔劍出鞘，攻擊母獅並殺了牠，最後把哥哥的性命從毒蛇跟猛獅口中保全下來。可是奧蘭多在征服母獅的過程當中，一邊手臂被母獅的利爪抓傷。

奧蘭多在跟母獅纏鬥的時候，奧利佛清醒過來，看到是弟弟奧蘭多，想到自己向來對弟弟這樣殘忍，弟弟卻冒著生命危險要把他從暴怒的猛獸口中救出來。奧利佛馬上覺得慚愧又悔恨，懺悔過去卑劣的行為，涕淚縱橫地請求弟弟原諒他往日造成的傷害。奧蘭多看到哥哥這麼後悔，高興極了，馬上就原諒了他。兄弟彼此擁抱，從此之後，奧利佛對奧蘭多付出了手足的真情，雖然他最初來到森林時一心想殺弟弟滅口。

奧蘭多手臂的傷口流了不少血，發現自己太過虛弱，無力拜訪蓋尼米德，所以希望哥哥能去找蓋尼米德，將自己遭逢的意外轉告蓋尼米德。奧蘭多說：「為了好玩，我都叫他『我的羅瑟琳』。」

奧利佛照著弟弟的要求去了，並且告訴蓋尼米德跟愛蓮娜，奧蘭多怎麼救他一命。他一講完奧蘭多的英勇故事，還有自己如何僥倖逃過死劫，就向他們承認自己正是奧蘭多的哥哥，那個曾經虐待奧蘭多的人，又說他們兄弟倆已經和解。

奧利佛對自己的過錯真心表示歉意，在愛蓮娜仁慈的心上留下深刻印象，她立刻愛上了他。奧利佛也觀察到，當他訴說自己為了往昔的過錯有多麼苦惱時，愛蓮娜表現出深切的同情，也隨即愛上了她。可是當愛情悄悄溜進愛蓮娜跟奧利佛的心房時，奧利佛卻正手忙腳亂急著照料蓋尼米德，因為蓋尼米德一聽到奧蘭多深陷危機，還被母獅抓傷，就昏厥過去。

蓋尼米德一醒來，就佯稱說自己之所以暈倒，全是為了模擬羅瑟琳這個幻想角色會有的反應，接著再跟奧利佛說：「告訴你弟弟，我暈倒裝得有多像。」

可是奧利佛從他臉色蒼白的程度，可以看出他是真的暈過去了，不禁納悶好好一個小伙子怎麼會虛弱至此，於是說：「如果你暈倒真的是裝出來的，那你好歹也振作起來，端出男子漢的樣子吧。」

「我已經很努力了，」蓋尼米德老實回答，「可是坦白說，我應該當個女人的。」

奧利佛來訪許久，最後終於回到弟弟身邊，帶了好多消息要告訴他。除了蓋尼米德一聽到奧蘭多受傷的消息就昏過去，奧利佛還告訴弟弟自己愛上了美麗的牧羊女愛蓮娜，雖然只是初次見面，但她也欣然接受他的追求。奧利佛告訴弟弟，他打算娶愛蓮娜為妻，說得彷彿這樁婚事已成定局。奧利佛說他如此愛她，願意把資產跟房子全數讓給弟弟，在此地定居以牧羊維生。

「我贊成，」奧蘭多，「你們明天就舉行婚禮吧，我會邀請大公爵跟他朋友過來。你看，牧羊女的哥哥來了，趁愛蓮娜現在獨處，去勸她接受你的求婚吧。」

奧利佛於是轉身去找愛蓮娜，奧蘭多看到蓋尼米德走了過來。蓋尼米德過來探望朋友，看看朋友傷勢恢復得如何。

奧蘭多跟蓋尼米德談起奧利佛、愛蓮娜兩人突然滋生的情意。奧蘭多說他建議哥哥去勸那位美麗的牧羊女，明天就跟他結婚，接著又補了一句，說他真希望能跟羅瑟琳在同一天成婚。

蓋尼米德很贊同這種安排，他說，要是奧蘭多就像嘴上說的一樣真心愛著羅瑟琳，這個願望就可以實現，他明天會想辦法讓羅瑟琳本人現身，而羅瑟琳一定也願意跟奧蘭多結為連理。

這種事乍聽之下很不可思議，不過，蓋尼米德就是羅瑟琳姑娘本人，自然可以輕易履行。但蓋尼米德卻佯稱有個叔叔是知名的魔法師，說自己曾向叔叔拜師學藝，這次會用法術來實現這件事情。

癡情的奧蘭多聽了半信半疑，追問蓋尼米德說的是真是假。「我以生命發誓，我說的句句屬實，」蓋尼米德說，「穿上你最好的衣裳，把大公爵跟你的朋友們邀來參加婚禮吧。如果你明天真的想跟羅瑟琳結婚，她就會現身。」

奧利佛得到了愛蓮娜的首肯，隔天早晨他們相偕來到大公爵面前，奧蘭多也一起來了。眾人齊聚一地，準備慶祝成雙喜事，卻只有一位新娘現身，眾人詫異不已，臆測紛紛，但大多數人認為蓋尼米德是在捉弄奧蘭多。

大公爵聽說自己的女兒要用這種奇特的方式被帶過來，就問奧蘭多他相不相信那個牧童能夠說到做到。奧蘭多答說自己也不知道該作何感想，此時，蓋尼米德走了進來，問大公爵說，如果他真用魔法把大公爵的女兒帶來，大公爵是否同意她與奧蘭多成婚。

「即使要我拿幾個王國送她當嫁妝，」大公爵說，「我也願意。」

「即使我是統御眾多王國的君王，」奧蘭多說，「我也願意。」

蓋尼米德跟愛蓮娜一起走了出去，蓋尼米德褪下男裝，再次換上女人的衣裳，並未藉助魔法，轉眼就成了羅瑟琳。愛蓮娜脫下村服，換上華麗的服飾，不費功夫就變身成希莉雅姑娘。

他們走開以後，大公爵對奧蘭多說，他覺得牧羊人蓋尼米德長得很像他女兒羅瑟琳。奧蘭多表示他也看出了相似之處。

他們沒時間細想這件事會怎麼收場，因為這時羅瑟琳跟希莉雅穿著原本的衣裳翩然進場。羅瑟琳不再假裝自己是藉助魔法現身的，逕自跪在父親面前求他祝福。對所有在場的人來說，她出現得如此突然，真是神奇極了，搞不好真的是魔法呢。可是，羅瑟琳不再跟父親開玩笑，而把事情的來龍去脈告訴他，說她是如何遭到放逐，然後以牧童的身分在森林裡落腳，隨行的堂妹希莉雅則假扮成親妹妹。

大公爵信守承諾，答應了這樁婚事。奧蘭多跟羅瑟琳，就跟奧利佛與希莉雅同時結為連理。在荒涼的森林裡舉行婚禮，沒有這類場合通常會有的排場或華麗，可是從來沒有一個大喜之日是這麼歡樂的。眾人在宜人樹下的涼蔭裡享用鹿肉。彷彿還要讓這位好公爵跟這兩對忠實戀人的幸福更加完滿似的，有個信差出其不意到來，為大公爵捎來一則喜訊，說公國即將歸還給他了。

那個篡位者因為女兒希莉雅逃家而暴跳如雷，又聽到每天都有賢德之士紛紛前往亞登森林，投奔流放在外、合法的大公爵。他非常嫉妒哥哥身處逆境卻依然如此受人敬重，於是率領大批人馬朝森林直逼而來，打算逮捕哥哥並且將忠誠的追隨者全數殲滅。可是老天有眼，讓這個壞心弟弟及時回心轉意，打消了惡毒的意圖。弗德烈克抵達荒涼森林的外圍時，遇見一位年老的修道士，這位隱士跟他懇談許久，終於讓他自願放棄了惡毒的計謀。他痛改前非，打算放棄當初強取豪奪的領土，決心前往修道院度過餘生。他在改過向善之後，第一件事情就是派人去找他哥哥（如前所述），表示要將篡奪多時的公國歸還給哥哥，也要將當初強占的土地跟收入一併歸還給哥哥的友人，就是那些共患難的忠實追隨者。

這則喜訊雖然出人意表，但也來得正是時候，讓郡主們的婚禮更是喜氣洋洋，也更加歡欣鼓舞。堂姊羅瑟琳的公爵父親時來運轉，雖然大公爵這麼一復位，希莉雅就不再是公國的繼承人，羅瑟琳才是，但希莉雅依然大方向堂姊表示恭賀，並且真心祝堂姊幸福。這對堂姊妹的感情裡沒有一絲嫉妒或羨慕的雜質。

大公爵現在終於有機會報答那些忠誠的友人，他們在他流放在外的歲月裡一直對他不離不棄。這些可敬的追隨者雖然一路堅忍地與大公爵同甘共苦，但能夠和平順遂地返回大公爵的宮殿，他們也真心感到歡喜。

皆大歡喜　人物關係表

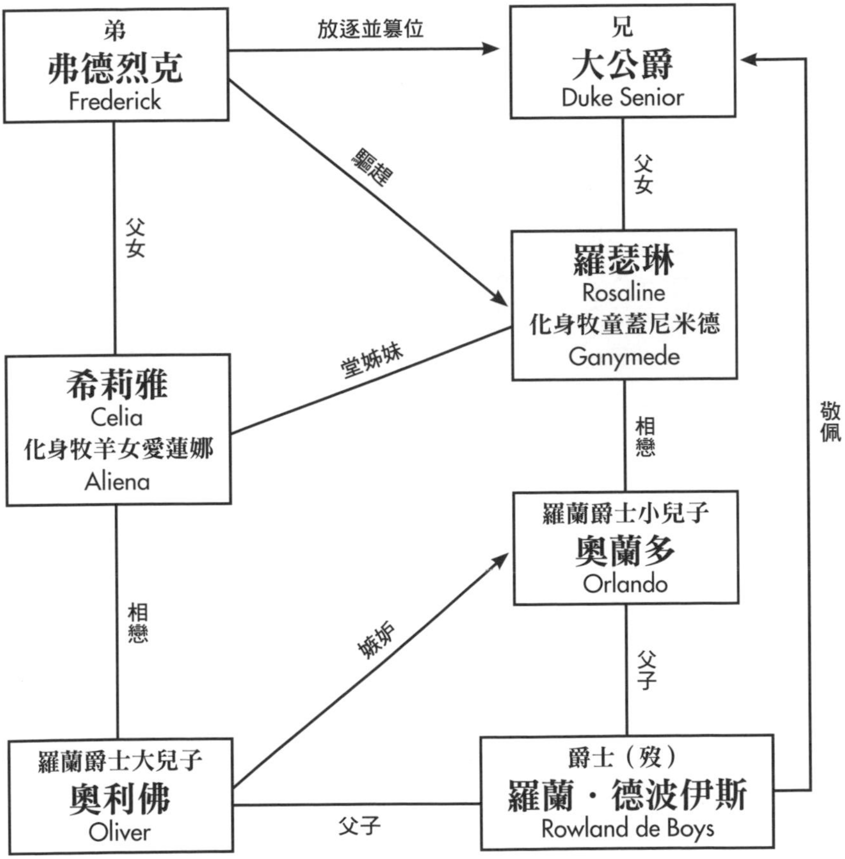
弟
弗德烈克
Frederick
放逐並篡位
兄
大公爵
Duke Senior
驅趕
父女
父女
羅瑟琳
Rosaline
化身牧童蓋尼米德
Ganymede
堂姊妹
希莉雅
Celia
化身牧羊女愛蓮娜
Aliena
相戀
敬佩
羅蘭爵士小兒子
奧蘭多
Orlando
相戀
嫉妒
父子
羅蘭爵士大兒子
奧利佛
Oliver
父子
爵士（歿）
羅蘭・德波伊斯
Rowland de Boys

皆大歡喜

As You Like It

屬性：喜劇

首演：一五九九年

關於皆大歡喜：

* 此劇取材於陸奇（Thomas Lodge）於一五九〇年出版的傳奇故事《露塞琳特》（*Rosalynde*），但莎士比亞也汲取了英國民間傳說《羅賓漢》，講述一群藏身在森林中、武藝高強的人劫富濟貧的故事，《皆大歡喜》的背景也是在森林中。
* 此劇為著名的音樂喜劇，劇中的歌曲數量也是莎士比亞所有作品中最多的。
* 數次改編電影，二〇〇六年肯尼斯．布萊納改編同名電影，但背景移到十九世紀的日本。
* 曾改編成音樂劇《*Like You Like It*》。

維洛那二紳士
Two Gentlemen of Verona

They do not love that do not show their love.

在戀愛中的人們，
不會一無表示。

——————茱莉亞，第一幕，第二場。

維洛那城裡有兩位年輕紳士，一位叫瓦倫廷，另一位叫普提厄斯，兩人長久以來始終維繫著堅定的友誼。兩人一同求學，除了普提厄斯去拜訪心上人，總是結伴共度閒暇時光。普提厄斯總愛說起拜訪美麗茱莉亞的經過，還有自己對情人的感情有多麼熾烈，這兩個朋友只有在聊起這些話題時才會話不投機。瓦倫廷沒嘗過愛情的滋味，聽到朋友老愛把茱莉亞掛在嘴邊，有時不免略感厭煩。這時他就會嘲笑普提厄斯，用俏皮話來揶揄這番癡情，說自己絕對不會讓這種無謂的幻想盤據腦海，他說寧可過著自由自在的快樂生活，也不要像情郎普提厄斯那樣患得患失、擔驚受怕。

有天早上，瓦倫廷來找普提厄斯，說兩人必須暫別，因為他就要到米蘭去了。普提厄斯不願跟瓦倫廷分開，絞盡腦汁力勸朋友別走，可是瓦倫廷說，「別再勸我了，親愛的普提厄斯。我不願意像個懶人似的，賴在家裡遊手好閒，把大好青春時光都消磨掉。年輕人老是窩在家裡，只會變成見識狹隘的井底之蛙。要不是你被高尚茱莉亞的迷人眼神給拴住了，我就會勸你同行，一起到外頭見見世面。可是既然你在談戀愛，那麼就愛下去吧，祝你的情路走得順順遂遂！」

臨別時，他們互相表示兩人的友誼將長存不渝。

「好瓦倫廷，再會了！」普提厄斯說，「你如果在旅途上看到什麼值得留意的珍奇東西，希望你會想起我，但願我也能共享你的快樂。」

瓦倫廷當天就動身前往米蘭。等朋友一離開，普提厄斯就坐下來寫信給茱莉亞，把信拿給她的女僕露雀達，請女僕轉交給女主人。

其實茱莉亞對普提厄斯早已一往情深，可是她本性冷傲，覺得輕易讓他贏得芳心，有損少女的尊嚴，於是假裝對他的癡情無動於衷，害得他在追求她的過程中，總是惴惴不安。

露雀達把信交給茱莉亞的時候，茱莉亞怎麼都不肯接受，還責罵女僕不該收下普提厄斯的信函，命令女僕離開房間。可是她好想看看信裡寫了什麼，不久又把女僕喚了回來。露雀達一回來，茱莉亞就說：「現在幾點啦？」露雀達很清楚女主人不是想知道時間，而是想看看這封信，於是沒回答問題，只是逕自把女主人拒絕收下的信又遞了過去。

女僕擅自解讀女主人的心意，讓茱莉亞氣得把信撕成碎片，一把扔在地上，又把女僕趕出去。露雀達正要退下的時候，想順手收拾那封信的碎片。「去，給我出去，別管那些紙了。免得妳拿那些紙亂來，惹我生氣。」

茱莉亞想盡辦法要把紙片拼湊起來，最初認出了這些字眼：「為愛受傷的普提厄斯」。雖然信紙都撕碎了，她還是勉強讀出了這些綿綿情話。她對著這些字句頻頻哀嘆，說它們都受傷了（「為愛受傷的普提厄斯」這個說法給了她靈感），於是對著信上這些甜言蜜語絮絮叨叨，告訴它們，她會把它們揣在懷裡，就像讓它們躺在床上一樣，直到傷勢復原為止。還說她會吻遍每張碎紙，向它們一一賠罪。

就這樣，她就用嫻雅中帶稚氣的態度繼續自言自語，最後發現怎麼都沒辦法把信拼回原狀，氣惱自己竟然不知感恩地毀掉這些甜蜜纏綿的字句（她這樣形容它們），於是寫了封比過去都深情的信給普提厄斯。

普提厄斯接到這封釋出善意的回函，不禁喜出望外，他在讀信的當兒，不禁驚呼：「甜蜜的愛情，甜蜜的字句，甜蜜的人生！」

他正讀得忘我，就被父親打斷了，「哎！」老紳士說，「你在讀什麼信啊？」

「父親大人，」普提厄斯正色回答，「是我朋友瓦倫廷從米蘭寄來的信。」

「把信給我，」他父親說，「讓我看看有什麼消息。」

「沒什麼特別的消息，父親大人，」普提厄斯慌慌張張說，「不過，他說自己很受米蘭公爵的器重，說公爵時時對他愛護有加。還說他希望我也在身邊，就可以共享這種福份。」

「你對他的這種心願，有什麼看法？」父親問。

「我聽從的是老人家您的意思，而不是朋友的心願。」普提厄斯說。

普提厄斯的父親湊巧才跟友人聊過這個話題。友人當時說，大多數人都把兒子送到遠地去接受磨練，想不通他老人家為何放任兒子窩在家裡虛耗青春。

「有些人把兒子送上戰場碰碰運氣，」友人說，「有些人讓兒子去遠地探險、發掘新島嶼。有些人送兒子到國外大學進修。他朋友瓦倫廷就到米蘭公爵的宮廷去了。這些事情你兒子都做得來，要是他不趁年輕多闖蕩一下，到老就要吃大虧嘍。」

普提厄斯的父親認為友人的建議很有道理，一聽到普提厄斯說瓦倫廷「希望他也在身邊，就可以共享這種福份」，馬上決定送兒子到米蘭去。他突然下了這個決定，卻沒告訴普提厄斯原因。這老人家向來一意孤行，只顧指揮兒子做這做那，卻從來不跟兒子好好講道理。他說：「我的意思就跟瓦倫廷的心願一樣。」看到兒子一臉驚愕，他又補了一句：「我突然決定要你到米蘭公爵的宮廷裡過些日子，你也不用著露出那麼驚訝的模樣吧。照我說的去做就對了，沒什麼好商量的。你明天就出發，別想推託，我下定決心了。」

普提厄斯知道跟父親唱反調沒什麼用處，父親從來就不准兒子違逆他的心意。只怪自己沒跟父親老實招認那是茱莉亞的來信，最後落得只能分離兩地的悲哀結局。

茱莉亞知道要跟普提厄斯分開好長一段時間，於是不再故作無動於衷，他倆感傷地話別，發誓彼此相愛且永不變心。普提厄斯跟茱莉亞互換戒指，兩人都許諾要永遠留作紀念。在悲傷的告別之後，普提厄斯啟程前往米蘭，就是朋友瓦倫廷目前落腳的地方。

事實上，米蘭公爵確實非常看重瓦倫廷，就跟普提厄斯向父親謊稱的一樣。而且還發生了一件普提厄斯作夢也想不到的事——瓦倫廷以前老愛誇口說自己過得如何無牽無掛，如今卻放棄了自由生活，跟普提厄斯一樣，陷入愛情無法自拔。

讓瓦倫廷出現這個奇妙變化的，就是米蘭公爵的女兒席薇亞，她也愛上了他。可是，公爵雖然對瓦倫廷關照有加，天天邀請他進宮，卻打算把女兒許配給名叫索立歐的年輕朝臣。瓦倫廷擁有細膩的領悟力跟非凡的品格，這兩點特質，索立歐一概付之闕如，所以席薇亞對他不屑一顧。

某日，瓦倫廷跟索立歐這兩個情敵同時來拜訪席薇亞。瓦倫廷把索立歐說的話都拿來當笑料，逗得席薇亞樂開懷，這時公爵走進來報喜訊，說瓦倫廷的朋友普提厄斯到了。瓦倫廷說：「要是我能許個願，就是希望在這裡跟他相見！」接著便在公爵面前對普提厄斯讚不絕口，他說：「殿下，我從前不懂得珍惜青春的光陰，可是我朋友卻老早就懂得善用自己的時間。他這個人才貌雙全，紳士該有的品德他一應俱全。」

「既然他這麼優秀，我們得好好歡迎他才是，」公爵說，「席薇亞，這句話是說給妳聽的，也是說給索立歐聽的。至於瓦倫廷，我就不用特別交代了。」語畢，普提厄斯就走了進來。瓦倫廷把他介紹給席薇亞，並說：「迷人的小姐，讓他跟我一樣服侍妳吧。」

瓦倫廷跟普提厄斯步出宮殿，只剩他們兩人獨處時，瓦倫廷說：「現在把家鄉的狀況都告訴我吧。你那位姑娘呢？你們的感情生活還順利嗎？」

普提厄斯回答：「以前我只要一講到戀情，你就嫌膩。我知道你不喜歡聊這種話題。」

「哎，普提厄斯，」瓦倫廷接著說，「可是我的生活已經有了大翻轉。我過去不把愛情放在眼裡，現在就在贖罪。我曾經那麼瞧不起愛情，愛情為了報一箭之仇，於是奴役了我的雙眼，害我夜不成眠。噢，好普提厄斯，愛情是個威力無邊的君主，讓我甘拜下風。我必須坦承，世上沒有比愛情的懲罰更痛苦，也沒有比為愛情服務更令人歡喜。現在除了愛情的話題，我什麼都不想談。只要聽到愛情這檔事，我簡直可以不吃又不睡。」

瓦倫廷承認愛情讓他的性情起了巨大變化，對他朋友普提厄斯來說，這原本是個輝煌的勝利。可是，普提厄斯這人已經不配稱為「朋友」了，因為就在他倆談起萬能的愛情之神時，是的，甚至就在兩人聊到愛情如何改變了瓦倫廷時，同一位愛情之神也在普提厄斯的心裡動了手腳。過去，普提厄斯一直是真誠愛情跟完美友誼的典範，現在，跟席薇亞匆匆一會之後，他卻成了背信的友人跟不忠的情人。他看到席薇亞的第一眼，就把對茱莉亞的愛當成一場夢似的，忘得一乾二淨。即使跟瓦倫廷有長年的友誼，也阻擋不了他想橫刀奪愛的念頭。

他決心拋棄茱莉亞，並成為瓦倫廷的情敵之前，其實心裡也有不少顧忌；生性良善的人在初初踏上歧路時，總是這樣的。不過，他終究壓倒了自己的責任感，任由自己臣服於這場不幸的熱戀之下，毫不顧念他人。

瓦倫廷向朋友傾吐戀愛的經過，說兩人怎樣小心翼翼瞞著她的公爵父親談情說愛，還說因為看來無望得到公爵的允許，他已經說服席薇亞當晚離開父親的宮殿，一起私奔到曼圖亞。然後拿出一捆繩子做成的梯子給普提厄斯看，打算在天黑之後，讓席薇亞用繩梯從窗口逃出宮殿。

普提厄斯聽到朋友鉅細靡遺吐露了寶貴的祕密，竟然決定向公爵告密，把事情全盤托出。這種做法雖然令人難以置信，但確實就這樣發生了。

一開始，這個背信的朋友先舌粲蓮花對公爵說了一堆道理，比如，站在朋友的立場，他理應隱瞞自己打算揭露的事，但公爵這麼盛情款待，要不是因為有報答公爵恩情的義務，即使是世俗的利益也無法收買他、讓他開口洩漏實情。接著就把瓦倫廷告訴他的話，一五一十加以轉述，連繩梯的事情也不遺漏，還說瓦倫廷打算把繩子藏在長袍底下。

公爵認為普提厄斯的為人真是正直極了，朋友要做不正當的事，他寧可揭發朋友的意圖，也不願替朋友掩護，於是大大誇獎了他一番，並且承諾絕不會讓瓦倫廷知道情報來源。公爵想出一個妙計，要讓瓦倫廷自己露出馬腳。為了達到這個目的，公爵晚上等著瓦倫廷到來，不久，果然就看到瓦倫廷行色匆匆往宮殿趕來，也看出他長袍底下隱約藏了什麼——公爵推斷那肯定是繩梯。

公爵一看到瓦倫廷就攔住他說：「瓦倫廷啊，你這是趕著上哪兒去？」

「殿下，」瓦倫廷說，「有信差等著替我送信給家鄉的親友，我正要把信交過去呢。」他扯的這個謊也失敗了，就跟普提厄斯對父親扯的謊一樣。

「這些信很重要嗎？」公爵問。

「不怎麼重要，殿下，」瓦倫廷說，「只是要通知家父，我在您的宮廷裡過得平安又快樂。」

「既然不怎麼重要，」公爵說，「不如陪我聊一會兒吧。我有些私事，想跟你商量商量。」公爵以這個作為開場白，編了個巧妙的故事，好套出瓦倫廷的祕密。公爵說，瓦倫廷應該知道他一直想把女兒許配給索立歐，但她倔強得很，根本不聽他指揮，「她也不想想自己為人子女，」他說，「卻不敬畏我這個做父親的。老實說，這種目無尊長的態度，實在讓我沒辦法再疼愛她了。我原本想，等我到了晚年，她會盡一番孝心，好好照料我。現在我決心要續弦，打算把女兒趕出去，不管誰想娶她都隨便。就讓美貌當她的嫁妝吧，反正她不把我放在眼裡，自然也不會把我的財產當一回事。」

瓦倫廷相當納悶，不知道這番話的目的何在，於是回答：「關於這件事，殿下希望我出什麼力呢？」

「啊，」公爵說，「我想迎娶的姑娘很難討好，態度又冷淡，我上了年紀，說出來的話很難打動她的心。況且，時下求愛的方式跟我年輕時大不相同，我想跟你請教一下該怎麼追求女性。」

瓦倫廷大略向他描述一下當今的年輕人都用什麼方式求愛，說他們想要贏得佳人的芳心，會採取禮物攻勢以及時常登門拜訪等等。

公爵說，他送過禮，但那姑娘拒收，而且她父親的管教甚嚴，沒有男人能在白天接近她。

「那麼，」瓦倫廷說，「您只能趁夜去拜訪她了。」

「可是在夜裡，」狡猾的公爵說，這會兒就快講到重點了，「她的家門鎖得可牢嘍。」

遺憾的是，瓦倫廷竟然脫口提議，公爵應該利用繩梯趁夜進入姑娘的閨房，也說他會替公爵張羅合適的繩梯來，最後還奉勸公爵，要把繩梯藏在他目前穿的這種長袍底下。

「那就把你的長袍借我吧，」公爵說，他費勁編了半天的故事，就是為了找藉口把對方的長袍脫下。語畢，公爵就一把揪住瓦倫廷的長袍，往後猛地一掀，不僅找到了繩梯，還有一封席薇亞的情書。公爵馬上拆信現場讀起來，信裡寫著兩人私奔的全盤計畫。公爵痛斥瓦倫廷竟然辜負他的恩情，想盡辦法要拐走他的女兒，實在太忘恩負義，於是立即將瓦倫廷逐出宮廷跟米蘭城，永遠不許他回來。瓦倫廷連一眼都沒見到席薇亞，就被迫在當晚狼狽離開。

普提厄斯在米蘭陷害瓦倫廷的時候，人在維洛那的茱莉亞卻因為普提厄斯不在身邊而惆悵不已。她對他的惦念最後壓倒了對禮教的顧慮，決定離開維洛那，前往米蘭尋找情人。為了確保旅途上的人身安全，她跟女僕露雀達都換上了男人的裝束，喬裝踏上旅程。瓦倫廷受普提厄斯出賣並被逐出米蘭之後不久，她倆也來到城裡。

茱莉亞抵達米蘭時約莫正午，她在一間客棧下榻，心思全繞著親愛的普提厄斯打轉，跟客棧主人（一般都叫他掌櫃的）攀談起來，想打聽一點關於普提厄斯的消息。

客棧掌櫃從這個俊秀年輕人（他以為她是男性）的外表，判定對方出身高貴，但年輕人卻用如此親切的態度跟他說話，讓掌櫃非常高興。掌櫃是個好心腸的人，看到年輕人愁容滿面，相當不忍。為了讓年輕客人調劑一下心情，掌櫃提議當天晚上帶他去聆賞美妙的音樂，有位紳士準備以小夜曲臨窗向情人示愛。

茱莉亞苦著一張臉，是因為她不知道這樣貿然行動，會讓普提厄斯作何感想。她知道他愛的就是她那冰清玉潔的傲氣，還有性格上的莊重，她深怕這樣一來會被看不起，所以才一副心事重重的愁苦模樣。

她樂得接受客棧掌櫃的邀請，一起去聽音樂，一方面暗自盼望可以巧遇普提厄斯。

可是，好心的掌櫃把茱莉亞帶到宮殿去之後，事與願違，達到的效果跟掌櫃預期的恰恰相反。親眼看到普提厄斯那個負心漢，用音樂對著席薇亞姑娘示愛，還滔滔傾訴對她的愛意跟仰慕，真教茱莉亞痛心疾首。茱莉亞聽到席薇亞在窗邊跟普提厄斯說話，斥責他不該拋棄忠實的情人，更不該對朋友瓦倫廷背信忘義。接著席薇亞離開窗邊，拒絕聽他的音樂跟甜言蜜語。席薇亞一心忠於遭到放逐的瓦倫廷，他朋友普提厄斯背信做出那樣卑鄙的行為，讓她厭惡透頂。

雖然剛剛的景象令茱莉亞陷入絕望，但她依然愛著薄情的普提厄斯。聽說他有個僕人剛剛辭職，她就透過那位掌櫃（親切的客棧老闆）的牽線，想辦法當上了普提厄斯的侍僮，普提厄斯並不知道這位侍僮就是茱莉亞，老是派她送信跟禮物給情敵席薇亞。連兩人當初在維洛那分別時，她送的那枚紀念戒指，也派她送過去。

茱莉亞帶著戒指去找席薇亞小姐時，發現對方根本不願接受普提厄斯的追求，不禁暗自竊喜。茱莉亞——大家都叫這個侍僮賽巴斯欽——跟席薇亞聊起普提厄斯之前的情人，就是被棄之不顧的茱莉亞。說她認識茱莉亞（她就是茱莉亞本人，當然認識了）。既然聊到了自己，也就順便替自己美言幾句，還說茱莉亞對她的情郎普提厄斯如何癡情，要是知道他這麼狠心無情，她會有多麼痛心。茱莉亞用巧妙的雙關語繼續說：「茱莉亞的身高跟我差不多，膚色跟我相同，眸色跟髮色也跟我一樣。」茱莉亞一身男裝，確實是個美少年。

這番話打動了席薇亞，憐憫起這個不幸被意中人拋棄的可愛姑娘。茱莉亞把普提厄斯派她送來的戒指遞上去，但席薇亞拒收並說：「他竟然要把那枚戒指送我，真是無恥，我絕對不收。我常常聽他說，那是茱莉亞送他的。親愛的小伙子，你這麼同情那個可憐的姑娘，我真欣賞你！喏，這裡有一袋錢，看在茱莉亞的份上送給你。」聽見善良的情敵說了這番撫慰人心的話，喬裝成侍僮的姑娘，原本低落的心情受到了鼓舞。

再來說說瓦倫廷吧。他遭到放逐之後，幾乎不知何去何從。他蒙受屈辱，被逐出城外，不願回家見父親。他離開了心愛的席薇亞姑娘所在的米蘭，到城外不遠的一座荒林裡，他正在林子裡徘徊時，一幫盜匪團團包圍他，要他把財物交出來。

瓦倫廷告訴他們，他才剛遭逢厄運，落得被放逐的下場，說他身無分文，身上的衣裝就是他所有的財富。

盜匪聽到他悲慘落難，又覺得他氣度不凡，頗具男子氣概，於是提議，如果他願意跟他們住在一起，當他們的頭目或首領，他們就聽從他的指揮。可是如果他不接受他們的提議，就會要他的命。

對於自己會淪落到什麼田地，瓦倫廷早已不怎麼在意，表示只要他們不欺凌婦女跟路過的窮人，就答應跟他們住在一起、當他們的首領。

高貴的瓦倫廷就這樣成了民謠裡常見的綠林好漢羅賓漢，成了一幫盜匪跟不法之徒的首領。而席薇亞就是在這種情況下找到他的。事情的經過如下：

席薇亞的父親強逼她立即與索立歐成親。為了躲避這門婚事，席薇亞終於下定決心要追隨瓦倫廷的腳步前往曼圖亞，她聽說瓦倫廷就是到那兒避難的。可是她得到的消息並不正確，因為他還跟盜匪住在森林裡，而且還當上了首領，可是瓦倫廷平日並不參與盜匪的劫掠行動，只有在強迫他們對過路人手下留情時，才會行使強加在他身上的首領職權。

席薇亞設法找到一位可敬的老貴族，陪同她從父親的宮殿逃出來。她把名叫艾加摩的老貴族帶在身邊，在路途上可以保護她。為了前往曼圖亞，她不得不穿過瓦倫廷跟盜匪棲居的森林。有個盜匪抓住了席薇亞，原本也要逮住艾加摩，卻讓他逃了。

抓住席薇亞的盜匪看到她嚇得花容失色，勸她不要驚慌，說他只是要帶她到首領住的洞穴去，要她無須害怕，因為首領是個高尚的人，總是對婦女仁慈以待。聽到對方說要把她當囚犯押到無法無天的盜匪首領面前，她心裡沒有得到絲毫安慰。

「噢，瓦倫廷，」她喊道，「看看我為了你吃了什麼苦頭。」

可是，那個盜匪正要把她帶往首領的洞穴時，普提厄斯攔住了他的去路。茱莉亞扮成的侍僮就在一旁。普提厄斯一聽到席薇亞逃出宮外的消息，就追著她的腳步直奔這座森林。普提厄斯從盜匪手中把她解救出來，但是她還來不及謝謝他出手相救，他就再次使出那套窮追猛打的求愛招數，令她苦惱不已。正當他粗魯地頻頻催逼席薇亞下嫁，他的侍僮（悲慘的茱莉亞）心急如焚地站在身旁，深怕普提厄斯因為立下營救大功，而贏得席薇亞的好感。瓦倫廷突然現身時，大家都驚訝極了，原來他聽說手下的盜匪抓了一位姑娘，就趕緊來安慰她，準備替她解圍。

普提厄斯正對席薇亞發動求愛攻勢，卻當場被朋友逮個正著，十分慚愧，馬上表示悔悟跟自責。他為了先前對瓦倫廷造成的傷害，表現出非常強烈的愧疚感。瓦倫廷生性高貴大度到了浪漫的地步，不僅饒恕了朋友，重拾兩人的情誼，還一度豪情萬丈地說：「我毫無條件地原諒你，而且要把我在席薇亞心中的位置讓給你。」

以侍僮身分站在主人身邊的茱莉亞，聽到這個奇怪的提議，深怕洗心革面的普提厄斯會不忍拒絕席薇亞，一時心急就暈了過去。要不是因為大家手忙腳亂要喚醒茱莉亞，不然瓦倫廷自作主張要把席薇亞讓給普提厄斯的做法，絕對會惹惱席薇亞。不過，席薇亞也不覺得瓦倫廷這種過份勉強又慷慨過度的情誼之舉，能夠堅持多久就是了。

昏倒的茱莉亞醒來之後說：「我都忘了，主人要我把這枚戒指交給席薇亞。」

當初茱莉亞送了枚戒指給普提厄斯，就是他派侍僮送去給席薇亞的那個，而當時他也回贈了一只。他看出眼前這枚戒指，正是自己當初送給茱莉亞的那枚。

「怎麼會這樣？」他說，「這是我送茱莉亞的戒指啊，你怎麼拿到的，小子？」

茱莉亞回答：「是茱莉亞親手交給我的，也是茱莉亞本人帶來的。」

此時，普提厄斯仔細端詳她，這才認出侍僮賽巴斯欽不是別人，正是茱莉亞姑娘本人。她證明了自己忠貞不渝的愛情，讓他激動不已，心中再次湧現對她的愛。他重新接受屬於他的這位親愛姑娘，歡歡喜喜放棄對席薇亞姑娘的追求，還給了值得她愛的瓦倫廷。

老友重修舊好，加上姑娘們這麼忠實又深情，普提厄斯跟瓦倫廷正喜不自勝的當兒，卻看到米蘭公爵跟索立歐緊追席薇亞而來，不禁大吃一驚。

索立歐先走上前來，想要抓住席薇亞，一面說著：「席薇亞是我的。」

聞此，瓦倫廷氣勢洶洶對他說：「索立歐，退後！你要是再說一次席薇亞是你的，我就要你的命。她人就站在這裡，要是你膽敢碰她一下，要是你敢對我的愛人呼一口氣，你就死定了。」索立歐原本就是個大懦夫，聽到這樣的恐嚇就退縮了，說他才不在乎她，還說只有傻子才會為了不愛自己的姑娘決鬥。

公爵本人非常英勇，見此便暴跳如雷地說：「索立歐，你之前費了那麼大勁去追求她，現在才遇到區區一點小事，就要棄她於不顧，簡直卑鄙又無恥。」然後轉向瓦倫廷說：「我佩服你的膽量，瓦倫廷，我認為你簡直配得上女皇的愛，席薇亞就交給你了，你很值得她去愛。」瓦倫廷非常謙卑地親吻了公爵的手，領受公爵將女兒許配給他的盛情，並適切表達了謝意。

瓦倫廷還趁著這個歡樂的時刻，公爵心情正好之際，請求公爵赦免他在森林裡結識的這幫盜賊，並向公爵保證，等他們改邪歸正、回歸社會之後，必定會發現當中有不少人頗具才情，可成大事。他們大多都像瓦倫廷，因為得罪政府才遭放逐，而不是犯下什麼重大刑案。公爵爽快應允了。現在一切都已結束，只剩曾經背信的朋友普提厄斯必須當著公爵的面，細數自己當初的戀情以及種種欺瞞行為，並懺悔自己受到愛情驅使而犯下的過錯。因為他已經良心發現，在講述這一切的過程當中，簡直慚愧得無地自容，大家認為這樣就恰恰足以作為他該受的懲罰。他懺悔完之後，兩對情人相偕回到米蘭，在公爵的見證下舉辦了隆重的婚禮，盛宴上一片喜氣洋洋。

維洛那二紳士　人物關係表

- - - - 虛線為故事中段的關係轉變

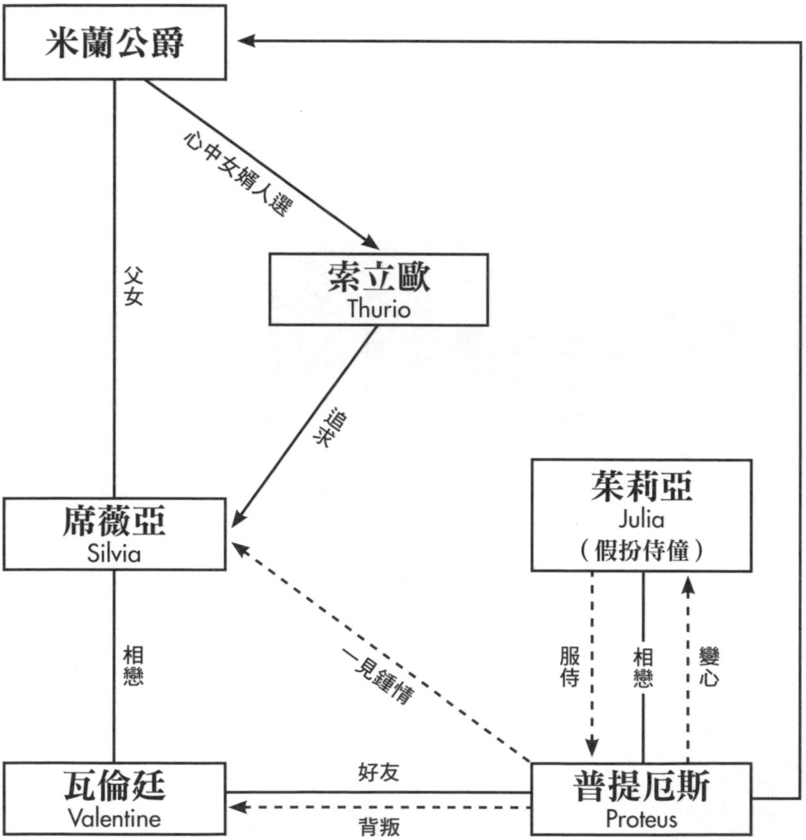

維洛那二紳士

Two Gentlemen of Verona

屬性：喜劇

創作年代：一五八九至一五九二年

關於維洛那二紳士：

* 莎士比亞最初的喜劇，可能是他的第一部劇作。此劇也是莎劇中相對較弱的劇本，全劇裡有名號的角色數量也是莎劇中最少的。
* 此劇在莎士比亞生前沒有可靠的演出紀錄，只有英國古典學家梅爾斯（Francis Meres）在一五八九年出版的《機智寶庫》（*Palladis Tamia*）一書中，曾經提及此劇已經上演。
* 十九世紀的奧地利作曲家舒伯特（Franz Schubert），曾將劇中兩位男主角之一的普提厄斯變心愛上好友戀人所吟唱的情歌，原汁原味譜成歌曲，也就是著名的《致席薇亞》（*An Silvia*）。
* 一九三一年，由著名女星阮玲玉主演的黑白默片《一剪梅》，便是改編自此劇。
* 在一九九九年的電影《莎翁情史》中，一開始在伊莉莎白女王面前表演的也是此劇。
* 不只在英國，此劇在德國、波蘭等地都被改編成電視影集，最近一次是出現在二〇〇〇年美國高校愛情喜劇《戀愛世代》（*Dawson's Creek*）其中一集。

威尼斯商人

The Merchant of Venice

Hath not a Jew eyes?

難道猶太人沒有眼睛嗎？

——————夏洛克，第三幕，第一場

威尼斯有個猶太人夏洛克，以放高利貸為生。他藉由放高利貸給基督徒商人，積攢了大筆財富。夏洛克鐵石心腸，討起債來凶神惡煞，所以很多善良人都討厭他。威尼斯有個年輕商人叫安東尼歐，他尤其討厭夏洛克。夏洛克也同樣憎恨他，因為安東尼歐總是借錢給人紓困，卻從來不收利息。因此，貪婪的猶太人跟慷慨的商人安東尼歐之間有了很深的過節。每逢安東尼歐在市集或交易所碰到夏洛克，總會斥責對方不該放高利貸，對人不該那樣苛刻。這個猶太人總是假裝耐著性子聽訓，心裡卻暗自盤算要找機會報復。

安東尼歐是世上最仁慈的人，為人高風亮節，總是樂於助人。確實，所有在義大利生活的人，就屬他最能發揚古羅馬的榮耀，也因此他受到全城市民的愛戴。不過，他最親近的知己是威尼斯貴族巴薩尼奧。巴薩尼奧繼承的財產原本就不多，幾經不自量力的揮霍之後，手上的家產幾乎所剩無幾——地位高而財產少的年輕人常犯這種毛病。只要巴薩尼奧手頭一緊，安東尼歐就會出手接濟，看來兩人不只是一條心，還共用一只錢包呢。

某天，巴薩尼奧來找安東尼歐，說他想攀一門有錢親事來重振家境。說他深愛一位姑娘，而姑娘的父親才剛辭世，大筆資產獨留她一人。在她父親生前，巴薩尼奧經常登門拜訪，感覺她有一回曾經向他眉目傳情，似乎暗示他大可前來追求。但他沒錢可以擺出稱頭的排場，好去追求這位坐擁鉅額遺產的富家千金，他懇求大恩人安東尼歐再幫他一回，借他三千金幣。

在這個節骨眼上，安東尼歐手上沒錢可以借朋友，不過他有幾艘商船不久就會滿載貨物返航。他說他會去找放高利貸的有錢人夏洛克，拿那些商船當作擔保，將那筆款子借到手。

於是安東尼歐跟巴薩尼奧一起去找夏洛克，安東尼歐要猶太人借他三千金幣，利息照猶太人說的算，到時就用目前還在海上的貨物來償還。

聞此，夏洛克在心裡盤算：「他要是讓我抓到把柄，我就要狠狠一報往日冤仇。他恨我們猶太民族。他自己白白借別人錢，不收利息也就算了，竟然還當著其他商人的面痛罵我跟我正正當當攢來的利潤，說那是利息什麼的。要是我饒過他，那我們猶太民族永遠都抬不起頭了！」

安東尼歐看到夏洛克陷入長考，遲遲不作答，因為一心急著把錢借到手，於是說：「夏洛克，你聽到沒？這筆錢你到底借不借？」

猶太人答說：「安東尼歐先生，你老是在市集上痛罵我靠高利貸撈錢，我向來耐著性子聳肩忍耐，因為容忍就是我們這個民族的特色。可是你還罵我是異教徒、是殺人的野狗，不只對我的猶太披風吐口水，還把我當野狗似地用腳踢。怎麼，你現在倒是需要我幫忙了？竟然跑來跟我說，夏洛克，借我錢吧。狗會有錢嗎？野狗借得出三千金幣嗎？要不要我鞠躬哈腰說，好先生，您上星期三吐我口水，還有一次罵我是狗，為了報答您的恩情，我要借您錢。」

安東尼歐回答：「我可能還是會再繼續罵你，也會再吐你口水，更會踢你。如果你願意借我錢，就當是借錢給仇人而不是朋友吧，到時你要追討違約金，也比較拉得下臉。」

「哎唷，看看你，」夏洛克說，「火氣真大啊！我願意跟你交個朋友，掙得你的友誼。我會忘掉你對我的羞辱。你要多少錢我都借，不收利息。」這個狀似慷慨的提議大大出乎安東尼歐的意料。接著夏洛克繼續佯裝好心說，他這樣做的目的無非是為了博取安東尼歐的友誼，然後再次表示願意無息出借三千金幣。可是有一條，安東尼歐得跟他到律師那裡簽訂借據，為了好玩，得在借據上寫明，要是安東尼歐無法如期還款，就得繳出身上的一磅肉作為罰金，隨便夏洛克從他身上哪裡割都行。

「我同意，」安東尼歐說，「我會簽下這份借據，然後去跟大家說，這個猶太人心腸好得不得了。」

巴薩尼奧勸安東尼歐別簽這樣的借據，但安東尼歐還是執意要簽，因為他載滿貨物的商船在借據到期以前就會靠岸，上頭貨物的價值可是債款的好幾倍呢。

夏洛克聽到兩人的爭論就驚呼：「噢，先祖亞伯拉罕啊，這些基督徒的疑心病真重，自己待人刻薄就算了，還懷疑別人也跟他們一個樣。巴薩尼奧，請你告訴我，要是他到期違約還不了錢，我跟他追討身上的一磅肉，有什麼好處可撈？從人身上割下的一磅肉，還不如一磅羊肉或牛肉有價值，根本沒賺頭啊。我提出這個友好的辦法，只是為了跟他套套交情。要是你們接受就照辦；不接受，就再會吧。」

儘管這個猶太人把自己說得這麼宅心仁厚，但巴薩尼奧還是不願讓朋友為自己冒這種風險，不願他接受這種可怕的違約罰則。但安東尼歐還是不聽巴薩尼奧的勸，逕自簽下了借據，以為正如這個猶太人所說，只是鬧著玩的而已。

巴薩尼奧想娶的那位富家女繼承人，住在威尼斯附近一個叫貝爾蒙特的地方。她叫波夏，才貌雙全，無論是相貌跟才智，完全不亞於我們在書中所讀過，古羅馬哲人政治家小加圖[2]的女兒波夏——也就是布魯圖斯[3]的妻子。

有了友人安東尼歐冒著生命危險所提供的慷慨資助，巴薩尼奧率領一批裝扮華麗的侍從，在葛提亞諾這位紳士的陪同下，動身前往貝爾蒙特。

巴薩尼奧成功擄獲了美人心，不久，波夏就答應與他結為連理。

巴薩尼奧向波夏坦承自己手上沒有資產，值得誇耀的只有名門出身跟貴族血統。她愛的是他可貴的人品，她自己坐擁財富，不在意丈夫是否富有，於是得體又謙遜地回答，但願她自己能比現在美麗一千倍、富有一萬倍，這樣才能配得上他。接著，多才多藝的波夏還巧妙地貶抑自己，說自己缺乏教導、沒讀過多少書，歷練也不足，可是幸好她還年輕，還有機會學習，說她會把自己柔軟的心靈交託給他，什麼事都聽任他指導與支配。

她說：「我自己跟我所擁有的一切，現在都是你的了。巴薩尼奧，就在昨天，我還擁有這幢華麗宅邸，是我自己的女王，這些僕從全由我指揮。但是，我的夫君，現在我要以這枚戒指為證，將這棟豪宅、這些僕從以及我自己，全都獻給你。」說著便把一枚戒指送給巴薩尼奧。

富有又高貴的波夏用這種客氣得體的態度，接受了家道中落的巴薩尼奧，又這麼敬重他，讓他既感激又驚訝，激動得難以用言語向這個親愛姑娘表達自己的喜悅跟崇敬，只能支支吾吾

---

2 小加圖（Marcus Porcius Cato Uticensis），著名羅馬政治家：斯多噶學派追隨者，反對凱薩獨裁。

3 布魯圖斯（Marcus Junius Brutus Caepio），羅馬共和國政治家。參與了刺殺凱薩的行動。

說了點愛慕跟感謝的話。他接過戒指，發誓再也不離手。

波夏優雅得體地答應嫁給巴薩尼奧，成為他順從的妻子時，葛提亞諾跟波夏的侍女娜瑞莎都隨侍在側。葛提亞諾向巴薩尼奧以及這位慷慨的小姐道喜，然後提出請求，希望自己也能在同一時間成親。

「我全心全意贊成，葛提亞諾，」巴薩尼奧說，「如果你找得到妻子的話。」

葛提亞諾接著就說他愛上了波夏小姐的美麗侍女娜瑞莎，說她已經答應，只要女主人嫁給巴薩尼奧，她就嫁給葛提亞諾。波夏問娜瑞莎此話真假，娜瑞莎回答：「小姐，是真的，只要您同意的話。」

波夏欣然表示同意，巴薩尼奧愉快地說：「葛提亞諾，你們的婚事會讓我們的婚宴更添光彩。」

這時有個信差走了進來，捎來了安東尼歐的可怕消息，打壞了這兩對情人的幸福氣氛。巴薩尼奧讀了安東尼歐的來信，臉色頓時刷白，波夏擔心這封信是要通知他某個親愛朋友的死訊，就問什麼消息讓他這樣難過。

他說：「噢，可愛的波夏，這封信裡寫的事情悲慘極了。好夫人，我最早向妳表達情意的時候，曾經坦白告訴妳，我的貴族血統是我僅有的財富，可是我早該告訴妳，我不只一無所有，還負債累累哪。」巴薩尼奧接著把事情的始末告訴波夏，說他當初怎麼向安東尼歐借錢，而安東尼歐又怎樣向猶太人夏洛克通融貸款，以及安東尼歐如何簽下借據，寫明如果逾期並未償清債款，就必須繳出身上的一磅肉作為懲罰。

然後，巴薩尼奧念了安東尼歐的信，內容如下：好巴薩尼奧，我的商船全都毀了，我跟猶太人簽下的借據到期了，我還不出債款，執行罰則之後，恐怕保不住性命，期盼能在死前見你一面。就照你自己的意思辦吧，如果你對我的情誼不足以說服你親自過來一趟，也無須專程為了這封信趕過來。

「噢，我親愛的，」波夏說，「趕快把事情安排好，立刻啟程吧。你會擁有比債款多上二十倍的錢，不能因為我的巴薩尼奧的過失，害這位好心的朋友有一絲一毫的損傷。既然是用這麼大的代價才把你換來的，我更會好好珍惜。」接著波夏說，她要在巴薩尼奧出發前跟他成婚，這樣他才能合法使用她的錢財。他倆當天就結了婚，葛提亞諾也跟娜瑞莎成了親。一完婚，巴薩尼奧跟葛提亞諾立刻奔赴威尼斯。到了城裡，巴薩尼奧發現安東尼歐已經被送進監牢。

清償債款的日期已過，殘忍的猶太人不肯收巴薩尼奧的錢，而是堅持索討安東尼歐身上的一磅肉。這項駭人聽聞的案子將由威尼斯公爵主審，審判的日期也已經敲定，巴薩尼奧懸著心，驚恐不安地等待著。

波夏跟丈夫分別的時候，雖然態度爽朗，要他帶著那個親愛的朋友回來。可是她擔心安東尼歐凶多吉少，只剩她一人的時候，她就開始細細思索自己能否盡一份心力，挽救她親愛巴薩尼奧朋友的性命。儘管為了對她的巴薩尼奧表示尊重，她曾用那麼溫順跟賢慧的得體態度說，他的智慧遠勝一籌，她要把一切都交由他支配，可是眼下她敬重的丈夫有朋友身陷險境，她非得採取行動不可，她對自己的本領毫不懷疑，單單憑著她可靠又完美的判斷力，即刻決定親赴威尼斯替安東尼歐辯護。

波夏有個親戚是律師，她寫信給這位名叫貝雷里歐的紳士，信裡陳述了案情，並徵求他的意見，最後希望他連同寫了建議的回信，寄一套律師服過來給她。信差回來的時候，帶著貝雷里歐關於辯護如何進行的建議，還有她所需要的一切裝備。

波夏跟侍女都換上男人的裝束，波夏另外還披上了律師袍。她把娜瑞莎帶在身邊當作書記，兩人即刻出發，在審判當天趕抵威尼斯。在威尼斯的元老院裡，公爵跟元老們正準備審理這個案件，此時波夏走進這個高等法院，遞交貝雷里歐寫給公爵的信函，這位博學的律師表示，要不是因為有病在身，不然他會親自前來替安東尼歐辯護，他在信中懇請公爵批准這位博學的年輕博士鮑瑟沙（他這樣稱呼波夏）代他出庭辯護。公爵表示允准，這陌生人年輕的樣貌讓公爵非常驚訝。波夏當時披著律師袍、頭戴一大頂假髮，扮相相當俊美。

現在，這場重要的審判開始了。波夏環顧四周，認出那個無情的猶太人，也看到巴薩尼奧，但巴薩尼奧認不出經過變裝的波夏。巴薩尼奧苦惱地站在朋友身邊，為朋友惶恐不安。

波夏這位溫柔的小姐看出任務有多艱鉅又有多關鍵，勇氣就跟著浮現，於是放膽執行了她一肩扛起的職責。她先向夏洛克表示，根據威尼斯的法律，她承認他確實有權按照借據裡寫明的罰則，索討那一磅肉，不過關於仁慈，她也說了一段動聽的話，除了鐵石心腸的夏洛克之外，任誰聽了都會心軟。她說仁慈是多麼高貴的品性；說仁慈好似天降甘霖於大地；說仁慈是種雙重的賜福，施予仁慈的人與接受仁慈的人都能蒙福；說仁慈是上帝本身的屬性，比起冠冕更能替君王增光；施行世俗的權柄時，能在公義之中適度加入仁慈，就距離上帝的權柄最近。她要夏洛克記住，我們在禱告中祈求上帝對我們仁慈，同樣的禱告應該能夠教我們以仁慈待人。但夏洛克只是一逕堅持依照借據執行罰則。

「他還不出債款嗎？」波夏問。巴薩尼奧表示，債款本金是三千金幣，隨便夏洛克要他加幾倍償還都行。夏洛克斷然拒絕，依然一味索討安東尼歐身上的一磅肉。巴薩尼奧懇求博學的年輕律師，不要拘泥於法條，想辦法變通一下，救救安東尼歐的命。可是波夏沉重地說，法律一旦制訂了，就再也不能變更。

夏洛克覺得這會兒律師好像在替他說話了，於是就說：「但以理[4]下凡來判案嘍！噢，賢明的年輕律師，我真是敬重您！您比實際年齡老練多了！」

現在，波夏要求夏洛克讓她看看借據，她讀完借據之後說：「就照借據來施行罰則吧。根據借據，猶太人可以合法從安東尼歐胸口最近心臟的地方，剜下一磅肉來。」接著又對夏洛克說：「請你慈悲為懷，收下還款，讓我把借據撕了吧。」

可是，無情的夏洛克就是不肯發發慈悲。他說：「以我的靈魂發誓，不管誰說什麼，都沒辦法讓我改變主意。」

4 但以理，希伯萊人，因遭綁架後成為巴比倫的宮殿侍者，多次為巴比倫王解夢、預言。傳統認為《聖經》中的〈但以理書〉是他所著。

「那麼，安東尼歐，」波夏說，「你只能準備讓刀子扎進你的胸膛了。」夏洛克興致高昂地霍霍磨著一把長刀，準備割取一磅肉。

波夏對安東尼歐說：「你有什麼話要說嗎？」

安東尼歐平靜又無奈地答說，他沒什麼話要說，因為早有受死的心理準備，接著對巴薩尼奧說：「把你的手給我吧，巴薩尼奧！永別了！我為了你遭受這樣的不幸，請不要悲傷。代我問候你的尊夫人，告訴她我曾經多麼愛你！」

巴薩尼奧痛不欲生地回答：「安東尼歐，我娶了一個妻子，她對我來說就跟生命一樣寶貴。可是在我看來，我的生命、我的妻子跟全世界加起來，都沒有你的生命珍貴。為了拯救你，我願意拋棄一切，都送給這個惡魔。」

聽到丈夫用如此激烈的言辭，對安東尼歐這樣忠實的朋友表達心中的熱愛，心地善良的波夏並不覺得生氣，卻還是忍不住回答：「要是你夫人在場，聽到這番話，恐怕高興不起來。」

葛提亞諾平日總愛模仿主人巴薩尼奧的一言一行，覺得非得要效仿他說一番話不可，於是接著說：「我有個妻子，我很愛她，可是如果她能到天上求神顯顯神威，改變這個卑鄙猶太人的殘忍性格，那我希望她升天去。」

扮成律師書記的娜瑞莎正在波夏旁邊寫著東西，把這番話全聽進去了。「幸好你背著她許這種願，要不然你們在家裡肯定吵翻天。」娜瑞莎說。

夏洛克現在不耐煩地嚷道：「這樣是在浪費時間，請庭上快點宣判吧。」法庭裡，眾人提心吊膽等待判決結果，每顆心都為了安東尼歐哀痛。

波夏問，秤肉的磅秤是否準備好了，接著對猶太人說：「夏洛克，你一定要找外科大夫在旁邊待命，免得安東尼歐流血過多送命。」

夏洛克原本就巴望安東尼歐會因為失血過多致死，於是說：「借據裡沒寫這一條。」

波夏回答：「借據裡雖然沒寫，但又有什麼關係？做點善事總是好的啊。」

對於這個要求，夏洛克只說：「我找不到嘛，借據裡明明沒寫這一條。」

「那麼，」波夏說：「安東尼歐身上的一磅肉就是你的了，法律准許你、法庭裁定你可以從他的胸膛割下這磅肉。法律准許，法庭如此裁定。」

夏洛克再次嚷道：「噢，真是賢明又正直的律師！但以理下凡來判案嘍！」接著他再次磨起刀來，熱切地看著安東尼歐並說：「來吧，準備好吧！」

「慢點，猶太人，」波夏說，「還有一點，這份借據可沒說你可以弄出半滴血來，借據上清楚寫明『一磅肉』。如果你在割那磅肉的時候，讓基督徒流下一滴血，你的土地跟動產就要依法充公，歸給威尼斯官府。」夏洛克割下肉的時候，安東尼歐不可能不流血。借據上白紙黑字寫的確實是肉，而不是血，波夏聰明的發現就這樣救了安東尼歐一命。年輕律師竟然能及時想出妙計，這份睿智實在教人驚嘆，在場的人全都佩服得五體投地，喝采聲傳遍了整個元老院。葛提亞諾驚嘆，用的是夏洛克講過的話：「噢，明智又正直的法官！看吧，猶太人，但以理下凡來判案嘍！」

夏洛克發現自己的殘忍奸計一敗塗地，滿臉沮喪，說他願意收下還款。安東尼歐意外得救了，巴薩尼奧喜出望外喊道：「錢就在這裡！」

可是波夏攔住他並說：「且慢，不急，除了借據上的罰則之外，猶太人什麼都不能拿。所以，夏洛克，準備割肉吧。可是當心啊，一滴血都不能流，而且割下的肉不能多過一磅，也不能少於一磅，只要秤子上有分毫之差，威尼斯的法律就要判你死罪，你的財產就要全數沒收，歸給元老院。」

夏洛克說：「把我的錢還我，放我走吧。」

巴薩尼奧說：「我準備好了，就在這裡。」

夏洛克正準備收下錢，波夏再次攔住他並說：「慢點，猶太人，另外還有件事。根據威尼斯的法律，你因為預謀剝奪一位市民的生命，所以你的財產已經充公，至於你個人是死是活，就看公爵怎麼定奪了，所以，跪下來求公爵饒恕吧。」

接著公爵對夏洛克說：「為了讓你看看我們基督徒的精神跟猶太人有什麼不同，我不用等你開口求情，就饒你一命。你一半財產要歸給安東尼歐，另一半就歸國庫。」

慷慨大度的安東尼歐說，如果夏洛克願意立個轉讓契約，聲明自己過世之後，將財產留給女兒跟女婿，他就願意放棄夏洛克依理應該給他的那一半。安東尼歐知道，這個猶太人的獨生女最近才不顧父親反對，跟年輕的基督徒羅倫佐成了親，羅倫佐是安東尼歐的朋友。這件事觸怒了夏洛克，於是取消女兒的繼承權。

猶太人同意了，他的復仇計畫落空，財產又遭到掠奪，於是說：「我不大舒服，讓我回家吧。轉讓契約再送到我家，我會好好簽字，分一半的財產給我女兒。」

公爵說：「那麼你先走吧，事後記得簽字。如果你對過去的殘忍作風表示懺悔，並且成為基督徒，那麼官府會把你充公的另一半財產歸還給你。」

現在，公爵釋放安東尼歐並且宣布審判結束，接著他大讚年輕律師的聰明才智，邀請他到家裡吃飯。波夏想比丈夫早一步回到貝爾蒙特，於是說：「您的盛情我心領了，可是我必須馬上離開。」

對於年輕律師沒有空閒留下來一同用餐，公爵覺得頗為遺憾，於是轉向安東尼歐說：「你要好好酬謝這位先生，我覺得你欠了一份大人情。」

公爵跟元老紛紛退庭時，巴薩尼奧對波夏說：「可敬的先生，今天多虧你的智慧，我跟朋友安東尼歐才能夠免去痛苦的懲罰，請你收下原本該還給猶太人的三千金幣吧。」

「即使你收下了這筆酬勞，我們還是感激不盡，」安東尼歐說，「我們永遠會對你懷抱愛與敬意。」

波夏怎麼就是不肯收下這筆酬金，可是巴薩尼奧再三請求她至少酌收一點，於是她說：「那麼就把你的手套送我吧，我會戴著作紀念。」

接著巴薩尼奧脫下手套，她一眼就看到他手上正戴著她送的戒指：這位狡黠的小姐真正想要的是那枚戒指，等她再見到巴薩尼奧時，就可以拿來捉弄他。所以她一看到那枚戒指就說：

「既然你一心想表達謝意，我就收下這枚戒指好了。」

巴薩尼奧傷心又苦惱，律師索討的正是他萬萬不能放手的東西。他六神無主地答說，那枚戒指實在不便奉送，因為那是他妻子送的禮物，當初他發誓過絕對不離手。可是他願意透過公開徵求，將威尼斯全城最貴重的戒指找來送給律師。聞此，波夏假裝一副受辱的樣子，邊走出法庭邊說：「先生，你先讓人索討東西，卻又把人當成乞丐。」

「親愛的巴薩尼奧，」安東尼歐說，「就把戒指送他吧，看在我跟你的情誼，還有他對我鼎力相助的份上，就跟你夫人唱一次反調吧。」巴薩尼奧覺得自己好像很不知感恩，頓時無地自容，最後終於讓步，連忙差遣葛提亞諾帶著戒指追趕波夏。接著書記娜瑞莎，也向葛提亞諾索討自己當初送的戒指，葛提亞諾不甘心顯得比主人小氣，就把戒指送了出去。這兩位女士打算回家以後藉機修理丈夫，咬定他們把戒指當禮物送女人，大大譴責他們一番——想到這個畫面，她們就忍俊不住。

人只要意識到自己做了善事，心情總是格外暢快。波夏回到貝爾蒙特的時候，正是如此。她覺得神清氣爽，看什麼都順眼：月亮從來沒有今晚這麼皎潔過，雲朵一時遮住皎月時，她看到自己在貝爾蒙特的宅邸透出一道光線，不禁浮想聯翩，於是對娜瑞莎說：「我們現在看到的那道光，就在我家門廳裡燃燒著，一枝小小蠟燭卻可以照得這麼遠，在這個萬惡的世界裡，一件好事也可以發出同樣燦爛的光輝。」聽到家裡傳出樂聲時，她說：「樂聲在晚上聽起來也比白天悅耳多了。」

現在，波夏跟娜瑞莎踏進家門之後，換回原本的裝束，等待丈夫歸來。不久，他們就帶著安東尼歐回來了。巴薩尼奧把知己介紹給波夏夫人，波夏向安東尼歐道賀並表示歡迎，話都還沒說完，大家就看到娜瑞莎跟葛提亞諾在房間角落裡拌起嘴來。

「已經吵起來了啊？」波夏說，「怎麼回事呢？」

葛提亞諾回答：「夫人，還不是為了一枚不值多少錢的戒指嘛，是娜瑞莎送我的，上頭刻了詩句，文采頂多只有刀匠的程度——愛我，別離開我。」

「管它是什麼樣的詩句？管它戒指值不值錢？」娜瑞莎說，「我送你戒指的時候，你對我發過誓，說到死都不會離手，現在你卻說送給律師的書記了。你一定是把它送給女人了啦。」

「我向你發誓，」葛提亞諾回答，「我送給一個年輕人了，應該算是少年，那個小伙子長得矮矮的，沒比妳高，就是那個年輕律師的書記。那個有智慧的年輕律師替安東尼歐辯護，救了他一命。囉唆的小書記跟我討要戒指，當作酬勞，我哪裡忍心拒絕他啊。」

波夏說：「葛提亞諾，你把妻子送你的第一份禮物給人了，這是你的不對。我也送了個戒指給我丈夫，我有十足的把握，他絕對不會轉送給別人。」

葛提亞諾為了替自己的過錯找藉口，此刻就說：「那個小伙子，那個花了好多工夫抄抄寫寫的書記，就是因為我主人巴薩尼奧先把戒指送給律師，才跟我討戒指的啊。」

聞此，波夏裝出火冒三丈的樣子，斥責巴薩尼奧竟然把她那枚戒指送人。她說，娜瑞莎說得有道理，戒指肯定是拿去送女人了。看到自己惹親愛的夫人這麼生氣，巴薩尼奧沮喪極了，於是真心誠意說：「不，我以名譽擔保，那個法學博士不肯收我的三千金幣，只跟我討要那枚戒指，我拒絕他的時候，他就老大不高興地走開了。我又能怎樣呢？好波夏？我這種表現好像很不知感恩，一時覺得好慚愧，只好派人拿著戒指追過去。請原諒我，好夫人，要是妳也在場，我想妳一定會求我把戒指送給那位可敬的博士。」

「啊，」安東尼歐說，「都是因為我，你們才會鬧出這樣的爭端。」

波夏要安東尼歐不要為這種事情苦惱，說還是很歡迎他來作客。接著安東尼歐說：「我曾經為了巴薩尼奧抵押自己的身體，要不是因為那位收了妳丈夫戒指的律師，我現在應該已經死了。我現在斗膽再立一張借據，這次我用自己的靈魂來擔保，妳丈夫再也不會違背對妳許下的任何誓約。」

「那你就當他的保人，」波夏說，「把這枚戒指給他吧，要他這次好好守住。」

巴薩尼奧看看這枚戒指，發現跟他送人的一模一樣，真是意外極了。接著波夏告訴他，她就是那位年輕律師，而娜瑞莎就是那個書記。巴薩尼奧發現，原來妻子以她高貴的勇氣跟智慧，拯救了安東尼歐的性命，心裡真有說不出的驚奇跟喜悅。

波夏再次歡迎安東尼歐，然後把湊巧收到的信件交給他。信裡描述了安東尼歐的商船狀況，最初以為全數損失的商船，後來竟又安然無事抵達港口。在這位富商的故事裡，後來突如其來的好運，讓大家遺忘了原本的悲慘開場。眾人好整以暇笑談那兩枚戒指的滑稽經歷，還有丈夫們如何認不出自己的妻子。葛提亞諾歡歡喜喜發了誓，還押了韻：

……只要他活在世上一日，
不怕別的事，
只怕弄丟娜瑞莎的戒指。

威尼斯商人　人物關係表

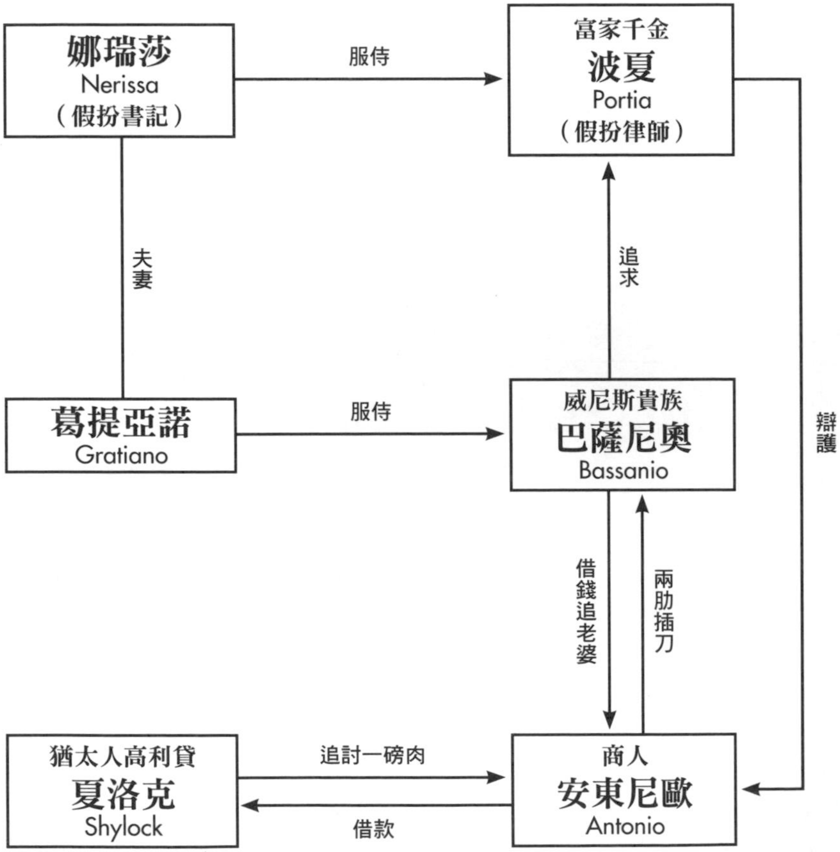

娜瑞莎
Nerissa
（假扮書記）
服侍
富家千金
波夏
Portia
（假扮律師）
夫妻
追求
辯護
葛提亞諾
Gratiano
服侍
威尼斯貴族
巴薩尼奧
Bassanio
借錢追老婆
兩肋插刀
猶太人高利貸
夏洛克
Shylock
追討一磅肉
借款
商人
安東尼歐
Antonio

威尼斯商人

The Merchant of Venice

屬性：喜劇

創作年代：一五九四至一五九七年

關於威尼斯商人：

✵ 劇中角色猶太人夏洛克常被視為邪惡的象徵，關於此劇是否帶有種族歧視，頗受爭議。也因為形象鮮明，夏洛克成為西方文學中四大吝嗇鬼之一。

✵ 許多演員都照劇本將夏洛克詮釋成大惡人，但在二次世界大戰後，基於對猶太人刻板印象的反思（納粹惡行令人震驚），演員卡諾夫斯基（Morris Carnovsky）的詮釋減少了夏洛克與基督教徒的對立，猶太演員多伊奇（Ernst Deutsch）則詮釋出在威尼斯篤信基督教又愛賺錢的商人中，獨樹一幟的夏洛克。

✵ 此劇為最早（一九一三年）在中國演出的莎劇，應該是根據莎士比亞第一個中譯本《英國詩人吟邊燕語》（林紓、魏易翻譯）改編而成，當時劇名為《肉券》。

✵ 多次改編成影視相關作品，在一九七三年的電視影集中，由知名演員勞倫斯．奧立佛（Laurence Olivier）出演高利貸夏洛克；在二〇〇四年的同名電影中，則由艾爾．帕西諾（Al Pacino）、傑瑞米．艾朗（Jeremy Irons）、雷夫．范恩斯（Joseph Fiennes）等共同演出。

✵ 威爾．史密斯（Will Smith）於二〇〇八年主演的電影《七生有幸》（***Seven Pounds***），片名即出自此劇。

✵ 夏洛克著名台詞：「難道猶太人沒有眼睛嗎？」（Hath not a Jew eyes?）曾出現在電影《戰地琴人》（***The Pianist***）與《辛德勒的名單》（***Schindler's List***）中。

辛白林
Cymbeline

Fear no more the heat o' the sun,
Nor the furious winter's rages;
Thou thy worldly task hast done,
Home art gone, and ta'en thy wages;
Golden lads and girls all must,
As chimney-sweepers, come to dust.

不用再怕驕陽曬蒸，
不用再怕寒風凜冽；
世間工作你已完成，
領了工資回家安息。
才子嬌娃同歸泉壤，
正像掃煙囪人一樣。

——蓋迪瑞斯，第四幕，第二場

奧古斯都統治羅馬帝國的期間，英格蘭（當時稱作不列顛）由一位叫辛白林的國王統治。

辛白林的元配過世時，三個孩子都還幼小。長女伊茉珍在父王的宮裡長大，可是不知怎地，辛白林的兩個兒子自小就被人從幼兒房偷走，當時大兒子才三歲，小兒子還是襁褓中的嬰孩。辛白林怎麼都查不出兒子後來的際遇，更不曉得偷走他們的是誰。

辛白林後來再婚，續弦的妻子是個詭計多端的惡毒女人。伊茉珍是辛白林前妻的女兒，受到繼母的殘忍對待。

王后雖然痛恨伊茉珍，但巴望伊茉珍能嫁給她跟前夫生下的兒子克洛頓：希望這麼一來，等辛白林駕崩，不列顛的王位自然就落在她兒子身上。因為她知道，如果國王的兩個兒子遲遲找不回來，公主伊茉珍勢必成為王位的繼承人。可是，伊茉珍並未徵求父親或女王的同意，就瞞著他們悄悄成了親，王后的如意算盤就這樣落空了。

伊茉珍的丈夫就叫波塞莫斯，是當代學識最廣博的學者，也是才氣過人的紳士。他父親當年為了辛白林出征，戰死沙場，母親才生下他不久，也因為喪夫而悲痛致死。

波塞莫斯成了無依無靠的孤兒，辛白林同情他，就把他收留在宮中，教育他長大。波塞莫斯是遺腹子，他的名字還是辛白林取的。

伊茉珍跟波塞莫斯受教於同一批教師，打從孩提時代就一起玩耍嬉戲。隨著時光荏苒，兩人逐漸長大，這份兩小無猜的愛也隨之增長，最後私下結了婚。

王后時時派人監視繼女的一舉一動，不久便得知了這個祕密。她失望透頂，立即將伊茉珍跟波塞莫斯祕婚的事告訴給國王。

辛白林一聽說女兒罔顧自己的高貴出身，竟然下嫁臣民，氣得暴跳如雷，於是下令波塞莫斯離開不列顛，將他流放到國外，永遠不得返回祖國。

波塞莫斯選擇羅馬作為流放地。伊茉珍眼見就要失去丈夫，悲痛難抑，此時王后假裝同情，表示願意趕在波塞莫斯動身前往羅馬之前，安排讓他倆私下一會。王后表面上裝得這麼好意，其實只是為了替兒子克洛頓的未來鋪路，因為她打算等伊茉珍的丈夫一離開，再勸伊茉珍，他倆的婚事並未經過國王的批准，所以不具法律效力。

伊茉珍跟波塞莫斯情深意濃地向彼此道別。伊茉珍送了枚鑽石戒指給丈夫，是母親當初留給她的，波塞莫斯答應永不離手。他也往妻子的胳膊套上一只鐲子，求她永遠好好保存，作為他的愛情象徵。接著，他們向彼此道別，再三發誓會永遠相愛、忠貞不渝。

伊茉珍留在父親宮裡，形單影隻，鬱鬱寡歡。波塞莫斯抵達羅馬，就是他選擇的流放地。在羅馬，波塞莫斯結識了來自世界各國的紈褲子弟，他們總是毫無顧忌地談論女人：人人只顧誇耀祖國的女子以及自己的情人。波塞莫斯一心惦記著親愛的夫人，堅持表示自己的妻子——美麗的伊茉珍，是世上最貞潔、最聰慧，也是最忠貞的女子。

聽到有人這樣把某個不列顛的女子，誇得比羅馬的女子還好，這些紳士當中有個叫亞基摩的人相當不高興。亞基摩故意激怒波塞莫斯，假裝懷疑他滿口稱讚的妻子不可能對他忠貞不二。經過激烈爭辯之後，波塞莫斯接受了亞基摩的提議，由亞基摩前往不列顛，想辦法爭取有夫之婦伊茉珍的芳心。接著兩人打了個賭，要是亞基摩的奸計沒得逞，就要賠一大筆錢給波塞莫斯。可是，如果亞基摩贏得伊茉珍的青睞，說動她把波塞莫斯懇切希望她能當成愛情信物、永遠戴在身上的那只鐲子，轉贈給他，那麼波塞莫斯就必須把伊茉珍在兩人分別時，送他用來紀念愛情的戒指，交給亞基摩。波塞莫斯對伊茉珍的忠貞堅信不疑，他認為這場對妻子是否有節操的考驗，絕無敗陣的風險。

亞基摩抵達不列顛的時候，自稱是伊茉珍丈夫的友人，於是獲准與伊茉珍會面，她殷勤周到地款待他。可是當他開始表示愛慕之情，她就態度輕蔑地拒絕了他。不久，他就發現這個卑鄙計策毫無成功的希望。

亞基摩一心想贏得賭注，於是想了個計謀要誤導波塞莫斯；為此，他買通了伊茉珍的幾位侍從，躲進一個大箱子裡，抬進她的閨房。他一直躲在裡頭，等伊茉珍回房熟睡之後，才悄悄溜出箱外。他細細觀察閨房裡的擺設，寫下在房裡看到的一切，特別注意到伊茉珍頸上有顆痣，然後動作輕盈地將她胳膊上的鐲子卸下，就是波塞莫斯送的那只，最後再躲回箱子。隔天，他快馬加鞭趕回羅馬，向波塞莫斯誇口說，伊茉珍把鐲子送給他，還讓他在她閨房裡共度一宵。亞基摩的謊話是這樣編的：

「她的閨房裡，」他說，「有絲綢跟銀線織成的掛毯，上頭繡著『高傲的埃及豔后跟安東尼相會』的故事，做工非常精緻。」

「沒錯，」波塞莫斯說，「可是，或許你是聽來的，不是親眼看到的。」

「還有壁爐，」亞基摩說，「壁爐在房間南側，壁爐上的雕飾是『月神出浴』，我從沒看過人物雕得那樣栩栩如生。」

「那也可能是你聽人說的，」波塞莫斯說，「大家都對這個壁爐雕飾津津樂道。」

亞基摩精確描述完這間閨房的天花板，還補了一句：「差點忘了告訴你，她的壁爐柴架是一對銀製的愛神丘比特，祂們眨眼傳情，各自翹起一腳。」他接著拿出那只鐲子並說：「知道這件飾物吧，先生？是她親手送給我的。她從胳膊上摘下，當時的姿態還歷歷在目呢，她那優美的動作比起這份禮物更有價值，讓禮物更顯貴重。她送給我的時候說，這是她曾經珍愛過的東西。」最後，他還把在她頸子上看到的那顆痔形容了一番。

波塞莫斯原本一直心存懷疑，痛苦地聽完這番精巧的謊言之後，激動地高聲痛罵伊茉珍。然後遵照約定，鄭重地把鑽戒交了出去。當初打賭時兩人就說定，要是亞基摩順利取得伊茉珍的鐲子，波塞莫斯就要把伊茉珍致贈的那枚鑽戒交給他。

波塞莫斯妒火中燒，寫信給不列顛的一位紳士畢薩尼奧，他是伊茉珍的侍從，也是波塞莫斯多年的摯友。他先把妻子的不忠證據告訴畢薩尼奧，然後要畢薩尼奧把伊茉珍帶到威爾斯的米爾福德港，然後把她殺了。同時，他也寫了封信給妻子，騙她說他發現沒有她實在活不下去。說他只要違規踏上不列顛的土地，就會被判死刑，但他還是願意冒險前往米爾福德港，只求她能跟畢薩尼奧一起前來港口會面。伊茉珍天性善良不多疑，愛丈夫勝過世間的一切，一心只想要見他，於是收到信的當天晚上，就急著跟畢薩尼奧啟程上路。

畢薩尼奧向來忠於波塞莫斯，但遇上了壞事，卻不會乖乖效命，於是在即將抵達目的地的時候，將自己接獲的殘忍命令，透露給伊茉珍知道。

伊茉珍原本以為就要見到深情款款的摯愛丈夫，卻發現丈夫竟想奪走她的性命，心痛得難以復加。

畢薩尼奧勸她放寬心，要她耐著性子堅強點，他說波塞莫斯終有一天會醒悟，發現自己冤枉了她而悔恨。既然她不願回到父親的宮廷，他奉勸她換上男裝，在旅途上比較安全，她也同意了。雖然丈夫對她這樣殘酷，她依然無法忘情，想以這身裝扮前往羅馬見見丈夫。

畢薩尼奧必須返回工作崗位，於是替她張羅好新裝之後，就留她獨自面對前途未卜的命運。不過，臨行前送了她一瓶藥劑，說是能治百病的妙藥，是王后送給他的。

畢薩尼奧跟伊茉珍、波塞莫斯都有交情，所以王后將畢薩尼奧視為眼中釘。王后下令御醫調製毒藥，還交代御醫先在動物身上試驗效果，可是御醫知道她為人陰險，不肯交出真正的毒藥，最後給她的藥劑，除了會讓人昏睡幾個小時，模樣像死了一般之外，沒有其他害處。王后以為瓶子裡裝的正是毒藥，就送給畢薩尼奧。畢薩尼奧卻把它當成上等的藥劑，轉贈給伊茉珍，希望她在旅途上病了就能服用。他先祝福她旅途平安，盡快從災難中解脫，然後跟她告別。

天意說來也奇妙，竟把伊茉珍帶向了弟弟們的居所，就是兒時被人偷走的手足。當初把兄弟倆偷走的是貝雷里斯，他原本是辛白林宮裡的貴族，因為有人向國王誣告他意圖叛國，於是被逐出宮廷。為了報復，他偷走國王的兩個兒子，然後找了個洞穴隱居起來，在森林裡將孩子撫養長大。原本是為了報復才偷走他們，可是不久就把他們當成親生孩子一樣疼愛，用心教育，而他們也逐漸長成了俊秀的青年，高貴的心靈讓他們行事英勇果敢。他們以狩獵維生，朝氣蓬勃、吃苦耐勞，總是催促父親讓他們上戰場碰碰運氣。

伊茉珍的運勢不錯，不知不覺走到了這兩位青年住的洞穴。她原本打算穿過大森林，走到通向米爾福德港的大路，再從海港搭船前往羅馬，不料卻迷失了方向，加上遍尋不著可以採買食糧的地方，又累又餓，差點無以為繼。嬌生慣養的年輕小姐即使換上了男裝，也不可能像男人一樣禁得起疲勞困頓，她在荒涼的森林裡四處遊蕩，一看到洞穴便走了進去，希望能跟人討點吃的，結果卻發現裡頭沒人，四下張望一下，找到了點冷肉，因為實在飢餓難耐，不等人邀請就坐下吃起來。

「啊，」她自言自語說，「我終於明白男人的生活有多單調了，我累壞了！連著兩晚都睡在硬邦邦的土地上，要不是憑著一股決心，老早就病倒了。畢薩尼奧把米爾福德港指給我看的時候，看起來明明很近啊！」她腦海中突然浮現丈夫跟他殘忍的命令，於是就說：「我親愛的波塞莫斯，你真是背信忘義！」

伊茉珍的兩個弟弟跟名義上的父親貝雷里斯打完獵回來了。貝雷里斯分別替他們取名為波利多跟卡德沃，他們以為貝雷里斯是自己的生父，可是兩個王子的真名其實是蓋迪瑞斯跟艾佛勒格斯。

貝雷里斯率先走進洞穴，一看到伊茉珍就攔住他們並說：「先別進來，裡頭有人呢。要不是那個人正在吃我們的食糧，我還真會以為他是精靈呢。」

「父親，怎麼回事啊？」年輕人說。

「天啊，」貝雷里斯又說，「我們的洞穴裡有個天使，如果不是天使，就是絕世無雙的美少年。」伊茉珍的男孩裝扮極為俊俏。

伊茉珍一聽到有人在說話，就從洞裡走出來對他們說：「好心的先生們，不要傷害我，我踏進洞穴以前本來想跟你們討點吃的，或是出錢買點吃的。我什麼都沒偷，即使發現地上撒滿金子，我也完全不會碰。我吃了點食物，這是要付你們的錢，我原本就打算在吃飽以後把錢留在桌上，還要替你們禱告完才離開。」他們態度懇切地婉拒了她的錢。「看來你們是生氣了，」伊茉珍怯生生說，「可是，先生，當初要是不先吃點東西，我必死無疑，請不要因為我的過失殺了我。」

「你要到哪裡去？」貝雷里斯說，「你叫什麼名字？」

「我叫斐戴爾，」伊茉珍回答，「我有個親戚要到義大利去，打算在米爾福德港登船，我原本要去找他，可是半路餓得全身虛脫，才犯下這個過錯。」

「哎，好少年，」老貝雷里斯說，「別把我們當成鄉巴佬，也不要憑著簡陋住處來評斷我們的人品。跟著我們，你儘管放心，天都快黑了，上路以前先好好吃頓飯吧，歡迎留下來接受我們的款待。孩子們，快歡迎人家啊。」

這兩位高貴的青年，也就是伊茉珍的弟弟，說了不少動聽的話歡迎她來到他們的洞穴，說他們會把她（他們是說「他」）當成親兄弟一樣愛護。他們一起進了洞穴，伊茉珍熟練地使出家政本領，幫忙他們打理晚餐，將狩獵來的鹿肉料理了一番，讓他們相當高興。雖然現今出身名門的年輕仕女普遍不懂得烹飪，但在當時懂得廚藝卻是蔚為風潮，而伊茉珍在這門實用技藝上擁有過人本領。她弟弟說得好：斐戴爾把根莖切得整齊劃一，調製出來的肉湯如此美味，要是天后朱諾生了病，都得由斐戴爾負責調配飲食。「還有，」波利多對兄弟說，「他的歌聲跟天使一樣美妙！」

兄弟們私下也聊到，雖然斐戴爾的笑容相當甜美，但那張可愛臉蛋上卻蒙著一層愁雲，彷彿有擺脫不了的悲痛跟苦難。

就因為伊茉珍（或者有如她兄弟所稱呼的——斐戴爾）擁有那些高貴特質，也或許因為血緣相近，只是兄弟倆毫不知情，她成了兄弟呵護寵愛的對象，她也同樣愛他們。她暗想，要不是牽掛著親愛的波塞莫斯，她大可以跟森林裡這兩個野地長大的青年在洞穴裡生活一輩子。她欣然表示同意留下，從旅途勞頓當中恢復過來後，再重新上路前往米爾福德港。

先前獵到的鹿肉吃完之後，他們又要出門打獵去了。但是斐戴爾身體不適，沒辦法陪著一起去。她之所以生病，無疑是受到丈夫的殘忍對待而心傷，還有在森林裡四處奔波的緣故。

他們道了再見就出門狩獵去了。一路上，你一言我一語稱讚年輕斐戴爾的卓越才能跟優雅舉止。

他們才剛離開，伊茉珍就想起畢薩尼奧送她的那瓶藥劑。她一飲而盡，馬上陷入深沉的睡眠，看起來如同死去一般。

貝雷里斯跟她的兄弟們打獵回來時，波利多先走進洞穴，以為她睡著了，於是脫下厚重的鞋子，輕手輕腳走路免得吵醒她，這些身上流著王子血液的森林居民，內心浮現了真正的溫柔。可是波利多一發現無論什麼噪音都吵不醒她時，判定她已經斷氣，把她當親手足一般悲嘆痛哭，彷彿他們不曾在孩提時代分開。

貝雷里斯提議把她搬出洞穴，放在林地裡，按照當時的習俗，以詩詞跟莊重的輓歌為她舉行葬禮。

伊茉珍的弟弟把她抬到陰涼的樹蔭底下，輕輕放在草地上，對著她逝去的靈魂唱起安魂曲，用葉子跟花朵蓋住她的身體，波利多說：「斐戴爾，只要夏天還沒過去，我也還住在這裡，我天天都會來你的墳上撒花。蒼白的報春花最像你的臉龐，藍鐘花好似你潔淨的血脈，香葉薔薇的花瓣都沒有你的氣息芬芳。我要把這些花都撒在你的身上，是的，冬天沒花可採的時候，我會把毛茸茸的苔蘚蓋在你可愛的屍身上。」

辦完葬禮之後，他們悲痛難抑地離開了。

他們才離開不久，安眠藥就失去效力，伊茉珍甦醒過來，毫不費力就把她身上那層薄薄的樹葉跟花朵抖開。她站起來，以為之前發生過的一切全是夢。她說：「我以為我在看守洞穴，替一些正直的人做飯，怎麼會跑來這裡，身上還蓋滿花呢？」她找不到回洞穴的路，放眼又看不到新同伴的蹤影，於是斷定之前的一切就是一場幻夢沒錯。伊茉珍再次踏上令人疲憊的旅程，希望最後能夠順利找到米爾福德港，然後搭上前往義大利的船。她的心思還一直繞著丈夫波塞莫斯打轉，她打算喬裝成侍僮的模樣上門去找他。

可是，就在此時，不列顛發生了大事，羅馬皇帝奧古斯都跟不列顛國王辛白林之間突然爆發戰爭。一批羅馬軍隊已經登陸，準備進犯不列顛，目前進入了伊茉珍跋涉其中的森林，隨著這批軍隊一起前來的還有波塞莫斯。但對這一切，伊茉珍毫不知情。

儘管波塞莫斯伴隨羅馬軍隊一起來到不列顛，卻無意替羅馬效命、攻打祖國的同胞，而是打算加入不列顛的軍隊，替那位將他流放異國的國王打仗。

他依然相信伊茉珍不忠，他曾經這樣深愛她，但她現在不僅死了，而且還是死於他親自下達的格殺令（畢薩尼奧寫了封信給他，說已經遵照他的命令辦妥事情，伊茉珍已經死了），這整件事把他的心頭壓得沉甸甸。所以他索性回到不列顛來，希望要不就戰死沙場，不然因為擅自違法返鄉而遭辛白林處死也好。

伊茉珍還沒抵達米爾福德港以前，就遭羅馬軍隊俘虜，因為她的舉止跟風度都令人讚賞，於是有人派她去當羅馬將軍魯修斯的侍僮。

辛白林的軍隊現在準備上前跟敵軍交鋒，軍隊挺進森林的時候，波利多跟卡德沃加入了國王的軍隊。這兩個年輕人急於展現英勇的一面，萬萬沒料到，自己正準備為父王出戰，而老貝雷里斯也一起披甲上戰場。對於早年拐走辛白林的一雙兒子所造成的傷害，他已經悔恨多時，加上年輕時候也是個戰士，所以很樂意加入軍隊，替他曾經傷害甚深的國王辛白林效命。

現在，雙方軍隊展開了一場激戰，要不是波塞莫斯、貝雷里斯跟辛白林的兩個兒子格外饒勇善戰，否則不列顛人就得吃敗仗，而辛白林也會命喪沙場。他們救出國王，保全了他的性命，徹底扭轉了當天的戰局，不列顛人獲得最終勝利。

戰爭結束時，波塞莫斯沒能如願死在戰場上，索性向辛白林的一位軍官自首，表示自己擅自從流放地非法歸國，願意伏法受死。

伊茉珍跟她伺候的主人也成了戰俘，被帶到辛白林面前；她的仇人亞基摩也一同被帶上來，他是羅馬軍隊的軍官。這些俘虜站在國王面前的時候，有人把波塞莫斯押上前來接受死刑。好巧不巧，貝雷里斯、波利多跟卡德沃因為戰功彪炳、英勇效忠國王，也被領到辛白林面前受勛領賞。畢薩尼奧身為國王的侍從，同樣在場。

大家一同站在國王面前，但心懷不同的恐懼跟盼望，波塞莫斯、伊茉珍跟她伺候的新主人羅馬將軍；忠誠的僕人畢薩尼奧；背信忘義的朋友亞基摩。還有辛白林早年失蹤的兒子，以及把他們偷走的貝雷里斯。

羅馬將軍率先開口，其他人雖然默默無語站在國王面前，但有好多顆心都怦怦猛跳。

儘管波塞莫斯喬裝成農夫，但伊茉珍一眼就認出他來了，他倒是沒認出一身男裝的她。她也認出亞基摩，看到那人手上戴著她的戒指，卻不知道他就是她一切災難的始作俑者。伊茉珍以戰俘的身分站在父親跟前。

畢薩尼奧認出了伊茉珍，因為當初幫她喬裝成男孩的就是他。「那是我的女主人啊，」他暗想，「既然她還活得好好的，就看命運接下來怎麼發展吧。」

貝雷里斯也看出她來了，於是對卡德沃輕聲說：「那個男孩難道死而復生了嗎？」

卡德沃回答：「那個臉色紅潤的可愛少年跟死去的斐戴爾好像啊，就跟兩粒沙子一樣分不出來。」

波利多說：「肯定是死而復生了。」

「安靜、安靜，」貝雷里斯說，「如果真的是他，他早就主動跟我們講話了。」

波利多說：「我明明親眼看到他死了啊。」

貝雷里斯回答：「別說話了。」

波塞莫斯默默等待，只盼能盡快聽到自己被判死刑。他下定決心不讓辛白林知道自己在戰場上救過國王的命，免得國王一感動就赦免了他的死罪。

如前所述，羅馬將軍魯修斯當初收容伊茉珍擔任侍僮，魯修斯膽識過人、高貴莊重，率先開口說話。他對國王這麼說：

「據說你會把俘虜一概處死，不接受贖金交換。我是羅馬人，會以羅馬人的心來承受死亡，不過有件事我倒想懇求你。」接著就把伊茉珍帶到國王面前並說：「這小子是在不列顛出生的，就讓他贖回性命吧。他是我的侍僮，當主人的從沒有過這樣善良又盡責的侍僮，無時無刻勤勞不懈，如此忠心又體貼。雖然他服侍過羅馬人，卻沒做出對不起不列顛的事。即使你不打算留任何活口，就饒過他一人吧。」

辛白林誠懇地看著女兒伊茉珍。他認不出經過變裝的她，可是萬能的大自然似乎在他的心裡悄悄說了什麼話，因為他說：「我一定在哪裡見過他，長相感覺滿熟悉的，我不知道自己為什麼要這麼說，不過，孩子，你放心地活下去吧，我不僅要饒了你這條命，而且不管你要求什麼恩典，我都會賞賜給你。是的，即使要我饒過地位最高的戰俘也不成問題。」

「感謝陛下開恩。」伊茉珍說。

當時所謂的恩典賞賜，就等於答應受恩者的任何要求，不管對方要求什麼，都要給他。眾人屏氣凝神聆聽侍僮會提出什麼要求，主人魯修斯對她說：「好孩子，我不求國王能饒了我的命，但我知道你打算這麼請求。」

「哎呀，不是的！」伊茉珍說，「我手上還有別的事要先處理呢，好主人，我沒辦法替您請命。」

這男孩竟然如此忘恩負義，直教羅馬將軍驚愕不已。

伊茉珍直直盯著亞基摩，只提出這麼一項要求：要亞基摩供出手上戴的那枚戒指是打哪來的。

辛白林把這個恩典賜給她，威脅亞基摩說，要是不從實招出手上那枚鑽戒打哪來的，就要對他嚴刑拷打。

於是亞基摩一五一十供出自己的惡行，說當初如何跟波塞莫斯打賭，又怎麼用奸計成功騙過他，一如先前所述。

波塞莫斯一聽到夫人確實清白無辜，心裡的感受根本無法言喻，他立刻走上前，向辛白林招認，自己曾經囑咐畢薩尼奧將公主殘忍處死。他心慌意亂地高喊：「噢，伊茉珍，我的王后，我的生命，我的妻子！」

伊茉珍不忍看著心愛的丈夫痛苦下去，於是露出原本的模樣，將波塞莫斯從罪疚跟悲痛中解救出來，他歡喜得筆墨難以形容。他過去這樣殘忍對待親愛的夫人，而夫人卻盡棄前嫌，與他言歸於好。

辛白林以這種奇妙的方式，找回了失蹤的女兒，自然也是喜不自勝，便如過往一般深情愛著女兒，不僅饒恕她丈夫波塞莫斯的命，也同意認他作駙馬。

貝雷里斯選在這個喜樂與和解的時刻自首，並且將波利多跟卡德沃介紹給國王，說他倆就是他失蹤多年的兩個兒子——蓋迪瑞斯跟艾佛勒格斯。

辛白林饒恕了老貝雷里斯，因為在一片和樂融融的時刻，誰會想到懲罰呢？他發現女兒還活著，而且搭救自己的青年竟是早年失蹤的兒子。他在戰場上親眼看到他們為了捍衛他，奮勇作戰的模樣，這真是意料不到的喜樂！

伊茉珍現在可以從容地替前任主人羅馬將軍魯修斯效勞了，一經她請求，父王便爽快答應赦免將軍的死罪。而有魯修斯出面居中調停，羅馬人跟不列顛人自此以後相安無事多年。

辛白林那位壞心腸的王后，因為最終奸計無法得逞，加上良心受到譴責，於是罹病死去，死前還先看到蠢兒子克洛頓在自己挑起的紛爭裡慘遭殺害。這些事件太過悲慘，只消一筆帶過就好，免得壞了幸福快樂的結局。短短一句話也就夠了：所有應該得到幸福的人，都如願以償了，連背信忘義的亞基摩也因為奸計落空，沒受到任何懲罰就獲得釋放。

辛白林　人物關係表

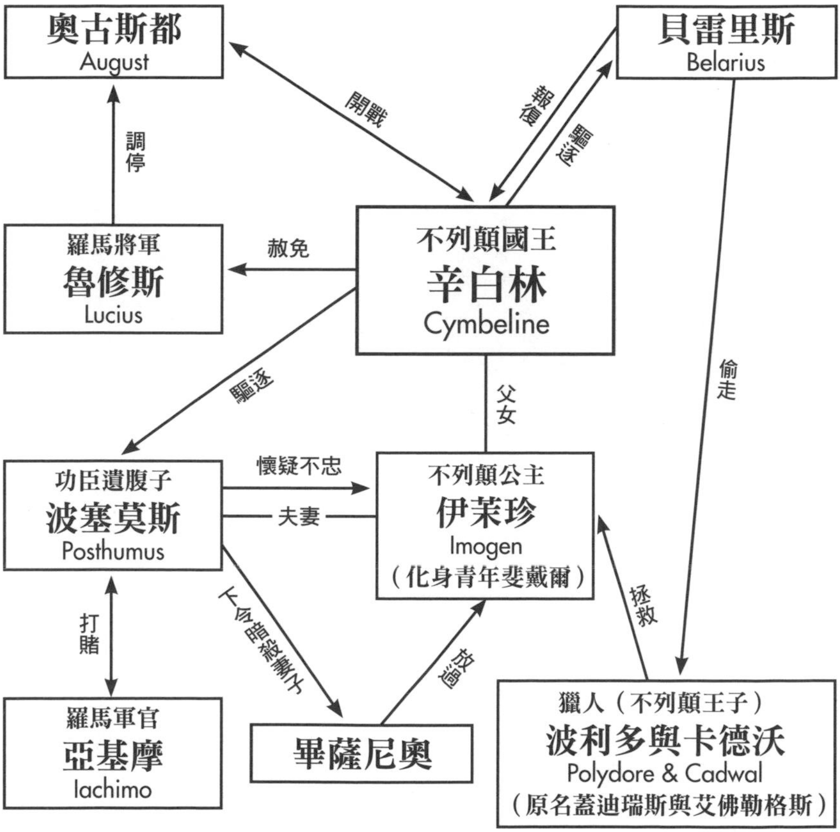

奧古斯都
August
貝雷里斯
Belarius
開戰
報復
驅逐
調停
羅馬將軍
魯修斯
Lucius
赦免
不列顛國王
辛白林
Cymbeline
驅逐
父女
偷走
功臣遺腹子
波塞莫斯
Posthumus
懷疑不忠
夫妻
不列顛公主
伊茉珍
Imogen
（化身青年斐戴爾）
打賭
下令暗殺妻子
放過
拯救
羅馬軍官
亞基摩
Iachimo
畢薩尼奧
獵人（不列顛王子）
波利多與卡德沃
Polydore & Cadwal
（原名蓋迪瑞斯與艾佛勒格斯）

辛白林

Cymbeline

屬性：傳奇劇

創作年代：一六〇九年

關於辛白林：

✻ 此劇情節有部分參考了薄伽丘的《十日談》，以及白雪公主、灰姑娘等童話。

✻ 英國評論家威廉・哈茲列特（William Hazlitt）與詩人葉慈（W. B. Yeats）都稱此劇為他們最喜歡的戲劇之一。

✻ 歌劇導演莫辛斯基（Elijah Moshinsky）在一九八三年應英國廣播公司之邀，導演莎士比亞系列劇集，他受荷蘭畫家林布蘭（Rembrandt van Rijn）啟發，將場景改為以雪景為主。

✻ 美國演員伊森・霍克（Ethan Hawke）於二〇一四年主演同名改編電影，艾德・哈里斯（Ed Harris）、蜜拉・喬娃維琪（Milla Jovovich）也參與演出。

✻ 劇中主人公伊茉珍假死時，弟弟蓋迪瑞斯為她吟唱的喪歌影響深遠。「不用再怕驕陽曬蒸，不用再怕寒風凜冽」（Fear no more the heat o' the sun, Nor the furious winter's rages.），吳爾芙曾在作品《達洛維夫人》中引用。而其中兩句「才子嬌娃同歸泉壤，正像掃煙囪人一樣」，則啟發了詩人艾略特寫下詩作。美國音樂劇作家史蒂芬・桑坦（Stephen Sondheim）也在音樂劇《青蛙》中引用整首喪歌。諾貝爾文學獎得主劇作家貝克特（Samuel Beckett）在作品《快樂天》（*happy days*）中，也引用了「不用再怕驕陽曬蒸」。

李爾王

King Lear

An ungrateful child hurts worse than a snakebite.

一個負心的孩子，
比毒蛇的牙齒還要多麼使人痛入骨髓！

——————李爾王，第一幕，第四場

不列顛國王李爾有三個女兒：戈娜若、蕾根跟蔻迪莉雅。戈娜若跟蕾根分別嫁給亞伯尼公爵跟康沃爾公爵。年輕的蔻迪莉雅依然待字閨中，法蘭西國王跟勃根地公爵為了追求蔻迪莉雅，此時正旅居李爾的宮廷，希望獲得她的青睞。

老國王年逾八旬，年事已高，加上為國事操勞多年，身體孱弱，決定將國務交給年輕有為的人管理，不再插手過問，安度生命的暮年。有了這個打算之後，就把三個女兒叫到跟前，想從她們的口裡聽出誰最愛他，然後根據愛他的程度，按比例把每個人應得的國土分配出去。

長女戈娜若說，她對父親的愛無法用言語形容，說她愛父親勝過自己雙眼所能見的光，勝過自己的生命跟自由；在這種場合裡，其實只要帶著信心說幾句好話就夠了，她卻說得天花亂墜，惺惺作態，心中對父親卻沒有真正的愛。國王聽她親口說出這份愛的保證，真心認為她心口如一，於是在父愛的一時衝動下，將廣闊領土的三分之一賜給她與她的丈夫。

接著，國王把二女兒蕾根喚到跟前，換她說說看。蕾根跟姊姊一樣虛偽，不甘表現得比姊姊遜色，於是說，姊姊所說的話還不足以表達她對父王的愛，對親愛父王的愛所帶給她的滿足感遠遠勝過一切，相較之下，世上的其他樂事都教她興味索然。

李爾以為孩子們都這樣愛他，便暗自覺得幸運，聽到蕾根這番貼切的保證，李爾也將三分之一的王國賜給她與她丈夫，領土面積就跟剛剛賜給戈娜若的一般大。

接著他轉向么女蔻迪莉雅，他總是稱她為自己的「喜樂」。他問她有什麼話要說的時候，心裡有十足把握，認為么女肯定也會跟姊姊一樣說出情深意重的話，也許她的表白還會比她們強烈許多。蔻迪莉雅向來是他的心頭肉，比起兩個姊姊，他更喜歡這個小女兒。可是，蔻迪莉雅對姊姊的奉承覺得非常嫌惡，她知道她們根本心口不一，也明白她們滿嘴花言巧語只是為了騙走老國王的國土，這樣不用等到他駕崩，就可以跟丈夫早早掌握政權。於是蔻迪莉雅只是這樣回答：她的愛不多也不少，她會盡女兒的本分去愛父王。

最寵愛的孩子竟然說出如此忘恩負義的話，國王大受震撼，要她仔細想想自己講出口的話，修正一下措辭，免得壞了前途。

蔻迪莉雅接著告訴父親，他將她養育成人，疼愛她，而她也照著本分加以回報：順從他、敬愛他、尊崇他。可是她沒辦法像姊姊們一樣言過其實，更不能保證世上除了父親之外，她誰都不愛。要是姊姊真如她們所說的，只愛父親，其他一概都不愛，那麼為什麼還要丈夫呢？如果哪天她結了婚，她很確定與她成親的夫君會想分到她一半的愛，也會希望她撥出一半的心思照料他，要求她善盡為人妻子的責任。如果全心只愛父親一人，她就永遠不該像姊姊們那樣結婚。

蔻迪莉雅真心誠意愛著老父親，幾乎到了姊姊們說得天花亂墜的那種程度，如果換個時候，她會用比較嬌甜，也更為親暱的措辭，清楚明白告訴父親，而不加進這些有所保留的話——這些話乍聽之下確實有點失禮。可是聽到姊姊們藉由假意奉承，獲取如此豐厚的賞賜，她覺得自己最好只要默默愛著父親，免得感情染上一絲唯利是圖的色彩，這樣就可以彰顯她是愛父親本人，而不是貪圖什麼身外之物，更可以彰顯，她說起話來雖然沒有姊姊那樣舌粲蓮花，但比她們都老實誠摯。

老國王把蔻迪莉雅這番樸實率直的話，當作是傲慢的表現，氣得暴跳如雷。他在年輕力盛時，脾氣向來就壞，作風也很急躁，上了年紀之後，腦袋糊塗了，是非不辨，分不清真話跟奉承，弄不清花言巧語跟肺腑之言。於是在一陣暴怒憤慨之下，收回了原本預留給么女的第三份國土，轉而平分給姊姊們跟姊夫——亞伯尼公爵跟康沃爾公爵。他把兩對夫婦召來跟前，當著所有朝臣的面，將小王冠賜給他們，等於是將所有的權柄、稅收跟國政授予他們，由他們聯手治國。他放棄了所有的王權，只將國王的名義留給自己，唯有一個條件，就是要保留一百位騎士作為侍從，每個月輪流住兩個女兒的家。

他用這樣荒唐的方式分配自己的王國，幾乎毫無理智，全憑一時衝動，讓朝臣們又震驚又哀傷。可是，面對震怒的國王，除了肯特伯爵之外，他們無人膽敢挺身干涉。肯特伯爵正準備替蔻迪莉雅說句好話，怒火攻心的李爾卻要他住嘴，不然就要他的命，但好肯特毫不退卻。他向來對李爾忠心耿耿，把李爾當成君王來尊重，視為父親來敬愛，當成主人來追隨。他認為自己的性命無足輕重，只是用來抵禦敵人、捍衛君王的小卒，只要能夠保障李爾的安全，他將個人生死置之於度外。

現在，李爾做出嚴重不利於自身的事，這位忠僕也不忘為李爾著想的一貫原則，勇於出頭唱反調。就因為李爾失去理智，肯特才如此失禮。長期以來，他一直是國王手下最忠誠的顧問，他現在懇求國王，要國王改用他的角度看事情（就像國王過去面對國家大事時那樣），聽聽他的建議，為了自己著想，召回這項可怕又草率的成命。肯特說，他用自己的生命跟見識來擔保，李爾的么女對國王的愛絕對不比兩個大女兒少，高聲夸夸其談的人往往毫無情感，而沉靜寡言的人並非表示沒有愛。當掌握大權的君王向諂媚者低頭，忠貞臣子必定會坦率直諫。肯特早已準備好隨時為國王奉獻生命，李爾的百般威脅又怎能影響得了他？威脅也阻擋不了他直言勸諫的職責。

好肯特伯爵這番直言不諱，只讓國王的怒火燒得更旺。就像瘋狂的病人殺死為他治病的醫生，對致命的疾病戀戀不捨，李爾下令將這位忠僕放逐出去，只給他五天時間準備，到了第六天要是有人在不列顛境內發現這個可恨的人，就立即處死他。肯特向國王告辭，並且說既然國王選擇用這種方式來處理事情，他也只能接受流放命運而無法留在宮中。他離開以前，祈禱神祇能夠庇佑蔻迪莉雅這個想法正直、說話謹慎的姑娘，只希望她姊姊們誇下的海口，到時可以用實際行動來兌現。然後肯特就走了，說他要前往新國度，按照自己一貫的作風在當地落腳生活。

李爾將法蘭西國王跟勃根地公爵找來，聽聽他關於小女兒的決定，想知道他們是否還有意願追求蔻迪莉雅。蔻迪莉雅現在失去了父親的寵愛，什麼財產都繼承不到，只剩下她孤身一人。在這種情況下，勃根地公爵婉拒了婚事，不願娶她為妻。不過，等法蘭西國王瞭解是什麼過錯害她失去了父親的寵愛——她只是不擅言詞，無法像姊姊們一樣阿諛奉承——便執起這位年輕姑娘的手，說她以品德作為嫁妝，遠比一整個王國還要貴重，然後要蔻迪莉雅向姊姊們跟父親道別，縱使父親對她這樣惡毒。法蘭西國王要跟蔻迪莉雅聯袂離開，成為他的王后以及美麗法蘭西的王后，一起統治比姊姊們擁有的更美好的江山。他態度輕蔑地說勃根地公爵是「似水的公爵」，因為公爵對這個年輕姑娘的愛，眨眼間就像流水一樣逝去了。

蔻迪莉雅淚眼婆娑向姊姊道別，懇求她們說話算話，好好孝順父親。姊姊悻悻然表示，她們很清楚自己的職責所在，無須小妹費心指點，還用嘲笑的語氣說，既然她丈夫像行善那樣接受了她，她可要加把勁取悅丈夫。蔻迪莉雅心情沉重地離開了，她知道姊姊們詭計多端，她真希望能把父親託付給更好的人。

蔻迪莉雅前腳才走不久，姊姊的邪惡性情就露出原形。按照約定，李爾第一個月要住在長女戈娜若那裡，但是一個月都還沒過完，李爾就開始發現口頭承諾跟實際表現之間的落差。這個惡女兒從父親那裡拿到了他能賞賜的一切，甚至連頭頂的王冠都摘下送人，她看到父親跟他的一百名騎士卻無法忍受——老人為了讓自己覺得還像個君王，保留了那麼點王者尊嚴，她卻連這點都表示嫌惡。每次只要見到父親，她就滿臉不悅；老人想找她講講話，她要不是佯稱生病，不然就是用其他方法避不見面，擺明了就是把老父親看成無用的累贅，而且把他的侍從視為不必要的鋪張浪費。她不只對國王越來越怠慢，上行下效的結果（恐怕是她私下的教唆），她的僕人連帶也對國王冷淡起來，不是不肯遵照國王的吩咐辦事，就是輕蔑地對他的囑咐充耳不聞。李爾不可能沒察覺到女兒行為上的改變，卻選擇盡量睜一隻眼閉一隻眼；因為對於個人的失誤與固執引發的不愉快後果，人們一般總是不願相信。

如果一個人的愛跟忠誠是真實的，不會因為你對他不好就疏遠你；不忠不義、虛偽不實的人，你對他再好，也無法博得他的真心。這在好肯特伯爵身上最為明顯，李爾雖然流放了他，要是被人發現他沒離開不列顛，肯定性命不保，但只要有機會替他的主上效勞，他寧可留下來承擔一切風險。看看忠實的可憐人有時竟不得不換上襤褸的衣裝，以便掩飾自己的身分，而這種做法僅僅是為了盡一份責任，絕不代表他就是低賤或卑微！好伯爵將尊嚴跟排場拋到一旁，假扮成僕人，請國王收他為僕。國王認不出他是肯特喬裝而成的，伯爵回話時也故意答得很坦率，甚至有些唐突，但國王相當滿意，因為這跟油腔滑調的諂媚有天壤之別；況且女兒說一套做一套，那些口頭上的諂媚，國王早該聽膩了。李爾收肯特為僕這件事，兩人很快就達成共識，肯特自稱為奇斯，國王萬萬沒料到奇斯就是自己過去最寵信的人，也就是位高權重的肯特伯爵。

奇斯不久就找到機會表現對主上的忠誠跟敬愛：戈娜若的管家那天對李爾做出不敬的舉止，不僅神情無禮，還出言不遜，肯定是女主人暗中慫恿的結果。奇斯無法忍受聽人如此公然侮辱陛下，不作多想就立刻伸腳絆了管家一下，讓那個沒禮貌的奴才摔進水溝。李爾因為這個善意的舉措，就跟奇斯越來越親近了。

肯特不是李爾唯一的朋友。當時有個習俗，舉凡國王跟大人物身邊都會有個小丑（大家都這麼叫他），在繁重的公務之餘，供他們解解悶。李爾還坐擁王宮的時候，這個可憐的小丑或者叫弄臣，就在宮廷裡了，雖然是個微不足道的小人物，但也以自己的方式展現對李爾的愛。

李爾放棄王位之後，可憐的小丑還是緊緊跟在李爾身邊，用機智的格言讓他保持心情愉快，但小丑有時候還是忍不住嘲笑主人，說他竟然如此輕率地把王位拱手讓人，還將一切全數奉送給女兒們。小丑唱起這首曲子，說這些女兒：

因為突來的喜悅而淚水直流
小丑他因為憂傷而放聲詠唱，
堂堂一國之君竟淪為傻子之流
玩起了孩子的躲迷藏。

這種異想天開的諺語跟零碎的歌曲，在小丑腦袋裡可有不少。這個討人喜歡、誠實無諱的小丑，即使當著戈娜若的面也毫不保留說出真心話，不少刻薄的譏諷跟玩笑都切中了要害；比方說，將國王比為籬雀，不計辛勞替杜鵑扶養雛鳥，等雛鳥養得夠大，籬雀最後卻慘遭杜鵑咬掉腦袋。還說，笨蛋也應該知道什麼時候馬車反倒在拉馬（意思是，李爾的女兒們原本應該尊重長輩，現在卻踩在父親的頭上）。又說，李爾已經不再是李爾，而是李爾的影子。因為這些放肆的言論，有一兩次小丑被人威脅要賞他鞭子吃。

起初李爾只是覺得女兒越來越冷淡，也越來越不尊重他，但是這個寵溺孩子的糊塗父親要從不肖女兒那裡吃到的苦頭，遠遠不只如此。現在女兒打開天窗說亮話，表示只要他堅持保留一百名騎士的編制，就不方便讓他繼續待在她的宮殿裡。她說這個編制不僅無用又花錢，這些人馬只會在她的宮廷裡成天縱欲狂歡、宴飲作樂。她希望可以削減騎士的人數，只留下幾個像他那樣上了歲數的，好跟他的年紀相稱。

起初李爾不敢相信自己的眼睛或耳朵，無法相信說話這麼刻薄的會是他女兒。他不敢相信親自從他手上繼承王位的女兒，竟然想裁撤他的侍從，連他晚年應享的尊榮都吝於付出。可是她堅持貫徹這個不孝的要求，老人大發雷霆，罵她是可惡的鳶，說她信口瞎說。她確實是一派胡言，那一百名騎士全都品行端正，作風穩健沉著、謹守本分，絕不像她說的那樣縱欲狂歡跟宴飲作樂。李爾叫人備馬，因為他要帶著那一百名騎士到另一個女兒蕾根那裡去。他提到，忘恩負義就像是鐵石心腸的惡魔，一個孩子要是忘恩負義，恐怖的程度更甚於海妖。他用來詛咒大女兒戈娜若的話教人不忍卒聽；他希望她永遠無法生兒育女，即使有了孩子，也希望孩子長大了，用同樣的奚落跟蔑視來對待她。讓她知道不知感恩的孩子咬起人來，比大蛇的尖牙齒更利更痛。戈娜若的丈夫亞伯尼夫爵正要為自己辯解，希望李爾不要以為他也是這個薄情行為的共謀，但是李爾沒聽他說完，在盛怒之下就要人替馬上鞍，領著隨從前往另一個女兒蕾根的居所。李爾在心裡暗想，跟姊姊們的過錯相比之下，現在看來蔻迪莉雅的過失（如果那真的算是過失）顯得多麼微小啊，不禁老淚縱橫。想到戈娜若這傢伙竟然壓倒他的男性氣概，讓他流下男兒淚，他又羞愧起來。

蕾根跟丈夫平日總在宮廷裡擺出奢華隆重的排場。李爾先派奇斯捎信過去給女兒，通知說他與隨從不久後就會抵達，好讓她預先做足接待的準備。可是看來戈娜若早已先聲奪人，也叫人捎了信給蕾根，指責父親任性妄為、性情乖戾，勸她不要收容他隨身帶來的一大群跟班。這個信差跟奇斯同時抵達，奇斯與他狹路相逢，好巧不巧，對方竟然是奇斯的老冤家——就是當初對李爾冒失無禮，被奇斯絆了一跤的管家。奇斯覺得那傢伙的模樣不對勁，猜出他的來意，於是連番辱罵，要跟他單挑決鬥，可是那傢伙拒絕了。奇斯在氣頭上，狠狠痛打他一頓——專門製造事端，傳送惡毒訊息的人合該吃這種苦頭。這件事傳進了蕾根跟她丈夫的耳裡，就下令要人把奇斯套上腳枷，不管奇斯是她父王派來的信使，理應受到最好的禮遇。所以國王進入城堡時第一眼看到的就是忠僕奇斯屈辱地坐在那裡。

而這只不過是個壞兆頭，預示國王即將受到的惡劣對待。更糟的事情紛至沓來，國王問起女兒跟女婿的去向，得到的回覆卻是，夫婦倆前晚在旅途上奔波一整夜，疲累至極而無法前來會見。國王不肯讓步，氣沖沖堅持非見他們不可，他們只好勉強出來接見，陪在他們身邊的竟是可恨的戈娜若，她惡人先告狀，想挑撥妹妹跟父王作對！

這個情景惹得老人氣憤不已，看到蕾根跟戈娜若手挽手，他就更加憤慨了。他問戈娜若，看到他老人家這把白鬍子，難道不覺得慚愧嗎？蕾根勸他辭退半數的隨從，要他請求戈娜若的原諒，然後跟姊姊回家去，和和氣氣住在一起。蕾根還說他歲數大了，缺乏判斷力，要由比他更明智的人來帶領。李爾認為，要跪下來向親生女兒乞討吃穿，實在太過荒唐，他反對這種有違常理的依賴，表示絕對不會再回戈娜若的家，他跟一百名騎士要留在蕾根這裡生活。他說蕾根還沒忘記自己曾經賜予她半座江山，她的眼神溫和善良，不似戈娜若那般兇狠。他說，與其刪減一半侍從，回到戈娜若的家，不如跨海到法蘭西去，向那個不求嫁妝就娶了他么女的國王，乞求一點微薄的養老金。

他原本以為蕾根待他會比姊姊戈娜若更好，這個想法真是大錯特錯。蕾根彷彿有意跟姊姊競爭誰更不孝似的，竟說用五十個騎士來伺候他還嫌太多，二十五個已經綽綽有餘。李爾一聽，心幾乎碎了，於是轉身向戈娜若說，他願意跟她回去了，至少五十名騎士還是二十五的兩倍，所以她對父親的愛也有蕾根的兩倍。可是戈娜若又找藉口推託，她說哪需要二十五個這麼多呢？連十個、五個都嫌多，明明可以找她的僕人，或妹妹的僕人來伺候他的。老父親過去對女兒們這麼好，但這兩個壞心的姊妹彷彿爭相要比誰對老父親更殘忍似的，一步步剝奪代表他曾經貴為一國之君的尊嚴，逐漸削減他的侍從，對於曾經統御一個王國的人來說，尊嚴幾乎蕩然無存！雖然擁有一批衣裝華麗的侍從，並不保證就會幸福，可是從國王頓時淪落成乞丐，從統御數百萬人到身邊連一名侍從也沒有，這種變化著實教人難以接受。傷透可憐國王的心的，倒不是沒了侍從會吃什麼苦頭，而是女兒的忘恩負義，她們拒絕讓他享有那點尊嚴。李爾受到雙重的折磨，又因為懊惱當初竟然愚蠢到將整個王國一把拋開，神智錯亂起來，口中喃喃念著自己也不懂的話，一面誓言要向那兩個殘暴女妖報仇，要讓舉世都覺得驚駭，才能達到殺雞儆猴的效果！

他狂亂地口吐妄言威脅，說要做出種種他那孱弱手臂根本做不到的事。夜幕已降，暴風雨來襲，天際傳來陣陣閃電與雷鳴。女兒們依然堅持不讓他的隨從進宮，他喚人備馬，寧可迎向狂風暴雨的襲擊，也不願跟這些不知感恩的女兒同住一個屋簷底下。她們說，任性固執的人不管受到什麼傷害，都是咎由自取、罪有應得，竟然任由老父親在那種天候之下貿然離開，緊緊關上了大門。

大風狂吹，暴雨越下越猛，老人暴衝出去，徒手要跟風雨搏鬥。風雨再大也沒有女兒的狠毒那麼教人心痛。他跋涉了好長的路程，方圓幾哩卻連一處遮風擋雨的矮樹叢都沒有。暗夜裡，李爾王就在一片任由狂風暴雨吹掃的荒原上徘徊亂行，向狂風跟雷電挑戰。他要風把大地吹進海裡，叫大海掀起巨浪，將大地淹沒，讓人類這種無情無義的動物整個絕跡。這時，老國王身邊只剩那個可憐的小丑為伴，小丑依然陪在他身邊，想用詼諧機智的比喻，將不幸的陰霾掃開。小丑說，天氣這麼惡劣的晚上還真不適合出門游泳，老實說，國王倒不如進宮請求女兒們的祝福：

只怪自己不機靈，
哎呀呀，受風吹啊被雨淋！
雖然雨天天下不停，
可別怨天又怨地：

然後發誓這種夜晚正好挫挫傲慢女人的銳氣。

曾經叱吒風雲的君王孤伶伶的，身邊竟然只剩一人陪伴。永遠忠心不貳的僕人，現在化身為奇斯的好伯爵肯特，好不容易才找到了李爾。國王並不知道他就是伯爵本人。伯爵說：「哎呀！國王，您在這裡啊？連偏愛在暗夜裡活動的生物，也不會喜歡這種黑夜的。狂雨暴雨都把野獸嚇得躲在洞穴裡不敢出來，人類也禁不起這樣的折磨跟恐懼啊。」

李爾斥責他並說，人要是身患大病，就感覺不到微小的病痛。心平氣和的時候，身體才有閒暇去細細體會天候的變化。可是他心裡的暴風雨已經將所有的感覺盡數奪去，只剩搏動的心跳。他談起子女罔顧養育之恩，說這就像是嘴巴撕咬餵養它的手；對孩子來說，父母就是哺育的手、食物以及一切。

可是，好奇斯依然不斷懇求國王別在荒野上逗留，好不容易才說服他走進荒原一處破爛的棚子，小丑率先走了進去，卻大驚失色衝了出來，說是撞見鬼了。可是，仔細一看，原來鬼魂只是個可憐的瘋乞丐，爬進荒廢的棚子裡避雨，滿嘴談的都是妖魔鬼怪，嚇壞了小丑。那個人就是可憐的瘋子，要不是真的瘋了，不然就是為了要從軟心腸的鄉下人那裡強行拿到施捨，才裝瘋賣傻的。這樣的人通常在鄉下來來去去，自稱是可憐的湯姆或是可憐的圖力谷[5]，嘴裡說著：「行行好，賞點什麼給可憐的湯姆吧？」一面用大頭針、鐵釘或是迷迭香細枝戳進手臂，害自己流血。他們一面做著駭人的舉動，一面時而殷殷禱告，時而喃唸瘋狂的詛咒，對無知的

5 Turlygood 是瘋乞丐群為自己冠上的稱號。

鄉下人動之以情，或是把鄉下人嚇得心驚膽跳，藉此得到施捨。眼前的可憐傢伙就是這種人。國王看到他處境這麼悽慘，除了纏在腰間的一條毯子，全身赤條條。不管旁人怎麼解釋，國王咬定這傢伙就是因為把財產全都分給女兒，才會淪落到這番田地。國王認為唯有狠毒的女兒，才會害人陷入這樣的慘境。

從國王的這番話，還有諸多的瘋言瘋語，好奇斯清楚知道，國王已經精神失常，而他發瘋的真正起因就是女兒的虐待。高貴的肯特伯爵再次迎來機會，在更加關鍵的事務上，展現自己的忠誠。有一些隨從依然對國王忠心耿耿，肯特在其中幾位的援助之下，在破曉時分將國王送往多佛的城堡。貴為伯爵的肯特在多佛當地不僅朋友眾多，也有十足的影響力。他自己則搭船趕往法國，直奔蔻迪莉雅的宮廷，以感人肺腑的話語，呈現她父王的悲慘境遇，也鉅細靡遺描述她姊姊們那些違反人道的行徑。這個善良孝順的孩子淚如雨下，懇求丈夫法蘭西國王准許她帶上足夠的人馬，前往英格蘭征討殘忍的姊姊跟姊夫們，讓老父王重新登上王位。得到丈夫的首肯之後，蔻迪莉雅立即啟程，率領一批皇家軍隊在多佛登陸。

好肯特伯爵事先安排了幾個人照護發瘋的李爾，李爾卻趁亂溜走了，在多佛附近的田野裡遊蕩，結果被蔻迪莉雅一行人發現了。李爾的處境堪憐，徹底瘋狂，在田裡摘了乾麥草、蕁麻跟其他的野草，編成王冠戴在頭上。蔻迪莉雅雖然心急如焚想見見父親，但遵從醫生的囑咐，暫且不要會面，等睡眠跟藥草對國王發揮療效，讓他情緒平穩下來再說。蔻迪莉雅向醫術精湛的醫生承諾，只要能把老國王治好，她願意奉上自己所有的金銀珠寶。在醫生的治療之下，李爾的狀況不久就好轉到足以跟女兒相會。

這場父女相會的情景真是賺人熱淚，可憐的老國王在兩種情緒之間拉扯：再次見到親愛孩子時的歡欣，另一方面又慚愧難當，當初為了女兒的一點小錯就翻臉不認人，一把將她拋開，女兒卻依然這樣孝敬自己。兩種激烈的情緒加上他尚未治癒的瘋病互相拉扯，有時那半瘋的腦袋讓他幾乎不記得自己身在何方，更不記得眼前好意吻著他、客氣對他說話的人是誰。

他說，眼前這位女士想必就是自己的女兒蔻迪莉雅吧，如果他弄錯了，請身邊的人千萬別嘲笑他！大家眼睜睜看著他接著雙膝跪地，懇求孩子饒恕，而這位善良的女士，也一直伴隨父親同跪在地，請他賜予祝福。她告訴父親，她就是他的孩子沒錯，說自己確實就是蔻迪莉雅，孝敬父親是她應盡的本分，他不應當跪下！然後她吻吻父親並說，要用這枚吻把姊姊們對他的苛待全都抹消，說姊姊們真該感到慚愧，竟將一把白鬍子的慈祥老父趕出去受寒挨凍。接著提出巧妙的比喻，說敵人的狗即使咬了她，在風狂雨急的夜裡，她也會收容那隻狗，讓牠留在自家火爐邊取暖。她告訴父親，她從法蘭西過來就是為了助他一臂之力。李爾請她一定要遺忘過去並原諒他，因為他年老又糊塗，不知道自己幹了什麼好事，但他很確定她大有理由不孝敬自己，但她的姊姊們卻毫無藉口。蔻迪莉雅說她們全都沒理由不孝順父親。

暫且把老國王交給盡職孝順的女兒去保護吧。兩個女兒的殘酷讓國王受到的打擊太大，因此情緒大亂、神智失常，但蔻迪莉雅跟她的醫生藉由睡眠跟藥物的幫助，終於將他治癒。咱們回頭來說說那兩個殘忍女兒的事情吧。

這兩個不知感恩的怪物，對老父親都背信忘義，自然也不會對丈夫怎麼忠實。不久她們就連守本分跟感情的表面功夫都懶得做，大剌剌表示自己另有所愛，而她們的出軌對象竟然是同一人，就是已故的葛勞斯特伯爵的私生子艾德蒙。艾德蒙之前才透過奸計，奪取理應由他兄弟艾德格合法繼承的伯爵爵位；卑劣的手段讓他現在一舉登上爵位。這個壞心腸的男人，配上戈娜若、蕾根這樣的惡人，說來還真是登對。此時，蕾根的丈夫康沃爾公爵恰好過世，蕾根馬上宣布有意改嫁葛勞斯特伯爵，這一來便激起姊姊的妒意，這個滿肚子壞水的伯爵過去不只屢次向蕾根求愛，前前後後也對戈娜若示愛過好幾回。最後，戈娜若利用毒藥剷除了妹妹。戈娜若的丈夫亞伯尼公爵察覺了她的勾當——不只是毒殺妹妹，她跟伯爵暗通款曲的消息也傳進了他耳裡——於是把她關進牢裡。戈娜若因為情路受挫加上憤慨不平，不久就了結自己的生命。上天終於在這兩個邪惡女兒身上伸張了公義。

人人都在注意這件事，對天道的展現感到驚奇，覺得她倆死得罪有應得，這時又突然移開視線，愕然發現同一股力量以神祕的方式，讓品德高尚的年輕女兒蔻迪莉雅夫人遭逢悽慘的命運。她的諸多善行理應獲得更幸運美滿的結局，但在這個世界上，純真跟虔誠不見得會有美好的回報——這是個可怕的真理。戈娜若跟蕾根派出去、由那位壞葛勞斯特伯爵指揮的軍隊，最後打了勝仗，因為他不希望有人阻礙他篡奪王位，於是在牢裡害死了蔻迪莉雅。這位無辜女子在人世間立下了善盡孝道的傑出典範，年紀輕輕就被接回天國。善良的孩子死後沒多久，李爾也過世了。

從李爾最初受到女兒虐待，到他漸漸凋零的那段悲傷時光，好肯特伯爵一直亦步亦趨陪在老主人身邊。李爾死前，肯特原本想讓他知道自己的真實身分，但李爾因為憂慮而發狂的腦袋無法瞭解這怎麼可能，無法理解肯特跟奇斯怎麼可能是同一個人。肯特認為在這個節骨眼上，沒必要再多加解釋，免得徒增老主人的困擾。李爾去世之後，國王的這位忠僕因為上了年紀，加上為老主人所受的折磨感到悲痛，不久也跟著進了墳墓。

天理公道還是降臨在壞葛勞斯特伯爵身上了，他的叛國奸計敗露，在跟兄弟——也就是合法的伯爵——的決鬥中被刺死。戈娜若的丈夫亞伯尼公爵並未聯手加害蔻迪莉雅，也從未慫恿妻子虐待她父親，於是在李爾過世之後，繼任了不列顛的王位。不過，這些事情都無庸贅述了，畢竟我們的故事重點在於李爾跟三個女兒的經歷，而他們的生命都已經畫上句點。

李爾王　人物關係表

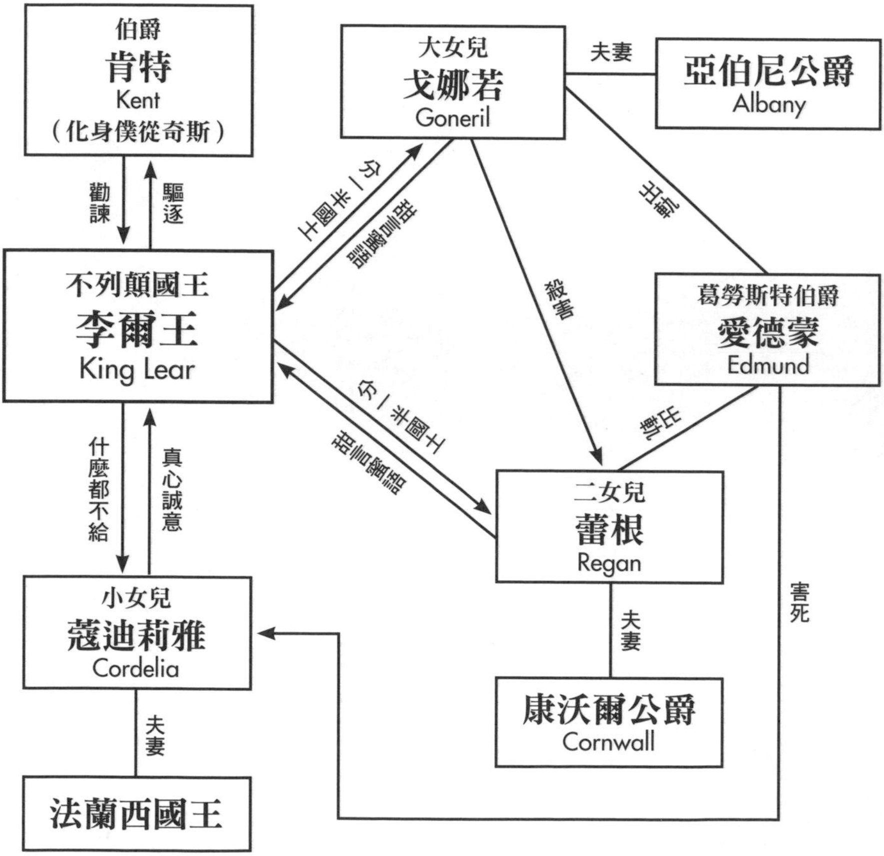
伯爵
肯特
Kent
（化身僕從奇斯）
勸諫
驅逐
大女兒
戈娜若
Goneril
夫妻
亞伯尼公爵
Albany
分一半國土
甜言蜜語
出軌
殺害
不列顛國王
李爾王
King Lear
葛勞斯特伯爵
愛德蒙
Edmund
分一半國土
甜言蜜語
出軌
什麼都不給
真心誠意
二女兒
蕾根
Regan
害死
夫妻
小女兒
蔻迪莉雅
Cordelia
康沃爾公爵
Cornwall
夫妻
法蘭西國王

李爾王

King Lear

屬性：悲劇

創作年代：一六〇五年

關於李爾王：

✵ 莎士比亞筆下著名悲劇，但因為全劇結尾悲慘，不受觀眾歡迎，有很長一段時間此劇上演時都改成喜劇收場。十九世紀之後，大眾漸漸接受原本的結局，並稱讚此劇為莎翁四大悲劇之一。

✵ 此劇主要出自編年史家蒙默思的傑弗里（Geoffrey of Monmouth）於十二世紀的著作《不列顛帝王史》（*Historia Regum Britanniae*）當中的李爾王。在書中，李爾王奪回王權，傳位給蔻迪莉雅。莎士比亞將李爾王傳說改動最大的地方，就是最後將主角李爾王與蔻迪莉雅賜死，尤其是蔻迪莉雅死在李爾王懷中，令人唏噓。

✵ 二十世紀後開始有女演員出演劇中的男性角色，通常是演李爾王身邊的小丑，如愛瑪·湯普森。

✵ 改編影視作品非常多，最早的是一九〇五年出自德國的五分鐘版本，目前已經佚失。最著名的改編之一當屬黑澤明於一九八五年導演的《亂》，將背景改為日本戰國時代，並加入毛利元就的三箭不折故事。此劇的許多橋段也出現在電影中，如法蘭西斯·柯波拉（Francis Ford Coppola）導演的《教父三》中，麥可·柯里昂的女兒死在他的臂膀中，還有文生這個角色也跟劇中的艾德蒙有相似之處。二〇〇八年改編成同名迷你劇集，由伊恩·麥克連（Ian McKellen）飾演李爾王。

✵ 俄國作家屠格涅夫的《草原上的李爾王》（***A Lear of the Steppes***）也是源於此劇。

馬克白

Macbeth

Out, out, brief candle!
Life's but a walking shadow, a poor player,
That struts and frets his hour upon the stage,
And then is heard no more. It is a tale
Told by an idiot, full of sound and fury,
Signifying nothing.

熄滅了吧，熄滅了吧，短促的燭光！
人生不過是一個行走的影子，
一個在舞台上指手劃腳的拙劣的伶人，
登場片刻，就在無聲無臭中悄然退下；
它是一個愚人所講的故事，充滿著喧嘩和騷動，
卻找不到一點意義。

——————馬克白，第五幕，第五場

溫和的鄧肯王統治蘇格蘭期間，有位赫赫有名的封建領主，也就是貴族，名叫馬克白。這位馬克白是國王的近親，因為在沙場上饒勇善戰、領導有方，在宮廷裡備受敬重。他近來才又立下戰功，擊敗了由挪威軍隊援助的叛亂大軍。

兩位蘇格蘭將軍馬克白跟班科在這場激戰之後凱旋而歸，途經一片荒蕪的野地，三個模樣怪異的人物現了身，擋住他們的去路。那三個人物長得像女人卻又蓄著鬍子，皮膚乾皺，一身奇裝異服，看來不像塵世間的人物。馬克白率先向她們發話，她們卻一臉不悅，舉起皸裂的手指抵在細薄的嘴唇上，示意要人保持靜默。第一位向馬克白致意，稱他為「葛雷米斯領主」。將軍頗為驚愕，這樣的傢伙竟然會知道他的身分。第二位緊接著向他問候，以「考多領主」的頭銜來稱呼他，他更是驚訝了，因為他尚未獲享這份殊榮。第三位接著向他問候：「萬歲！未來的國王！」這個預言未來的問候讓他深感困惑，因為他知道只要國王的兒子還在世，自己絕無希望繼承王位。接著她們轉向班科，用謎樣的話語宣稱他比馬克白低下，卻會比馬克白更偉大！說他沒有馬克白幸運，卻會比馬克白更有福氣！然後預言說，雖然他沒有機會榮登王位，但子孫會成為蘇格蘭的國王，接著三人便化為雲煙，轉眼消失無蹤。這一來，將軍們就知道她們是命運三女神，也就是女巫。

正當他倆站在原地細細想著這樁奇遇，國王派來的信使就到了，他們奉國王之命要將考多領主這個尊貴封號賜給馬克白，這件事竟然奇蹟似地應驗了女巫的預言，讓馬克白驚奇不已，怔怔佇立原地，驚愕到無法回應信使。那一刻，他心中湧現希望，第三個女巫的預言或許會以類似的方式應驗，他有朝一日會登上蘇格蘭的王位。

他轉向班科說：「女巫向我保證過的事，都這麼奇妙地應驗了，你難道不希望自己的子孫可以登上王位嗎？」

「那種希望啊，」這個將軍回答，「可能會激發人爭奪王位的欲望，可是黑暗使者常常在小事情上向我們透露實情，但在引發嚴重後果的行動上背叛我們。」

可是，女巫們的邪惡暗示已經深深烙印在馬克白的心版上，讓他聽不進好心班科的告誡。從那時起，他的心思全部繞著如何奪取蘇格蘭王位打轉。

馬克白將命運三女神的奇怪預言以及部分應驗的事情，告訴了妻子。她是個野心勃勃的壞女人，只要能讓丈夫跟自己登上高位，為達目的不擇手段。馬克白想到為了達成這個目的必須殺生害命，就覺得良心難安，不禁猶豫再三，她卻極力煽動慫恿，絮絮叨叨說，為了實現那則令人陶醉的預言，謀殺國王絕對是必要之舉。

這位國王時常紆尊降貴，出宮走訪顯要貴族，此時正好來到馬克白的家，兩個兒子馬爾孔跟道納班同行，另有大批領主跟侍從浩浩蕩蕩隨行，更能彰顯馬克白多次立下的汗馬功勞。

馬克白的城堡地處環境優良，周遭空氣清新宜人，建築的橫飾帶與扶壁下方處處可見燕巢。燕子一找到有利的處所，就會在那裡築巢搭窩。凡是燕子喜愛繁衍跟出沒的地方，空氣都頗為良好。國王進了宮裡，對這地方非常滿意，受人敬重的女主人馬克白夫人對他的殷勤與尊重，也讓他心滿意足。她懂得善用微笑，來掩藏陰險的盤算，外表狀似天真無邪的花朵，實際上卻是躲藏在花朵底下的蛇。

旅途勞頓，國王早早就寢。按照當時的習俗，寢室裡會有兩名侍從睡在國王身邊。國王對於盛情款待感到心滿意足，於是在就寢之前，賜下禮物給幾位大臣。除了種種餽贈，另外還送了枚貴重的鑽石給馬克白夫人，稱讚她是最體貼入微的女主人。

夜半時分，萬籟俱寂，大半個世界彷彿皆已死去，只有惡夢折磨著沉睡人們的心靈，只有野狼跟兇手才會在外頭遊蕩。此時，馬克白夫人卻醒著策劃弒君的陰謀。行兇這種事對女性來說如此可怕，她原本不會親自動手，可是她擔心丈夫的本性過於善良，無法按照預謀刺殺國王。通常野心發展過度的人才可能做出罪大惡極的事，她知道丈夫雖有雄心壯志，但行事向來謹守原則，野心還沒大到足以成事。儘管他已經答應會行兇，但她懷疑他的決心並不堅定；她擔心他天生的軟心腸（比她更有人性）到時會壞了好事，讓兩人無法遂行目的。所以她雙手緊握利刃，步步近逼國王的床鋪。她事先用酒把寢室的侍從灌得爛醉如泥，他們醉得呼呼大睡，無暇顧及國王。舟車勞頓令鄧肯沉沉入睡，她專注地望著他，覺得睡容有點像她父親，一時失去下手的勇氣。

她回頭找丈夫商量。他的決心早已動搖，覺得這種惡行萬萬犯不得，首先，他不只是個臣子，也是國王的近親，還是當天負責款待來客的東道主，就待客之道來說，他理應守好門戶、嚴防刺客才對，而不是執刀行刺。接著他想到鄧肯這個國王有多麼公正仁慈，不僅未曾欺壓臣民，也很關愛貴族，對他更是愛護有加。上天會特別眷顧這樣的君主，如果枉死，臣民肯定會加倍復仇。況且，馬克白就是因為國王的恩寵，才得以在眾人間享有崇高地位，卑劣謀殺的惡名該會如何玷汙這些榮譽啊！

種種思緒讓馬克白的內心矛盾不已。馬克白夫人發現丈夫傾向為善，並且打定主意不再行動。可是這女人一旦立定邪惡的目標，絕對不會輕易動搖，於是開始在他耳邊鼓動三寸不爛之舌，往他的腦袋裡灌輸自己的想法，提出一條條理由說明他為何不該半路收手。她說這件事做起來多麼容易，多麼迅速就能完成；短短一夜的行動，就可以讓他倆在未來的日子裡穩坐王位並且掌握君權！接著她對他的搖擺不定表示輕蔑，指責他反覆無常、膽小懦弱。她說自己曾經哺育過嬰孩，知道在餵奶的時候，心裡會對孩子湧現何等的柔情，可是就在孩兒銜著她微笑的時候，她也能果敢將孩子從懷裡一把揪起，摔得腦漿四溢，如果她事先發過誓要這麼做的話，就像馬克白曾經起誓說要行刺一樣。接著她又補了一句，說把弒君的罪過栽贓給睡到不省人事的爛醉侍從就行了。她展現口舌的威力，痛罵馬克白優柔寡斷，於是他再次鼓起勇氣去執行血腥的勾當。

他握著匕首，摸黑悄悄溜進鄧肯睡臥的房間。他往前走著，卻看到另一把匕首懸在半空，刀柄朝著他，刀刃跟刀尖都滴著血。他伸手想抓，卻撲了個空，只抓到空氣，原來那只是幻覺，源自於他焦躁苦惱的腦袋，加上正要遂行這個勾當之故。

他擺脫恐懼之後，潛進國王的房間，一刀奪走了國王的性命。才行完兇，睡在房裡的一位侍從在夢中笑出聲來，另一位嚷嚷：「殺人啦。」這麼一來，兩位侍從都驚醒過來，但是兩人短短唸了段禱詞之後，其中一人就說：「願上帝保佑我們！」另一位答道：「阿們。」[6]兩人再次入睡。馬克白站在原地聽他們說話，那個傢伙說「願上帝保佑我們！」的時候，他也試著要說「阿們」，雖然他亟需祝福，話語卻堵在喉頭，怎樣都發不出來。

他好像又聽到某個聲音嚷道：「別再睡了，馬克白謀殺了睡眠，謀殺了滋養生命的無辜睡眠。」那個聲音還對整間屋子呼喊：「別再睡了，葛雷米斯謀殺了睡眠，考多再也無法安眠，馬克白再也別想安然入睡。」

馬克白帶著幻覺回到妻子身邊。她細細聆聽動靜，正以為馬克白行兇失敗、計畫受挫時，馬克白神情恍惚走了進來。妻子責備他意志不夠堅決，要他去把雙手染上的鮮血洗掉。她接過他的匕首，打算把鮮血抹在寢室侍從的臉頰上，嫁禍給兩人。

早晨來臨，紙包不住火，這場謀殺已經人盡皆知。雖然馬克白跟他夫人裝出悲痛欲絕的模樣，侍從們行兇的證據確鑿（身上查獲兇刀，臉上也沾滿鮮血），但是眾人認為馬克白涉有重嫌，因為比起兩個可憐的蠢侍從，馬克白的行兇動機強大許多。鄧肯的兩個兒子逃走了。老大馬爾孔前往不列顛的宮廷尋求庇護，小兒子道納班輾轉逃往愛爾蘭。

王位原本該由國王的兒子繼任，但他們放棄王位出逃之後，就由血統上最接近的繼承人馬克白登基為王，也應驗了命運三女神的預言。

馬克白跟他王后雖然位居高位，卻無法忘懷命運三女神的預言：雖然馬克白會登上王位，

6 在禮拜與禱告時表示同意或肯定的意思。

但繼任為王的並非他的子嗣，而是班科的子孫。思及這點，想到他們夫婦倆用鮮血玷汙雙手，犯下如此滔天大罪，最後卻得拱手把班科的子孫送上王位，內心不禁氣憤難平，決心剷除班科跟他兒子，讓命運三女神的預言無法實現，雖然她們的預言曾在馬克白夫婦身上奇妙地應驗。

為了遂行此願，他倆籌辦一場盛大晚宴，廣邀各方重要領主賞光，對班科跟他兒子弗林斯發出格外隆重的邀約。馬克白事先指派刺客，趁夜埋伏在班科前往宮殿的途中，刺殺了班科。在一陣混亂當中，弗林斯成功逃出重圍。弗林斯的後代將陸續登上蘇格蘭的王位，一路延續到蘇格蘭的詹姆斯六世兼英格蘭的詹姆斯一世，合併英格蘭跟蘇格蘭的王室為止。

晚宴上，王后舉止雍容華貴、態度和藹可親，將女主人的角色扮演得優雅周到，贏得在場每個人的好感。馬克白跟領主、貴族無拘無束聊著天，他說，國內所有的顯赫人士可說是齊聚一堂，只差他的好友班科一人，馬克白說他寧可斥責班科是因為個人的疏忽而未能出席晚宴，而不希望為了班科慘遭不測而不得不悲嘆。語畢，被人刺殺的班科鬼魂走進屋裡，坐在馬克白正要落座的椅子上。雖然馬克白大膽無畏，跟惡魔當面對峙也不會發抖，但是這番恐怖的影像，還是嚇得他臉色發白、呆呆佇立原地，雙眼牢牢盯著鬼魂，頓失男子氣概。王后跟所有的貴族什麼也看不到，只見他盯著一張空椅子（他們以為椅子是空的），就以為他一時恍神。王后責罵他，壓低嗓門說那不過是幻覺，就像他當初即將殺死鄧肯時，看見匕首懸在半空那樣。可是馬克白對別人說的話完全充耳不聞，自顧自對著鬼魂說話，他說出來的話雖是瘋言瘋語，卻也頗具深意。王后擔心那個可怕的祕密會洩漏出去，於是以馬克白的宿疾再次發作為藉口，匆匆打發賓客離開。

馬克白從此受到可怕的幻覺左右。他跟王后在夜裡每每受到惡夢纏擾，弗林斯的逃逸跟班科的鮮血，同樣教他們心神不寧。他們現在認為弗林斯的子子孫孫將會登上王位，阻斷馬克白後代的王者之路。他們滿腦子這個悲慘的想法，片刻不得安寧。馬克白決心再去找命運三女神，探問事態最差會到什麼地步。

他在野地上的洞穴裡找到她們，她們早已預知他的來臨，正忙著準備恐怖的魔咒，要用魔咒將地獄的幽靈召來，以便預測未來。魔咒的原料相當駭人，有蟾蜍、蝙蝠、蛇、蠑螈眼、狗舌頭、蜥蜴腿、貓頭鷹翅、龍鱗、狼牙、飢餓海鯊的胃囊、巫師的乾屍、毒芹根（要在夜裡挖起才有效用）、羊膽、猶太人的肝、樹根探進墳墓的紫杉細枝、死去孩子的手指。這些材料全部放進大鍋熬煮，一等沸騰過度，就澆上狒狒的鮮血加以冷卻。然後，再把吃下豬仔的母豬鮮血倒進去，並將受刑兇手留在絞刑架上的汗脂丟進火裡。她們就是用這種魔咒，逼得地獄的幽靈不得不回答她們的提問。

她們問馬克白，想要由她們或是她們的主人（也就是那些幽靈）來替他解惑。馬克白看到剛剛的恐怖儀式卻毫不退卻，大膽回答：「它們在哪裡？讓我看看它們。」她們將幽靈喚來，總共有三個。第一個顯形了，看起來像是戴著頭盔的腦袋，它直呼馬克白的名字，要他當心費輔領主，馬克白謝謝幽魂的警告。馬克白一直都相當嫉妒費輔領主麥克德夫。

第二個幽魂像是渾身血淋淋的孩子，他直呼馬克白的名字，叫他不要害怕，說他可以儘管嘲笑凡人的力量，因為打娘胎出生的人全都傷不了他。幽魂勸他要殘酷、大膽跟堅決。

「那麼我就饒過你的命吧，麥克德夫！」國王馬克白嚷道，「我又何必怕你呢？可是為了確保萬無一失，我還是要你的命，這樣我就能戰勝自己的恐懼，過著高枕無憂的生活。」

那個幽靈退下之後，第三個幽靈現身了，模樣是個戴皇冠的孩子，手裡拿著一棵樹。他直呼馬克白的名字，安慰他，叫他甭怕別人的陰謀，說永遠不會有人能夠擊潰他，除非勃南的樹林朝著鄧斯納恩移動，要向他大舉進攻。

「多好的兆頭啊！太好了！」馬克白喊道，「有誰能把深埋的樹根拔起，移動整座樹林呢？看來我可以跟一般人一樣壽終正寢，不會提早斃命。可是我的心急著想知道一件事，既然你們的法力能夠預測這麼多事，那麼告訴我，班科的子孫會不會統治這個王國？」此時，那只大鍋陷入地裡，四周響起樂音，八個模樣像國王的影子經過馬克白身邊，渾身血跡斑斑的班科走在隊伍末尾，衝著馬克白微笑，班科手裡拿著一面鏡子，鏡子映射出更多人影。班科指指那些影子，這一來馬克白便知道，這些人就是班科的後代，會在馬克白之後統治蘇格蘭。命運三女神隨著輕柔的樂聲翩翩起舞，然後對馬克白行禮如儀，之後便消失無蹤。自此以後，馬克白的腦海裡就充塞著血腥恐怖的念頭。

他踏出女巫的洞穴時，聽到的頭一件消息就是費輔領主麥克德夫逃往英格蘭，加入了已故國王的長子馬爾孔帶領的軍隊。眾人組織這批討伐馬克白軍隊的目的，就是為了罷黜馬克白，讓合法的王位繼承人馬爾孔登上王位。馬克白勃然大怒，立刻派兵猛攻麥克德夫的城堡，殺死他滯留在國內的妻兒，而且凡是跟麥克德夫扯得上關係的人，一律格殺勿論。

馬克白諸如此類的行徑，讓他落得眾叛親離，重要的貴族都逐漸疏遠了他。有辦法的，就投奔到馬爾孔跟麥克德夫的陣營，他們兩人現在正率領強勢軍力步步進逼，這批軍隊是他們在英格蘭號召成軍的。留下來的那些人，都是因為畏懼馬克白才不敢奮起響應，但暗地裡巴望對方能夠打勝仗。馬克白招募新兵的進展遲緩，人人痛恨這個暴君，沒人愛戴或尊敬他，對他只有滿腹的懷疑。他竟然羨慕起當初遭他殺害的鄧肯，鄧肯承受過最慘烈的背叛，目前正安穩沉眠於墳墓裡，無論是武器或毒藥，國內的惡意或外敵的進犯，都再也傷害不了鄧肯。

就在發生這些事情的當兒，王后死了，據說是自我了斷，因為她承受不住良心的譴責跟民眾的仇視。她是馬克白種種惡行的唯一共謀，他有時會在她懷裡尋求片刻的安寧，躲避夜夜纏擾兩人的恐怖夢境。這麼一來，他變得形單影隻，沒人愛他或關心他，更沒有朋友可以傾吐他的奸計。

他對生命越來越不在乎，巴望一死了之，可是馬爾孔的軍隊逐步進逼，一把點燃了他早年的餘勇。他說他立定決心，就算死也要「披著戰甲」而死。除此之外，女巫的空洞承諾讓他充滿了錯誤的信心，他想起幽靈說過的話，凡是打娘胎出生的都傷不了他；說勃南的樹林來到鄧斯納恩以前，永遠沒人能夠擊潰他，而他認為樹林絕不可能移動。於是，他把自己關在城堡裡，城堡固若金湯、堅不可摧，絕對禁得起圍攻。他在這裡鬱鬱寡歡等待馬爾孔到來。某天有個傳令兵來了，滿臉蒼白，害怕得渾身戰慄，幾乎無法通報親眼目睹的情景。傳令兵信誓旦旦說，他在山丘上站崗的時候，朝著勃南的方向望去，竟然看到樹林在動！

「你說謊！奴才！」馬克白嚷嚷，「你要是有一句假話，我就把你吊在樹上，讓你活活餓死。如果你所言不假，就算把我吊在樹上餓死，我也不在乎。」馬克白的決心現在開始動搖，也開始懷疑幽靈模稜兩可的話。幽靈說除非勃南的樹林來到鄧斯納恩，否則他都無須恐懼，現在樹林竟然動了起來！

「不管怎樣，」他說，「如果他一口咬定說是真的，我們就披上戰甲，準備應戰吧。即使無路可逃，也不能坐以待斃。我開始厭倦太陽了，巴不得生命就此終結。」他說完這番絕望的話，就朝著已經逼近城堡的敵軍衝去。

讓傳令兵覺得樹林在移動的異象，解釋起來並不難。準備圍城的軍隊行軍穿越勃南的樹林時，馬爾孔這個將軍相當精於戰術，指示士兵人人砍下一根樹枝，舉在身前，可以遮掩軍隊的確實人數。士兵舉著樹枝成群行進，從遠處看來，就構成了讓傳令兵害怕的景象。如此一來，幽靈的話語的確應驗了，只是跟馬克白當初理解的意思有所不同，使得他的自信頓時削減大半。

接下來是一場激戰。馬克白在些許朋友的勉強支援之下，凶猛勇敢地奮戰不休。那些人雖然自稱是馬克白的朋友，事實上卻痛恨這個暴君，一心向著馬爾孔跟麥克德夫的陣營。馬克白把交戰敵軍殺得落花流水，一路殺到麥克德夫戰鬥的地方。一見麥克德夫，馬克白想起幽靈曾經警告他，千萬要避開麥克德夫。他原本打算掉頭離去，可是麥克德夫在整場戰鬥中一直在找他，於是攔住了他的去路，一場激烈的對決即將開始。麥克德夫用不堪入耳的話，痛罵馬克白謀殺了他的妻兒。馬克白手上早已沾滿麥克德夫一家人的血，覺得良心不安而不願跟他對決，但是麥克德夫還是不停用話激馬克白出手應戰，大罵他暴君、兇手、惡魔跟惡棍。

此時，馬克白憶起幽靈的話，說凡是打娘胎生的都傷不了他，於是他自信滿滿笑著對麥克德夫說：「你想傷我是白費力氣了，麥克德夫。你怎麼都傷不了我的，就像你想用劍刺穿空氣一樣。我的生命有魔咒保護，凡是從娘胎生的都擊不倒我。」

「忘了你的魔咒吧，」麥克德夫說，「你侍奉的那個幽靈說的是謊話，麥克德夫其實並非打娘胎生的，不像一般人那樣呱呱落地，而是提早從母親剖腹取出的。」

「你告訴我這件事，但願你因此受到詛咒，」馬克白發著抖說，覺得僅存的最後一絲自信也沒了，「希望以後的人永遠都不會相信女巫跟騙人幽靈那些曖昧不明的謊言，他們用雙關語來欺騙人，表面上看起來好像都應驗了，但實際上卻有不同的含意，結果跟我們期望的南轅北轍。我不打算跟你戰了。」

「那我就饒了你的命！」麥克德夫鄙視地說，「我們會帶著你遊街示眾，就像展示怪物一樣，旁邊配上一塊板子，上頭用漆料寫著：『大家快來參觀暴君！』」

「想都別想，」馬克白說，絕望倒是激得他心生勇氣，「如果要我伏在年輕馬爾孔腳邊、親吻地面投降告饒，如果要我任憑平民百姓的譏笑辱罵，那我寧可一死也不願苟活。儘管勃南的樹林來到了鄧斯納恩，儘管不是娘胎生的你要跟我對決，我也會奮戰到底。」激動狂亂地說完這番話之後，馬克白就撲向麥克德夫。經過一番苦戰，麥克德夫最終戰勝了馬克白，砍下他的頭顱送給合法的年輕國王馬爾孔。馬爾孔接管了篡位者藉由詭計奪去多時的政權，在貴族與民眾的歡呼聲中，接任了先父「溫和的鄧肯」遺留下來的王位。

馬克白　人物關係表

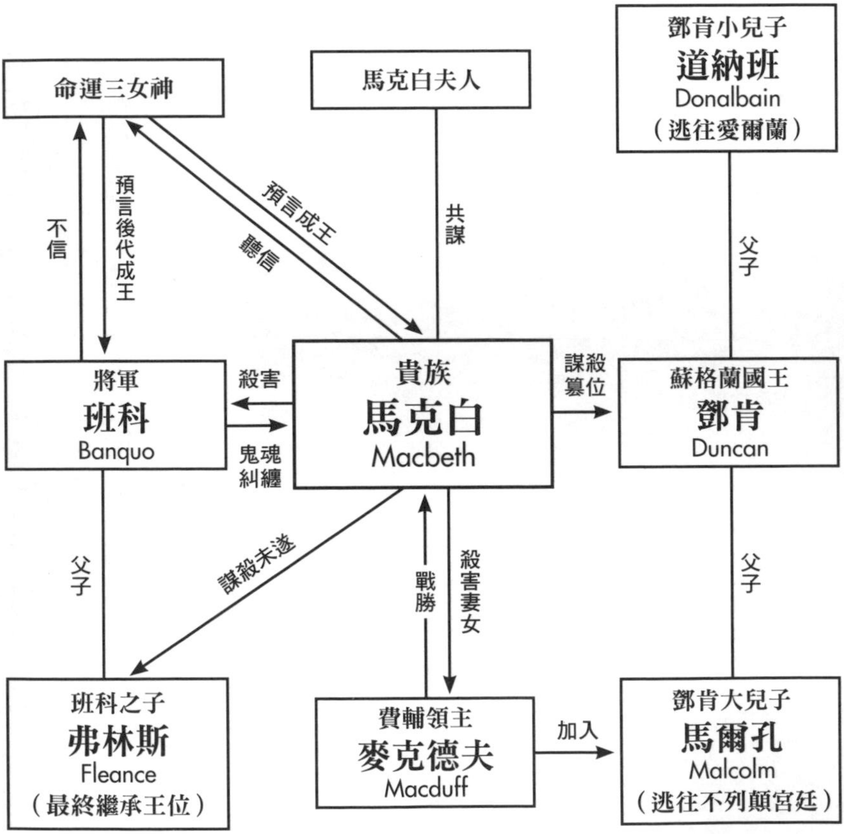
命運三女神
馬克白夫人
鄧肯小兒子
道納班
Donalbain
（逃往愛爾蘭）
不信
預言後代成王
預言成王
聽信
共謀
父子
將軍
班科
Banquo
殺害
鬼魂糾纏
貴族
馬克白
Macbeth
謀殺篡位
蘇格蘭國王
鄧肯
Duncan
父子
謀殺未遂
戰勝
殺害妻女
父子
班科之子
弗林斯
Fleance
（最終繼承王位）
費輔領主
麥克德夫
Macduff
加入
鄧肯大兒子
馬爾孔
Malcolm
（逃往不列顛宮廷）

馬克白

Macbeth

屬性：悲劇

創作年代：一六〇五年

關於馬克白：

✲ 此劇為莎士比亞筆下最短的悲劇，也是最血腥的一齣劇。

✲ 此劇源於英國編年史家拉斐爾．何林塞（Raphael Holinshed）的《史記》（*Holinshed's Chronicles*），在書中的版本，馬克白與班科共同謀害了蘇格蘭國王鄧肯，但劇中班科並未謀逆。對於這項改編的看法，有一說認為，當時詹姆士一世在伊莉莎白一世後即位，新晉國王相信班科是自己的先祖，莎士比亞為了討好新皇而做出改編。另外，劇中也出現女巫向馬克白展示未來八位蘇格蘭國王的影像，也被認為是在恭維新皇。

✲ 馬克白夫人在劇中經歷貪婪、共謀、良心不安、瘋狂等種種心路歷程，因此也被視為挑戰性相當高的角色。

✲ 十九世紀，義大利作曲家威爾第（Giuseppe Verdi）與劇作家皮亞威（Francesco Maria Piave）共同創作了歌劇《馬克白》，據說在首演前，威爾第未曾讀過莎劇原作。

✲ 最早改編成影視作品的紀錄是一九〇五年拍攝馬克白死亡場景的美國短片。本劇改編作品相當多，一九五五年改編成電影《喬伊．馬克白》（*Joe MacBeth*），場景設定為現代黑幫。一九五七年，黑澤明也將此劇改編為電影《蜘蛛巢城》，背景改為日本戰國時代，這個版本獲得了許多獎項。一九七一年，羅曼．波蘭斯基（Roman Polanski）改編電影《森林復活記》（*The Tragedy of Macbeth*）上映，這是他在妻子慘遭謀殺後拍的第一部片。二〇〇五年，英國廣播公司曾將此劇改編成現代場景，並以影集形態播放，由詹姆斯．麥艾維（James McAvoy）飾演馬克白。

終成眷屬

All's Well That Ends Well

Love all, trust a few, do wrong to none.

對眾人一視同仁，
對少數人推心置腹，
對任何人不要虧負。

——伯爵夫人，第一幕，第一場

柏川姆在父親過世之後繼承了胡西雍伯爵的稱號與資產。法蘭西國王非常敬愛柏川姆的父親，一聽說老伯爵過世了，立刻派人將年輕伯爵召進巴黎的王宮，看在與過世伯爵舊日情誼的份上，想好好寵信與關照年輕的柏川姆。

法蘭西宮廷的年老貴族拉佛奉命前來，要帶柏川姆進宮拜見國王，這時柏川姆跟母親，也就是伯爵的遺孀，住在一起。法蘭西國王是個專制的君主，向來以皇室諭旨或絕對命令發出進宮邀請，臣民不管身分有多尊貴，一概都要服從。伯爵夫人不久前才替丈夫服完喪，現在又要與心愛的兒子分離，悲傷得彷彿再次為丈夫送終，但她也不敢多留兒子一天，而是立刻吩咐他趕快動身。伯爵夫人歷經喪夫之痛，現在又突然要與兒子分別，奉旨前來接人的拉佛試著安慰她。拉佛用朝臣一貫的奉承官腔說，國王是個多麼仁慈的君王，會像丈夫一樣照拂她，也會像父親一樣關照她兒子，而拉佛的意思其實只是說，這位好國王會好好提攜柏川姆的。

拉佛還告訴伯爵夫人，國王罹患了某種病症，御醫都說這種病無藥可治。夫人聽到國王貴體欠安，表達了深刻的悲傷，說她真希望愛蓮娜（在場伺候伯爵夫人的年輕姑娘）的父親依然在世，他一定治得好陛下的病。夫人跟拉佛大略說明了愛蓮娜的身世，說名醫傑哈．德納邦在臨終前將獨生女愛蓮娜託付給伯爵夫人，所以自從他過世以來，她就一直擔任愛蓮娜的監護人。伯爵夫人接著稱讚愛蓮娜品德高尚、多才多藝，說她從可敬的父親那裡繼承了這些美德。伯爵夫人這麼說著的同時，愛蓮娜默默地傷心垂淚，伯爵夫人和藹地責備她說，不該為了喪父而傷心過度。

柏川姆向母親辭別。伯爵夫人跟兒子分別時，淚流滿面，再三給他祝福。她將兒子託付給拉佛，並說：「啊，大人，他是個缺乏歷練的朝臣，還請您多多指點。」

柏川姆最後跟愛蓮娜說了些話，但也只是普通的客套話，祝她幸福云云，短短的臨別贈言最後以這句話作結：「好好安慰我母親——妳的女主人，也要好好伺候她。」

其實愛蓮娜對柏川姆早已愛慕多時，先前她默默地傷心哭泣，那些淚水並不是為了父親傑哈．德納邦而流。雖然她深愛父親，可是現在她對柏川姆的愛更深，而且就要失去他了，讓她一時把過世父親的身影跟容顏全都拋到九霄雲外，滿腦子只有柏川姆的身影。

雖然愛蓮娜對柏川姆愛慕已久，但總是牢牢記得他是胡西雍伯爵，是法蘭西古老的名門後代。她出身低微，父母名不見經傳；柏川姆的祖先卻世世代代都是貴族，所以她只能遠遠仰望出身高貴的柏川姆，把他當成主人跟親愛的少爺，除了活著做他的僕從，一直到死都當他的家臣之外，不敢存有任何非分之想。對她來說，他的身家尊貴跟她的家境貧寒，兩者簡直有天壤之別，她總是說：「柏川姆高得遙不可及，就像愛上一顆璀璨的星辰，想與它結為連理一樣。」

柏川姆的離去，讓她難過得雙眼含淚、滿腹愁腸。雖然她過去不抱任何希望地愛著他，但至少能夠時時刻刻看到他，對她來說就是一種慰藉。愛蓮娜會坐著，望著他黝深的眸子、彎弧的眉毛，還有鬈曲的細髮，直到彷彿在心版上刻印了他的肖像，將她鍾愛那張臉龐的每道線條，一一牢記心裡不忘。

傑哈．德納邦臨終前，沒留什麼財產給女兒，只有幾帖效用經過驗證的稀世藥方，是他在醫學上深入研究與長期實驗蒐集而來的，這些藥方效用強大，幾乎可說是藥到病除。其中一帖藥方確定可以治療國王罹患的病，拉佛說那種病讓國王變得衰弱無力。愛蓮娜聽到國王的病痛，至今身分卑微、前途茫茫的她，心中萌生了頗具野心的計畫，打算親自前往巴黎替國王治病。雖然愛蓮娜手上握有了不起的藥方，不過，國王跟御醫都認為此病無藥可醫，即使她主動提供療方，他們都不可能信任一個沒學問的可憐姑娘。愛蓮娜堅信，如果他們准許她試上一試，包準能治好國王的病，儘管她父親是一代名醫，可是她的信心似乎遠遠超過了她父親的真本領。她有種強烈的信念：這帖良藥經過上天所有幸運之星的祝福，是一份能夠讓她運勢亨通的遺寶，甚至能讓她一舉飛上枝頭，成為胡西雍伯爵的妻子。

柏川姆離家沒多久，管家就告訴伯爵夫人，他無意間聽見愛蓮娜自言自語，從她的話裡聽出她愛上柏川姆並考慮追隨他前往巴黎的事。伯爵夫人向管家道謝之後要他退下，並通知愛蓮娜有事想跟她談談。聽管家說了愛蓮娜的事，勾起了伯爵夫人時隔久遠的往日回憶，可能就是她初初愛上柏川姆父親的日子，她自言自語說：「我年輕的時候也是這樣啊。愛情是根刺，那根刺屬於青春的玫瑰。凡是大自然的孩子，在青春時期總會犯下這些過錯，雖然我們當時並不覺得是過錯。」公爵夫人正在默想年少時期在情路上犯下的過錯，愛蓮娜就走了進來，伯爵夫人對她說：「愛蓮娜，妳知道我把自己當成妳母親。」

愛蓮娜回答，「您是我尊貴的女主人。」

「我把妳當女兒看啊，」伯爵夫人再次說，「我說我把自己當成是妳母親。妳聽到我說這些話，為什麼吃了一驚，臉色還發白呢？」

愛蓮娜滿臉惶恐、思緒混亂，深怕伯爵夫人懷疑她愛上了柏川姆。愛蓮娜還是回答：「請原諒我，夫人，您不是我母親，胡西雍伯爵不是我兄長，我也不是您的女兒。」

「可是，愛蓮娜，」伯爵夫人說，「妳可能會成為我的媳婦啊，妳應該是因為正有這個意思，聽到母親跟女兒這些字眼才會如此不安吧。愛蓮娜啊，妳愛我兒子嗎？」

愛蓮娜害怕地說：「好夫人，請原諒我。」

伯爵夫人再問一回：「妳愛我兒子嗎？」

愛蓮娜說：「您不愛他嗎？夫人？」

伯爵夫人答道：「答話不要這樣躲躲閃閃，愛蓮娜。來，來，把心事講出來，因為妳的情意早就被看透了。」

愛蓮娜雙膝跪地，坦承愛慕之情，羞愧又恐懼地哀求高貴女主人的原諒。她說自己很清楚兩人門不當戶不對，她說柏川姆並不知道她愛他，她將自己卑微無望的愛情喻為崇拜太陽的可憐印地安人，太陽撫照著崇拜者，卻對他的存在一無所知。伯爵夫人問愛蓮娜近來是不是打算到巴黎去？愛蓮娜坦承她一聽到拉佛提起國王的病情，心裡就擬定一個計畫。

「妳想去巴黎，就是為了這件事，是嗎？」伯爵夫人說，「說實話。」

愛蓮娜據實回答：「我是因為您的兒子，也就是少爺，才生出這個想法。要不然，我也不會想到巴黎、藥方跟國王的事。」伯爵夫人不發一語聽著愛蓮娜的告白，並未表示贊同或責備，只是徹底盤問她那帖藥方是否可能治好國王。伯爵夫人發現，那是傑哈·德納邦的藥方裡最珍貴的一帖，在臨終時傳給了女兒。此時夫人想起在那個莊重的時刻，她曾經鄭重承諾會關照這個年輕姑娘，愛蓮娜的命運跟國王的生命似乎取決於這個計畫的實行。雖然這個計畫是癡情姑娘憑空想出來的，伯爵夫人暗想，也許冥冥之中上天會藉著這個機緣，讓國王的貴體得以康復，並且替傑哈·德納邦女兒的前途打下基礎。於是大方准許愛蓮娜照著自己的意思進行，並且慷慨提供她充足的盤纏跟適當的隨從。伯爵夫人仁慈地祝福愛蓮娜馬到成功，愛蓮娜帶著滿滿祝福動身前往巴黎。

愛蓮娜抵達巴黎，有朋友老貴族拉佛幫忙牽線，得以覲見了國王。但她依然遇到瓶頸，因為要說服國王嘗試這位漂亮年輕女醫生提供的藥方，並非易事。但是她告訴國王，自己是傑哈·德納邦的女兒，國王對這位醫生的名氣早有耳聞。她獻上珍貴的藥方，說是一份珍寶，是她父親凝聚了多年行醫經驗跟醫術的結晶，她還大膽許諾，要是藥方無法在兩天之內讓陛下完全恢復健康，她願意拿性命來當抵償。國王終於同意試試這帖藥劑，要是在兩天之內並未康復，她就小命不保。可是，倘若她成功了，他承諾任她從全法國的男子（除了王子之外）裡挑一個當丈夫；愛蓮娜先前就表示過，要是能治好國王的病，挑選丈夫就是她唯一要求的報酬。

愛蓮娜的希望並未落空，父親那帖藥確實發揮療效了。不出兩天，國王就完全恢復健康，他將宮廷裡的年輕貴族召集起來，準備兌現承諾，讓漂亮的女醫生挑選一個丈夫作為酬謝。他要愛蓮娜看看四周這群年輕的單身貴族，從中挑選自己的丈夫。愛蓮娜沒花多久時間就挑定了，因為在這群年輕貴族當中，她一眼就看到胡西雍伯爵，於是轉向柏川姆並說：「就是這位男士。少爺，我不敢說我選中了你，而是我要把自己獻給你，服侍你，聽從你的指揮。」

「哎，那麼，」國王說，「年輕的柏川姆，接受她吧，她就是你的妻子了。」

柏川姆毫不遲疑地表達反感，國王竟然就這樣將毛遂自薦的愛蓮娜硬是賜給了他。他說她只不過是個窮醫生的女兒，先是由他父親照看長大，現在又仰賴他母親的慷慨資助過活。愛蓮娜聽到這番拒絕跟嘲諷的話，便對國王說：「陛下，您已經恢復健康，我很高興，其他事情就不要追究了。」可是國王無法容忍有人忽忽他的諭旨，因為法蘭西國王的諸多特權之一，就是撮合貴族的婚姻大事。當天，柏川姆跟愛蓮娜就結為連理。這樁婚事對柏川姆來說很勉強，讓他很不自在。對於這位可憐的小姐來說，縱使冒著生命危險得到了出身高貴的丈夫，似乎也沒什麼幸福的前景可言，僅僅是空歡喜一場罷了，因為法蘭西國王再有權力，也無法將丈夫的愛一併當作贈禮賜給她。

愛蓮娜一成婚，柏川姆就要她向國王求情，准許他離開宮廷。她把國王批准離宮的消息帶回來給柏川姆的時候，柏川姆就告訴她，這門婚事來得太突然，他心裡還沒準備好，困擾難安，希望他接下來的行動，不會讓她過於意外。愛蓮娜發現，原來柏川姆打算離開她身邊，即使是意料中事，難免也覺得悲傷。柏川姆下令要她回他母親身邊。愛蓮娜聽到這番無情的命令就回答：「少爺，我對這件事沒什麼話可說，卑微的身世讓我無法享受這樣的福份，但我是你最順從的僕人，永遠會以忠心服侍，盡力增添自己的優點。」可是，柏川姆如此高傲，連愛蓮娜這番謙卑的話也打動不了他的心，他對溫柔的妻子毫無憐憫，連好聚好散的客套話都沒說就離開了她。

愛蓮娜就這樣回到了伯爵夫人身邊。她此趟旅程的目的已經實現，不僅保全了國王的性命，也跟心愛的少爺胡西雍伯爵成了親。可是，回到高貴的婆婆身邊時，卻成了失意消沉的女子，才踏進屋裡就接到了柏川姆的來信，這封信差點讓她連心都碎了。

好伯爵夫人熱情地歡迎她，把她當成兒子親自挑選的妻子、地位高貴的夫人。柏川姆在新婚當天就把妻子打發回家，無情地對她置之不理，伯爵夫人說盡好話來安慰愛蓮娜，但這番殷勤的接待還是提振不了她的悲傷心情。她說：「夫人，我的夫君走了，永遠不會回來了。」接著就將柏川姆在信裡寫的話唸出來：等妳拿到我手上的戒指，才能叫我丈夫，可是我的戒指永不離身，所以那一天永遠不會到來。

「這個判決太可怕了！」愛蓮娜說。伯爵夫人求她耐心等待，並說既然現在柏川姆走了，她就是伯爵夫人的孩子，說她配得上的夫君，是那種手下有二十個像柏川姆一般刻薄小子來服侍的人，而且開口閉口都會尊稱她夫人。可是這位無以倫比的母親，再怎麼壓低身段對媳婦表示尊重，說盡討好的話，還是平撫不了媳婦的憂傷。

愛蓮娜依然緊緊盯著那封信，悲痛地哭喊：只要我妻子在法蘭西一天，我對法蘭西就無可留戀。伯爵夫人問她，這些話就寫在信裡頭嗎？「是的，夫人。」可憐的愛蓮娜勉強答道。

翌晨，愛蓮娜失去蹤影，託人在她離開之後捎信給伯爵夫人，解釋驟然出走的原因。她在信裡告訴伯爵夫人，是她逼得柏川姆遠離祖國與家園，為了替自己的過錯贖罪，她決定前往偉哉聖雅克的聖祠朝聖，信尾請求伯爵夫人通知兒子，說他恨之入骨的妻子已經永遠離開了他家。

柏川姆離開巴黎之後，前往佛羅倫斯，成為佛羅倫斯公爵軍隊裡的軍官，打了一場勝戰，在沙場上表現英勇因此脫穎而出。此時，他收到了母親的來信，捎來他滿意的消息，說愛蓮娜再也不會打擾他了。就在他準備返鄉的時候，愛蓮娜穿著朝聖者的裝束，抵達了佛羅倫斯大城。

當時，凡是前往偉哉聖雅克朝聖的人，途中必定會經過佛羅倫斯這座城市，愛蓮娜來到城裡的時候，聽說當地有位熱情好客的寡婦，常在家中接待有意前往聖人聖祠的女朝聖客，提供食宿並且殷勤款待。愛蓮娜就去投靠這個好夫人，寡婦客氣有禮地歡迎她，邀她去參觀這座名城裡的新奇事物，告訴她如果想看看公爵的軍隊，可以帶她到能夠飽覽軍容的地點。

「到時會看到妳的一個同胞喔，」寡婦說，「他叫胡西雍伯爵，在公爵的幾場戰役裡立下了不少功勳。」愛蓮娜得知柏川姆在閱兵的行列，不用寡婦再多開口，馬上就答應邀約。愛蓮娜陪在女主人身邊，再次看到親愛丈夫的臉龐，心裡真是又悲又喜。

寡婦說：「他長得很俊俏吧？」

愛蓮娜真心誠意地回答：「我很喜歡他。」

她們一路走著，寡婦相當健談，話題都繞著柏川姆打轉：她跟愛蓮娜說起柏川姆那樁婚事的來龍去脈，說起他如何拋下了那個可憐的夫人，而且為了逃避夫妻生活，才加入公爵的軍隊。

愛蓮娜沉住氣，聆聽對方描述自己的不幸遭遇，聽完這段故事之後，沒想到關於柏川姆的部分卻還沒完。寡婦接著講起了另一個故事，說柏川姆如何愛上她的女兒，字字句句刺進了愛蓮娜的心。

雖然柏川姆厭惡國王強迫他結成的親事，對愛情卻不是毫無感覺，打從他跟軍隊駐紮在佛羅倫斯以來，就愛上了漂亮的年輕姑娘黛安娜，就是招待愛蓮娜的寡婦之女。他每晚來到黛安娜的窗下，請人演奏各式各樣的音樂、高歌他為了頌揚黛安娜美貌所編寫的歌曲，藉此向她求愛。他百般懇求她，等全家就寢之後，讓他進屋裡跟她幽會。但黛安娜知道他的已婚身分，說什麼都不肯答應這種違反禮教的請求，對他的追求始終不為所動。因為黛安娜是由謹守分際的母親教養長大的，雖然如今家道中落，卻系出名門，是貴族卡普雷家族的後代。

這個好夫人把這些事情全都告訴了愛蓮娜，盛讚女兒道德高尚、行事謹慎，說這一切都該歸功她給女兒的卓越教育跟諄諄教誨。寡婦又說，柏川姆格外纏人，再三請求黛安娜當晚讓他前來拜訪，因為他翌日清晨就要離開佛羅倫斯。

聽到柏川姆對寡婦女兒這樣深情，愛蓮娜縱使十分傷心，卻依然積極地擬定一個計策（先前的計策雖然失敗，她卻不氣餒），想要挽回逃走的夫君。接著她向寡婦坦承自己就是遭柏川姆遺棄的妻子愛蓮娜，她懇請好心的女主人跟女兒答應讓柏川姆來訪，然後由她假扮成黛安娜的模樣來迎接柏川姆。她告訴這對母女，之所以想跟丈夫祕密會面，主要是為了從他那裡拿到戒指，他說唯有她取得那枚戒指，才會承認她是自己的妻子。

寡婦跟女兒承諾會助她一臂之力，一半是她們憐憫這位不幸的棄婦，一半是愛蓮娜先給了她們一袋錢作為訂金，答應事成之後再給付她們酬勞，所以她們願意站在她的立場替她著想。當天，愛蓮娜找人將自己的死訊傳給柏川姆，希望他接獲死訊時，會以為自己恢復自由身，可以儘管另尋新歡，如此一來他就會向喬裝成黛安娜的愛蓮娜求婚。如果她能同時取得那枚戒指跟婚約，對未來應該有些助益。

當晚，夜幕已降，柏川姆獲准進入黛安娜的閨房，愛蓮娜早已做好接待他的準備。他對愛蓮娜百般恭維，情話綿綿，聽在她耳裡聲聲珍貴，儘管她知道那是說給黛安娜聽的。柏川姆對她十分滿意，鄭重承諾要娶她為妻，愛她至死不渝。她希望，等他日後知道當時與他相談甚歡的，正是他自己的妻子，正是他鄙視的愛蓮娜，眼前這番承諾就會落實為真正的感情。

柏川姆從不曉得愛蓮娜是多麼明理的女子，要是知道，或許就不會這麼看輕她。而且天天見面，反而完全忽略了她的美貌。人在初次見到某張臉時，通常就能判斷對方的長相是美麗或平庸，一旦經常看，習慣成自然，就失去了這種美醜立判的直覺。對於愛蓮娜的聰明才智，柏川姆也無從判斷起，因為她的態度向來在恭敬中含藏情意，在他面前總是少言寡語。但是現在，她未來的命運如何、愛情計策能否有圓滿結局，似乎都取決於她今晚的會面，取決於能否在柏川姆心上留下美好的印象。她絞盡腦汁討他歡心，她談吐活潑，散發單純的優雅，儀態可親又甜美，讓柏川姆為之傾心，發誓一定要娶她為妻。愛蓮娜求他致贈手上的戒指，作為傳情的信物。他就把戒指給她了。擁有這枚戒指，對她而言無比重要，她將國王賜予的戒指送給他當作回禮。黎明之前，她就催促柏川姆離開，他立即啟程返回母親的家。

愛蓮娜說服寡婦跟黛安娜陪同她前往巴黎，為了徹底實現她的計策，她還需要母女倆進一步的幫忙。她們一行人抵達巴黎時，發現國王出宮走訪胡西雍伯爵的居所，愛蓮娜於是全速追隨國王的腳步前去。

國王依然十分健朗，當初愛蓮娜治癒了他的病，他心中猶存感激，一見到胡西雍伯爵夫人就談起愛蓮娜。他說伯爵夫人的兒子實在愚不可及，竟然弄丟了愛蓮娜這顆寶貴的珍珠。伯爵夫人原本就真心為愛蓮娜的死哀悼，國王眼見這個話題平添伯爵夫人的哀痛，於是便說：「我的好夫人啊，我已經原諒一切，也遺忘一切了。」

和藹的老拉佛也在場，看到自己疼愛的愛蓮娜如此輕易就遭人忘卻，簡直無法忍受，於是說：「我不得不說，那個年輕伯爵嚴重冒犯了陛下，也冒犯了他的母親跟夫人，不過，他最對不起的是自己，因為他失去了美貌豔驚四座的妻子，她的談吐聽了教人著迷，她完美無瑕，人人都希望能夠服侍她。」

國王說：「對於已經失去的，越是讚美，就讓回憶變得越可貴。唔，把他叫過來吧。」國王指的「他」就是柏川姆。柏川姆現在來到國王面前，對於過去這樣傷害愛蓮娜，表達了深沉的哀傷。國王聽了之後，看在柏川姆的先父以及令人欽佩的伯爵夫人份上，便原諒了柏川姆。可是，國王一見柏川姆手上戴的戒指，正是他賜給愛蓮娜的那枚，慈祥的面容幡然一變。國王記得當初愛蓮娜收下那枚戒指時，當場對著天上的聖人發誓，絕不讓這枚戒指離身，除非遭逢劫難，才會派人將戒指送回國王身邊。國王質問那枚戒指的來歷，柏川姆信口編了個荒唐故事，說是某個女士從窗口扔出來送他的。他說從結婚那天之後就不曾再見過愛蓮娜。國王知道柏川姆有多麼厭惡自己的妻子，深怕他早已下毒手害死她。

國王命令守衛把柏川姆抓起來，並說：「我滿腦子不祥的念頭，我怕愛蓮娜可能被謀害了。」就在那時，黛安娜跟她母親走了進來，向國王呈上訴狀，說柏川姆曾經鄭重向黛安娜許下婚約，母女倆懇請國王施展王權、主持公道，強迫柏川姆跟黛安娜成親。柏川姆怕國王震怒，連忙矢口否認曾經許下這樣的諾言，接著黛安娜拿出戒指（愛蓮娜事先交到她手中），證明所言句句屬實。黛安娜說，柏川姆立誓娶她的時候送了這枚戒指給她，當時她也回贈柏川姆一只戒指，就是柏川姆此時戴在手上的那個。聞此，國王下令守衛也把黛安娜押起來，因為針對這枚戒指的來歷，黛安娜跟柏川姆兩人的說法有出入，更加坐實了國王的懷疑。國王說，如果他們不把怎麼取得愛蓮娜戒指的過程從實招來，就判處他們死刑。黛安娜請國王批准她母親將販售這枚戒指的珠寶商找來。國王准許了，寡婦走出去，不久就帶著愛蓮娜進來。

好伯爵夫人看著兒子遭逢危難，原本兀自默默傷懷，甚至害怕兒子可能真的涉嫌殺害了妻子。她向來把愛蓮娜當成親生女兒來疼愛，一看到親愛的愛蓮娜還活得好好的，實在喜不自勝。國王喜出望外，不敢相信愛蓮娜就在眼前，於是說：「我眼前這位真的是柏川姆的妻子嗎？」

愛蓮娜覺得柏川姆還不承認自己是他妻子，於是答道：「不，我陛下，我不是，您看到的只是某個妻子的影子，空有虛名，毫無實質。」

柏川姆喊道：「有名也有實啊，兩者皆具！噢，請原諒我！」

「噢，我的夫君，」愛蓮娜說，「我假扮成這位美麗姑娘跟你私會時，發現你其實很深情，看，這就是你的那封信！」她用歡喜的語調唸出曾經悲痛地再三咀嚼的字句。等妳拿到我手上的戒指……「我辦到了，還是你親手交給我的。既然我贏得了你加倍的愛，你願意成為我的丈夫嗎？」

柏川姆回答：「如果妳可以證明，那天晚上跟我談話的就是妳，我就永遠深深愛著妳。」有寡婦跟黛安娜陪著愛蓮娜前來，要證明這件事並不困難。愛蓮娜曾經替國王效勞治病，國王真心看重她；黛安娜又親切地幫忙這位親愛的夫人，國王對黛安娜相當滿意，承諾要賜給她一位高貴的丈夫。愛蓮娜的故事給了國王靈感，凡是對於立下功勞的美麗女子，有個方式很適合用來酬謝她們，那就是賜給她們丈夫。

就這樣，愛蓮娜終於確定，父親留給她的寶藏確實受到了天上吉星的祝福，因為她現在是親愛柏川姆鍾愛的妻子，是她高貴女主人的媳婦，最後也成了胡西雍伯爵夫人。

終成眷屬　人物關係表

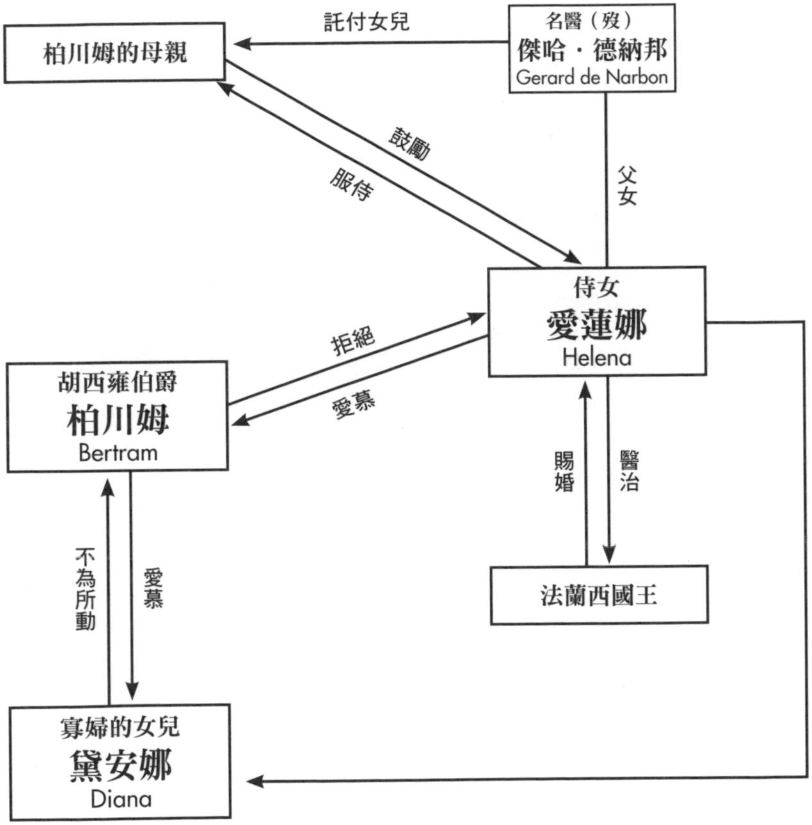

託付女兒
柏川姆的母親
名醫（歿）
傑哈・德納邦
Gerard de Narbon
鼓勵
服侍
父女
侍女
愛蓮娜
Helena
拒絕
愛慕
胡西雍伯爵
柏川姆
Bertram
賜婚
醫治
假扮
法蘭西國王
不為所動
愛慕
寡婦的女兒
黛安娜
Diana

終成眷屬

All's Well That Ends Well

屬性：喜劇

創作年代：一六〇二至一六〇三年

關於終成眷屬：

＊此劇源自薄伽丘的《十日談》，是莎士比亞劇作中知名度較低的作品。

＊此劇屬於莎士比亞「問題劇」（problem plays）之一。莎士比亞問題劇這個概念由十九世紀英國學者博厄斯（Frederick S. Boas）提出，認為莎劇中有些劇的主軸並不明顯，無法簡單分類為悲劇、喜劇、傳奇劇等。他當時以《特洛伊羅斯與克瑞西達》（*Troilus and Cressida*）、《一報還一報》以及《終成眷屬》這三劇為例。後來其他學者又將《威尼斯商人》、《雅典的泰門》及《冬天的故事》加入莎士比亞問題劇的之列。

＊許多批評家認為此劇收尾有失水準，因為男主角柏川姆的態度驟變，接受了女主角愛蓮娜。有一說是劇本有缺漏，也有一說是結局注定這麼突然，才能維持麻雀變鳳凰這個主旋律。

馴悍記

The Taming of the Shrew

My tongue will tell the anger of my heart,
Or else my heart concealing it will break.

我這一肚子的氣惱，
要是再不讓我的嘴把它發泄出來，
我的肚子也要氣破了。

——凱瑟琳，第四幕，第三場

潑婦凱瑟琳是帕度亞一位富紳貝提斯塔的長女。她性格難以駕馭、脾氣相當火爆，吵起架來嗓門特別大，在帕度亞，人人都叫她潑婦凱瑟琳。看來這位小姐要找個男人娶她為妻，可能性不只是很低，簡直比登天還難。凱瑟琳的妹妹碧安卡性情溫柔，眾多條件優渥的男士都前仆後繼過來提親，但貝提斯塔總以長女尚未出嫁為由，遲遲不願批准那些男士對年輕碧安卡展開追求，因此承受了不少指責。

正巧有個名叫彼崔修的男士為了物色妻子，特地來到帕度亞。他聽到凱瑟琳脾氣火爆的傳聞卻毫不退縮。聽說她家境富裕、長相姣好，於是決心迎娶這位有名的悍婦，加以馴服，調教成易於駕馭的溫順妻子。說真的，這種艱鉅的任務除了彼崔修，也找不到更適合的人選了。除了跟凱瑟琳一樣活力旺盛，彼崔修機智詼諧、開朗幽默，加上智慧過人，深具判斷力。他很清楚在心平氣和的時候，該怎麼裝出激烈跟狂暴的舉止，本性無憂無慮又平易近人的他，還會因為自己故作氣憤的模樣暗地開心竊笑。成為凱瑟琳的丈夫以後，他老是裝出喧囂吵嚷的態度，說到底只是鬧著玩的；更貼切的說法是，他的洞察力敏銳，知道如果要以其人之道還治其人之身，只有同等程度的火爆激烈，才壓得過性格火爆激烈的凱瑟琳。

於是，彼崔修前去追求悍婦凱瑟琳。他先向她父親貝提斯塔提出請求，希望能追求溫柔的女兒凱瑟琳——彼崔修故意這麼叫。他戲謔地說他對凱瑟琳的靦腆端莊跟溫順舉止早有耳聞，特地從維洛那過來向她傳情示愛。她父親雖然滿心希望把她嫁出去，但也不得不坦承女兒的性格跟彼崔修的描述出入頗大。這番話才剛說出口，彼崔修就見識到凱瑟琳實際上「溫柔」到什麼程度，她的音樂老師衝進房間抱怨學生，也就是那個溫柔的凱瑟琳，不滿老師居然膽敢挑剔她的演奏技巧，竟然一把抄起魯特琴砸傷老師的腦袋。

彼崔修聽到這件事，就說：「好個勇敢的姑娘，這麼一來我更愛她了，真想跟她聊一聊。」為了催促老先生給個肯定的答覆，彼崔修說：「貝提斯塔先生，我的時間有點緊迫，沒辦法天天過來追求您的千金，您認識我父親，他過世了，土地跟財產都留給我繼承。請告訴我，如果我贏得您女兒的芳心，您打算給她多少嫁妝呢？」雖然貝提斯塔覺得彼崔修表現得有點唐突魯直，但很高興有機會把凱瑟琳嫁出去，於是答說他願意拿兩萬克朗當嫁妝，死後會再分她一半的資產。於是這樁古怪的婚事三兩下就拍板定案了，貝提斯塔去通知他那個潑辣的女兒，說有人來向她求婚了，要叫她進來聽聽彼崔修的愛情告白。

於此同時，彼崔修在心裡盤算應該用哪種方式展開追求。他說：「她過來的時候，我要精神煥發地向她示愛。如果她開口痛罵我，我就會說她唱起歌來跟夜鶯一樣甜美動聽。如果她蹙眉瞪眼，我就會說她看起來跟沾滿朝露的玫瑰一樣純淨。如果她不願開口說話，我就會稱讚她口才便給。如果她催促我離開，我就會向她致謝，彷彿她邀我留訪一周。」

此時，凱瑟琳神氣十足走了進來，彼崔修率先開口對她說：「早安啊，凱特，聽說妳就叫這個名字。」

凱瑟琳不喜歡這種平淡直率的問候，於是態度鄙夷地說：「跟我講話的人，一律稱呼我凱瑟琳。」

「妳說謊，」追求者說，「妳明明就叫率直的凱特，還有漂亮的凱特，有時候還叫潑婦凱特。可是啊，凱特，妳是整個基督教王國裡最美的凱特，不管到哪個城鎮，都會聽到有人讚美妳性情溫順。我這回過來就是為了向妳求婚，請妳做我的妻子。」

這個求婚的情景頗為怪異。凱瑟琳怒氣沖沖高聲罵不停，讓彼崔修知道「潑婦」的稱號可不是浪得虛名，他則是稱讚她遣詞用字甜美有禮。最後聽到她父親就要過來，彼崔修有意儘早完成求婚任務，於是說：「甜美的凱瑟琳，我們先把閒聊擱在一邊，妳的嫁妝都談妥了，不管妳願不願意，我是娶定妳了。」

此時，貝提斯塔走了進來。彼崔修告訴他，他女兒深情款款接待了他，而且答應下星期天跟他成婚。凱瑟琳矢口否認，說星期天她寧可看到彼崔修受絞刑吊死，接著痛斥父親竟然要把她嫁給彼崔修這種魯莽衝動的無賴。彼崔修希望她父親不要在意她說的氣話，因為他倆事先約定好，她會在父親面前表現出欲拒還迎的猶豫模樣，可是一等兩人獨處，彼崔修就發現她非常溫柔多情。他對凱瑟琳說：「把妳的手給我，凱特，我要去威尼斯幫妳打點婚禮用的精美服飾。岳父，請您準備好婚宴，邀請賓客出席。我一定會把戒指跟華服美飾帶回來，把凱瑟琳打扮得美麗動人。吻我吧，凱特，我們星期天就要結婚了。」

到了星期天，前來參加婚禮的賓客都到了，可是枯等半天，彼崔修遲遲沒出現，凱瑟琳以為彼崔修捉弄了她，一時氣急攻心便哭了出來。最後他終於出現，可是他說話不算話，答應替凱瑟琳張羅的婚紗飾物，一件也沒帶來。他打扮得也不像新郎倌，一身毫不搭調的奇裝異服，好像刻意要拿結婚這樁正經事來開玩笑，他的僕人跟坐騎也打扮得邋遢古怪。

不管別人怎麼勸說，彼崔修就是不願換裝，他說凱瑟琳嫁的對象是他，不是他的衣服。大家發現跟他爭辯是白費力氣，於是成群移駕前往教堂。到了教堂，他還是表現得瘋瘋癲癲，牧師問彼崔修願不願意娶凱瑟琳為妻，他扯高嗓門宣誓願意，牧師嚇了一大跳，聖經摔落在地。牧師彎身撿拾，這個瘋頭瘋腦的新郎卻敲了牧師一記，害得牧師連人帶聖經跌落在地。婚禮期間，彼崔修使勁頓腳、高聲叫囂，連高傲成性的凱瑟琳都害怕得瑟瑟發抖。儀式結束之後，大家還在教堂，彼崔修就喚人端酒上來，高聲舉杯祝大家身體康泰，然後把杯底一塊吸飽酒液的麵包扔在教堂司事的臉上，他唯一的解釋是，司事的鬍子單薄稀疏，一副想討酒杯裡那塊麵包吃的模樣。這場瘋狂的婚禮真是前所未見，不過，彼崔修的無理取鬧全是裝出來的，純粹為了實現馴服悍妻的計畫。

貝提斯塔準備了盛大奢華的婚宴，可是他們從教堂回來以後，彼崔修卻一把抓住凱瑟琳，宣布要立刻帶妻子回家。不管岳父怎麼抗議，不管暴怒的凱瑟琳罵了多少氣話，他依然一意孤行。他說作丈夫的有權隨意處置妻子，於是就催著凱瑟琳啟程。他一副無所顧忌又堅定的模樣，任誰也不敢攔住他。

彼崔修刻意為妻子挑了匹可憐兮兮、瘦弱無力的馬，給她當坐騎，他跟僕人的坐騎也好不到哪裡去。他們沿途走的路要不是坑坑巴巴，不然就是泥濘滿地，凱瑟琳的馬身負重擔，幾乎寸步難行，但是馬兒只要一踉蹌，彼崔修就對筋疲力盡的可憐畜生大發雷霆、臭罵一頓，彷彿他是全天下脾氣最火爆的男人。

在這趟令人疲憊的旅程上，凱瑟琳滿耳淨是彼崔修對僕從跟馬匹的瘋狂謾罵，他們最後終於到家。彼崔修親切地迎她進門，卻暗地打定主意那晚絕不讓她好好休息跟用餐。餐桌早已布置妥當，不久僕人就端來晚餐，可是彼崔修故意對每道菜都挑三揀四，把食物丟得滿地都是，最後還命令僕人把飯菜全數撤除。他說，他這樣做都是出於對凱瑟琳的愛，捨不得讓她吃沒料理好的餐點。凱瑟琳又累又餓，索性回房休息，彼崔修卻對床鋪吹毛求疵，把枕頭跟被褥丟得整個房間都是，她不得不移駕到椅子那裡，但是只要不小心打了個瞌睡，就立刻被丈夫的大嗓門吵醒。丈夫對僕人破口大罵，怪他們沒把新婚妻子的床鋪打理好。

隔天，彼崔修故技重施，他還是對凱瑟琳好言好語，可是每當她動手用餐的時候，他就對她眼前的餐點東挑西揀，就跟前一天的晚餐那樣，把早餐扔得滿地都是。連高傲的凱瑟琳也不得不懇求僕人，偷偷拿點吃的來給她。可是，因為彼崔修事先吩咐過僕人，他們也不敢背著主人給她什麼。

「啊，」她說，「難道他娶我進門，就是為了把我活活餓死嗎？連到我父親門前討飯的乞丐，都能得到施捨。我這輩子從來沒開口跟人求過什麼，這會兒卻因為沒得吃，飢腸轆轆，因為沒得睡，頭昏眼花。咒罵聲吵得我睡不著覺，耳邊聽到的都是吼叫咆哮。最氣人的是，他竟然好意思說，這麼做全都是因為愛我。說得好像只要我補了眠還是吃了東西，馬上就會一命嗚呼似的。」

彼崔修走進房裡，打斷了這段獨白。他原本就無意讓她受苦挨餓，這會兒帶了點食物來，並對她說：「我甜美的凱特，一切都好嗎？喏，親愛的，看我這人有多勤快，親手替妳料理了吃的來。我的這番好意，妳一定是滿心感激吧。怎麼，一聲也不吭？欸，既然妳不愛這份菜餚，那我是白費工夫了。」

於是吩咐僕人把這盤菜餚撤走。極度的飢餓挫了凱瑟琳的傲氣，她嚥下怒火，咬牙說道：「求你把餐點留著吧。」

可是，彼崔修要她做到的還不只如此。他回答：「即使是最微不足道的服務，也應該得到感謝，所以妳碰這道菜餚以前，也要先向我道謝才對。」

聞此，凱瑟琳勉為其難說了：「感謝你，老爺。」現在他終於准她稍微吃點東西了。他說：「希望吃點東西會對妳溫柔的心有無窮的益處，凱特。吃快點！好了，我的可人兒，我們要回妳父親家了，我們要打扮得跟他們當中最富貴的人一樣體面，絲綢袍子跟帽子，金戒指、皺領、圍巾、香扇一應俱全，無論什麼都要有兩套可以替換。」

彼崔修為了讓凱瑟琳相信，自己真的打算為她添置這些漂亮行頭，便把裁縫跟縫紉用品商叫來，帶來了他替凱瑟琳訂購的新布匹。她還吃不到半飽，他就要僕人把盤子收走，並說：「欸，總算吃飽了吧？」

縫紉用品商呈上一頂帽子並說：「這是大人您預訂的帽子。」

聞此，彼崔修又發了一頓脾氣，說那頂帽子簡直就像用吃麥片粥的碗當模子做出來的，沒比貝蛤或是胡桃殼大，他要縫紉用品商把帽子拿走，拿尺寸大一點的過來。

凱瑟琳說：「我想要這頂，現在的淑女流行戴這樣的帽子。」

「等妳成了淑女再說，」彼崔修回答，「到時妳也可以戴一頂，現在還不行。」

凱瑟琳吃了點東西以後，委靡的精神稍微提振起來，於是回說：「哎，老爺，我想我有發言的權利，所以我就是要說：我不是個孩子，更不是個娃兒，比你優秀的人過去都耐著性子聽我發表意見，要是你受不了，最好把耳朵塞起來。」

幸運的是，彼崔修早就找到了更好的招數來調教妻子，省去跟她吵嘴的工夫，那就是把這些氣話當成耳邊風。他這樣回答：「欸，妳說得沒錯，這頂帽子的確差勁，妳看不上這頂帽子，我反倒更愛妳。」

「愛不愛我隨你便，」凱瑟琳說，「我喜歡這頂帽子，我就要這頂，其他的都不要。」

「妳說妳想看看禮服啊。」彼崔修說，繼續假裝誤會她的意思。裁縫走上前來，把專門為凱瑟琳訂作的精美禮服拿給她看。彼崔修原本就打定主意，帽子或禮服都不給她，於是照樣對禮服百般挑剔。「噢，我的老天！」他說，「這是什麼鬼東西啊！什麼，你說這叫袖子？簡直像大砲嘛，袖子上頭的切口就像蘋果派皮表面的切縫。」

裁縫說：「是您要我按照時下的風尚做的啊。」凱瑟琳表示，她從沒見過設計得這麼出色的禮服。對彼崔修來說，聽到這句話就足夠了。他早已暗地交代手下跟裁縫、縫紉用具商說，貨款會照付無誤，請他們諒解自己受到的奇怪待遇。

他惡言惡語、動作火爆，將裁縫跟縫紉用具商轟出房間，然後轉頭對凱瑟琳說：「唔，來吧，我的凱特，我們就穿身上這套簡單家居服，上妳父親家去吧。」然後他囑人備馬，說現在才七點，肯定能趕在午餐之前抵達貝提斯塔的家。可是，他說這番話的時候，並非清晨七點，而是中午了。

凱瑟琳幾乎快被他囂張的氣焰給征服了，於是用謙遜的語氣斗膽開口：「我敢向你保證，老爺，現在都下午兩點了，等我們到的時候，都是晚餐時間了。」可是彼崔修就是希望她可以徹底順服，不管他說什麼，她都要隨聲附和，才要帶她回父親身邊。彷佛太陽由他主宰，連時間也任他指揮似的，他說，除非隨他高興說現在是什麼時候，就是什麼時候，否則他就不動身。他說：「不管我說什麼或做什麼，妳老是要唱反調，今天不去了。等我要走的時候，我說幾點，就是幾點。」彼崔修想等到他把凱瑟琳的高傲脾性調教成百依百順，讓她連「唱反調」這個詞都不敢想起來，才要放她回父親家，所以凱瑟琳不得不實踐不久前才學會的服從。即使他們已經上路，要往她父親家去了，她還是有再次被迫回頭的危險，只是因為他在正午大讚月亮多麼皎潔明亮，凱瑟琳卻不巧出口暗示那是太陽。

「好了，以我母親的兒子──也就是我，來起誓，」他說，「那是月亮，或星星，我高興說那什麼，就是什麼，不然我就不去妳父親家。」

接著他作勢要回頭，可是凱瑟琳已經不再是悍婦凱瑟琳，而是服從依順的妻子，她說：「我們還是繼續往前走吧，求求你，我們都走這麼遠了，不管是太陽還是月亮，你高興說什麼就是什麼，如果你從現在起想把它叫成茶燭，我發誓也會跟著這麼叫。」

他決心證明她此話不假，於是又說：「我說啊，那是月亮吧。」

「我知道那是月亮。」凱瑟琳說。

「妳胡說，明明是太陽。」彼崔修說。「那就是太陽。」

凱瑟琳回答：「你說不是太陽，就不是太陽。你說是什麼，就是什麼，凱瑟琳也永遠覺得是什麼。」

這會兒，他准許她繼續上路了，可是為了測試她柔順的性情能否持久，途中遇到一位老紳士的時候，彼崔修就硬是把對方當成年輕姑娘一樣，向對方打招呼說：「早安啊，年輕小姐。」然後問凱瑟琳是否看過更窈窕的淑女，接著稱讚老人家的臉頰白裡透紅，還將老人的雙眼比為兩顆天上的明星。彼崔修再次對老人家說：「美麗可愛的姑娘，再跟妳道一次早安！」然後對妻子說：「甜美的凱特，她長這麼美，給她一個擁抱吧。」

現在對丈夫俯首帖耳的凱瑟琳連忙按照丈夫的意思去做，對老紳士說了同樣的話。她對老紳士說：「含苞待放的年輕姑娘啊，妳長得真標致，純潔又甜美。妳要上哪兒去呢？妳府上在哪裡？生出這麼漂亮的孩子，妳父母真有福氣啊。」

「哎，老天啊，凱特，」彼崔修說，「妳該不會是腦袋壞了吧。這明明是個男人，上了年紀，滿臉皺紋，衰老又乾癟，哪是妳說的什麼俏姑娘啊。」

聞此，凱瑟琳連忙說：「請見諒，老紳士，陽光亮晃晃，照得我的眼睛都花了，看什麼都好像很年輕。這會兒我看清楚了，您是上了年紀的紳士，我剛剛錯得好離譜，希望您能原諒我。」

「請原諒她，好心的老爺爺，」彼崔修說，「您要往哪裡去呢？要是同個方向，我們很樂意與您結伴同行。」

老紳士回答：「啊，先生跟這位機靈的夫人，跟你們的這場奇遇讓我很驚奇。我叫文謙修，要去拜訪住在帕度亞的兒子。」這一來，彼崔修就知道老紳士是路森修的父親，路森修就是要跟貝提斯塔小女兒碧安卡結婚的年輕紳士。彼崔修告訴文謙修，他兒子要娶的是個富家女，讓文謙修心情大好。他們愉快地結伴同行，最後來到貝提斯塔的家。眾人聚集一堂，準備慶祝碧安卡跟路森修的婚禮，貝提斯塔把凱瑟琳嫁出去以後，就欣然同意了碧安卡的這門親事。

他們一踏進屋裡，貝提斯塔就歡迎他們來參加婚宴，在座還有另一對新婚夫妻。

碧安卡的丈夫路森修，跟另一個新婚男性霍坦修，忍不住暗暗拿彼崔修的妻子來開玩笑，暗示她個性潑辣刁蠻。這兩個深情的新婚男人選了性情柔順的女性當妻子，似乎都極為滿意，於是取笑彼崔修的運氣沒有他們好。彼崔修原本不大在意這些玩笑話，最後女士們在晚餐過後都退席了，他卻看到老丈人貝提斯塔竟然跟著那兩個新婚丈夫一同起鬨嘲笑他。彼崔修信誓旦旦說，他妻子會比他們兩人的妻子更順服。

凱瑟琳的父親卻說：「欸，說真的，賢婿彼崔修啊，你的妻子恐怕是我們當中最潑辣的一個。」

「唔，」彼崔修說，「才不呢，為了證明我講的是實話，我們來打個賭吧。我們各自派人去叫妻子過來，誰的妻子最聽話，來得最快，那個人就算贏了。」另外兩個丈夫欣然表示同意，他們信心十足，認為自己的溫柔妻子一定會比倔強的凱瑟琳更聽話。他們提議賭二十克朗，可是彼崔修快活地說，他平常在獵鷹或獵犬身上下注的就已經是這個價碼，這次拿他的妻子來打賭，應該加碼二十倍才說得過去。

路森修跟霍坦修把賭金拉高到一百克朗之後，路森修便派僕人去找碧安卡過來。可是僕人回來通報說：「老爺，夫人說她有事，沒辦法過來。」

「什麼？」彼崔修說，「她竟然說有事沒辦法來？做妻子的可以這樣回答嗎？」他們都笑他說，只怕凱瑟琳會給他更難堪的答案。現在輪到霍坦修派人去喚妻子過來。霍坦修對僕人說：「去吧，請夫人過來找我。」

「哎唷，要她來，還得用『請』的啊！」彼崔修說，「欸，那她非過來不可了吧。」

「先生，我還怕你的夫人連『請』都請不來呢。」

可是，等僕人回來，身旁卻不見女主人的蹤影時，這位彬彬有禮的丈夫有點不知所措，於是對僕人說：「什麼！夫人呢？」

僕人說：「老爺啊，夫人說，您一定是想玩什麼把戲，就不過來了。她還要您過去找她呢。」

彼崔修說：「還真是每下愈況啊！」他在派出僕人前還說：「喂，去找夫人，告訴她，我命令她過來找我。」

這群人都還來不及去想她到底會不會聽令前來，貝提斯塔就已經詫異地驚呼：「哎呀，天哪，凱瑟琳竟然來了！」

她走進來，溫順地對彼崔修說：「老爺啊，你叫我來有什麼事呢？」

「妳妹妹跟霍坦修的太太呢？」他說。

凱瑟琳答道：「她們這會兒就坐在客廳的壁爐邊閒聊呢。」

「去把她們帶過來！」彼崔修說。凱瑟琳沒還嘴就遵照丈夫的吩咐行事。

「說到奇蹟，」路森修說，「這才是奇蹟啊。」

「真的是奇蹟，」霍坦修說，「我真好奇，這代表了什麼呢？」

「告訴你們，這就代表了和平相處，」彼崔修說，「還有恩愛、寧靜的生活，以及以尊重為基礎的權威，總之呢，就是甜美又幸福的一切。」

凱瑟琳的父親看到女兒判若兩人，欣喜若狂，於是說：「願你福星高照啊，賢婿彼崔修！這場賭局你贏了，她簡直就像脫胎換骨，我覺得好像多嫁了個女兒似的，我要額外加碼兩萬克朗當她的嫁妝。」

「等等，」彼崔修說，「我想贏得更漂亮，我想讓各位多見識一下她最近學到的美德跟順從。」凱瑟琳現在帶著兩個女士進來了，他繼續說：「看看她來了，靠著女人家的道理，押著你們任性的妻子進來了。凱瑟琳，那頂帽子妳戴了不好看，把那不值錢的東西拿下來，丟到地上去。」凱瑟琳立刻摘下帽子，扔到地上。

「天啊！」霍坦修的妻子說，「希望我永遠都不會陷入這種窘境！」

碧安卡也說：「嘖，這種蠢事哪能叫做盡本分啊？」

聞此，碧安卡的丈夫對她說，「我還真希望妳也能盡盡愚蠢的本分！美麗的碧安卡，妳就是太聰明，害我在晚餐過後就輸了一百克朗。」

「拿我的本分來下賭注，」碧安卡說，「你就更蠢了。」

「凱瑟琳，」彼崔修說，「我要妳訓訓這兩個倔強的女性，告訴她們對夫君跟丈夫該盡什麼本分。」教大家都驚訝的是，這個洗心革面的悍婦竟然振振有詞，稱頌妻子的本分就是順服，就像她對彼崔修的旨意百依百順。凱瑟琳再次名揚帕度亞，這次可不是因為悍婦凱瑟琳這個稱號，而是因為她是帕度亞這座城市裡最順服也最守本分的妻子。

馴悍記　人物關係表

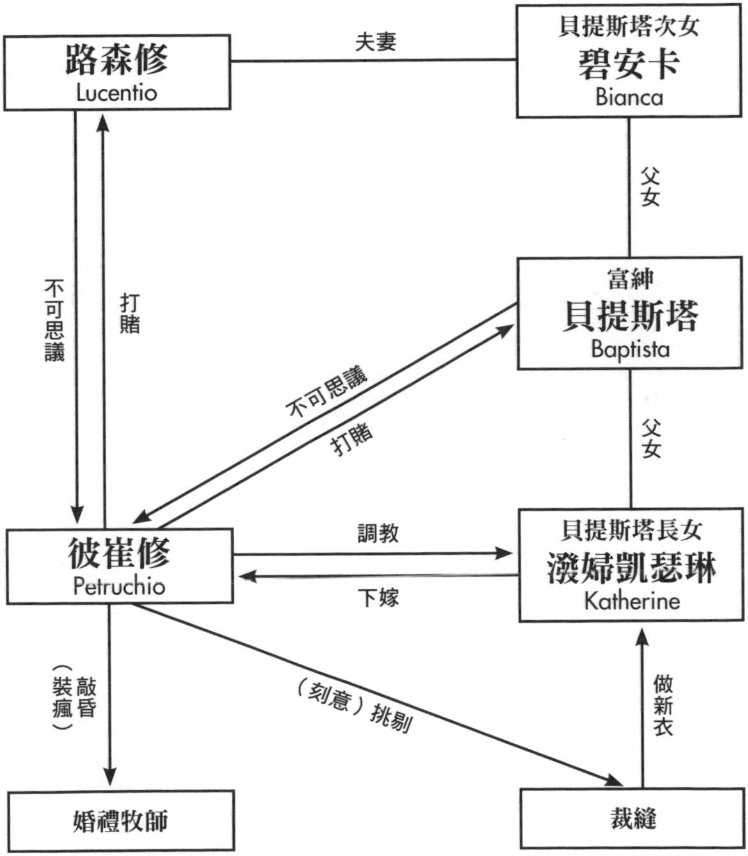

路森修
Lucentio
夫妻
貝提斯塔次女
碧安卡
Bianca
父女
不可思議
打賭
富紳
貝提斯塔
Baptista
不可思議
打賭
父女
彼崔修
Petruchio
調教
下嫁
貝提斯塔長女
潑婦凱瑟琳
Katherine
敲昏
（裝瘋）
（刻意）挑剔
做新衣
婚禮牧師
裁縫

馴悍記

The Taming of the Shrew

屬性：喜劇

創作年代：一五九〇至一五九四年

關於馴悍記：

- 此劇的劇情到今日引起了許多的性別及婚姻議題討論，尤其是結尾被認為嚴重貶抑女性。但在莎士比亞時代受到廣大歡迎。
- 據說此劇部分出自《一千零一夜》（十八世紀以後才有英譯本，但莎士比亞也可能經由口耳相傳聽過當中故事），以及文藝復興時期詩人魯多維奇．亞利歐斯多（Ludovico Ariosto）的作品《偽裝者》（*I Suppositi*）。
- 曾改編為歌劇、音樂劇、芭蕾歌劇等多種形式。一九四八年，美國作曲家柯爾．波特（Cole Porter）將此劇改編成音樂劇《吻我，凱特》（*Kiss Me, Kate*），大受歡迎，也獲得東尼獎等眾多獎項。最廣為人知的芭蕾舞劇版本則是德國編舞家克蘭科（John Cranko）於一九六九年的版本。
- 影視改編作品相當多，最知名的包括一九六七年的同名電影，由伊莉莎白．泰勒（Elizabeth Taylor）以及李察．波頓（Richard Burton）主演。一九九九年改編成青少年喜劇電影《對面惡女看過來》（*10 Things I Hate About You*），二〇〇三年則改編成現代背景的電影《調戲恰查某》（*Deliver Us from Eva*），二〇〇八年改編成韓國電影《不良少婦》。

錯中錯

The Comedy Of Errors

A wretched soul, bruised with adversity,
We bid be quiet when we hear it cry;
But were we burdened with like weight of pain,
As much or more would we ourselves complain.

聽見別的苦命人在惡運折磨下，
哀痛地呼喊，我們說：「算了，靜些吧！」
但是輪到我們遭受同樣的欺凌，
我們的呼天搶地准比他們更凶。

——————艾卓安娜，第二幕，第一場

敘拉古跟以弗所兩個城邦水火不容，於是以弗所制訂了一條殘酷的法律，規定敘拉古的商人只要在以弗所的城內被發現，除非付得出一千馬克的贖金，不然就會被判處死刑。

來自敘拉古的老商人伊勤在以弗所的街上被人發現，於是被押到公爵面前，看看是要繳交大筆罰款，或是接受死刑的判決。

伊勤付不出罰金，公爵在判死刑以前，要伊勤先說說自己的身世，同時也要他好好解釋，明知敘拉古商人只要踏進以弗所城就難逃死劫，為何還要鋌而走險。

伊勤說，死不足懼，因為憂傷已經讓他厭倦了生命，可是強迫他敘述命運多舛的一生，這要比什麼都來得艱難。接著便娓娓說起自己的故事：

「我在敘拉古出生，從小學習怎麼經商，後來娶妻成家，過著非常幸福的生活，可是為了生意，不得不到埃皮丹去，在那裡停留了半年。後來發現必須停留更久，就派人通知妻子過來。她到了不久就生下兩個兒子，怪的是，他們兩個長得好像，根本分不出來。我妻子住的那家客棧裡，有個窮女人也生了一雙兒子，這對孩子也跟我兒子一樣，相像到難以分辨。這兩個孩子的父母一窮二白，所以我買下這雙男孩，養大了好伺候我家兒子。

「我的兩個兒子長得很俊秀，我妻子很以他們為豪，天天巴望回家鄉去。最後我勉強同意了，我們上了船，搭船的時辰一定很不吉利，因為我們才離開埃皮丹不遠，海上就掀起一場恐怖的暴風雨，風狂雨急，水手眼看著大船無力回天，就爭先恐後擠進救生艇逃命去，把我們扔在大船上不管。狂風暴雨隨時都會摧毀整艘船。

「我妻子哭個不停，寶寶們可憐兮兮地哭哭啼啼，他們原本不懂得害怕，可是看到母親哭，也跟著哭。我雖然不怕死，卻替他們感到恐懼，我挖空心思只想保護他們的安全。我把小兒子綁在備用的小桅杆上，航海的人遇到暴風雨撲襲時就會這樣做。我把孿生奴僕裡比較小的那個綁在桅杆的另一端。同時，我指示妻子怎麼把另外兩個孩子綁在另一根桅杆上。兩個大孩子由她照顧，兩個小的交給我看管，我們分頭把自己綁在孩子們的桅杆上。要不是用了這個辦法，早就葬生海底了，因為這艘船後來撞上大礁石，砸得粉碎。我們緊緊攀住細長的桅杆，藉由浮力，在水面上漂游。我要照顧兩個孩子，無力去幫忙妻子，她不久就跟另外兩個孩子越漂越遠。不過，他們還在我視線範圍內的時候，就被來自科林斯的漁船救走了，我想是科林斯沒錯。看到他們安全獲救之後，為了保住親愛的小兒子跟小奴僕的命，我全心全意跟狂浪搏鬥。最後，有一艘船把我們救了起來，船上水手認識我，就殷勤地迎接並協助我們，讓我們安全返回敘拉古。可是從那個悲傷的時刻起，就再也沒有妻子跟大兒子的消息。

「我身邊只剩小兒子了。他長到十八歲的時候，對母親跟哥哥的事情非常好奇，常常纏著我讓他帶著侍從，就是同樣失去哥哥的小奴僕，一起去找母親跟哥哥。最後我勉為其難答應了。我心裡雖然急著想得到妻子跟大兒子的消息，可是派小兒子去找他們，得冒著也會失去他的風險。小兒子離開我身邊已經七年，這五年來，我走遍全世界就是為了找他。我去過希臘最偏遠的角落，也踏遍了整個亞洲，最後再沿著海岸往回走，就是不想放過任何有人跡的地方，所以才在以弗所上岸。可是，我的人生今天不得不畫上句點了，要是死前能夠確定妻子跟兒子都還活著，那麼我死也甘心啊。」

倒楣的伊勤說完了自己一生的悲慘遭遇。這位不幸的父親因為對失蹤兒子的愛，面臨了天大的危難，公爵相當同情他並且說，要不是會違反法律，他非常樂意赦免伊勤，但是職責跟地位都不容許他擅自更動法律。不過，他可以暫時不照法律的嚴苛規定，立即將伊勤處死，而是寬限伊勤一天時間，找人討錢或借錢來支付罰金。

這一天的寬限對伊勤來說似乎沒多大幫助，因為在以弗所他一個人也不認識，也不大可能會有陌生人願意借他或給他一千馬克當罰款。伊勤無依無靠，也沒有獲救的希望，就在獄卒的監管下從公爵的面前退下。

伊勤以為自己在以弗所舉目無親，但就在他憂心忡忡四處尋找小兒子，最後惹上殺身之禍的同時，小兒子跟大兒子兩人其實都在以弗所城裡。

伊勤的一雙兒子不只長相跟身形一模一樣，連名字也相同，都叫安提弗勒斯。那對孿生奴僕也都叫卓米歐。伊勤的小兒子——敘拉古的安提弗勒斯，就是老人家來以弗所尋找的那個，恰好在同一天帶著奴僕卓米歐來到以弗所。他也是敘拉古的商人，面臨了跟父親相同的險境，但他運氣不錯，早早遇到了朋友，朋友說起有個敘拉古的老商人身陷險境，勸他冒充成埃皮丹的商人。安提弗勒斯同意了，聽到有個同鄉命在旦夕，覺得相當遺憾，但萬萬沒料到這個老商人正是自己的父親。

伊勤的大兒子——為了跟「敘拉古的安提弗勒斯」有所區分，非得叫他「以弗所的安提弗勒斯」不可——在以弗所已經長居二十年，生活富裕，肯定有能力支付罰金，贖回父親的性命。可是安提弗勒斯對父親的存在一無所知，他跟著母親被漁夫從海上救起來的時候，年紀還小，只記得有人保住了他的命，可是對父親或母親都毫無記憶。漁夫把安提弗勒斯、他母親還有小奴僕卓米歐救上來之後，就把兩個孩子從母親身邊帶走，打算把他們賣掉，害得這位不幸的夫人傷心欲絕。

安提弗勒斯跟卓米歐後來賣給了梅納封公爵，公爵是個赫赫有名的戰士，也是以弗所公爵的叔叔。他來以弗所拜訪姪子的時候，也把男孩們帶在身邊。

以弗所公爵對年輕的安提弗勒斯很有好感，長大以後，讓他在軍隊裡擔任軍官。安提弗勒斯在沙場上表現得極為英勇，戰功彪炳，還救了恩人公爵的命；公爵為了獎勵他的戰功，將以弗所一位富家小姐艾卓安娜賜給他當妻子。他父親來到城裡的時候，他就跟妻子住在當地，奴僕卓米歐也還在伺候他。

敘拉古的安提弗勒斯在朋友勸諫下佯裝成埃皮丹的商人，他跟朋友分別後，拿了些錢給奴僕卓米歐，要卓米歐先送去主僕倆預計下榻用膳的客棧，說自己要趁這個時間在城裡走走逛逛，看看市景，觀察風土人情。

卓米歐是個性情開朗的傢伙，安提弗勒斯覺得無趣跟憂鬱的時候，總是叫奴僕卓米歐用古怪的幽默跟滑稽的笑料，來逗自己開心，所以在言論上，他給予卓米歐更大的自由度，主僕兩人之間的談話方式比一般隨意得多。

敘拉古的安提弗勒斯把卓米歐派去辦事之後，他佇立原地片刻，思索為了尋找母親跟哥哥，孤寂地四處漂泊，不管到哪裡去，都還是找不到親人的下落。他憂愁地自言自語：「我就像大海裡的一滴水，為了要尋找另一滴水，卻在廣闊的大海中迷航。為了尋覓母親跟哥哥，我不幸迷失了自己。」

這些累人的旅程到目前為止都毫無斬獲，他正在思索的時候，卓米歐（他以為是自己的奴僕）竟然回來了。安提弗勒斯納悶卓米歐怎麼這麼快就回來，就問他把錢留在哪兒了。眼前這位，可不是他的卓米歐，而是奴僕的孿生哥哥，平時跟以弗所的安提弗勒斯住在一起。如同伊勒所說，兩個卓米歐跟兩個安提弗勒斯自幼就長得極為相像，難怪安提弗勒斯會以為回來的是自己的奴僕，還問他怎麼回來得這麼快。

卓米歐回答：「夫人要我喚您回家吃午飯。如果您不回家，雞肉就要燒焦，豬肉就要烤過頭，整套飯菜全要涼啦。」

「現在不是說笑的時候，」安提弗勒斯說，「你把錢放哪去了？」

卓米歐還是回答夫人派他來找安提弗勒斯回家吃飯。

「什麼夫人？」安提弗勒斯說。

「欸，就是大人您的妻子啊，老爺。」卓米歐回答。

敘拉古的安提弗勒斯還是光棍一個，聽到卓米歐的話簡直氣壞了，就說：「就因為我有時候跟你隨便閒扯，你才敢用這種放肆的態度捉弄我。我現在可沒心情跟你鬧著玩，錢到哪裡去了？我們在這邊人生地不熟，保管那一大筆錢可是重責大任，你怎麼敢隨便脫手？」

卓米歐以為他是自己的主人，聽到主人提到他們人生地不熟，還以為安提弗勒斯在說笑，於是快活地回答：「行行好吧，老爺，等您回家坐下來吃飯的時候再說笑吧，我唯一的責任就只有把您帶回家跟夫人、夫人的妹妹一起吃飯。」此刻，安提弗勒斯耐性盡失，出手痛打卓米歐。卓米歐跑回家跟夫人告狀，說主人不肯回家吃飯，還堅稱自己沒有妻子。

艾卓安娜是以弗所的安提弗勒斯的妻子，聽到丈夫說自己沒妻子，她氣得七竅生煙。她天生就是個醋罈子，咬定丈夫的意思一定是另尋新歡了。她焦躁不安，出於嫉妒，說了些刻薄的話，痛罵她丈夫。妹妹露西安娜勸她說，她的懷疑無憑無據，可是任憑妹妹怎麼勸說都沒有效。

敘拉古的安提弗勒斯到客棧去，發現卓米歐安安穩穩帶著錢待在那裡。一見到卓米歐，安提弗勒斯就開始斥責他剛剛隨便說笑的事。這時艾卓安娜走上前來，毫不懷疑眼前這位就是自己的丈夫，於是開始痛斥他竟然用疏遠的眼神看她——他會這樣也是情有所原，因為從沒見過發這麼大脾氣的女人。接著她告訴他，想當年結婚以前，他是多麼愛她啊，現在竟然移情別戀了。

「到底是怎麼回事？我的丈夫，」她說，「我到底是怎麼失去你的愛的？」

「妳在跟我說話嗎？美麗的女士？」安提弗勒斯吃驚地說。他告訴她，自己不是她丈夫，也才剛來以弗所兩個鐘頭而已，但全都白費唇舌，她依然堅持要他一道回家去。安提弗勒斯怎樣也脫不了身，最後只好隨著艾卓安娜回哥哥的家，跟她以及她妹妹一起用餐。她們一個稱他丈夫、一個叫他姊夫，讓他驚愕萬分，心想難道是在睡夢中成了婚，還是說此刻正在做夢。跟著過來的卓米歐，他的驚愕程度不亞於主人，因為那裡的廚娘，也就是他哥哥的妻子，一口咬定他就是自己的丈夫。

敘拉古的安提弗勒斯跟嫂嫂吃飯的時候，他哥哥，也就是正牌的丈夫，帶著奴僕卓米歐回家來吃飯了。可是家裡的僕人怎麼都不肯開門，因為夫人吩咐過，不要讓人進來打攪。主僕倆再三敲門，說他們是安提弗勒斯跟卓米歐，女僕嘲笑他們，說安提弗勒斯正在跟夫人吃飯呢，而且卓米歐也在廚房裡。主僕倆差點就把門敲破了，還是進不了家門，安提弗勒斯聽到有位男士正在跟妻子吃飯便火冒三丈拂袖而去。

敘拉古的安提弗勒斯吃完中飯之後，這位夫人依然堅持稱他為丈夫，還聽到廚娘認定卓米歐是自己的夫婿，實在教他困惑極了，一找到藉口就盡速離開這棟房子。雖然他對露西安娜很有好感，可是生性善妒的艾卓安娜讓他避之唯恐不及，卓米歐對廚房裡的美嬌娘也很不滿意。於是主僕倆對於能夠盡快從新妻子身邊逃走，都覺得相當開心。

敘拉古的安提弗勒斯一離開那棟房子，就遇上了金匠，金匠就像艾卓安娜一樣，誤以為他是以弗所的安提弗勒斯，開口叫他的名字，並且把一條金項鍊交給他。安提弗勒斯原本不肯收，說這不是他的東西，可是金匠回答說這明明是他親口訂製的，接著就把金項鍊塞進安提弗勒斯的手裡，頭也不回地離開。安提弗勒斯在這裡遇見這麼多稀奇古怪的事，心想一定是中邪了，不願意在此地多逗留，就吩咐奴僕卓米歐把行囊拿上船去。

把金項鍊給錯人的金匠，因為欠人一筆債款，不久就遭到逮捕。金匠以為自己把金項鍊交給了已婚的哥哥安提弗勒斯。官差逮捕金匠的時候，以弗所的安提弗勒斯湊巧經過，金匠一看到他，馬上開口索討剛剛的金項鍊貨款。貨款金額跟金匠欠人的那筆債務不相上下。安提弗勒斯否認曾收到項鍊，但金匠咬定幾分鐘前才親手交給他。雙方吵得不可開交，都認為自己站得住腳。安提弗勒斯很清楚，金匠根本沒給他金項鍊。這兩個兄弟長得如此相像，讓金匠很有把握確實把金項鍊交到了他手上。最後官差為了金匠積欠的債款，要把金匠抓去坐牢。既然安提弗勒斯賴帳不還，金匠也要官差把他抓起來。爭執到最後，官差索性把兩人一起押到牢裡。

以弗所的安提弗勒斯被押往監牢的路上，遇到了敘拉古的卓米歐，誤以為他是自家奴僕，就命令他去找妻子艾卓安娜，跟她要那筆貨款來保他出去。卓米歐納悶不已，主人之前在那棟奇怪的房子吃完飯，就迫不及待趕著要離開，這會兒竟然又派他回去，雖然他過來是要通報主人說船已經準備啟航，但是他不敢回話，因為他從安提弗勒斯的神情可以看出對方沒心情說笑。於是他就走開了，迫不得已要回艾卓安娜的家，心裡牢騷不斷。他說：「那裡有個『甜心』一直說我是她丈夫。可是我不得不去，因為僕人一定要聽從主人的吩咐。」

艾卓安娜把錢交給卓米歐，卓米歐回頭的路上遇到敘拉古的安提弗勒斯，對自己遇到的種種奇遇仍然驚愕不已。他哥哥在以弗所頗有名氣，路上遇到的人，幾乎都像熟人一樣向他問安。有些人把積欠的債款還給他；有些人邀請他來家中作客；有些人感謝他所行的善舉，因為大家都誤以為他是他哥哥。有個裁縫還拿出幾匹絲綢給他看，說是為他採買來的，堅持要替他測量尺寸，準備做點衣物。

安提弗勒斯開始認為，自己來到了術士跟巫師的國度，他原本就已經滿頭霧水，卓米歐竟然還問他說，官差不是押他進牢了，他是怎麼脫身的？接著卓米歐把艾卓安娜交給他、用來還欠款的那袋金子，拿給了主人。聽卓米歐說起逮捕跟監牢的事，以及從艾卓安娜拿來的錢，讓安提弗勒斯更是如墜五里霧。他說：「卓米歐這傢伙真的神經錯亂了，我們正在虛幻的世界裡遊蕩啊。」他對混亂中的思緒感到驚恐，於是放聲嚷嚷：「什麼人快來把我們從這個怪地方救出去吧！」

現在又有個陌生人走到他的跟前，這次是個女人，她也叫他安提弗勒斯，說要跟他討一條金項鍊。她說，他那天才跟她吃過飯，席間答應要送她金項鍊。這時，安提弗勒斯再也忍無可忍，罵她是巫妖術士，他否認曾經答應要送她項鍊，也否認跟她吃過飯，在這之前根本從沒見過她。這女人再次重申他們一起吃過飯，並答應送她一條鍊子。安提弗勒斯依然矢口否認。她進一步說，她送了一枚貴重的戒指給他，如果他不肯送她金項鍊，那她就非要討回戒指不可。聞此，安提弗勒斯簡直氣瘋了，再次罵她是術士跟巫婆，說他根本不認識她，更沒拿她的戒指。他氣急敗壞地轉身跑開，他說的話跟瘋狂的神情讓她目瞪口呆佇立原地，因為對她來說，他們確確實實吃過飯，她還因為一條金項鍊的承諾，先送了枚戒指出去。這女人跟其他人一樣都弄錯了，誤以為他是他哥哥；她拿來責怪這個安提弗勒斯的事，全是已婚的安提弗勒斯做的。

已婚的安提弗勒斯在自家門前吃了閉門羹（家裡的人以為他在屋裡），最後怒髮衝冠離開了，他相信是妻子嫉妒心發作才故意這樣惡作劇，妻子本來就善妒。他想起妻子常常誣賴他拈花惹草，為了報復她把自己關在家門外，決定去找外頭的女人吃飯。女人客氣有禮地接待安提弗勒斯，因為妻子讓他吃了一頓大排頭，於是他決定把原本要送妻子的金項鍊，轉贈給這女人，也就是金匠誤交給他弟弟的那條項鍊。女人想到能得到精緻的金項鍊就覺得高興，於是把一枚戒指送給已婚的安提弗勒斯。她把他弟弟誤以為是他，所以當對方否認答應送金項鍊、否認收了戒指，而且一口咬定說不認識她，最後還暴怒地離開時，她認為對方一定神智錯亂了。

她決定去找艾卓安娜，說她丈夫發瘋了。她正在跟艾卓安娜講這件事時，她丈夫正巧回來拿那袋錢，身邊還跟著獄卒；獄卒准許他回家拿錢支付欠款。艾卓安娜之前就派卓米歐送錢過去，結果送到了另一個安提弗勒斯的手裡。

安提弗勒斯斥責她，說不該把他關在自家門外，這時艾卓安娜就相信了那女人的說法——丈夫真的瘋了。她還想起吃中飯的時候，他一直說自己不是她丈夫，而且說在今天之前從沒來過以弗所，於是判定丈夫是瘋了沒錯。所以她把欠款付給獄卒，打發走獄卒之後，就命令僕人用繩子把丈夫綁起來，送進陰暗的房間裡，然後派人去找醫生過來治他的瘋病。安提弗勒斯一直激烈地大喊大叫，駁斥無中生有的指控；正是因為他跟弟弟長得如此相像，才招惹這種麻煩。可是他越是火大，大家就越相信他的確發了瘋。卓米歐口徑跟主人一致，所以他們也把他綁起來，跟著主人一起帶走。

艾卓安娜把丈夫關起來之後，不久就有個僕人來通知她，安提弗勒斯跟卓米歐一定是逃出了看守人的監視，因為主僕兩人正在隔壁那條街閒逛呢。聞此，艾卓安娜衝出家門，準備帶丈夫回家，隨身帶了幾個幫手，好把丈夫綁起來。她妹妹也跟著去了。一伙人來到附近一座修道院的大門那裡，由於這兩雙孿生兄弟長得實在太過肖似，大家都誤以為眼前那對主僕，就是以弗所的安提弗勒斯跟卓米歐。

因為跟哥哥長得相肖似而引發的種種亂象，搞得敘拉古的安提弗勒斯暈頭轉向。金匠的那條金項鍊還掛在自己的脖子上，金匠痛罵他之前否認拿了項鍊而且還拒絕付款。安提弗勒斯反駁說，金項鍊明明是金匠早上主動塞給他的，而且在那之後，他就沒再見到過金匠了。

此時，艾卓安娜走上前，咬定他是她神智失常的丈夫，從看守人的手中逃了出來，跟她一起來的男人正要撲上來，準備用暴力制服安提弗勒斯跟卓米歐。可是主僕倆拔腿衝進了修道院，安提弗勒斯懇求修道院長讓他避一下風頭。

現在，女修道院長親自出面，探問這場騷動的起因。她是個莊嚴肅穆、德高望重的女士，對所見所聞總能做出睿智的判斷，於是不願太過草率地交出到院裡尋求庇護的男人。修道院長先仔細盤問艾卓安娜丈夫得了瘋病的來龍去脈。修道院長說：「妳丈夫為什麼會突然發瘋呢？是因為在海上損失了貨物？還是因為有什麼親近的友人過世了，讓他心神大亂？」艾卓安娜回答，這些都不是原因。

修道院長說：「也許他的心另有所屬，才逼得他淪落到發狂的地步。」

艾卓安娜說，她長久以來一直認定他移情別戀，所以才會經常不在家。其實安提弗勒斯之所以不得不經常出門，並非另有所愛，而是因為妻子善妒的脾氣太擾人，這一點是修道院長從艾卓安娜暴躁的神態中猜出來的。

為了查明真相，修道院長說：「如果真有這種狀況的話，妳應該好好罵罵他的啊。」

「欸，我罵過了啊。」艾卓安娜回答。

「好吧，」女修道院長說，「可能罵得還不夠吧。」

艾卓安娜想要說服修道院長，針對這個話題，她唸安提弗勒斯實在唸夠了，於是回答，「我們動不動就聊這個話題啊。我在床上談這個話題，不讓他睡覺；在飯桌上，只要他在吃飯，我一定拿這個話題出來講；我跟他獨處的時候，除了這個話題，其他一概都不談；身邊有客人的時候，我也時常暗示這個話題。我開口閉口講的都是——他真是惡劣卑鄙，竟然更愛別的女人。」

女修道院長從愛吃醋的艾卓安娜嘴裡，套出了完整的供詞，此時便說：「那也難怪妳丈夫會發瘋啊，愛吃醋的女人惡意叫囂，比瘋狗的利牙更毒也更致命。看來他因為妳的責罵，睡不好覺，所以才會昏頭脹腦。他吃的菜餚裡加了妳的訓斥當調味料，吃飯不得安寧，消化不良，所以腦袋才會發燒。妳說在他消遣的時候，也用吵架來干擾他。人沒辦法好好享受社交跟娛樂，結果當然只會陷入沉悶憂鬱跟淒涼絕望。這麼說來，害妳丈夫發瘋的，就是妳時時發作的嫉妒心啊。」

露西安娜想替姊姊辯解，就說姊姊總是用溫和的態度責怪丈夫，還對姊姊說：「妳聽到這些指責，怎麼都不反駁呢？」

可是修道院長讓艾卓安娜清楚看到自己的過錯，艾卓安娜也只能這樣回答：「她用巧妙的手法，讓我看到自己的過錯。」

艾卓安娜雖然對自己的行為感到慚愧，卻還是堅持要修道院長將丈夫交出來，可是修道院長不准外人進入修道院，也不願將這個不幸的男人還給善妒的妻子，打定主意要用溫和的手段來治好他的瘋病。她返身回到院內，下令牢牢關上大門，不讓外人進來。

在這波折重重的一天，兩對孿生兄弟因為長得如此相像，滋生了這麼多的誤會。此時夕陽即將西下，老伊勤一天的寬限期眼見就要到了，要是他在日落時分還付不出罰款，就注定難逃一死。

執行死刑的地點就在修道院附近，他抵達此地的時候，修道院長正好返回到修道院。公爵親自監刑，如果有人替伊勤繳交罰款，就可以當場赦免。

艾卓安娜攔住了這個愁雲慘霧的行刑隊伍，嚷著要公爵主持公道，告訴他修道院長不肯交出發瘋的丈夫。她正在說話的當兒，她的正牌丈夫領著僕人卓米歐從家裡逃出來，也來到了公爵面前，投訴妻子誣賴他發瘋，還把他拘禁起來，請公爵務必主持公道。他告訴公爵自己是怎麼掙脫束縛，又如何避開看守人的監視，艾卓安娜看到丈夫，真是詫異極了，她還以為他在修道院裡。

伊勤見到兒子，以為對方就是離開他身邊、四處尋覓母親跟哥哥的小兒子。他很篤定，親愛的兒子一定會欣然同意支付贖金，於是以慈父的深情語氣對安提弗勒斯說話，滿懷希望，欣喜地以為終於可以獲釋。可是讓伊勤驚愕不已的是，兒子竟然說不認識他，這也難怪，因為這位安提弗勒斯幼時在暴風雨中跟父親失散之後，兩人再也沒見過面。可憐的老伊勤拚命要讓兒子承認他的身分，但終究白忙一場。伊勤暗想，難道因為悲痛與焦慮讓自己的面容有了極大變化，所以兒子才認不出來，還是說父親淪落到這種慘況，讓兒子覺得抬不起頭，所以不想認他。在這樣的混亂之中，女修道院長、另外那個安提弗勒斯跟卓米歐走了出來。看到眼前站著兩個丈夫跟兩個卓米歐，艾卓安娜不禁大驚失色。

這些令人大惑不解的誤會，弄得眾人滿頭霧水，這會兒全都真相大白了。公爵看到兩個安提弗勒斯跟兩個卓米歐，長得如此相像，於是想起伊勤早上告訴他的故事，然後馬上解開了這些謎團。公爵說這幾個男人一定是伊勤的兩個兒子跟那對孿生奴僕。

現在，這份意料不到的喜訊，讓伊勤的故事畫上了圓滿的句點。他早上在面臨死刑的狀況下，態度哀戚所述說的故事，在日落西山前，得到了幸福完滿的結局。因為那位備受敬重的女修道院長告訴大家，她就是伊勤失散多時的妻子，兩個安提弗勒斯的慈母。

漁夫把大安提弗勒斯跟卓米歐從她身邊搶走之後，她就進入了修道院，憑著睿智又高尚的作風，最後成為這座修道院的院長，這次挺身收容遭逢不幸的陌生人，卻在無意間保護了自己的兒子。

失散多年的父母跟孩子終於重逢，他們歡喜地互相道賀，彼此深情問候，一時忘卻伊勤還被判處死刑。等他們稍微平靜之後，以弗所的安提弗勒斯將罰金付給公爵，贖回父親的性命。不過，公爵大方赦免了伊勤，不願收取那筆贖金。公爵跟著修道院長，還有她久別重逢的丈夫、兒子們，一起走進修道院，想聽聽這個快樂的一家人悠閒地聊聊，他們歷盡苦難、終於時來運轉的過程。縱使兩個卓米歐地位卑微，但也不要忘記他倆的喜悅，他們互道恭喜、彼此問候。卓米歐愉快地誇獎兄弟長相俊美，見到兄弟，便像照鏡子似地看到俊秀的自己，兩人都相當滿意。

艾卓安娜經過婆婆的一番勸導，獲益良多，從此再也不對丈夫胡亂猜疑或是無故吃醋。敘拉古的安提弗勒斯娶了嫂嫂的妹妹，美麗的露西安娜。之後，好老人伊勤跟妻兒一起在以弗所安居多年。雖說先前讓人困惑的誤會解開了，並不代表往後就不會再出錯，難免還是會發生滑稽的誤會，讓大家憶起過往那段經歷——一個安提弗勒斯跟一個卓米歐有時還是被誤認為另一對主僕，上演一齣討喜又趣味十足的「錯誤的喜劇」。

錯中錯　人物關係表

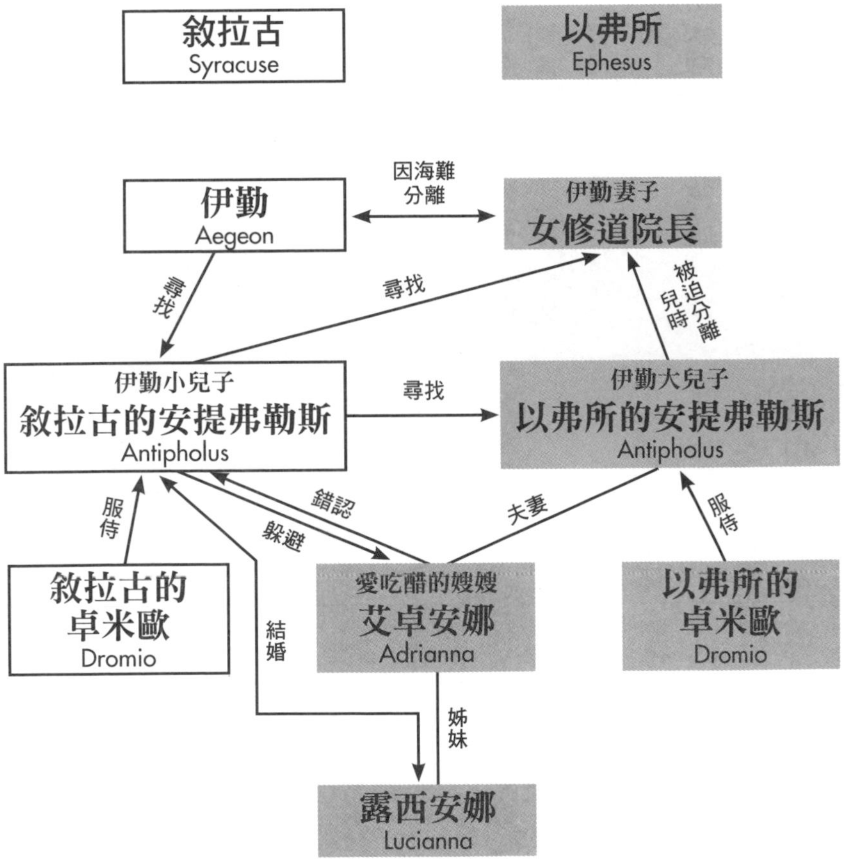
敘拉古
Syracuse
以弗所
Ephesus
伊勤
Aegeon
因海難分離
伊勤妻子
女修道院長
尋找
尋找
被迫分離
兒時
伊勤小兒子
敘拉古的安提弗勒斯
Antipholus
尋找
伊勤大兒子
以弗所的安提弗勒斯
Antipholus
服侍
錯認
躲避
夫妻
服侍
敘拉古的卓米歐
Dromio
結婚
愛吃醋的嫂嫂
艾卓安娜
Adrianna
以弗所的卓米歐
Dromio
姊妹
露西安娜
Lucianna

錯中錯

The Comedy Of Errors

屬性：喜劇

最早演出紀錄：一五九四年

關於錯中錯：

✻莎士比亞早期喜劇作品，也是現在殘存的作品中最短的一部。

✻此劇是莎士比亞的作品中，唯二遵守古希臘戲劇三一律的劇作（另一部是晚期作《暴風雨》）。亞里斯多德提出的三一律，是指整齣劇都發生在一天之內，地點不變，情節無支線，也就是時間、地點、動作皆一致。

✻此劇源自羅馬劇作家普勞圖斯（Titus Maccius Plautus）的作品《孿生兄弟》（*Menaechmi*），但莎士比亞多加了一對雙胞胎兄弟，讓劇情變得更加複雜有趣。但可能因為劇中缺少個性鮮明的角色，十八世紀的觀眾並不注重此劇。

✻曾改編成歌劇、音樂劇，一九三〇年代的《西拉鳩斯市的男孩》（*The Boys from Syracuse*）便是改編自此劇，也是百老匯改編的第一部莎劇。後來改編成同名電影。

✻一九九八年改編成電影《商場鬧雙胞》（*Big Business*），場景改為現代，主角兩對雙胞改為女性，由貝蒂．米勒（Bette Midler）主演。

✻二〇〇一年，日本狂言師野村萬齋將此劇改編為狂言（日本四大古典戲劇之一），劇名為《錯誤的狂言》（まちがいの狂言），曾在倫敦莎士比亞環球劇場演出。

一報還一報

Measure for Measure

Our doubts are traitors
And make us lose the good we oft might win
By fearing to attempt.

疑惑足以敗事，
一個人往往因為遇事畏縮的緣故，
失去了成功的機會。

——紈褲子弟路西奧，第一幕，第四場

從前，維也納城曾經由一位性情溫順和善的公爵來治理，臣民即使觸犯法律也不以為忤，因為公爵並不會加以懲處。其中有條法律幾乎快被人遺忘了，因為在公爵統治期間，不曾施行過這條法律。該條法律規定，男人如果跟妻子以外的女性同居，一律要接受死刑的懲處，公爵寬大為懷，結果人民完全不把這條法律放在眼裡，神聖的婚姻制度因此受到輕忽。在維也納，天天都有年輕姑娘的父母前來向公爵投訴，說他們的千金受人勾引，脫離父母的保護羽翼，去跟單身男人同居。

好公爵看到這種不良風氣越演越烈，感到相當憂傷，可是他認為，為了制止惡習，從一貫的放任縱容，突然變成雷厲風行，向來愛戴他的人民會認為他是暴君。所以公爵打定主意要離開公國一陣子，請代理人全權行使他的職責，如此就可以施行這條法律，制裁這些有礙風化的戀人，同時也不會因為自己一反常態實施嚴刑峻法而引發民怨。

安哲羅過著嚴以律己的生活，在維也納素有聖徒的稱號。要著手推動這樣的改變，公爵認為安哲羅是個適當的人選。公爵把自己的計策透露給首席大臣貴族艾斯克勒思知道。這位大臣說：「在維也納，如果有人擔當得起這樣的恩寵跟榮耀，非安哲羅大人莫屬。」現在，公爵假稱說要前往波蘭旅行而離開了維也納，公爵出國期間，就由安哲羅擔任代理人。不過，公爵只是假裝要出國，其實喬裝成修道士的模樣，悄悄回到了維也納，目的就是要暗中觀察號稱聖徒的安哲羅，實際上有什麼作為。

因緣際會，就在安哲羅接任新職的前後，有個叫克勞狄奧的紳士把一位年輕淑女從她父母身邊拐走了，因此觸犯律法，新上任的攝政下令將他逮捕並送進監牢。安哲羅抬出那條廢弛已久的法律，將克勞狄奧判處斬刑。有不少人都認為攝政應該赦免年輕克勞狄奧的死罪，連好心的老艾斯克勒思也出面代為求情。

「唉，」他說，「我有意搭救的這位紳士有個高風亮節的父親，求你看在他父親的份上，饒了這個誤觸法網的年輕人。」

可是安哲羅回答：「我們絕對不可以把法律當成稻草人，把它架起來嚇唬想偷吃莊稼的小鳥，等到小鳥習以為常，發現稻草人傷不了人之後，連怕都不會怕，索性把它當成棲息的地方。大人，克勞狄奧非死不可。」

克勞狄奧的朋友魯希歐來探監，克勞狄奧對他說：「魯希歐，求你好心幫個忙，去找我姊姊伊莎貝吧。她今天打算進聖克萊爾修道院，把我的危險處境告訴她，求她向嚴厲的攝政說情，請她親自去見安哲羅。一切都寄望在她身上了，因為她口才便給、說服力十足，況且，青春的憂愁不用透過言語，就能打動人心。」

正如克勞狄奧所說，他姊姊伊莎貝那天進入修道院見習，打算在通過見習期之後，正式宣誓成為修女。她正向修女請教修道院裡的規矩，便聽到了魯希歐的呼喚。他踏進修道院的時候就說：「願天主將平安賜給這裡！」

「誰在說話？」伊莎貝說。

「是男人的聲音，」修女回答，「好伊莎貝，妳去找他，問他有何貴幹。妳可以去見他，我就不行了。等妳正式成為修女，除非有修道院長在場，否則不能跟男人說話。如果要跟男人交談，就必須用頭紗罩住臉，不然就不能開口。」

「修女還有其他的特別待遇嗎？」伊莎貝說。

「這樣還不夠嗎？」

「的確夠了，」伊莎貝說，「我這樣說不是希望擁有更多特別待遇，而是盼望在聖克萊爾立誓獻身的修女，能恪守更嚴格的戒律。」

魯希歐的聲音再次傳來，修女說：「他又出聲了，請妳去看看他有什麼事。」

於是伊莎貝就走出去，回應對方的招呼說：「願主賜你平安如意！是誰在呼喚呢？」

魯希歐必恭必敬朝她走來，並說：「妳好，純潔的姑娘，妳的臉頰紅潤如玫瑰，展現了妳的冰清玉潔！可以請妳帶我去見伊莎貝嗎？她是這裡的見習修女，她弟弟克勞狄奧遭逢了不幸。」

「我想請問，你為什麼說她弟弟遭逢不幸？」伊莎貝說，「我就是他姊姊伊莎貝。」

「美麗和善的小姐，」他回答，「妳弟弟要我代他好好問候妳，他被關進牢裡了。」

「太糟糕了！坐牢的原因是什麼？」伊莎貝說。魯希歐告訴她，克勞狄奧因為涉嫌誘拐年輕姑娘，所以被送進監牢。

「啊，」她說，「那個姑娘恐怕就是我表親茱麗葉吧。」茱麗葉跟伊莎貝並沒有親戚關係，可是她們為了紀念同窗情誼，就用表親來彼此稱呼。伊莎貝知道茱麗葉愛上了克勞狄奧，擔心茱麗葉因為這樣而有了越軌行為。

「就是她沒錯。」魯希歐回答。

「既然如此，就讓我弟弟跟茱麗葉成親啊。」伊莎貝說。魯希歐回答，克勞狄奧很樂意娶茱麗葉為妻，可是攝政因為克勞狄奧的罪過判處他死刑。

魯希歐說：「除非妳可以透過一番好言求情，成功軟化安哲羅的心，就是為了這件事，我才過來替妳弟弟傳話。」

「唉！」伊莎貝說，「我力量這麼微薄，幫得了他嗎？我懷疑我說不動安哲羅。」

「懷疑就像叛徒，」魯希歐說，「『懷疑』讓我們害怕嘗試，最後錯失原本可能贏得的好處。去找安哲羅大人吧！只要年輕姑娘開口求情，跪下來哭泣，男人就會像神祇那樣慷慨付出。」

「我會盡量，」伊莎貝說，「我不會拖延的，等我向修道院長報告完，馬上就去找安哲羅。請代我向弟弟問候，不管成不成功，我今晚都會派人捎消息給他。」

伊莎貝趕到宮殿去，跪在安哲羅面前說：「我很悲傷，要來向大人請願，請大人聽我述說。」

「唔，妳要提出什麼請願？」安哲羅說。她用動人的言詞求請安哲羅免弟弟一死。可是安哲羅說：「姑娘，這件事已經沒有補救的餘地，妳弟弟已經定了罪，只能受死。」

「噢，法律雖然公正，但也太過嚴苛，」伊莎貝說，「那麼我注定要失去這個弟弟了……

願上天保佑您！」

她這就準備離去，但是陪她前來的魯希歐說：「別這麼快就放棄啊，再回去向他求情，在他面前跪下，拉住他的袍子。妳的態度太冷淡了，即使只是想跟別人借根針，說話的語氣也要更熱切才對啊。」

然後，伊莎貝再次雙膝跪地，懇求安哲羅開恩。「他定了罪，」安哲羅說，「已經太遲了。」

「太遲了！」伊莎貝說，「欸，不會太遲的，我說出去的話，都還能收回來。大人，請您相信，比起大人物的氣派排場、國王的冠冕、攝政的寶劍、元帥的軍杖、法官的長袍，慈悲更能彰顯位高權重者的高貴尊嚴。」

「請妳離開。」安哲羅說。

可是伊莎貝依然繼續懇求並說：「如果我弟弟是您，而您是他，您也可能犯下跟他同樣的過錯，可是如果他站在您的位置上，不會這麼冷酷無情。真希望我手上握有您的權柄，而您是伊莎貝，到時還會出現這種情況嗎？不會的，到時我會讓您知道，身為判官的風範，以及身為囚徒的處境。」

「夠了，好姑娘！」安哲羅說，「判妳弟弟死罪的是法律，不是我。即使他是我親戚、我兄弟或我兒子，我也會一視同仁，比照辦理。他明天非死不可。」

「明天？」伊莎貝說，「噢，這麼突然，饒了他，饒了他吧，他還沒做好赴死的準備啊。我們連在廚房宰殺鳥禽都要講究時機；為了滿足低賤人類的口腹之欲，都還不能隨意殺生，但是替天行道、執行死刑的時候，難道就能草率行事嗎？行行好啊，大人，請您想一想，有那麼多人犯下了跟我弟弟同樣的罪過，卻不曾有人因此送命。您會是頭一個判下此刑的人，而我弟弟就會是受此刑而死的第一人。大人，請您摸摸良心，敲敲那裡，自問是否也會犯下跟我弟弟同樣的過錯。如果您的心坦承曾經也有過這種猥瑣的念頭，就請您不要奪走我弟弟的生命！」她最後這番話比起先前講的更能打動安哲羅，因為伊莎貝的美貌已經點燃了他心中可恥下流的情欲，他開始有了發展不軌戀情的念頭，如同克勞狄奧所犯下的罪。內心的種種思緒彼此拉扯，讓他不得不轉身閃避伊莎貝。可是她叫他回來，並說：「仁慈的大人，請您轉過身來。聽聽我想怎麼賄賂您，好大人，轉過身來啊！」

「怎麼，妳要賄賂我！」安哲羅說，聽到她竟然考慮要對他行賄，他頗為震驚。

「是的，」伊莎貝說，「我要獻給您的，是連上天都想跟您分享的，既不是金銀財寶，也不是價值貴賤隨人評定的閃亮寶石，而是黎明之前可以上達天聽的虔誠祈禱——這些祈禱來自純潔無瑕的靈魂，來自遠離塵俗、齋戒守貞的姑娘。」

「唔，那妳明天再來找我吧。」安哲羅說。伊莎貝替弟弟求到了短短的緩刑，除此之外，安哲羅答應再次接見她，伊莎貝離開時，滿心歡喜，盼望最終可以打動他的嚴苛天性。

臨走前，她說：「願上天保佑大人平安！願上帝眷顧大人！」

安哲羅聽到的時候，內心暗想：「阿們，願上天眷顧我，讓我逃離妳跟妳美德的誘惑。」接著他對自己的邪念感到驚恐，於是說：「這是怎麼回事？怎麼回事？難道我愛上了她，希望再跟她說話，飽覽她的雙眸？我在做什麼美夢啊？與人類為敵的奸詐惡魔，為了誘使聖徒上鉤，竟然拿聖人來當誘餌？輕浮的女人從來不曾撩動我的心，可是這位貞潔高尚的女人卻一舉征服了我。之前，每逢遇到癡情的男人，我總是嘲笑他們，無法理解他們的行徑。」

當天夜裡，內心的種種衝突讓安哲羅相當愧疚，反倒比被他判處重刑的囚徒吃了更多苦頭。好公爵喬裝成修道士，來到監獄裡探望克勞狄奧，指引這個年輕人通往天堂的道路，向他宣講悔罪跟平安的道理。

安哲羅想要為非作歹，卻又搖擺不定，內心因而飽受折磨；他一會兒想誘拐伊莎貝偏離純真跟榮譽的道路，一會兒又因為自己意圖犯罪感到悔恨跟驚恐。可是到最後，邪念占了上風，安哲羅不久前才因為這個姑娘提及賄賂一事而大吃一驚，這會兒卻打定主意要誘使她付出代價極高的賄賂，他要拿她親愛弟弟的生命當作珍貴的贈禮，讓她說什麼都無法抗拒。

翌晨，伊莎貝過來的時候，安哲羅要她單獨進來會面。她進來以後，他說如果她願意把處女的貞操獻給他，像茱麗葉跟克勞狄奧那樣逾越法規，他就願意饒過她弟弟的性命。

他說：「因為我愛上妳了，伊莎貝。」

伊莎貝說：「我弟弟也愛茱麗葉，你卻告訴我，他應該為了這件事而死。」

安哲羅說：「可是，如果妳答應晚上偷偷來見我，就像茱麗葉深夜離開父親的家，去找克勞狄奧那樣。克勞狄奧就可以活命。」

伊莎貝聽到安哲羅這番話，簡直難以置信，安哲羅因為她弟弟犯下的過錯而判處他死刑，現在竟然要引誘她犯下跟弟弟一樣的過錯。於是她說：「我能夠為自己做到多少，就願意為我可憐的弟弟付出多少。也就是說，如果面臨死刑的是我，我寧可把鋒利鞭子留下的血痕，當成紅寶石配戴在身上，然後像走向我渴望已久的床鋪一般，步步邁向死亡，也不願蒙受這種恥辱。」接著她告訴安哲羅，說她希望他這番話不是當真的，只是為了試探她的品德。

沒想到他竟然說：「相信我，我以個人的名譽保證，說的全是真心話。」

伊莎貝聽到他用「名譽」這種字眼來表達這麼可恥的意圖，不禁怒火中燒，於是說：「哼！真是虛有其名的『聖徒』，暗藏如此惡毒的居心。安哲羅，你等著瞧吧，我會把你的惡形惡狀張揚出去！馬上簽一張赦免狀給我弟弟，不然我就把你的真面目大聲告訴全世界！」

「誰會相信妳啊，伊莎貝？」安哲羅說，「我的名聲清白無瑕，生活向來嚴守紀律，我的證詞跟妳的證詞兩相對照之下，最後必定會壓倒妳的指控。妳就順從我的欲望，救妳弟弟一命吧，不然他明天注定難逃一死。至於妳，妳要怎麼說都請便，我的謊言終究會壓過妳的實話。明天給我回覆。」

「我該向誰投訴呢？就算說了，又有誰會相信我？」伊莎貝說著一面走向監禁弟弟的陰鬱監獄。她抵達的時候，弟弟正在跟喬裝成修道士的公爵，態度虔誠地交談著。公爵之前也以這身裝扮去探訪過茱麗葉，讓這對觸法的戀人知道自己錯了。不幸的茱麗葉當時淚流滿面，真心悔悟，坦承說會發生這種事，她的責任比克勞狄奧更大，因為當初她心甘情願應允他有礙風化的要求。

伊莎貝走進監禁克勞狄奧的牢房時說：「祝福你們幸運平安、有好人相伴！」

「哪位？」喬裝的公爵說，「進來吧，這樣好意的祝福理應受到歡迎。」

「我過來是想跟克勞狄奧說幾句話。」伊莎貝說。公爵讓姊弟倆獨處，但要求管理囚犯的獄吏，帶他到可以偷聽他倆交談的地方。

「好了，姊姊，有什麼好消息嗎？」克勞狄奧說。伊莎貝告訴他，非得準備明天受死不可了。「完全沒有轉圜的餘地了嗎？」克勞狄奧說。

「對，弟弟，」伊莎貝回答，「是有個解決辦法，可是如果你同意那種辦法，會讓你人格掃地、無地自容。」

「是什麼辦法，告訴我吧。」克勞狄奧說。

「噢，克勞狄奧，我真擔心你！」他姊姊回答，「想到你可能貪圖活命，為了多活微不足道的六、七個年頭，寧可把自己永久的人格拋在一邊，我就不禁要顫抖！你有膽子赴死嗎？在不安的預期之下，對死亡的感受最為強烈；被我們踩到的甲蟲，牠的痛苦程度，其實跟巨人死去相差無幾。」

「妳為什麼這樣羞辱我？」克勞狄奧說，「難道妳認為我從柔情裡才能得到捍衛自己名譽的決心嗎？如果非死不可，我會把黑暗當成新娘，用雙臂環抱它。」

「這才是我弟弟啊，」伊莎貝說，「父親如果在世，也會這麼說的。是的，你非死不可了。外表像聖徒的攝政竟然說，如果我把貞操獻給他，他就會饒過你的命，竟然有這種事，你想像得到嗎？克勞狄奧！噢，如果他要的是我的命就好了，為了救你，我會像放下一根針那樣，毫不保留地拋下性命。」

「謝謝，親愛的伊莎貝。」克勞狄奧說。

「明天準備受死吧。」伊莎貝說。

「死亡是件可怕的事。」克勞狄奧說。

「背著恥辱生活才可恨。」他姊姊回答。

但是這會兒，死亡的念頭動搖了克勞狄奧的意志，就像罪犯死到臨頭才知道要害怕。恐懼一時襲向克勞狄奧，他喊道：「好姊姊，讓我活下去吧！妳為了救弟弟一命所犯下的罪孽，上天也會饒恕妳，讓罪惡最後都變成美德的。」

「噢，你這個沒信義的懦夫！你這可恥的壞蛋！」伊莎貝說，「你為了保全自己的性命，寧可讓姊姊受辱？噢，呸，呸，呸！弟弟，我本來以為你是個重廉恥的人，如果你有二十個腦袋，寧可全部遭斬，也絕不會讓姊姊屈從這種羞辱。」

「別這樣，聽我說啊，伊莎貝！」克勞狄奧說。他為了活命，竟然情願讓貞潔的姊姊受辱。他正要替自己的軟弱辯解時，公爵走進來打斷了他的話。

公爵說：「克勞狄奧，我無意間聽到你跟你姊姊的談話內容，安哲羅無意讓她沉淪，他這樣說只是為了試探她的品德。她確實是個有操守的人，她謹守份際，拒絕了他，他反而很高興地接受了。他不可能赦免你的，你最好把握最後這段時光，好好禱告，準備受死吧。」

接著克勞狄奧對先前一時的軟弱表示懺悔，於是說：「請姊姊原諒我！我現在對生命感到厭倦了，希望快點擺脫它。」克勞狄奧為了自己的過錯深感羞愧又悲傷，就先行告退了。

現在只剩公爵跟伊莎貝了，公爵稱讚她的堅貞不移並說：「給妳美貌的上帝，也把品德一併賜給妳了。」

伊莎貝說：「噢，好公爵被安哲羅徹底蒙蔽了！如果公爵會回來，而且我有機會能跟公爵說上話，我就要揭發安哲羅治國的真相。」伊莎貝沒料到她威脅要揭發弊端的行動，現在已經實現了。

公爵回答：「妳想那樣做並沒有錯，不過就當前的情勢看來，安哲羅可以輕易駁倒妳的指控，所以仔細聽我的勸告。我相信妳一定可以秉持正義感，幫助一位受委屈的可憐女士，同時還可以把妳弟弟從嚴酷的法網裡救出來，不但不會玷汙妳個人的貞潔，如果公爵出國回來得知此事，也會備感欣慰。」伊莎貝說，只要是正當的事情，她都有勇氣照著他所說的去做。

「道德高尚的人總是勇氣十足，不知畏懼。」公爵如此說，然後問她有沒有聽過瑪麗安娜這個人，之前在船難中不幸溺斃的偉大勇士弗德烈克正是她哥哥。

「我聽說過那位小姐，」伊莎貝說，「只要提到她，大家都滿口稱讚。」

公爵說：「那位小姐就是安哲羅的未婚妻，她的嫁妝當初就放在她哥哥遇難的那艘船上，這個可憐的姑娘受到多麼沉重的打擊啊！她哥哥向來愛護她，這一來，她不只失去高貴又出名的哥哥，在損失這筆財富之後，連帶也失去了未婚夫的愛。表裡不一的安哲羅謊稱這個體面的小姐做了有損名譽的事，其實真正的原因是她失去了嫁妝，於是安哲羅拋下她，任她以淚洗面，不曾出言安慰。他不顧道義的無情行徑，照理應該會熄滅她的情意，可是就像水道上出現阻礙時，水流反倒更為湍急，瑪麗安娜對無情未婚夫的愛卻不減當初。」接著公爵明明白白把自己的計畫說出來，說伊莎貝應該去找安哲羅大人，假裝同意照他的意思，半夜過去找他，好換得他先前承諾過的赦免狀。在夜色的掩護下，由瑪麗安娜冒充成伊莎貝，代替她前去幽會。

喬裝的修道士說：「好姑娘啊，妳不用害怕，安哲羅是她的未婚夫，用這種方式讓他們結合，並不是罪過。」

伊莎貝對這項計畫相當滿意，於是離開監獄，按照修道士的吩咐進行。他則是分頭去找瑪麗安娜，把他們的盤算告訴她。他先前就曾經以修道士的身分拜訪這位不幸的小姐，給她信仰上的開導跟善意的安慰，當時就聽她親口講了自己的傷心事，現在她把修道士當成是聖潔的人，欣然同意聽從他的指示行事。

伊莎貝跟安哲羅談過之後就來到瑪麗安娜的家，公爵事先跟伊莎貝約好在這裡會合。公爵說：「啊，妳來得正是時候，好攝政怎麼說呢？」

伊莎貝說了自己怎麼安排這件事的經過。她說：「安哲羅有個花園，四周有磚牆，園子西邊有座葡萄園，有扇大門進去園子裡。」她把安哲羅交給她的兩把鑰匙拿給公爵跟瑪麗安娜看。她說：「大把一點的鑰匙可以用來開葡萄園的門，另外一把可以打開葡萄園跟花園之間的小門。說好了我會在深更半夜去找他，他口頭上保證會留我弟弟活口。我已經仔細記下那個地方的樣子，他前後帶著我認了兩次路，壓低嗓門說話，雖然勤快但模樣很心虛。」

「你們之間有沒有其他暗號，是瑪麗安娜必須遵守的？」公爵說。

「沒有，都沒有，」伊莎貝說，「只是說好要等天黑才去。我事先跟他說好，只能停留一下子，我讓他以為會有僕人陪我一起過去。我還說，僕人相信我是為了弟弟的事情奔走。」

公爵稱讚她行事謹慎，她轉向瑪麗安娜並說：「妳離開安哲羅身邊的時候，不用說什麼話，只要輕聲說：記得我弟弟的事！」

當天晚上，伊莎貝帶著瑪麗安娜前往約定的地點，伊莎貝心裡雀躍不已，因為她認為藉由這個手段，不僅保全了弟弟的性命，也守住了貞操。可是，對於她弟弟的人身安全，公爵放心不下，於是半夜再次返回監獄。還好公爵這麼做了，要不然克勞狄奧當晚就會遭到斬首。公爵踏進監牢不久，殘忍的攝政就下了一道命令，要將克勞狄奧斬首，而且凌晨五時以前要將克勞狄奧的首級送到他手上。不過，公爵說服獄吏暫緩執行克勞狄奧的斬刑，為了騙過安哲羅，把早晨死在監牢的男人首級先送過去。為了說服獄吏，公爵拿了封他親筆寫下的信函給獄吏看，信上還用了公爵的蠟印封緘。獄吏原本以為他不過是一個修道士，一看到信，就判定他一定從遠在外地的公爵那裡接到了密令，於是同意饒過克勞狄奧，將死去男囚的腦袋砍下，送去給安哲羅。

然後，公爵以自己的名義，寫了封信給安哲羅，說因為一些意外的插曲，他中止了旅程，翌晨即將返回維也納。公爵要求安哲羅到城門口跟他會合，當場交出手上的政權。公爵也囑咐安哲羅對外宣布，如果臣民有人受了什麼冤屈想要平反，應該在公爵進城的時候遞上訴狀。

隔日清早，伊莎貝早早來到監獄，公爵在那裡等她到來。為了保密起見，公爵覺得最好先告訴她，克勞狄奧已經遭到斬首。所以當伊莎貝問起，安哲羅是否簽下弟弟的赦免狀，公爵答說：「安哲羅已經把克勞狄奧從人世間釋放了，他已經身首分家，腦袋被送到攝政那裡了。」

這位悲痛萬分的姊姊喊道：「噢，不幸的克勞狄奧，悲慘的伊莎貝，害人的世界，惡毒的安哲羅！」公爵假扮的修道士要她放寬心，等她稍微鎮定下來之後，就把公爵即將返城的消息告訴她，並且教她該怎麼提出對安哲羅的控訴。他還交代伊莎貝，即使審案的過程當中，她一時屈居下風，也千萬不要畏懼。他給了伊莎貝充分的指示之後，就去找瑪麗安娜，建議她接下來該如何表現。

然後，公爵拋開修道士的衣裝，披上君主的長袍。公爵踏進維也納城的時候，忠實的臣民群聚在此，歡歡喜喜迎接他。安哲羅跟公爵會合，正式移交了權柄。這時伊莎貝出現了，為了平反冤屈而提出請願，她說：「威嚴的公爵，請主持公道！我是克勞狄奧的姊姊，克勞狄奧因為勾引了一位年輕姑娘被判了斬刑。我曾經懇求安哲羅大人，請他赦免我弟弟的罪。我當初如何禱告、跪求，他如何拒絕我，我又如何答覆，整個過程說來話長，在這裡就不向您贅述。現在，我懷著悲傷跟恥辱想要說的，是整件事的卑劣結局。安哲羅要我屈服在他的不軌色欲之下，才願意釋放我弟弟。我內心掙扎了許久，身為姊姊對弟弟的同情，最後壓倒了我對貞操的執著，終於向安哲羅屈服。可是隔天早上，安哲羅卻違背諾言，照樣下令斬了我可憐的弟弟！」公爵佯裝不相信她的說法。安哲羅說，她一定是因為弟弟依法被處死，悲痛過度，結果精神失常了。

此時，另一位陳情者走上前來，這次是瑪麗安娜。瑪麗安娜說：「高貴的公爵殿下，有如光明會從天上降臨，真理也會從人的嘴裡說出口。真理中有情理，而操守中有真理。我是這男人的未婚妻，好大人，伊莎貝說的全是一派謊言，她說她昨天晚上在安哲羅身邊，可是昨晚跟安哲羅在花房裡共度良宵的是我。我說的句句屬實，讓我安安穩穩起身吧，如果有一句假話，就讓我化為大理石碑，跪在這裡永遠動彈不得。」

接著伊莎貝要求公爵傳喚羅德維克修士，出來作證她說的全是真話，羅德維克就是公爵喬裝成修道士時所用的化名。伊莎貝跟瑪麗安娜講的話，一概遵照公爵的指示，公爵打算在維也納全城的人面前，證明伊莎貝的清白之身。可是安哲羅萬萬沒料到，她們兩人的證詞之所以有所出入，就是為了這個緣故。

安哲羅反倒希望利用她們互相矛盾的證詞，擺脫伊莎貝的控訴。他裝出受人冤枉的無辜模樣，並說：「剛剛我只想苦笑，可是好殿下，聽到現在我已經忍無可忍，看來這兩個精神錯亂的可憐女人背後有高人在指使。殿下，讓我把整件事好好查個明白吧。」

公爵說：「好，我百分之一百同意，就照你的意思好好懲罰她們。艾斯克勒思，你陪安哲羅一同審問，花點工夫徹底查明這個誹謗案。我已經派人去找教唆她們的修道士了，等修道士過來，安哲羅，你就按照自己的受辱程度，決定給他多少懲罰。我要暫時退席了，可是安哲羅，這項毀謗案還沒有結論以前，你先不要離開。」然後公爵就退場了，安哲羅可以在自己的案子裡擔任代理法官跟仲裁，心裡相當滿意。可是公爵離席，只是為了換掉君主的長袍，披上修道士的裝扮。他再次以喬裝，出現在安哲羅跟艾斯克勒思面前。

好心的老艾斯克勒思以為安哲羅當真受到了誣告，就對假修道士說：「說吧，先生，這兩個女人誹謗安哲羅大人，是不是你唆使的？」

他回答：「公爵到哪去了？應該由他來聽我的陳述啊。」

艾斯克勒思說：「我們在此代表公爵，由我們來聽你陳述，你就一五一十說清楚吧。」

「我是打算放開膽子講。」修道士回嘴，然後責怪公爵，竟然把伊莎貝的案子交給被告人安哲羅處理，接著肆無忌憚挑明諸多的腐敗作風，說是他以旁觀者身分在維也納實地觀察到的。修道士不僅痛批維也納政府，還譴責公爵的作為，艾斯克勒思威脅要對他施以酷刑，下令要人把他送進大牢。此時，修道士竟然褪去喬裝，大家看到他就是公爵本人，驚愕不已，安哲羅更是激動難安。

公爵先對著伊莎貝說：「過來這裡，伊莎貝，妳的修道士現在是妳的公爵了，雖然我的裝扮變了，但心意卻絲毫不改。我依然全心想為妳效勞。」

「噢，請原諒我，」伊莎貝說，「我是您的臣民，之前不曉得您就是公爵，還處處煩勞您，給您添麻煩。」他答說，他來不及阻止她弟弟受刑，更需要她的原諒——為了進一步考驗伊莎貝的美德，公爵沒告訴她克勞狄奧還活著。

安哲羅現在知道公爵一直暗中觀察他的惡劣行徑，於是說：「噢，我敬重的殿下，你就像上天看著我的一舉一動，如果我還以為可以遮掩自己的惡行，就該罪加一等了。好殿下，不要再拖延我的恥辱，我不用審判就願意伏首認罪。立即判刑與處死，是我唯一向您懇求的恩典。」

公爵回答：「安哲羅，你犯的過錯相當明顯，我們要判你在處決克勞狄奧的斷頭台上受刑，而且跟他一樣速斬速決。瑪麗安娜，這麼一來，妳就算是寡婦了，我們會把安哲羅的財產判給妳，讓妳用來找個更好的丈夫。」

「噢，親愛的公爵，」瑪麗安娜說，「我不想要其他對象，也不想找比他更好的人。」這個好心的未婚妻雙膝跪地，求公爵饒恕不知感恩的未婚夫安哲羅一命，就像伊莎貝曾經求安哲羅留克勞狄奧活口一樣。

瑪麗安娜說：「仁慈的君主，噢我的好公爵！甜美的伊莎貝，幫我說說話吧！陪我一起跪著求情，我下半輩子都會全心服侍妳！」

公爵說：「妳這樣強求伊莎貝，相當不合情理，要是伊莎貝跪下來替安哲羅求情，她弟弟的陰魂應該會破墳而出，把她抓到冥界去。」

瑪麗安娜還是鍥而不捨，她說：「伊莎貝，甜美的伊莎貝，跪在我身邊，舉高妳的手，什麼都別說！由我來發言就好。俗話說，最優秀的人都是從過錯中淬鍊出來的，大部分人都是因為犯過一些錯，才能更上一層樓。我的未婚夫也會是這樣的。噢，伊莎貝，妳不能陪我一起跪下求情嗎？」

公爵接著說：「安哲羅要為克勞狄奧抵命。」但是當伊莎貝也跪在公爵面前時，公爵暗地覺得滿意，因為他原本就預料伊莎貝會有仁慈高貴的表現。

伊莎貝說：「寬宏大量的殿下啊，如果您願意，請您把眼前這個被判死罪的男人當成我弟弟吧，就當我弟弟還活著。我想安哲羅在看到我以前，原本還秉持著真誠的態度在治國治事。即使他後來偏離正道，也請殿下饒他一命吧！我弟弟是因為犯法而死的，並沒有受到冤屈。」

這個高貴的請願者竟然替仇人求情，公爵認為最好的答覆，就是派人把克勞狄奧從監獄帶來，克勞狄奧正在牢裡揣測自己的命運。公爵把伊莎貝正在哀悼的弟弟，活生生交到她手中。公爵對伊莎貝說：「把妳的手給我，伊莎貝，看在妳這個可人兒的份上，赦免了克勞狄奧。說妳願意接受我，這樣我也就多了個弟弟。」

到了此時，安哲羅看出自己已經安度險境，公爵觀察到安哲羅的眼神發亮，就說：「唔，安哲羅，好好愛惜你的妻子，她的美德是你得到赦免的原因。祝妳幸福，瑪麗安娜！好好愛她吧，安哲羅！我聽過她的告解，很清楚她的品德。」安哲羅回想起代理政權那段短短的時光裡，自己是多麼鐵石心腸，便覺得公爵的慈悲真是甘甜。

公爵囑咐克勞狄奧跟茱麗葉成親，然後再次向伊莎貝求婚，伊莎貝貞潔高貴的行徑早已贏得了公爵的心。伊莎貝尚未正式宣誓成為修女，還有結婚的自由。高貴的公爵喬裝成卑微的修道士，滿懷善意幫了她不少忙，她滿懷感激，欣喜地答應與他結為連理。

品德高尚的伊莎貝成為維也納公爵夫人之後，成了卓越的楷模，城裡的年輕姑娘紛紛起而效尤，社會風氣因此有了徹底的轉變。從那時起，再也沒人犯下茱麗葉當初的過錯——茱麗葉誠心懺悔，她丈夫克勞狄奧也洗心革面了。仁慈的公爵跟他的摯愛伊莎貝在維也納攜手統治了多年光陰，在眾多丈夫跟君主裡面，沒人比公爵更幸福快樂。

一報還一報　人物關係表

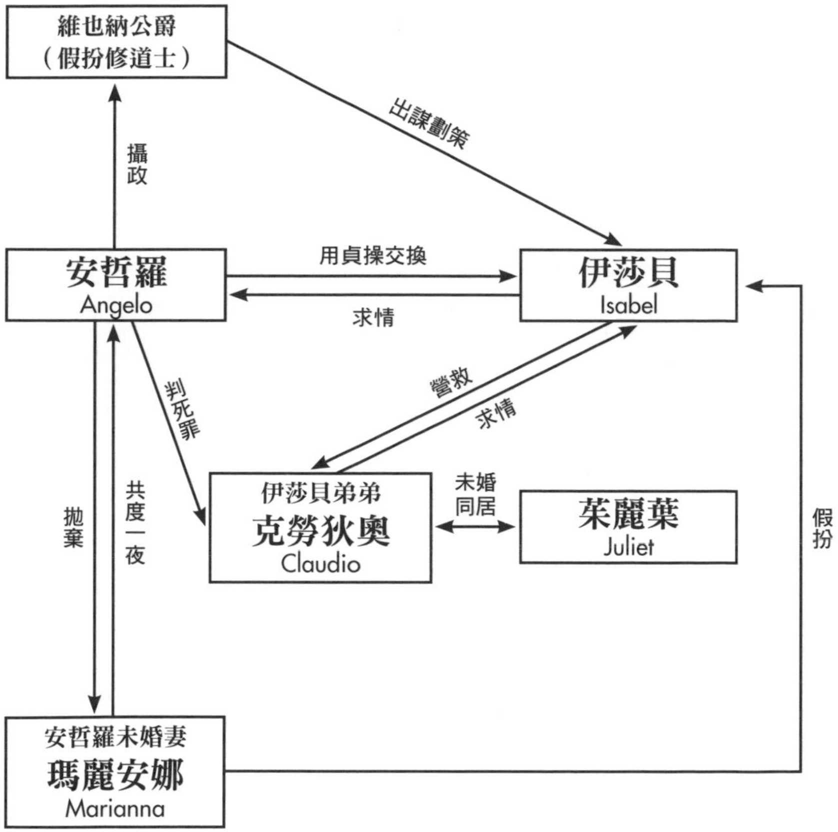

維也納公爵
（假扮修道士）
出謀劃策
攝政
安哲羅
Angelo
用貞操交換
求情
伊莎貝
Isabel
判死罪
營救
求情
伊莎貝弟弟
克勞狄奧
Claudio
未婚
同居
茱麗葉
Juliet
拋棄
共度一夜
假扮
安哲羅未婚妻
瑪麗安娜
Marianna

一報還一報

Measure for Measure

屬性：喜劇

最早演出紀錄：一六〇四年

關於一報還一報：

※此劇為莎士比亞的問題劇之一。雖然以喜劇收場，但最終的轉折突兀以及角色在劇中的喜劇表現較少，因此被歸於分類困難的問題劇。也因為這項特色，此劇在十八、十九世紀都不太受歡迎。

※此劇中隱含對道德以及公正的討論，安哲羅知法犯法，以伊莎貝弟弟的性命要挾伊莎貝與他共度一晚（這在故事中是犯法的），而伊莎貝的弟弟正是因為觸犯此罪而面臨死刑。

※英國哲學家法蘭西斯·培根（Francis Bacon）在一五九七年出版《隨筆》中提及他對道德及公平的看法，一開始並未引起關注，但英皇詹姆士一世即位後，漸漸受到注目。這段期間，莎士比亞恰好在創作此劇。十九世紀末，「培根寫劇說」（認為莎士比亞創作的劇本事實上都是培根所著）大為流行，後來被證明錯誤。

※莎士比亞在此劇中用了著名的「床上把戲」（bed trick）來解決劇中人物的困境。「床上把戲」是常見於西方文學中的橋段，通常是一對男女要發生關係，卻有第三者介入頂替。最早可以追溯到《舊約聖經》中，雅各求娶拉結，卻受騙與拉結姊姊利亞同房。

※此劇劇名一般認為出自《新約聖經》馬太福音：「因為你們怎樣論斷人，也必怎樣被論斷；你們用什麼量器量給人，也必用什麼量器量給你們。」

※著名英國詩人丁尼生（Alfred, Lord Tennyson）於一八三〇創作的詩作《瑪麗安娜》，就是受到此劇中角色瑪麗安娜的啟發而作。

※曾改編成音樂劇、電視劇集，二〇〇六年改編成同名電影，背景改為英國軍隊。

第十二夜

Twelfth Night, or What You Will

If music be the food of love, play on;
Give me excess of it, that, surfeiting,
The appetite may sicken, and so die.

假如音樂是愛情的食糧，那麼奏下去吧；
盡量地奏下去，好讓愛情因過飽噎塞而死。

——歐西諾公爵，第一幕，第一場

薩梅林有一對孿生兄妹，年輕的紳士賽巴斯欽跟薇歐拉小姐，兩人打從出生起，模樣就如此相像，要不是因為裝扮不同，不然根本分辨不出誰是誰，這種情況總是讓大家嘖嘖稱奇。兄妹倆在同一時辰出生，也在同一時間遭逢生命危險，他們一起乘船出海，卻在伊利里亞沿岸遇上了船難。在猛烈的風雨之中，他們搭的船撞上了礁石，船身破裂，只有區區幾人逃過一劫。船長跟死裡逃生的幾名水手搭著小救生船著陸，將薇歐拉安全帶上了岸。這個可憐的小姐對於獲救並不覺得特別高興，反倒開始替哥哥的死痛惜悲嘆。不過，船長安慰她說，船身破裂的時候，看到她哥哥把自己綁在堅固的桅杆上，在海浪上漂浮，一直到遠得看不見為止。一聽船長這麼說，薇歐拉心裡燃起希望，頓時覺得寬慰許多，現在轉而思考自己離鄉背井，在遙遠的異國該要如何安頓生活。她問船長對伊利里亞這個地方有什麼認識。

「認識啊，這地方我熟得很，女士，」船長回答，「我出生的地方距離這裡不到三小時的路程。」

「這裡是誰在治理的？」船長告訴她，治理伊利里亞的是一位人品跟地位都同樣高貴的歐西諾公爵。薇歐拉說，她聽父親提過歐西諾公爵，當時公爵還未婚。

「他現在還是單身，」船長回答，「起碼到最近都還是，我在一個月以前離開這一帶，當時大家茶餘飯後都在談這件事，妳也知道，大家都愛拿大人物的事情來閒嗑牙。歐西諾正在追求美麗的奧莉維亞，一個品德高尚的閨女，她的伯爵父親一年前過世了，把奧莉維亞交由哥哥照顧，可是不久之後，連她哥哥也去世了。大家都說，她為了悼念親愛的哥哥，發誓再也不跟男人來往或見面。」這位淑女如此深情地哀悼著死去的兄長，薇歐拉也正為了失去兄長而陷入悲痛，便希望能跟這位淑女住在一起，於是問船長能否將她引薦給奧莉維亞，說她願意伺候這位淑女。可是船長回答，恐怕很難辦到，因為奧莉維亞小姐在哥哥過世之後，就不准任何外人進她家，連公爵都拒於門外。然後薇歐拉又想到一個主意，就是女扮男裝，以侍僮的身分去服侍歐西諾公爵。年輕的淑女想穿上男裝，冒充成男孩，這種念頭實在古怪。但是薇歐拉年紀輕輕，又長得標致非常，在無依無靠、沒人保護的狀況下，隻身在異地漂泊，會萌生這種想法也是情有可原。

她看出船長為人正派，充滿善意的關懷，於是把計畫說給他聽，船長馬上答應助她一臂之力。薇歐拉拿了些錢給船長，請他幫忙張羅適合的男裝，她指名訂製的裝束，不管顏色或式樣，都比照她哥哥以前常穿的服飾。她穿上男裝的時候，跟哥哥簡直一個模樣，後來就是因為錯認而引發了一連串奇妙的誤會——因為賽巴斯欽也獲救生還了，這一點下文將會提到。

船長成了薇歐拉的好朋友，把這位美麗姑娘喬裝成紳士之後，透過宮廷裡的人脈，以西塞里歐的假名，將薇歐拉介紹給公爵。公爵對這個俊秀青年的談吐跟優雅舉止非常滿意，就答應讓西塞里歐加入侍僮行列。薇歐拉如願以償，在新崗位上表現得十分稱職，勤快周到、忠心耿耿，很快就成為公爵最寵信的侍從。歐西諾將愛慕奧莉維亞小姐的經過，私下全都向西塞里歐傾訴。他告訴西塞里歐，他追求奧莉維亞很久了，但遲遲未能成功，她不僅拒絕他長期以來屢屢獻上的殷勤，還瞧不起他，不肯讓他去見她。高貴的歐西諾因為愛上了對他如此無情的小姐，放棄了向來喜愛的野外活動跟男性運動，懶散地消磨時光，時時聽著綿軟音樂跟溫柔曲調構成的靡靡之音，以及熱情洋溢的情歌。公爵因此疏遠了過去時常往來、學識豐富的睿智貴族，現在成天只顧著跟年輕的西塞里歐閒聊。無庸置疑，嚴肅的朝臣們全都認為，對高貴的長官——了不起的歐西諾公爵來說，西塞里歐絕非良朋益友。

成為俊美年輕公爵的談心對象，對年輕閨女來說是件危險的事，不久，薇歐拉就悲傷地領悟到這一點。歐西諾把他為了奧莉維亞所受的煎熬，全都向薇歐拉傾吐，現在薇歐拉卻因為愛上伯爵，嘗到了同樣的苦頭。這位無與倫比的貴族跟老爺，不管誰見了都會深深仰慕，薇歐拉怎麼都想不通，奧莉維亞竟然可以對他不屑一顧。薇歐拉於是溫柔卻大膽地向歐西諾暗示，他愛上的小姐不懂得欣賞他的可貴品德，真是可惜，她說：「殿下，如果有個小姐愛上您，就像您愛奧莉維亞那麼深——也許真有這樣一個人——如果您對她沒有意思，難道不會乾脆告訴她，您就是無法愛她，而她得到這個答覆之後，說什麼也該滿足了吧？」

可是歐西諾不接受這樣的推論，他否認有女人能像他愛得那麼深。他說，沒有女人的心大到能夠容納那麼多愛，所以把任何小姐對他的愛，拿來跟他對奧莉維亞的愛相比，都是不公平的。雖然薇歐拉向來以公爵的意見為依歸，可是這會兒她不禁認為這種說法不大對，因為她覺得自己心裡充滿的愛跟歐西諾不相上下。

她說：「啊，這點我可清楚了，殿下。」

「你清楚什麼了，西塞里歐？」

「我非常清楚，」薇歐拉回答，「女人對男人懷抱什麼樣的愛，她們跟我們男人一樣真心。我父親有個女兒愛上了一個男人，就像假如我是女人，就會愛上殿下一樣。」

「她這條情路走得如何？」歐西諾說。

「殿下，什麼都沒發生，」薇歐拉回答，「她遲遲沒向對方告白，只是將情意深深埋藏在心裡，這個祕密就像躲在花苞裡的蟲子，侵蝕了她粉嫩的臉頰。她因為相思而憔悴，憂鬱讓她臉色發青，她耐著性子枯坐等候，強忍哀傷並露出笑容。」公爵詢問，這位小姐最後是否因為相思病而死，薇歐拉卻含糊其詞，不正面作答，可能因為這是她隨口編造出來的故事，目的只在於抒發暗戀歐西諾而默默承受的悲傷。

他們在聊天的當兒，有個紳士走了進來，公爵先前才派他去找奧莉維亞，紳士說：「啟稟殿下，小姐不准我進去見她，只叫侍女出來傳達給您的答覆：從現在開始連續七年，她都要像修女一樣蒙著面紗活動，連大自然都見不到她的容顏。她要專心哀悼死去的哥哥，要用淚水澆灌她的閨房。」

聞此，公爵驚呼：「噢，她的心地真好，對死去的哥哥愛得這麼深。哪天愛神的華麗金箭要是射中她的心，她的愛會有多麼深啊。」然後對薇歐拉說：「你知道的，西塞里歐，我把心裡的祕密都告訴你了，好孩子，你就到奧莉維亞的家一趟吧。千萬別讓他們攔住你，站在她家門前，告訴她，要是見不到她一面，你會在原地站到雙腳生根為止。」

「要是有機會跟她說上話，殿下，我該怎麼樣呢？」薇歐拉說。

「噢，如果能夠跟她說上話……」歐西諾回答：「就把我的熾烈情感全都告訴她，把我的真心實意鉅細靡遺對她講。你很適合代我表達出相思之苦。比起那些神色嚴肅的人，她會更樂意聽你說話才是。」

薇歐拉就這麼出發了。她並不願意擔起代替主人追求女性的任務，因為這等於替她想嫁的男人，去向另一位小姐示愛求婚。可是既然接下了這項任務，她就要忠實認真地執行。不久，奧莉維亞就聽說門口有個少年堅持要見她一面。

「我告訴他您病了，」僕人說，「他說他知道，所以才要跟您談談。我跟他說您睡了，他似乎也早就知道，答說，所以才非得跟您談談。小姐，我該怎麼答覆他呢？他好像怎麼都不接受拒絕，不管您願不願意，非得跟您說上話不可。」

奧莉維亞好奇心一起，倒想見見這個堅決的使者，要僕人放他進來。她用面紗罩住臉龐，說她要再聽聽歐西諾的使者有什麼話要說，按照那人糾纏不休的程度看來，肯定是公爵派來的人馬。

薇歐拉走了進來，端出最陽剛的姿態，說話就用大人物的侍僮在宮廷裡慣用的美麗詞藻，對蒙著面紗的小姐說：「最耀眼、最纖細、無人能比的美人，請問您是否正是府上的小姐。如果我找錯人，平白說了番話，我會很遺憾的。況且，這番話精彩動人，我費了好大勁兒才背起來。」

「先生，你打哪裡來的？」奧莉維亞說。

「除了背熟的內容，我一概都沒法回答，」薇歐拉回答，「那個問題不在台詞裡頭。」

「你是小丑嗎？」奧莉維亞說。

「不是，」薇歐拉回答，「我也不是我扮演的角色。」意思就是，她原是女兒身，如今卻假扮成男人。她再次問奧莉維亞是否為府上的小姐。奧莉維亞說是，比起傳達主人的訊息，薇歐拉更急著想一窺情敵的相貌，於是說：「好小姐，請讓我看看您的臉。」對於這樣大膽的請求，奧莉維亞倒沒表示嫌惡，也並未拒絕，因為這位歐西諾公爵愛慕許久卻還得不到的傲慢美人，竟然對喬裝的侍僮——卑微的西塞里歐一見鍾情。

薇歐拉要求一窺奧莉維亞的容顏時，奧莉維亞說：「難道你家主人委託你過來跟我的臉談判？」然後，忘卻自己長達七年都要蒙著面紗的決心，這會兒把面紗往一旁撩起並說，「不過，我會把遮簾拉開，展示這幅圖畫。畫得好嗎？」

薇歐拉回答：「美得渾然天成，皮膚白裡透紅，由大自然的巧手繪製而成。如果您任由這樣的美貌埋沒在墳墓裡，沒在世上留下子嗣當副本，那麼您就是世上最狠心的小姐了。」

「噢先生，」奧莉維亞回答，「我不會這麼狠心的，我會把我的美貌列成一份清單留給這個世界，兩片嘴唇，普通紅潤，這是一項。灰眼珠一雙，附有眼皮，又是一項。一個頸子，一個下巴，以此類推。你家主人派你來這裡讚美我嗎？」

薇歐拉回答：「我明白您是什麼樣的人了。您太驕傲了，但很美麗。我的殿下跟主人深深愛著您。噢，就算您的美貌足以在世上稱冠，也無法完全回報他的深情。歐西諾以崇敬跟淚水愛著您，以雷鳴般的呻吟、以烈火般的嘆息，來傾訴他的愛。」

「你主人很清楚我的心意，」奧莉維亞說，「我沒辦法愛他，可是我毫不懷疑他的操守。我知道他高貴又富有，年輕力壯、聲譽無瑕。人人都說他學養豐富、謙恭有禮又英勇，可是我還是不能愛他，他早該接受這個事實了。」

「如果我像主人一樣愛您，」薇歐拉說，「我會在您家大門前搭一座柳葉小屋，時時呼喚您的芳名，寫一些以奧莉維亞為題的哀歌，然後在夜半時分詠唱。您的名字會迴盪在山丘之間，我會讓您名字的回音在空氣中流轉：奧莉維亞。噢，除非您憐憫我，否則您在天地之間將無法安歇。」

「搞不好這樣反倒會有點效果，」奧莉維亞說，「你的出身如何？」

薇歐拉回答：「我的出身高過目前的際遇，不過我的地位還不錯，我是貴族。」

現在，奧莉維亞倒有些捨不得打發薇歐拉走了，於是一面說：「回去找你主人，告訴他，我沒辦法愛他，叫他別再派人來了，除非你再過來跟我報告，他對這個消息的反應。」薇歐拉離開時用「冷酷美人」的稱呼來向這位小姐道別。

薇歐拉一離開，奧莉維亞就複述這些話：我的出身高過目前的際遇，不過我的地位還不錯，我是貴族。她高聲說：「我敢發誓他是貴族沒錯，他的談吐、長相、體態、舉止跟氣質，全都表明了他是個貴族。」接著她心想，要是公爵是西塞里歐就好了。她察覺西塞里歐一舉攻占了她的心，於是責怪自己竟然如此莽撞地墜入情網。可是人們在責備自己的錯失時，態度總是溫和的而且堅持不了太久。這位高貴的小姐奧莉維亞，不久就忘了她跟侍僮之間的地位有多懸殊，也把閨女該有的衿持——一個女孩品行的主要裝飾——拋諸腦後，決心主動追求年輕的西塞里歐，於是派僕人帶著一只鑽戒追上去，向僕人謊稱說那是西塞里歐替歐西諾帶來送她的禮物。她希望藉由這個巧計，將戒指送到西塞里歐手裡，向他暗示自己的心意。薇歐拉確實起疑了，因為她清楚歐西諾並未派她帶戒指過去，於是她開始回想之前的會面，奧莉維亞的神態跟舉止確實處處流露了愛慕之情。薇歐拉猜想，主人心儀的對象愛上了自己。

「唉，」她說，「那位可憐的小姐就像是愛上一場幻夢啊。我現在終於懂得變裝易容的壞處了，害得奧莉維亞受相思之苦，白白為我嘆息，就像我白白為歐西諾嘆息一樣。」

薇歐拉回到歐西諾的宮殿，向主人報告談判未果的消息，並且轉述奧莉維亞的吩咐，說公爵不應該再打攪她。可是公爵依然希望溫柔的西塞里歐遲早能夠打動奧莉維亞，讓她展現一點憐憫之心，所以他求西塞里歐翌日再去一次。

同時，公爵為了打發無聊的空檔，找人過來獻唱一首他愛聽的歌曲，他說：「我的好西塞里歐，昨晚我聽到那首歌的時候，覺得相思之苦減輕不少。聽聽看，西塞里歐，這首歌古老又平凡，負責紡線跟編織的婦女坐在太陽底下工作的時候會唱，年輕姑娘用骨針穿線的時候，也會一面誦唱這首歌。歌詞雖然有點傻氣，可是我很喜歡，因為內容講的是昔日那種天真無邪的愛情。」

死神，來，來吧，
讓我躺在柏樹做成的淒涼棺柩；
氣息，飛走，飛走吧，
我死在美麗殘忍的姑娘手裡。
噢替我備好白色壽衣，在上面插滿紫杉！
沒人死於像我這樣的真心。

別在我的黑色棺柩上
撒上任何花朵，任何芳香的花兒：
別讓任何朋友，任何一位朋友
前來憑弔我的屍身，前來我的骨骸四散之地。
將我葬在悲傷的痴情戀人尋覓不著的墳地，
省得我聽見他們千千萬萬回的嘆息跟哭泣！

薇歐拉仔細傾聽這首老歌的歌詞，這首歌用如此真誠單純的方式，描寫單戀的痛苦，她臉上不禁流露出歌詞所表達的情感。歐西諾觀察到她的悲傷，於是對她說：「我用生命發誓，西塞里歐，雖然你那麼年輕，可是你的眼睛已經見過鍾愛的臉龐，對吧，小伙子？」

「多少算是，抱歉。」薇歐拉回答。

「你愛上什麼樣的女子？多大年紀？」歐西諾說。

「跟您同樣年紀，膚色也差不多，殿下。」薇歐拉說。公爵聽到這位美少年竟然愛上比自己年長許多的女人，而且膚色還跟男人一般黝黑，不禁露出笑容。可是薇歐拉暗指的其實是歐西諾，而不是模樣像他的女人。

薇歐拉第二次登門拜訪奧莉維亞時，輕輕鬆鬆就見到了她。僕人很快就會發現，他們的小姐愛跟年輕俊美的使者閒談。薇歐拉一到，僕從隨即敞開大門，必恭必敬將公爵的侍僮迎進奧莉維亞的房裡。薇歐拉告訴奧莉維亞，她又來替主人求情時，這個小姐說：「我希望你別再提起他的事了。可是如果你用別的名義追求我，我願意聽聽你的請求，比傾聽天籟之音還有興趣。」這樣說得也夠明白了，可是奧莉維亞很快就做出更直白的說明，並且公開坦承愛意。

一見到薇歐拉的臉上浮現不悅跟困惑，奧莉維亞便說：「噢，他唇邊露出輕蔑、怒氣，即使如此，卻依然如此俊美！西塞里歐，我以春天的玫瑰、貞操、榮譽跟真理來發誓，我好愛你，儘管你那麼驕傲，我的機智跟理性卻怎麼都藏不住我的熱情。」可是這位小姐白忙一場，薇歐拉趕著離開，威脅說再也不會來替歐西諾追求她了。對於奧莉維亞的熱烈追求，薇歐拉給她的唯一答覆是宣誓自己的決心：永遠不會愛上任何女人。

薇歐拉向小姐告辭，旋即遇上需要展現勇氣的情況。有個貴族追求奧莉維亞被拒，得知那位小姐偏愛公爵的使者，就向使者發下決鬥的戰帖。可憐的薇歐拉不知所措，她雖然外表裝成男性，內心卻是個十足的女人，連身上配戴的劍都不敢直視。

她看到可怕的敵人抽劍出鞘，步步逼近的時候，開始考慮要坦承自己是女人，可是有個陌生人經過，立刻解除了她的恐懼，讓她免於暴露女性身分的羞辱。陌生人走了上來，彷彿認識她許久、是她摯友似的，向她的對手說：「要是這位年輕紳士得罪了你，就由我來替他承擔過錯；如果是你冒犯了他，我就要跟你決戰。」

薇歐拉還來不及謝謝這位新朋友的保護，或是詢問他好心介入的原因，這位新朋友就碰上了敵人，既使有勇氣也發揮不了作用。因為幾位官兵在那一刻走了過來，以公爵的名義逮捕了陌生人，因為他幾年前犯過案子。

陌生人對薇歐拉說：「都是因為來找你，我才落得這種下場。」接著他向薇歐拉索討錢袋，並說：「我現在有需要了，只好把那個錢袋討回來。我難過的倒不是之後會遭遇些什麼，而是沒辦法再幫你更多。你站在那裡一副吃驚的樣子，可是不用替我操心。」他講的話確實讓薇歐拉很吃驚，她表示自己並不認識他，更沒有從他那裡拿過錢袋，可是剛剛承蒙他好心幫忙，她願意奉上一點錢，那幾乎是她所有的財產。

現在，那位陌生人態度丕變，嚴厲指責她不知感恩、薄情寡義。他說：「你們眼前的這位少年，是我當初從死神的嘴裡搶下來的，都是為了他，我才來到伊利里亞，才會陷入這樣的險境。」

可是官兵根本懶得聽囚犯發牢騷，催他快點走，一面說：「干我們什麼事啊？」陌生人被架走的時候，把薇歐拉叫做「賽巴斯欽」，斥責賽巴斯欽竟然不承認有他這個朋友，一直罵到聽不見為止。薇歐拉聽到有人叫她賽巴斯欽，她猜想眼前之所以會有這個謎團，可能是因為她被誤認為她哥哥。不過那個陌生人太快被帶走，她來不及問個明白。她開始希望，男人說他救的人就是她哥哥。

確實如此。那個陌生人叫做安東尼歐，是個船長。風狂雨驟之時，賽巴斯欽筋疲力盡，正隨著身上綁的桅杆載浮載沉，安東尼歐把賽巴斯欽救上了船。安東尼歐跟賽巴斯欽從此建立了深厚的友誼，他下定決心，無論賽巴斯欽往哪裡去，他都要結伴同行。當少年賽巴斯欽表示好奇，想一訪歐西諾的宮廷時，安東尼歐明知自己踏上伊利里亞這片土地，就會有生命危險，卻不願與他分離。安東尼歐曾經在一場海戰裡，重傷了歐西諾公爵的姪子，這就是他現在淪為階下囚的原因。

安東尼歐遇到薇歐拉以前的幾個小時，才跟賽巴斯欽一起上岸。他把錢袋交給賽巴斯欽，告訴賽巴斯欽看到有什麼想買的，就儘管買。他也說，賽巴斯欽進城逛逛的時候，他會在客棧裡等候。可是賽巴斯欽到了約定的時間遲遲沒回來，安東尼歐只好冒險出來找他。薇歐拉跟賽巴斯欽的打扮相同，長相又跟哥哥一模一樣，所以安東尼歐才會拔劍捍衛之前從海中救起的少年（他以為眼前就是那位少年），賽巴斯欽不只不認他這個朋友，更拒絕還他錢袋，難怪安東尼歐會指控他忘恩負義。

安東尼歐離開以後，薇歐拉很怕對手會再向她發出挑戰，於是盡快悄悄溜回家去。她才離開沒多久，對手以為她回來了，不過這次是她哥哥賽巴斯欽，賽巴斯欽湊巧來到這裡，對手就說：「欸，先生，咱們又狹路相逢了，看我這一招。」說著便出拳給他一記。賽巴斯欽可不是懦夫，加倍力氣狠狠回擊，然後拔出劍來。

此時，有位小姐阻止了這場決鬥。奧莉維亞踏出家門，也把賽巴斯欽誤認為西塞里歐，邀請他進門，對於他遇上的無禮攻擊表示萬分難過。這位小姐的客氣有禮，跟剛剛那位素不相識的敵人的無禮行為，都讓賽巴斯欽意外極了，他爽快地進屋裡去。奧莉維亞發現西塞里歐（她誤以為對方是西塞里歐）比之前更樂意接受她的百般殷勤，雖說兄妹倆的長相完全相同，但賽巴斯欽的臉上完全不帶輕蔑跟怒意——奧莉維亞之前向西塞里歐示愛的時候，就抱怨在對方臉上看到了那樣的神情。

對於這位小姐展現的情意，賽巴斯欽毫不反感。雖然他搞不清楚是怎麼回事，但似乎頗為樂在其中，不過他認為奧莉維亞可能腦筋有點不大正常。然而看到她是個豪宅的女主人，事事井井有條，管理家務相當審慎，除了突然愛上他這一點，她的神智似乎相當清明，所以他很贊同她的追求。奧莉維亞發現西塞里歐心情正好，深怕他又會變卦，於是趕緊提議說，家裡有個神父，他倆應該即刻成婚。賽巴斯欽同意了這項提議。婚禮結束之後，他暫時離開夫人身邊，打算去跟朋友安東尼歐說說自己遇上了什麼好運道。於此同時，歐西諾過來拜訪奧莉維亞，他一走到奧莉維亞的家門，官兵正好押著囚犯安東尼歐來見公爵。薇歐拉就跟在主人歐西諾身邊，安東尼歐一見到薇歐拉（他依然將薇歐拉誤認為賽巴斯欽），就向公爵告狀說，他當初如何解救這位少年脫離兇險的大海，述說自己如何善待賽巴斯欽，最後還抱怨說，整整三個月，這個不知感恩的少年日日夜夜都跟在他身邊。可是現在奧莉維亞小姐從家裡走出來了，公爵無心再聽安東尼歐多說什麼。

公爵說：「伯爵小姐出來了，簡直有如天仙下凡！可是你這傢伙簡直胡言亂語。三個月以來這個少年明明都在伺候我。」接著公爵下令官兵把安東尼歐帶到一邊去。歐西諾將伯爵小姐視為天仙，可是不久公爵滿耳聽到的，淨是奧莉維亞對西塞里歐說的溫言軟語，公爵也落得跟安東尼歐一樣，聲聲指控西塞里歐忘恩負義。

公爵發現自己的侍僮得到了奧莉維亞的榮寵，就威脅要向侍僮展開恐怖的報復行動，並說：「小子，跟我來，看我怎麼教訓你。」看來公爵嫉妒得暴跳如雷，準備立刻處死薇歐拉，但愛情讓薇歐拉不再懦弱，她說為了讓主人好過一點，她非常樂意一死。

可是奧莉維亞可不願失去丈夫，就喊道：「我的西塞里歐要上哪兒去？」

薇歐拉回答：「我要跟著他走，我愛這個人勝過自己的生命。」不過，奧莉維亞硬是攔住他們，高聲宣布西塞里歐是她丈夫，並且派人去找神父過來，神父宣告說，不到兩個鐘頭前，他才替奧莉維亞小姐跟這個年輕人證完婚。薇歐拉發誓說她並未跟奧莉維亞成婚，但好說歹說都沒用。那位小姐跟神父的共同見證讓歐西諾相信，侍僮把他看得比生命更貴重的寶物奪走了。

公爵想著既然覆水難收，索性就向這個靠不住的情人以及她丈夫揮別，公爵現在稱薇歐拉為這個年輕騙子。公爵還警告薇歐拉不准再出現於他眼前。就在這時，奇蹟出現了（對他們來說奇蹟）！另外一個西塞里歐竟然走了過來，直呼奧莉維亞是他妻子。這個新來的西塞里歐就是賽巴斯欽，奧莉維亞真正的丈夫。大家看到兩個人有同樣的相貌、嗓音跟衣裝，都驚訝極了，等心情稍微平復，這對兄妹就開始追問對方的事。薇歐拉簡直不敢相信哥哥還活著，而賽巴斯欽也不懂他以為早已溺死的妹妹，這會兒怎麼會穿著年輕男子的裝束出現在眼前。可是薇歐拉馬上承認自己就是他妹妹薇歐拉，只是喬裝成男性的模樣。

這對攣生兄妹因為長得極為肖似而引發種種誤會，等這些誤會都澄清之後，大家都笑奧莉維亞竟然陰錯陽差愛上了女人。奧莉維亞發現自己嫁給了哥哥而不是妹妹，倒也沒有不高興的樣子。

奧莉維亞既然已經另嫁他人，歐西諾的希望就永遠幻滅了；希望一幻滅，這場毫無結果的愛戀也隨之煙消雲散。公爵的心思轉而放在，最寵信的年輕西塞里歐變成了美麗姑娘這件事情上。他仔細打量薇歐拉，想起自己向來覺得西塞里歐俊美非常，判定要是薇歐拉換上女裝，肯定楚楚動人。接著他想起薇歐拉多麼常說愛他，他當時只覺得那是出於忠實侍僮的本分，但現在猜想薇歐拉話裡其實有著更深的含意。薇歐拉之前說過不少動聽的話，當時聽起來有如啞謎，現在一一浮現在他的腦海裡。他一憶起那些事，就決心娶薇歐拉為妻。他對薇歐拉說（依然忍不住把她叫成西塞里歐跟小伙子）：「小伙子，妳跟我說過千百回，說妳永遠不會像愛我一樣去愛女人。妳委屈了身為淑女的教養，忠心耿耿服侍我。既然妳都叫我老爺那麼久了，妳現在就要成為老爺的夫人，歐西諾真正的公爵夫人。」

奧莉維亞看到，歐西諾把她過去無禮拒絕的那顆心轉向了薇歐拉，就邀請大家進來家裡坐坐，並且提議請早上才替她與賽巴斯欽證完婚的好神父，當天就替歐西諾跟薇歐拉舉行結婚儀式。如此一來，這對孿生兄妹就在同一天陸續成親了：暴風雨跟船難當初迫使兄妹分離，卻也為他們帶來了美好的際遇。薇歐拉與伊利里亞歐西諾公爵成親，而賽巴斯欽也與富有高貴的奧莉維亞伯爵小姐結為連理。

第十二夜　人物關係表

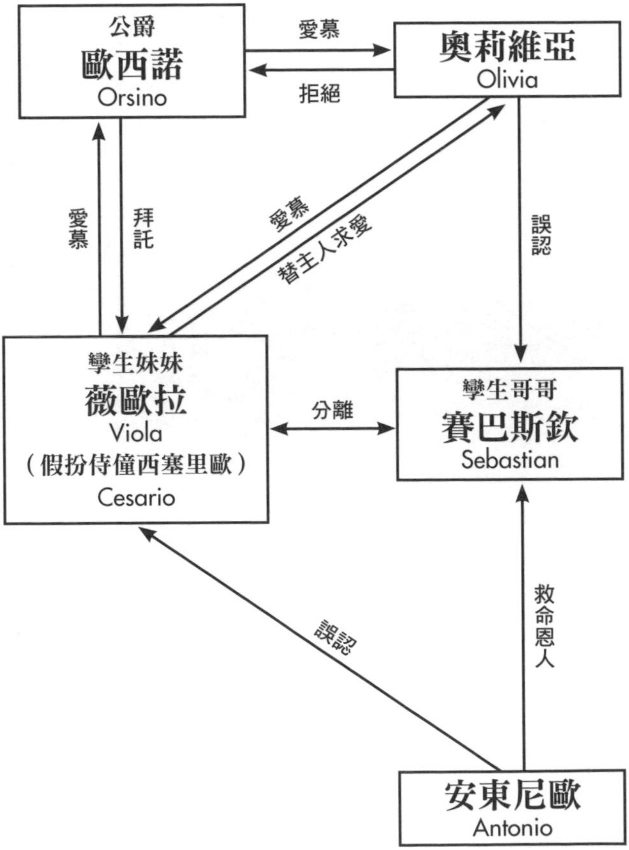

公爵
歐西諾
Orsino
愛慕
拒絕
奧莉維亞
Olivia
愛慕
拜託
愛慕
替主人求愛
誤認
孿生妹妹
薇歐拉
Viola
（假扮侍僮西塞里歐）
Cesario
分離
孿生哥哥
賽巴斯欽
Sebastian
誤認
救命恩人
安東尼歐
Antonio

第十二夜

Twelfth Night, or What You Will

屬性：喜劇

最早演出紀錄：一六〇二年二月二日

關於第十二夜：

✻ 莎士比亞最傑出的喜劇之一。

✻ 此劇劇名源自耶誕假期的結尾，也就是一月五日晚上，主顯節前夕。主顯節（一月六日）是耶誕節過後的第十二天，也是耶穌誕生後第一次顯露給外邦人（東方三賢士）的日子。依照傳統習俗，當時人們會在此夜狂歡作樂，吃大餐，烤蛋糕，蛋糕中常會放小豆子，吃到豆子的人要負責主持饗宴直到半夜（這也是後來國王蛋糕的由來）。但此劇劇情與主顯節前夕並無關係，據信莎士比亞是為了慶賀此夜而寫。此劇首次有正式紀錄的演出，也是在基督教的節日聖燭節（二月二日）。

✻ 莎士比亞在此劇中再次運用源自希臘羅馬喜劇的雙胞胎互換身分橋段，他在《錯中錯》用過一次，但在此劇中改為異性雙胞胎。

✻ 丹麥哲學家齊克果（在著作《哲學斷簡》（*Philosophical Fragments*）中的引言「好好地吊死常常可以防止壞的婚姻」（Better well hanged than ill wed），便是改寫自此劇中的台詞（Many a good hanging prevents a bad marriage）。尼采也在《道德譜系學》中引用了此劇台詞。

✻ 推理女王阿嘉莎．克莉絲蒂（Agatha Christie）在一九四〇年出版的推理小說《絲柏的哀歌》（*Sad Cypress*），書名出自此劇第二幕的歌。

✻ 多次改編為影視作品。一九九六年改編為同名電影，由海倫娜．寶漢．卡特（Helena Bonham Carter）主演。二〇〇六年的電影《足球尤物》（*She's the Man*）也是改編自此劇，但背景換成美國普通高中。

雅典的泰門

Timon of Athens

'Tis not enough to help the feeble up,
But to support him after.

單單把軟弱無力的人扶了起來是不夠的，
必須有人隨時攙扶他，照顧他。

——泰門，第一幕，第一場

泰門是雅典的貴族，財富可比王侯，他為人海派，向來慷慨得毫無節制。儘管家產多到數不清，但他都揮霍在形形色色、地位各異的人身上，收入總是沒有支出來得快。不僅窮人可以得到恩惠，就連達官貴人也來當他的食客跟追隨者。他的餐桌旁總是坐滿了縱情享樂的賓客，他的家門敞開歡迎雅典所有往來的人。他坐擁萬貫家財，性格又如此豪爽慷慨，以愛收服了眾人的心。見解不同跟性情各異的人都爭相向泰門老爺大獻殷勤，有八面玲瓏的諂媚者，他們的臉會反映出主人當前的心境。也有粗魯倔強的憤世者，他們假裝瞧不起人，對世俗事物漠不關心，卻也抗拒不了泰門老爺的和藹可親跟樂善好施，不禁違背本性來參加他的豪華宴席；要是泰門對他點個頭或打聲招呼，回家時就覺得自己的身價水漲船高。

如果某個詩人完成了作品，希望有人推介給大眾，只要題獻給泰門老爺，這首詩的銷路保證大好，還會從資助人泰門那裡獲贈一筆禮金，並且天天到泰門家裡接受款待。如果某個畫家有幅畫想賣，只消拿到泰門老爺面前，假意請泰門品評這幅畫的優缺好壞，無須出言勸進，這位生性慷慨的老爺就會爽快買下來。

泰門老爺的府上有如永遠不歇的市場，如果某個珠寶商手頭有顆貴重的寶石，或是某位布商手上有華麗昂貴的布匹，因為價格高昂而滯銷，他們可以用任何價錢把布匹或珠寶脫手賣給泰門，而這位好性子的老爺還會因為價美物廉向他們道謝，彷彿讓他優先購買這些珍貴商品是一種禮遇。如此一來，泰門的家裡塞滿了多餘的商品，毫無用處，只是虛有其表的浮華排場，教人忐忑不安。

他本人則是受到一大群人的百般糾纏，有閒散的訪客、說謊的詩人跟畫家、無良的商人、貴族、貴婦、貧困的奉承者、冀求青睞的人。他們成天擠在泰門家的大廳裡，天花亂墜對著他的耳朵悄聲訴說恭維，將他吹捧得有如神祇一般，連他騎馬用的馬鐙都成了聖物，彷彿連他們自由呼吸的空氣，也是泰門的慷慨恩賜。

天天依賴泰門的人當中，有些是出身名門的年輕人，他們明明沒有豪奢的本錢卻揮金如土，最後被債主送進監牢，由泰門老爺出錢贖了出來。這些年輕浪子就此纏上泰門，彷彿他就該跟這些揮霍無度跟生活浪蕩之徒惺惺相惜，彷彿他必定會很欣賞他們似的。他們的財富比不上泰門，但用泰門的錢來效法他揮霍豪奢的作風，倒是輕鬆容易。其中一個寄生蟲就是范提狄斯，他因為不合理的契約而積欠債務，泰門近來才剛替他償清五塔蘭特的債款。

可是，有如潮水般湧來的雜沓訪客當中，最引人注目的就是那些製作禮物跟呈獻禮物的人了。如果泰門喜歡上某人的狗、馬或是廉價家具，他就走運了。無論是什麼東西，只要得到泰門的讚賞，隔天早上就會送到泰門府上，送禮人會連同禮物附上問候，除了恭請泰門老爺笑納之外，也為了禮物不夠貴重表達歉意。泰門送禮絕對不落人後，所以無論收到了狗、馬或不管什麼禮物，必定以加倍貴重的東西當作回禮，也許回贈二十條狗或二十匹馬。

這些虛情假意的送禮人心知肚明，向泰門獻上禮物，就像放款出去，不久便會有高額利息迅速入袋。有個貴族魯修斯近來就照著這種路數，送了四匹身披銀製馬具的乳白色駿馬給泰門，這個狡猾的貴族聽到泰門曾讚許牠們。另一個貴族盧克勒斯聽說泰門讚賞一對靈提犬，說牠們體格好、動作迅捷，於是他也同樣假意送給泰門。這位好性子的老爺接下這些禮物時，不曾懷疑送禮者另有所圖，當然會用豐厚的回禮加以回報，送出的鑽石或珠寶，往往比虛偽貪財者的餽贈還要貴重二十倍。

有時候，這些傢伙會更直接一點，採取明顯露骨的手段，但輕信別人的泰門盲目得看不出來。對於泰門所擁有的東西，不管是過去或近期買的，他們都會假裝欣賞與稱許，這位容易讓步、心又軟的貴族就會把受到誇讚的東西送給他們。只需要一點廉價又直接的恭維話作為小小代價，三兩下禮物就能輕鬆到手。泰門前幾天才把自己騎的栗色馬送給了一位卑鄙的貴族，就因為對方稱讚這馬模樣俊美又跑得好而心生歡喜——泰門知道一個人要不是想要擁有某樣東西，就不會給出恰到好處的讚美。泰門老爺用真心來衡量朋友的心意，他如此喜歡餽贈，要是坐擁好幾個王國，也會陸續分贈出去而且永不厭倦。

泰門的財富不只是耗費在這些惡劣的諂媚者身上，他也有過值得稱許的高尚作為。泰門有個僕人愛上了雅典富人的女兒，但那個姑娘的財富跟地位遠遠高過僕人，姑娘的父親要求男方的家產要跟他女兒的嫁妝相稱，否則男方就無望跟這姑娘結為連理。泰門老爺於是慷慨餽贈了僕人三塔蘭特，成全了這門親事。但大多時候，耗費泰門財產的還是那些無賴跟寄生蟲。

泰門看不出那些朋友的虛偽；他們團團簇擁在他身邊，他就以為他們一定真心愛他。因為他們滿面笑容恭維他，他就確定所有明智跟善良的人都贊同他的行為。他跟奉承者與假朋友一同宴飲，就在暢飲名貴佳釀，舉杯祝福他健康幸福的當兒，正逐漸啃光他的家產、榨乾他的錢財。他分辨不出真朋友跟奉承者的不同，那雙受到蒙蔽的眼睛看到周圍的景象不禁得意起來。就他看來，這麼多人情同兄弟、不分你我地共享彼此的財富，是多麼可貴的事，真教人安慰啊，儘管明明只有他拿出自己的家產來支應所有的開銷。他會滿心歡喜看著這個場面，暗自忖度這真是歡樂又友好的聚會。

泰門秉持著善心揮霍，源源不絕地捐輸，彷彿財神普洛托斯不過是他的個人管家。他毫不在乎也了無節制地消耗家產，對於開銷毫無意識，不曾過問該怎麼維持現狀，也不曾停止瘋狂揮霍。他的財富並非無窮無盡，這種毫無止境的浪費終會走到山窮水盡的一天。可是應該由誰來告訴他呢？他的奉承者嗎？泰門閉著眼睛不看現狀，他們才有好處可拿啊。

誠實的管家弗萊維斯試著讓主人瞭解自己的處境，把帳冊拿到主人面前，哀求他、懇求他，含淚苦求主人過問自己的經濟狀況，管家的態度堅持到了可以說粗魯失禮的地步，甚至超過僕人的份際，但是一切終歸徒勞無功。泰門只會敷衍管家，然後轉移話題。家道中落的富人最聽不進別人的勸說，最不願相信自身的處境，最懷疑自己的真實景況，最難相信運勢會有由盛轉衰之時。

泰門的大宅房間裡擠滿了放蕩喧鬧的食客，酒酣耳熱之際灑得地上淨是酒，各個房間燈火通明，迴盪著音樂跟宴飲的聲響，這個好管家、這個老實人見到這種場面時，常常會退到僻靜的角落裡痛哭，他的淚水流得比酒桶被糟蹋的酒液還快。他看到主人瘋狂的慷慨，不禁暗想，主人從形形色色的人那裡獲得讚揚都是因為家產，等家產耗盡之後，讚揚的聲音也會隨之消失；透過宴飲得到的讚美，也會隨著宴席散去而消逝。一等冬雨降下，這些蒼蠅就會逃得了無蹤影。

可是現在，對於管家所說的話，泰門再也不能充耳不聞了。不得不籌錢的時候到了。泰門吩咐弗萊維斯賣掉部分地產變換現金時，弗萊維斯就把之前三番兩次要告訴主人，但主人不肯聽的事情說出來——他大部分的地產要不是變賣了，不然就是已經拿來抵債，目前全部的家產加起來連債款的一半都不夠付。

泰門聽到這種狀況，詫異不已，連忙回答：「可是從雅典到斯巴達，都有我的土地啊。」

「噢，我的好老爺，」弗萊維斯說，「世界就這麼一個，總是有邊界的啊。即使全世界都是你的，你要是一口氣送出去，眨眼也就沒了啊！」

泰門自我安慰說，他不曾拿錢給人為虎作倀，如果他過去曾經不智地揮霍財富，也不是拿去為非作歹，而是用來款待朋友。他要淚漣漣的好心管家儘管放心，說主人有這麼多高貴的朋友，永遠不愁缺錢用。這個沖昏頭的老爺說服自己，他陷入了困境，只要開口向那些得過他恩惠的人商借，就可以像花用自己的家產一樣，自由使用他們的家產。

彷彿對這場試煉很有把握似的，他帶著愉快的神情，派人分頭去找魯修斯、盧克勒斯跟辛普尼厄斯，他過去曾經毫無節制地餽贈諸多禮物給他們。另外也派人去找范提狄斯，泰門前一陣子才替他償清債款，逃過牢獄之災，不過父親過世之後，范提狄斯繼承了大筆家產，有足夠能力報答泰門之前的奧援。泰門派人請范提狄斯將他代墊的五塔蘭特歸還，並向其他貴族每人商借五十塔蘭特。泰門胸有成竹，認為他們一定都心懷感激，如果他有需要，即使開口商借五十塔蘭特的五百倍金額，他們也一定會傾囊相助。

泰門第一個求助的對象是盧克勒斯，這個卑劣的貴族昨晚正好夢見一只銀盤跟銀杯。一聽說泰門的僕人來，滿腦子齷齪心思的他就以為美夢快成真了，以為泰門派人送禮物來。不過，當盧克勒斯瞭解實情，知道泰門缺錢用，他的友誼就顯得非常脆弱，短暫如流水。他一再向僕人發誓說，他老早就料到泰門的家產會敗光，說有好多次他陪泰門吃午飯，就是想提醒泰門這件事，然後晚餐再接再厲又去找泰門，想奉勸泰門節省花用。但不管多常登門拜訪，泰門既不聽勸也無視他的警告。他確實經常參加泰門的宴席，還在更大的事情上受過泰門的恩惠，但他說自己向來抱著勸告或責備的意圖前往泰門府上作客——這是卑鄙無恥的謊言。說完之後，小氣地塞了點錢賄賂這僕人，叫僕人回去跟主人報告說盧克勒斯不在家。

被派去找魯修斯的信差也沒什麼斬獲。這個謊話連篇的貴族滿肚子都是泰門的佳餚美饌，也因為泰門致贈的貴重禮物而財富暴增。魯修斯一發現風向變了，過去噴湧不絕的施捨泉源突然停止了，起初幾乎不敢置信，但等他確認這個消息之後，就裝出極度憾恨的神情，扯了個下流的謊言，表示無法替泰門老爺盡一份心力，因為很不巧他昨天才花了一大筆錢購置東西，目前手頭現金不足，沒有餘力替這麼好的朋友效勞，他還痛罵自己是畜生，說他無法滿足這麼一位可敬紳士的需求，真是平生一大憾事。

誰能說共用一盤食物的人就是朋友？這就是諂媚者的本性。人人都記得，泰門待魯修斯就像父親對兒子，不僅慷慨解囊替魯修斯還債，還替他付工資給僕人，更僱請建築工人揮汗替他建造華麗的宅邸，以便滿足他的虛榮心。可是，噢，人只要變得忘恩負義，就等於把自己變成了妖怪！跟泰門餽贈給魯修斯的東西比較起來，魯修斯現在拒絕借給泰門的錢，比起善心人士施捨給乞丐的還少。

辛普尼厄斯以及泰門派人去求助的每個貪婪貴族，要不是給了含含糊糊的回答，不然就是斷然拒絕伸出援手。連當初靠泰門還債才出獄，現在一夕致富的范提狄斯，都拒絕借泰門五塔蘭特。當初范提狄斯走投無路的時候，泰門可沒把五塔蘭特當成借款，而是直接大方送給他的。

泰門闊綽的時候，人人對他大獻殷勤，求他出手相助，現在窮困了，人人卻對他避之唯恐不及。原本高聲讚美他，稱頌他慷慨、海派跟出手大方的人，現在竟然恬不知恥地責備他，說他的慷慨根本是愚蠢，說他的海派根本是揮霍。不過，泰門愚蠢的地方在於挑錯這些卑鄙的人作為慷慨賙濟的對象。

現在，泰門貴如王侯的大宅遭到遺棄，成了人人閃避跟嫌惡的地方。以往，路過的人總是會停下腳步，登門品嚐美酒佳餚；現在，人們只是頭也不回地走過門前。現在泰門的宅邸不是擠滿了宴飲跟喧鬧的賓客，而是受到債主、放高利貸者、來敲詐的人的圍剿，他們討債務、要利息、討抵押品，心浮氣躁、吵吵鬧鬧，作風兇狠不留情。這些鐵石心腸的男人不接受拒絕，也不接受拖延。泰門的家現在成了他的監獄，他不能越界，進出不得。其中一個人要討五十塔蘭特的欠款，另一個人帶來了五千克朗的票據。就算泰門可以把身上一滴滴的血拿來數算，再把一滴滴的血抽出來還債，全身上下抽乾也不夠用。

在看似走投無路又無力回天的狀態中，這顆西沉的夕陽突然綻放令人難以置信的新光輝，大家看了詫異不已。泰門老爺宣布再次宴客，廣邀過去常上門的賓客、貴族跟貴婦，全是雅典的名流。魯修斯跟盧克勒斯來了，辛普尼厄斯、范提狄斯跟其他人也到場了。這些愛奉承的壞蛋以為泰門老爺的貧窮全是裝出來的，以為泰門只是為了測試他們的愛，心裡真是懊惱極了，暗想當初要是早早看穿泰門的伎倆，花點小錢不就能換得泰門老爺的歡心嗎？可是，他們原本以為他的財富之泉已經枯竭，如今發現依然泉湧不息，心裡真是說不來的雀躍。他們裝模作樣，再三發誓，表達深沉的憂傷跟慚愧，他們說泰門老爺派人來借錢的時候，手頭上正巧沒有現金，無法幫助如此可敬的朋友，真是遺憾。泰門求他們不必在意這種小事，因為他早已拋到九霄雲外。這些下流的貴族馬屁精雖然在泰門急難的時候，不肯借他一分錢，可是當泰門重振家業，散放新光芒時，卻又忍不住登門來訪。燕子追隨夏天的腳步，也沒有這些傢伙急著攀權附貴那麼快。燕子逃離冬天的速度，也沒有這些人見到對方運勢轉衰的苗頭時閃躲得那麼急。人就像這種趨暖避寒的夏鳥。

現在，樂聲揚起，冒著熱氣的宴席餐盤隆重地端了上來，賓客相當詫異，想不通破產的泰門哪裡找來的錢，可以舉辦如此昂貴的盛宴。有些人懷疑眼前的畫面是否真實，幾乎不敢相信自己的眼睛。此時有人打了個暗號，餐盤上的保溫罩一掀開，泰門的意圖招然若揭。餐盤裡盛裝的並不是賓客所期望的，式樣豐富、世間罕見的珍饈美味——泰門過去向來慷慨供應的考究美食。掀開保溫罩之後，餐盤裡的內容更能呼應泰門當前的貧困家境——除了一點熱氣跟溫熱的水，什麼都沒有。這種宴席恰恰適合這群食客，他們嘴上說說的情義確實也像熱氣一樣空虛，心也像餐盤裡的水，不冷不熱、滑溜溜。泰門就用這樣的水來招待驚愕的賓客，對他們下令：「罩子掀開了，狗，快舔啊。」

賓客還沒從驚愕中恢復過來，泰門就朝著他們的臉潑水，要他們喝個夠，然後拿起餐盤往他們砸去。賓客現在推推搡搡，爭相奪門而出，貴族跟貴婦連忙拿起帽子，全部亂成一團。

泰門追在他們後頭，嘴裡喊著他們應得的臭名：「笑裡藏刀的圓滑寄生蟲、躲在殷勤面具下的壞蛋、假裝和藹的狼、故作柔順的熊、貪財的蠢人、狐朋狗友、見風轉舵的蒼蠅。」

為了閃避泰門的追擊，他們爭先恐後往外擠，比當初進來要急切許多。匆忙之中，有些人掉了長袍跟帽子，有些人弄丟了珠寶，全都急著逃離這位瘋狂的老爺，閃避這場假宴會的嘲弄。

這是泰門此生舉辦的最後一場宴會，他自此告別了雅典跟人群。之後，他就以樹林為家，不再理會他痛恨的城市跟所有的人類，他巴望那個可恨城市的城牆倒塌，希望房子壓垮他們的主人，希望侵擾人類的各種瘟疫、戰爭、暴力、貧窮跟疾病糾纏那裡的居民，祈禱公正的神祇毀滅所有的雅典人，不分老少貴賤。他一面這樣希望一面前往樹林，他說連樹林裡最兇狠的野獸也比人類更為仁慈。他褪去身上的衣物，不再保留人類的外表，然後挖了個洞穴住進去，過著像野獸一般的獨居生活。他吃野樹根、飲生水，走避同類，寧可跟野獸為伍，因為牠們比人類更無害也更友善。

從富如王侯的泰門老爺，人人都喜愛的泰門老爺，到赤身露體、痛恨人類的泰門，這樣的變化真是劇烈！奉承他的那些人現在到哪去了？他的隨從與跟班呢？這裡的蕭瑟空氣就像他喧鬧的僕人，它們能夠當他的侍從、替他換上溫暖的衣衫嗎？歲數比老鷹還長的壯實樹木，難道可以變成年輕靈活的侍僮，聽他的使喚跑腿辦事嗎？要是他前晚暴食而身體不適，冰涼的小溪在寒冬結冰的時候，難道能夠替他調理暖湯跟藥粥嗎？棲居野林的生物難道會過來舔他的手，開口巴結他嗎？

某天，他忙著挖掘樹根那些勉強拿來維生的食物，鏟子敲到了笨重的東西，一看發現是黃金，可能是某個守財奴情急之下埋在這裡，準備日後再來取，結果苦等不到時機，也來不及向人透露埋藏地點就與世長辭了。金子原本就是從大地之母的腹中挖出來的，就這樣一直留在原地，彷彿不曾離開過，既沒行善也沒做歹，直到泰門的鏟子無意間敲到，才讓它重見光明。

如果泰門抱著從前的心態，眼前就是大筆財寶，足以讓他再次收買朋友跟奉承者，但泰門早已厭倦這個虛偽的世界，見到金子就跟看到毒物似的。他原本想把金子埋回去，但是想到金子可以為人類帶來無窮的災難，人們為了得到金子，會發生劫掠、壓迫、不公義、賄賂、暴力跟謀殺事件，這麼一想像，心情就愉快起來，因為他對人類的仇恨已經根深柢固。他發現的這堆金子，可以引發好些折磨人類的禍害。

此時，正巧有一群士兵穿越樹林，來到他的洞穴附近，原來是雅典將領艾西拜狄斯的部分軍隊。艾西拜狄斯看不慣雅典的元老們，雅典人是出了名的忘恩負義，常常惹得他們的將軍跟好友翻臉，因此艾西拜狄斯正要率兵攻打他們。艾西拜狄斯過去曾經統領這批勝利大軍保衛雅典人，現在卻帶著同一支軍隊要討伐他們。

泰門很贊同軍隊的行動，就把金子送給領軍的艾西拜狄斯，要他拿去犒賞士兵。泰門不求回報，只盼艾西拜狄斯領著這支常勝軍，將雅典夷為平地，放火屠城，殺光城裡的居民。不要因為老人有白鬍子就饒過他們，泰門說他們都是放高利貸的，也不要因為孩童看似純真的笑容就放過他們，泰門說他們長大以後都會變成叛國賊。泰門要艾西拜狄斯硬起心腸跟耳朵，不要讓任何場景跟聲音喚起惻隱之心，不要讓少女、嬰兒跟母親的哭聲，阻礙他對全城趕盡殺絕、一舉殲滅的行動。泰門向神祇禱告，等艾西拜狄斯征服了全城，神祇也可以毀滅這位征服者。泰門就是如此徹徹底底痛恨雅典、雅典人跟全人類。

泰門孤孤單單過著比人類野蠻得多的生活，某天看到有個人突然出現在洞口，帶著敬意站在那裡時，他詫異不已。原來是老實的管家弗萊維斯，他憑著對主人的愛戴跟熱情，好不容易才找到了這個破敗的住所，想要伺候主人。管家第一眼看到主人，看到曾經風光一時的貴族，竟然淪落到如此悲慘的境地，就跟出生一樣赤身露體，在獸群之間過著野獸般的生活，有如自身的可悲廢墟跟腐朽的紀念碑。這位好僕人震撼得無法言語，既恐懼又困惑，等他終於開了口，已是涕淚縱橫，說起話來支支吾吾。

泰門費了好大勁兒才認出管家來，也才弄清楚在處境淒涼之時，主動前來服侍自己的是誰，這可是跟他從人類身上領教過的經驗背道而馳。泰門看到弗萊維斯的外型是個人，就懷疑他是叛徒，也懷疑他流的淚是虛假的。可是這位好僕人用許多證據證明自己的忠心，他明明白白告訴主人，他是出於愛跟責任感才來到親愛的老主人身邊。泰門不得不承認，這世上還剩下一個好人。可是弗萊維斯有著人類的外型，泰門一看到他的人臉就忍不住心生厭惡，聽他從人嘴裡吐出話語就禁不住湧現恨意。最後，這個忠心的人不得不離去，因為他是個人類，儘管比一般人更仁慈、富憐憫心，卻還是擁有令泰門深惡痛絕的人類外型跟特徵。

不過，比這位可憐管家身分高貴許多的訪客，即將前來打攪泰門孤獨安靜的野蠻生活了。現在，雅典那些不知感恩的貴族深深懊悔曾經虧待高貴的泰門。艾西拜狄斯就像一頭暴怒的野豬，猛攻雅典的城牆，圍城行動攻勢猛烈，威脅要讓美麗的雅典化為塵土。此時，健忘的人們才憶起泰門老爺過往的英勇跟作戰本領，因為泰門曾經是雅典的將軍，也是個驍勇善戰、精通戰術的軍人，眾人公認只有他應付得了圍城軍隊的威脅，認為只有他能擊退來勢洶洶的艾西拜狄斯。

情勢危急，雅典元老院推派了代表團來拜訪泰門。他們在危難的時刻來找他，但是當他過去身陷絕境時，他們卻不理不睬。他們當初棄他於不顧，卻認為他應該要心懷感激；當初他們無禮又無情地對待他，卻認為他應該以禮相待。

如今他們誠懇哀求他，淚流滿面向他求情，請他回去拯救雅典城，那座不久之前才將他驅逐的城市。現在他們願意提供財寶、權勢和地位給他，補償過去對他造成的傷害，並且要大眾尊重他、愛戴他。他們願意把自己的生命跟財產都交由他掌控，只要他回來城裡拯救他們。可是裸著身子、憤世嫉俗的泰門，不再是那個泰門老爺，不再是慷慨大方的貴族、非凡的勇者，不再是戰亂時期捍衛他們、昇平時期替他們妝點門面的人了。

如果艾西拜狄斯殺了同胞，泰門也不在乎。如果艾西拜狄斯洗劫美麗的雅典城，屠殺城裡的老老少少，泰門只會擊掌叫好。泰門就這樣告訴代表團成員，還跟他們說，對他來說，暴軍陣營裡的一把刀劍，比起雅典城裡最受敬重者的喉嚨，都還要貴重。

對於失望哭泣的元老，泰門只給了這個答覆。泰門在他們離去之前，要元老們代他向同胞問候並告訴他們，因為他對親愛的同胞還懷有深情，願意在死前替他們做點善事，他可以指引他們最後一條出路，以便緩和他們的悲痛跟焦慮，並且避開艾西拜狄斯兇狠洩憤的後果。元老們聽了精神稍微一振，希望泰門已經恢復了原本的仁慈。接著泰門告訴他們，他的洞穴附近有棵樹，不久之後打算砍除，他邀請雅典所有想逃避痛苦的朋友，不分地位高低跟貴賤，前來嘗嘗那棵樹的滋味：意思就是，他們可以儘管過來上吊自盡，藉以逃離痛苦。

以往泰門對人類高貴慷慨地付出，這是最後一次的展現，也是他同胞最後一次見到他。幾天之後，一個可憐的士兵路過海灘，海灘跟泰門經常活動的樹林隔了點距離。士兵在海邊發現一座墳，上頭刻了字，表示是痛恨人類的泰門之墳，他「在世時，痛恨所有的活人；辭世時，盼望瘟疫毀滅所有的卑鄙小人！」

泰門是以暴力了結自己的生命？抑或因為厭世跟憎恨人類而走到人生盡頭？沒人清楚知道，但大家都訝異他的墓誌銘寫得如此貼切，而結局又如此符合他的人生。如同生前，泰門死時對人類的恨意不減。泰門選擇海灘作為葬身的地點，有些人任憑想像馳騁，認為泰門這種做法意在諷刺——大海可以永遠在泰門的墳前垂淚，等於是對偽善不實的人類那種虛幻膚淺的眼淚，表示輕蔑。

雅典的泰門　人物關係表

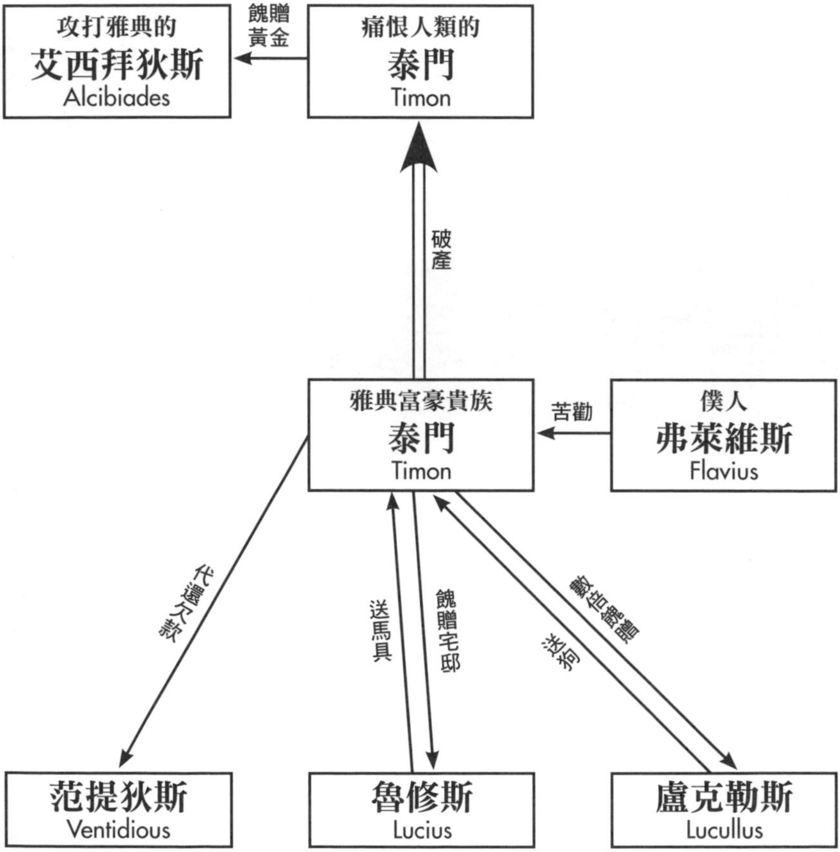
攻打雅典的
艾西拜狄斯
Alcibiades
餽贈
黃金
痛恨人類的
泰門
Timon
破產
雅典富豪貴族
泰門
Timon
苦勸
僕人
弗萊維斯
Flavius
代還欠款
送馬具
餽贈宅邸
數倍餽贈
送狗
范提狄斯
Ventidious
魯修斯
Lucius
盧克勒斯
Lucullus

雅典的泰門

Timon of Athens

屬性：悲劇

創作年代：一六〇七至一六〇八年

關於雅典的泰門：

- 莎士比亞的最後一部悲劇，也是他筆下最悲哀的一部作品，主角泰門的悲劇全是自己一手造成的。
- 在莎士比亞生前沒有留下任何演出紀錄，到今日也很少在劇場上演。此劇最初收錄於一六二三年出版的《第一對開本》（*First Folio*），但內容並不全，因此現存最早的演出紀錄是一六七四年的改編作，一直到一七六一年（目前的紀錄）才出現原汁原味的《雅典的泰門》。
- 此劇可能是由莎士比亞與另一位作者共同完成，一般認為是米德爾頓（Thomas Middleton）。
- 美國思想家愛默生（Ralph Waldo Emerson）在著作《隨筆二輯》中提及泰門，而馬克思也對這部劇作抱持著濃厚的興趣，在《一八四四年哲學和經濟學手稿》與《資本論》都提及此劇。英國作家夏綠蒂．勃朗特（Charlotte Brontë）也在作品《維萊特》（*Villette*）中運用泰門的典故。美國作家梅爾維爾（Herman Melville）與狄更斯（Charles Dickens）都在作品中提及泰門。
- 一九八一年英國廣播公司改編為電視影集，由強納森．普萊斯（Jonathan Pryce）主演。

羅密歐與茱麗葉

Romeo and Juliet

These violent delights have violent ends
And in their triumph die, like fire and powder,
Which, as they kiss, consume.

這種狂暴的快樂將會產生狂暴的結局，
正像火和火藥的親吻，
就在最得意的一剎那煙消雲散。

——————勞倫斯，第二幕，第六場

富有的卡普雷家族跟蒙特鳩家族是維洛那這座城市的兩大望族。這兩個家族過去曾發生糾紛而反目成仇，情勢越演越烈，最後到了勢不兩立的地步，連雙方最遠的親戚，以至於侍從跟僕從全都牽連其中。蒙特鳩家族的僕人巧遇卡普雷家族的僕人，或是卡普雷家的人偶然碰見蒙特鳩家的人時，雙方必定陷入唇槍舌戰，有時還會發生流血衝突。這種偶然相遇就爭鬥不休的狀況時常發生，擾亂了維洛那原本快樂寧靜的街道。

老卡普雷大人舉辦了一場盛大的晚宴，邀請美麗的淑女跟眾多高貴的來賓共襄盛舉。維洛那所有備受稱許的美麗小姐都會到場，只要不是蒙特鳩家族的人，任何來賓都歡迎蒞臨。羅瑟琳也會出席卡普雷家的宴會，她是蒙特鳩大人之子羅密歐心儀的對象。在這樣的聚會裡，蒙特鳩的家族成員要是給人撞見，可是很危險的，但羅密歐的朋友班佛力歐慫恿這位少爺戴面具去參加宴會，這樣就可以見到羅瑟琳。班佛力歐說，等羅密歐看到羅瑟琳，再跟維洛那姿色出眾的美女一比，就會發現他眼中的天鵝只不過是隻烏鴉。羅密歐不大相信班佛力歐的話，但是為了羅瑟琳，最後還是抵擋不住朋友的勸進，決定前去參加宴會。

羅密歐談起戀愛誠摯又熱情，心裡一直惦記著羅瑟琳，為了愛輾轉難眠，寧可獨處而不跟人往來。可是羅瑟琳輕視他，不曾用絲毫的禮貌或感情來回報他的愛。班佛力歐想讓朋友見識一下形形色色的仕女跟友伴，希望早日治好朋友的單相思。於是，年輕的羅密歐、班佛力歐跟兩人的共同朋友莫庫修戴著面具前去宴會。老卡普雷表示歡迎，並且告訴他們，凡是腳趾沒長繭的姑娘都會願意跟他們共舞。老人心情輕鬆快活，說起自己青春年少時，也曾經戴面具參加舞會，在美麗姑娘的耳邊說悄悄話。於是他們跳起舞來。

有個姑娘跳著舞，她超群的美貌突然打動了羅密歐，在他眼裡，燈火彷彿因為她的緣故燒得更加灼亮，她的美貌恍如黑人身上配戴的貴重珠寶，黑夜將之襯得更為璀璨。這種天姿絕色不該只是用來展示；這種美貌超脫凡俗，對人間來說太過寶貴！他說，她的美貌跟才藝遠遠超過身邊的同伴，有如一群烏鴉當中的雪白鴿子。

羅密歐連聲讚美的時候，不巧被卡普雷大人的姪子提伯特聽見了，提伯特一聽聲音就知道對方是羅密歐。提伯特性情火爆，無法忍受蒙特鳩家竟有人膽敢戴著面具蒙混進來，對著這個隆重的場合冷嘲熱諷（提伯特這麼說）。提伯特大發脾氣、高聲叫囂，恨不得當場置年輕的羅密歐於死地。但他伯伯老卡普雷大人認為身為東道主理應尊重賓客，也因為羅密歐風度翩翩，加上維洛那全城的人都誇讚他品行高尚、教養良好，所以老卡普雷不准提伯特動羅密歐一根寒毛。提伯特不得不按捺性子、克制自己，但他發誓改日一定要狠狠報復這個擅闖禁地的卑鄙蒙特鳩人。

舞跳完之後，羅密歐還是緊盯著那個姑娘佇立的地方不放。有面具作為掩護，似乎有理由稍微放肆一下，於是羅密歐以最溫柔的動作執起姑娘的手，把她的手稱作神龕，既然他因為碰觸而褻瀆了它，身為羞赧的朝聖者，他願意用吻來贖罪。

「好朝聖者，」姑娘回答，「你朝拜得太客氣，也太多禮了。聖人的手，朝聖者能碰不能吻。」

「聖人有嘴唇，朝聖者不是也有嗎？」羅密歐說。

「欸，」姑娘說，「朝聖者的嘴唇是拿來祈禱用的。」

「噢，那麼，我親愛的聖人，」羅密歐說，「傾聽我的禱告，成全我的祈願，別讓我絕望啊。」

他們用這些跟愛情有關的影射跟比喻你來我往，這時姑娘的母親把她喚走了。羅密歐向人打聽她母親的身分，這才發現讓他深深著迷的傾世美女，竟是蒙特鳩家的世仇——卡普雷大人的女兒跟繼承人，年輕的茱麗葉。羅密歐在不知情的狀況下竟然把心獻給了仇敵，真教他懊惱極了，然而卻放棄不了這份愛情。茱麗葉發現，跟她暢談的紳士竟然是蒙特鳩家的羅密歐，心裡也惶惶不安，因為她不假思索就這般輕率地愛上羅密歐，就像他也戀上她一樣。茱麗葉覺得這份愛來得有違常理，竟然讓她愛上了仇人，將芳心託付給他，如果顧慮到自己的家庭，她應該恨他才對。

午夜了，羅密歐偕同友伴離開晚宴會場，但友伴轉眼就不見羅密歐的去向，因為羅密歐把心留在了茱麗葉的家，他離不開了，於是翻牆進了茱麗葉住家後方的果園。他進來不久，正在思索剛剛滋生的戀情，茱麗葉就在樓上的窗口現身了，她超群的美貌恍如東升的旭日一般綻放光彩。在這輪旭日更勝一籌的絢爛光輝之下，往果園裡灑下黯淡光線的月亮，顯得憔悴蒼白又悲傷。茱麗葉以手托腮，羅密歐多麼希望能夠化身為她的手套，這樣就能碰碰她的臉頰。她以為只有自己在那裡，於是深深嘆口氣並驚呼：「唉！」

羅密歐聽到她開口，內心一陣狂喜，於是用她聽不見的音量悄聲說：「噢，再開口吧，明亮的天使，妳出現在我上方，有如從天而降的帶翼使者，凡人都要拜倒在地向上仰望。」

她沒意識到有人在聽她說話，當天晚上的奇遇讓她滿腔熱情，於是出聲呼喚情人羅密歐的名字，她以為他不在場。

「噢，羅密歐，羅密歐！」她說，「你為什麼非得是羅密歐不可？為了我，忘了你的父親、改掉你的姓氏吧。如果你不願意，只要你發誓說愛我，我就不再姓卡普雷。」

這番話鼓舞了羅密歐，他原本想開口，但又想多聽一些。這位姑娘繼續激昂地自言自語，以為只有自己聽得見，她依然責怪羅密歐不該叫羅密歐，不該是蒙特鳩家的人，但願他姓別人家的姓，或是把可恨的姓氏拋開，因為那個姓氏其實跟他本人毫無關係，她要羅密歐拿他的姓氏來換她的全部。

一聽到這樣深情的話語，羅密歐再也按捺不住，於是開口搭腔，彷彿她一直在跟他本人對話，而不只是單方面的幻想。他要茱麗葉叫他我的愛，或是隨便她高興叫什麼都行；如果羅密歐這個名字惹她心煩，那他就不再叫羅密歐。

茱麗葉聽到園子裡有男人的聲音，吃了一驚，起初不知道是誰藉著夜色的掩護，躲在黑暗中，無意間發現了她的祕密。可是，戀人的耳朵總是很靈敏，當羅密歐再次開口，還說不到一百個字，茱麗葉馬上聽出他是羅密歐，連忙規勸他，說他攀牆進了果園是多麼危險的事，要是給她家裡的人發現了，身為蒙特鳩家族的一員，他肯定是死路一條。

「唉，」羅密歐說，「妳的雙眼比他們的二十把利劍更具威力。姑娘，只要妳深情款款看著我，他們的仇恨就傷不了我。如果得不到妳的愛，我的人生會變得可恨，那我寧可讓他們的仇恨結束我的生命，也不想延長可恨的人生。」

「你怎麼會來這邊呢？」茱麗葉說，「是誰指引你的？」

「是愛情指引我的，」羅密歐回答，「我雖然不是水手，但是如果妳遠在天涯海角，為了得到妳，我也願意甘冒一切風險揚帆出航。」

想到無意間讓羅密歐知道了愛慕之意，茱麗葉臉上泛起一陣紅暈，還好夜色昏暗，沒讓羅密歐看見。她很想收回自己說過的話，但是覆水難收。她很想謹守大家閨秀的禮數，跟情人保持距離，假意皺起眉頭、鬧鬧彆扭，一開始嚴厲地給追求者釘子碰。對於極為中意的人冷淡以待、故作衿持或漠不關心，這樣情人才不會覺得她們過於隨便或是太容易到手。越不容易到手的東西，就顯得越珍貴。可是就目前的狀況看來，她已經使不出否認、閃避，或是任何用來推拖或延遲追求的慣用伎倆。她作夢也想不到羅密歐會出現在她身邊，聽見她親口吐出的愛情告白。

在這種新奇的情況下，茱麗葉只好坦承羅密歐剛剛聽到的是她的真心話沒錯，並且用俊秀的蒙特鳩來稱呼他——愛情可以讓刺耳的姓氏變得甜蜜。茱麗葉求羅密歐別因為她輕易愛上他，就認為她生性輕佻或是心思輕浮，而要他把這個錯（如果算是錯的話）歸罪給這個晚上太不湊巧，竟然這樣奇怪地暴露了她的心思。她還說，雖然以一般女性的禮法來衡量，她的行為可能不夠穩重，可是不少女性都假裝穩重、佯裝端莊，她會比那些人都來得真心誠意。

羅密歐剛要開口對上蒼發誓，說自己對這位可敬的姑娘絕沒有一絲侮辱的意思，這時茱麗葉便趕緊攔住他，求他千萬不要發誓。儘管她很喜歡羅密歐，卻無意在當晚交換誓言，因為那樣未免太倉促、太莽撞，也過於突然。但羅密歐急著要茱麗葉當晚就跟他交換愛情誓約，於是她說早在羅密歐開口要求以前，就已經向他許下盟誓，意思就是說，他偷聽過她的告白。但她也說願意把發下的誓約收回來，這樣就能享受再次發誓的樂趣，因為她的慷慨大方正如汪洋那般無邊無際，而她的情意也跟大海一樣又深又遠。

就在他倆情話綿綿之際，陪茱麗葉一起就寢的奶媽出聲喚她，因為天快破曉了，茱麗葉也該上床就寢了。可是茱麗葉離開之後又急急忙忙跑回來，跟羅密歐說了幾句話，大意是說倘若他真心愛她、有意娶她為妻，那麼她明天會派個信使去找他，安排兩人成婚的時間，屆時她就會把自己的命運託付給他，跟隨她的夫君前往天涯海角。兩人正在商量的時候，茱麗葉三番兩次被奶媽喚進房裡，進去再出來，進去再出來，茱麗葉似乎捨不得讓羅密歐離開她身邊，就像小女孩捨不得放走自己的鳥兒一般，先讓牠從手中跳出去一點，再用絲線把牠拉回來。羅密歐同樣也捨不得離開她，因為對戀人來說，最甜美的音樂就是他們在夜裡互相傾訴衷曲的聲音。不過，他們最後還是分開了，祝福彼此睡得香甜跟安穩。

兩人分別時天已經破曉，羅密歐滿腦子都是他的情人，還有那場幸福的會面，一絲睡意也無。他沒回家而是繞到附近的修道院去找勞倫斯修士。好修士已經起來禱告，看到年輕羅密歐這麼早就出門，料想他肯定為了什麼青春戀情的煩惱而徹夜未眠。羅密歐為了愛而不成眠，這點修士料中了，卻猜錯了他愛慕的對象，因為修士以為他是因為苦戀羅瑟琳不成而失眠。當羅密歐告訴神父他剛剛愛上了茱麗葉，並且請求神父當天替他倆證婚時，那位聖潔的人抬起視線、高舉雙手，很訝異羅密歐竟突然移情別戀了，因為修士一直知道羅密歐愛著羅瑟琳，而且羅密歐還常向修士抱怨羅瑟琳如何看不起他。修士說，年輕人用眼睛來愛，而不是用心來愛。可是羅密歐回答，修士過去不是常常責備他，說不該對不愛他的羅瑟琳那麼癡情嗎？但這一回他跟茱麗葉可是兩情相悅啊。

就某種程度來說，修士同意羅密歐的看法，暗想或許可以藉由年輕茱麗葉跟羅密歐的這樁親事，化解卡普雷跟蒙特鳩兩大家族長期的失和。這位好神父跟雙方家庭都有交情，兩方發生紛爭時，修士常常介入調停卻總是無功而返。對於這兩個家族的失和，沒人比修士更覺得遺憾。老修士同意替這對年輕人證婚，部分因為心裡懷著這個計謀，部分因為疼愛年輕羅密歐，總是拒絕不了他的要求。

羅密歐現在真是幸福極了，茱麗葉按照約定派來的信使，也將羅密歐的意向傳達給茱麗葉了。茱麗葉早早來到勞倫斯修士的小室，兩人便在那裡舉行了神聖的婚禮。好修士祈禱上天祝福這樁婚姻，盼望這個年輕蒙特鳩跟年輕卡普雷的結合，可以一舉埋葬雙方家族的舊日紛爭與長期不和。

婚禮結束之後，茱麗葉連忙趕回家，焦心地盼望夜晚到來，羅密歐答應到時會來果園與她相會，就是兩人昨晚會面的地方。這段等待的時間真是難熬，就像重大節慶的前夕，孩子巴望隔天早晨快點來到，迫不及待想換上一身新衣裳。

這天中午左右，羅密歐的朋友班佛力歐跟莫庫修正在維洛那的街上走著，結果遇上了一群卡普雷家的人馬，領頭的正是莽撞急躁的提伯特。在老卡普雷大人的宴會上，原本氣沖沖想跟羅密歐打鬥的就是這位提伯特。提伯特一見到莫庫修，劈頭就指責他竟然跟蒙特鳩家的羅密歐打交道。莫庫修跟提伯特一樣性情暴烈、年少氣盛，用尖酸刻薄的話回應這番指責。儘管班佛力歐極力勸解，想撫平他們的怒氣，但兩人還是大吵起來。

羅密歐這時恰好路過，凶悍的提伯特就丟下莫庫修不管，把火力轉向羅密歐，用不堪入耳的話，罵說羅密歐是下流胚子。羅密歐最不想發生衝突的對象就是提伯特，因為提伯特是茱麗葉的親戚，而且茱麗葉深愛提伯特，況且這位年輕蒙特鳩天性睿智溫和，以往不曾真正捲入家族紛爭。加上卡普雷是他親愛妻子的姓，與其說是激起怒氣的暗號，不如說是可以消解憤恨的符咒。所以羅密歐試著跟提伯特講道理，他用好卡普雷這個稱呼溫和地向對方致意，彷彿身為蒙特鳩的他能把那個名字說出口，暗地裡會得到一點樂趣。

可是提伯特痛恨所有的蒙特鳩，有如痛恨地獄一般，根本不聽羅密歐講理，而直接拔出武器。莫庫修不知道羅密歐想跟提伯特談和的祕密動機，反而把羅密歐當下的容忍視作丟臉的隱忍屈服，於是說出一連串輕蔑的話，激得提伯特回頭再跟他繼續爭吵。提伯特跟莫庫修激烈交鋒。羅密歐跟班佛力歐怎樣都沒辦法把這兩個捲入武鬥的人勸開，最後莫庫修受到致命傷並頹倒在地。莫庫修死後，羅密歐再也耐不住脾氣，用提伯特罵他的輕蔑稱呼回敬給對方。兩人交手，最後提伯特死在羅密歐的劍下。

這場血腥衝突發生在正午時分，地點就在維洛那的市中心，消息傳了出去，迅速吸引一群市民奔赴現場，其中包括老卡普雷、老蒙特鳩以及他們的夫人。不久，親王也駕到了，被提伯特殺害的莫庫修是親王的親戚，加上這個城市由親王治理，而蒙特鳩跟卡普雷家族之間的紛爭時常擾亂當地的安寧，於是親王決心要嚴懲犯法的人。班佛力歐親眼目睹了那場衝突，親王要他說明整件事的起因，班佛力歐將朋友們參與的狀況講得稍微婉轉一點，想辦法替朋友辯解，盡可能在不連累到羅密歐的狀況下托出實情。

卡普雷夫人因為家族裡的提伯特遭人殺害而痛心疾首，堅持要替死者報仇，極力催促親王要用最嚴厲的手段懲罰兇手，要親王別理會班佛力歐的說法。她說班佛力歐是羅密歐的朋友，而且是蒙特鳩的家族成員，說起話來肯定有所偏袒。接著她就向親王告羅密歐的狀，可是她還不知道羅密歐就是她的新任女婿跟茱麗葉的丈夫。另一邊，蒙特鳩夫人殷殷懇求親王饒了她孩子的命，她義正嚴詞爭辯說，儘管羅密歐奪走了提伯特的性命，但是也不該受到懲處，因為提伯特先動手殺了莫庫修，先一步觸犯了法律。聽到這兩個女士的激動叫喊，親王不為所動，先是細心調查了事實，繼而宣布了判決：要將羅密歐從維洛那驅逐出去。

對年輕的茱麗葉來說，這個消息是個沉重的打擊，她才當了幾個小時的新嫁娘，現在親王下了這道命令，等於宣判她跟丈夫永遠仳離！消息傳到她耳裡時，她先是火冒三丈，對羅密歐大發脾氣，因為羅密歐殺了她親愛的堂哥：她罵羅密歐是俊美的暴君、貌如天使的惡魔、骨子裡是烏鴉的白鴿、性情如豺狼的綿羊、藏在花朵裡的蛇之心，以及其他互為矛盾的形容。這些說法表示她在愛與恨之間擺盪掙扎，但最後愛情還是占了上風。羅密歐殺了她堂哥，她因為內心悲痛所流下的淚水，此時卻變成了喜悅的眼淚，因為提伯特原本打算殺了羅密歐，卻讓羅密歐逃過一劫。接著她淚如雨下，為了羅密歐將被放逐而痛心疾首。對她來說，「放逐」這個詞，比聽到死了好幾個提伯特還可怕。

在那場衝突之後，羅密歐躲到了勞倫斯修士的小室，並得知親王的判決。「放逐」就他看來比死亡更恐怖。對他來說，出了維洛那的城牆，世界就不復存在；看不到茱麗葉，他便無法存活。茱麗葉生活的所在就是天堂，除此之外皆是煉獄、酷刑跟地獄。見他這樣悲傷，好神父原本想用哲理來勸慰他，但這個瘋狂的年輕人什麼都聽不進去，而是像瘋子似地猛扯頭髮，撲倒在地，他說這是為了丈量自己墳墓的尺寸。就在這種有失體面的狀態下，親愛的妻子託人捎了訊息過來，才讓羅密歐稍微打起精神。

修士藉機規勸他，說他剛剛表現得太過軟弱又缺乏男子氣概，他都把提伯特給殺了，難道還要殺了自己，因此害死跟他共享人生的親愛妻子嗎？修士說，人如果只是外表上高貴，內心缺乏足以讓人堅定穩固的勇氣，那就只是個蠟做的人。法律對他已經相當寬大，他犯的雖然是死罪，親王卻只下令放逐；提伯特本來想殺了他，他反倒把提伯特殺了——這全都是他該感到慶幸的事。茱麗葉活得好好的，而且沒料到竟然成了他親愛的妻子，就這點來說他真是幸福。

修士說，羅密歐享有這種種幸福，卻像個愛生悶氣又不守規矩的姑娘牢騷不停。修士要羅密歐當心，說這樣自暴自棄的人可是會不得善終。

等羅密歐稍微平靜下來，修士就勸他當晚悄悄去找茱麗葉向她道別，然後直接前往曼圖亞，暫時在那裡住下，等神父找到恰當時機公布他倆的婚姻，這則喜訊或許能替雙方家庭帶來和解的契機，到時肯定能夠說服親王赦免羅密歐。修士表示，羅密歐現在滿懷悲痛地離開，到時會懷著二十倍的喜悅回來。修士這些睿智的忠告說服了羅密歐，他便向修士道別，去找妻子，計畫當晚跟她共度一宿，等到黎明破曉之時，就孤身前往曼圖亞。好修士保證會時常捎信給他，讓他知道家鄉的現況。

當晚，羅密歐到了前一晚聽見茱麗葉為愛告白的果園裡，從那裡悄悄進入了親愛妻子的閨房，跟她共度了一夜良宵。這對戀人在這個晚上享受了純粹的歡樂與狂喜，但是一夜的歡愉跟彼此相伴的樂趣，都被兩人行將別離的悲哀，以及白天發生的悲劇給沖淡了。不受歡迎的黎明似乎來得太快，茱麗葉聽見雲雀在清晨啼唱時，巴不得自欺那是晚間的夜鶯在啼鳴。但那確實是雲雀的歌聲，聽在她耳裡既不協調又不悅耳。東方的魚肚白明確宣告這對戀人離別的時刻到了。羅密歐心情沉重地告別了妻子，答應到曼圖亞會時時寫信給她。羅密歐從茱麗葉的臥房窗口爬下來，站在地上，茱麗葉湧現一股悲傷不祥的感覺，覺得羅密歐看起來就像放在墳坑底部的屍骸，而羅密歐對茱麗葉也浮現同樣不安的錯覺。可是他現在必須趕快離開了，因為天亮之後如果有人發現他在維洛那城內，他就會被判處死刑。

這對戀人命運多舛，而這只是他倆這場悲劇的開端。羅密歐才離開幾天，老卡普雷大人就幫茱麗葉提了一門親事，他萬萬沒料到女兒早已嫁作人婦，他替女兒挑選的丈夫是帕里斯伯爵，是個瀟灑年輕的高貴紳士，如果年輕茱麗葉不曾遇上羅密歐，帕里斯跟她可說相當登對。

聽到父親的提親，茱麗葉驚恐極了，她既悲傷又困惑，懇求父親說，自己年紀尚輕，還不適合踏入婚姻，加上提伯特近來才過世，她的精神太委靡，沒辦法帶著歡喜的面容去迎接丈夫，而且卡普雷家族才剛辦完喪事就舉行婚禮，看在大家眼裡會多麼有失體統。她想遍了各種理由就是要攔阻這門婚事，但真正的理由卻遲遲沒說出口——她已經嫁作人婦。可是，卡普雷對她的托辭一概充耳不聞，態度專橫地要她做好準備，因為下星期四就是她嫁給帕里斯的日子。他替茱麗葉找到這麼一個年輕富有又高貴的丈夫，連維洛那最驕傲的閨女都會欣然接受。卡普雷大人認為女兒的拒絕只是故作矜持，他不能放任女兒自毀大好前程。

在這種進退維谷的狀況下，茱麗葉去找友善的修士，她有煩惱的時候總是去找他諮詢。修士問她是否有決心採取破釜沉舟的手段，她答說寧可活著進墳墓，也不要在丈夫還活著的時候嫁給帕里斯。修士給她一瓶藥水，要她先回家去，裝出快活的神情，表示同意遵照父親的心意嫁給帕里斯，然後在婚禮的前一晚喝下這瓶藥水。飲下藥水之後，她會長達四十二個小時陷入失去生命跡象的冰冷模樣。等新郎早上來接她的時候，看到她的模樣就會以為她死了。按照傳統習俗，大家會把她放在無蓋的棺木裡，運到家族墓穴。如果她能夠克服女人的恐懼，同意投入這項可怕的嘗試，在她吞下藥水的四十二個小時後，一定會醒過來，彷彿作了場夢似的，這種藥水的效用即是如此。而他一定會先把這項計畫通知她丈夫，要他頂著夜色前來，將她帶往曼圖亞。年輕的茱麗葉出於對羅密歐的愛，以及嫁給帕里斯的恐懼，於是鼓起勇氣進行可怕的冒險，她從修士那裡接過藥瓶，答應遵照他的指示去做。

茱麗葉從修道院回家的路上，巧遇年輕的帕里斯伯爵，她裝出羞怯的模樣，答應成為他的新娘。這個消息讓卡普雷夫婦相當歡喜，讓老父親彷彿得到青春活水的灌注，茱麗葉原本因為拒絕伯爵而惹得老人極為不悅，現在茱麗葉答應順從他的意思，於是再次受到他的寵愛。為了即將到來的婚禮，卡普雷家上上下下忙得如火如荼，砸下重金籌備這場喜慶，豪華的程度在維洛那城前所未見。

週三晚上，茱麗葉飲下那瓶藥水。她原本憂心忡忡，怕修士為了閃避替她跟羅密歐證婚的責任，給了她毒藥，可是轉念一想，眾所皆知修士是個聖潔的人；她也怕自己在羅密歐還沒來以前就提早醒來；家族墓穴裡都是卡普雷成員的屍骨，還有提伯特渾身是血地躺在那裡，裹在屍布裡逐漸腐爛，她怕會被這些事情嚇得精神錯亂；她想起以前聽過的故事，說鬼魂常常會在屍身停放的地點徘徊不去。可是她心裡再次湧現對羅密歐的愛，以及對帕里斯的厭惡，於是不顧一切吞下了藥水，最後失去了知覺。

年輕帕里斯一大早就過來了，想用音樂喚醒他的新娘。然而他走進茱麗葉的閨房時，迎面就是恐怖的景象，他看到的並非活生生的人，而是斷了氣的屍身。這對原本懷抱滿腔希望的帕里斯來說，是多麼大的打擊啊！卡普雷家整個陷入了混亂！可憐的帕里斯替他的新娘悲嘆，說可恨的死神從他手中騙走了新娘，還沒等他們結為連理就將他倆拆散。

可是聽到老卡普雷夫婦的哀哭才更教人鼻酸，夫婦倆膝下就只有一個孩子，這個可憐的孩子曾經為他們帶來喜悅與慰藉。這對父母向來對孩子關懷備至，眼見孩子就要透過一樁前程光明且實質有益的婚事，讓人生更上一層樓時（他們這麼認為），殘酷的死神卻將孩子從他們眼前奪走。原本為了喜慶所張羅的一切，都拿來辦喪事了。喜宴的酒菜要改作葬禮之後的悲傷宴席，婚禮的詩歌要改成陰鬱的輓歌，輕快的樂器要改成憂鬱的喪鐘，鮮花原本要撒在新娘走過的路上，現在要撒在她的屍身上。原本需要教士替她證婚，現在需要教士來替她主持葬禮。她被抬到教堂去，不是為了替活人增添喜氣，而是在逝者的悲哀數目上添上一筆。

勞倫斯修士派信差去通知羅密歐，說這場葬禮不過是一齣戲，告訴他茱麗葉的死只是佯裝出來的，他親愛的妻子只會在墓穴裡停留一陣子，等待丈夫將她從那個陰森森的寓所帶走。但壞消息總是傳得比好消息快，茱麗葉死去的噩耗早在信差來到以前，就傳進了羅密歐耳裡。

羅密歐前一天晚上才夢見自己死了（這場夢說來也奇怪，死去的人竟然還能思考），夢見妻子趕過來的時候發現他死了，就往他嘴唇送上好幾枚吻，讓他恢復了生機，後來他還登上皇帝的大位！他正覺得有股異於平常的喜悅跟輕鬆愉快，維洛那那邊傳來了消息，他想一定是要來確認他昨晚夢見的好預兆。但這個消息卻跟夢裡討喜的景象恰恰相反，真正死去的是他妻子，而他用吻也無法讓她復生。他吩咐要人備馬，決心在當晚趕回維洛那，到墳裡去探望妻子。

人在走投無路的時候，有害的念頭總會飛快竄入腦海。羅密歐想起曼圖亞有個可憐的藥劑師，他近來才路過那家藥店，藥劑師的模樣窮困潦倒，面黃肌瘦，骯髒的貨架上擺著空空的盒子，看起來十分寒酸，另外還有些跡象顯示藥劑師極為落魄。也許羅密歐在當時已有不好的預感，認為自己多災多難的人生可能會陷入絕境，那時曾經自言自語說：「曼圖亞的法律規定，賣毒藥的一律要處死刑，可是如果有人需要，這個可憐蟲一定願意賣。」此時他想起自己講過的這番話，於是去找那位藥劑師。起初藥劑師假裝頗有顧忌，等羅密歐一拿出金幣，貧苦的藥劑師就難以抗拒，將毒藥賣給羅密歐。藥劑師告訴羅密歐，這帖毒藥一吞下去，即使他有二十個人的力氣，不消多久也會斃命。

羅密歐帶著毒藥動身前往維洛那，想到墓穴去探望親愛的妻子，打算看夠妻子面容之後就吞下毒藥，葬在她的身畔。他在午夜抵達維洛那，找到了教堂墓園，卡普雷家族古墳就在墓園中央。他準備了火把、鶴嘴鋤跟鐵撬棍，正準備撬開木門，就有人出聲打斷他，那人罵他是卑鄙的蒙特鳩，要他停止違法的行為。原來是年輕的帕里斯伯爵，帕里斯挑在這個不適宜的夜半時分來到這裡，準備在茱麗葉的墳上撒花，為本該是他新娘的人哭泣。帕里斯不知道羅密歐對死者有什麼企圖，但知道羅密歐是蒙特鳩家族的人，以為他們全是卡普雷家族的死敵，於是推測羅密歐三更半夜來這裡，肯定是為了侮辱死者的遺體，所以才出聲怒斥羅密歐，要他住手。

按照維洛那的法律，羅密歐是判了刑的罪犯，被人發現在城裡就是死路一條，於是帕里斯打算擒住他。羅密歐叫帕里斯趕快離開，警告帕里斯切勿惹他生氣，免得逼他動手奪命，到時帕里斯的下場就會跟葬在這裡的提伯特一樣，也會害羅密歐身上多背一條罪。可是伯爵對羅密歐的警告不屑一顧，把羅密歐當成重刑犯似地伸手抓他，羅密歐抗拒不從，兩人一陣刀光劍影，最後帕里斯中劍倒地。羅密歐藉著火光看了看死在自己劍下的是誰，這才看出對方是原本該要娶茱麗葉為妻的帕里斯，這是羅密歐從曼圖亞回來的途中聽聞的消息。於是羅密歐握住死去青年的手，把對方當成同遭厄運的伙伴，說要把他葬在宏偉的墳墓裡，指的就是茱麗葉的墳。

羅密歐現在已經撬開墓穴大門，他的妻子就躺在那裡，依然貌美如花，死神似乎無力改變她的容貌或膚色，彷彿連死神這令人厭惡的卑鄙妖怪也愛上了她，想挽留她，好讓自己看了也歡喜。她躺在那裡鮮嫩如花，模樣跟吞下麻醉藥昏睡過去時別無二致。提伯特裹在血跡斑斑的屍布裡，倒臥在茱麗葉附近。羅密歐看到提伯特的時候，就向那個毫無生氣的屍骸乞求原諒，而且為了茱麗葉的緣故稱呼對方為堂兄，說他準備替堂兄做件好事，就是替對方除掉仇人[7]。此時，羅密歐吻了吻妻子的嘴唇，向它們永別，然後服下藥劑師的那帖毒藥，將厄運的重擔從疲憊的身上卸除。這帖藥劑是貨真價實的毒藥，吃了就會斃命，跟茱麗葉服用的假藥不同。現在，茱麗葉的藥效即將結束，再過不久，她就會甦醒過來，抱怨羅密歐慢半拍或是早來一步。

修士向茱麗葉保證會甦醒的時刻到了。修士派去曼圖亞的信差在途中不幸耽擱了，結果信件沒送到羅密歐手上，修士一得知此事，馬上拿著鶴嘴鋤跟燈籠親自趕過來，想把關在墓穴裡的茱麗葉解救出來。可是修士抵達的時候，驚訝地發現卡普雷家族墓室裡的火炬已經點亮，也看到墓室附近有刀劍跟血跡，羅密歐跟帕里斯就倒在墓室邊，早已斷了氣。

7 指的就是羅密歐本人。

修士還來不及推測這些不幸意外的來龍去脈，茱麗葉就從昏迷中醒來，看到修士在旁邊，她才想起自己置身何處，還有來到這裡的原因。她問起羅密歐，可是修士聽到外頭人聲喧嘩，告訴她有個他們無法反抗的更高力量，毀掉了他們的計畫，並且催她快從不自然的昏睡中振作起來，趕快離開這個埋葬死者的地方。人群逼近的喧嘩聲讓修士心生恐懼，驚慌之下拔腿就逃。茱麗葉看到忠實情人的手中握著杯子，猜想他應該是服毒自盡，如果杯子裡還剩點毒藥渣滓，她很樂意吞下去。她吻吻他依然溫熱的嘴唇，想看看嘴上是否還殘留一點毒素。她聽到人群越來越近的嘈雜聲，趕緊抽出隨身佩帶的短劍，往胸膛一刺，然後倒在她忠心的羅密歐身邊。

此時，守更人趕到了。帕里斯伯爵的侍僮親眼目擊了主人跟羅密歐決鬥，趕緊跑去找人求救，於是消息傳遍了全城上下，因為傳到市民耳邊的謠言零碎不全，人人滿頭霧水，在維洛那的街頭奔相走告，此起彼落地驚呼帕里斯！羅密歐！茱麗葉！最後這場騷動把蒙特鳩大人跟卡普雷大人都拉下床來，親王也一起來了，想查看騷亂的起因。修士從教堂墓園跑出來時，渾身發抖、嘆氣流淚，行跡看起來頗為可疑，幾位守更人於是將他一把擒住。一大群人聚集在卡普雷家族墓前，親王下令要修士說明這件離奇又悲慘的意外。

修士當著蒙特鳩跟卡普雷大人的面，如實托出他們孩子以災難收場的戀情，也提及他親手促成了這場婚姻，希望這對戀人的結合可以讓兩大家族的長年宿怨畫上句點。他說已死的羅密歐是茱麗葉的丈夫，而已死的茱麗葉是羅密歐的忠實妻子。他說還來不及找到適當時機公開兩人的婚姻，就有人向茱麗葉提親，茱麗葉想要避免重婚罪，於是按照修士的建議，服下了安眠劑，讓大家誤以為她死了。同時他也寫信給羅密歐，要羅密歐趕過來，等藥效過去之後帶她離開。可是不幸的是，信差有了延誤，羅密歐遲遲沒收到信。等修士親自過來解救茱麗葉，想將她帶離逝者之地時，卻看到帕里斯跟羅密歐都死了。修士知道的僅止於此。

故事後來的情節，就由目睹帕里斯跟羅密歐打鬥的侍僮，還有跟在羅密歐身邊的維洛那僕人來補充。忠實的情人羅密歐事先就把給父親的信，託給了這個僕人，吩咐說要是他死了，就把信送去給他父親。信裡的內容證實修士所言不假，羅密歐在信中坦承自己跟茱麗葉結了婚，懇求父母饒恕他，他也承認自己向可憐的藥劑師買了毒藥，打算到墓室來自我了斷，在茱麗葉的身邊長眠。這些情節都吻合無誤，洗清了修士在這個複雜兇殺案裡的罪嫌，證明他確實出自一番好意，只是計策過度機巧跟微妙，無意間導致了這樣的苦果。

親王轉向蒙特鳩跟卡普雷大人，譴責雙方之間殘酷又不理性的敵對關係，指出上天為了他們的過錯而降下災禍，透過雙方兒女的愛情，懲罰他們這種畸形的仇恨。這兩個老冤家決定不再互相仇視，同意將他們長久以來的紛爭埋葬在孩子們的墳墓裡。卡普雷大人要蒙特鳩大人跟他握手，並且以兄弟之名稱呼他，彷彿承認了兩家透過小卡普雷跟小蒙特鳩的婚事成為親家，還說他只求蒙特鳩大人伸出手，作為和解的表示，算是給他女兒的嫁妝。可是蒙特鳩大人說他還願意多給一些，說要替茱麗葉立一座純金雕像，只要維洛那這個城的名字還存在一天，就不會有任何塑像比真心忠實的茱麗葉的塑像更富麗更細緻。卡普雷大人說，他也會替羅密歐鑄一座像。

兩個可憐的老貴族直到覆水難收的地步，才爭相對彼此表示好意。他們過去的憤怒與仇恨如此致命，只有在兒女如此恐怖的毀滅，成了雙方紛爭與不和的可憐犧牲品之後，才終於弭平了這兩個高貴家族之間根深柢固的仇恨跟嫉妒。

羅密歐與茱麗葉　人物關係表

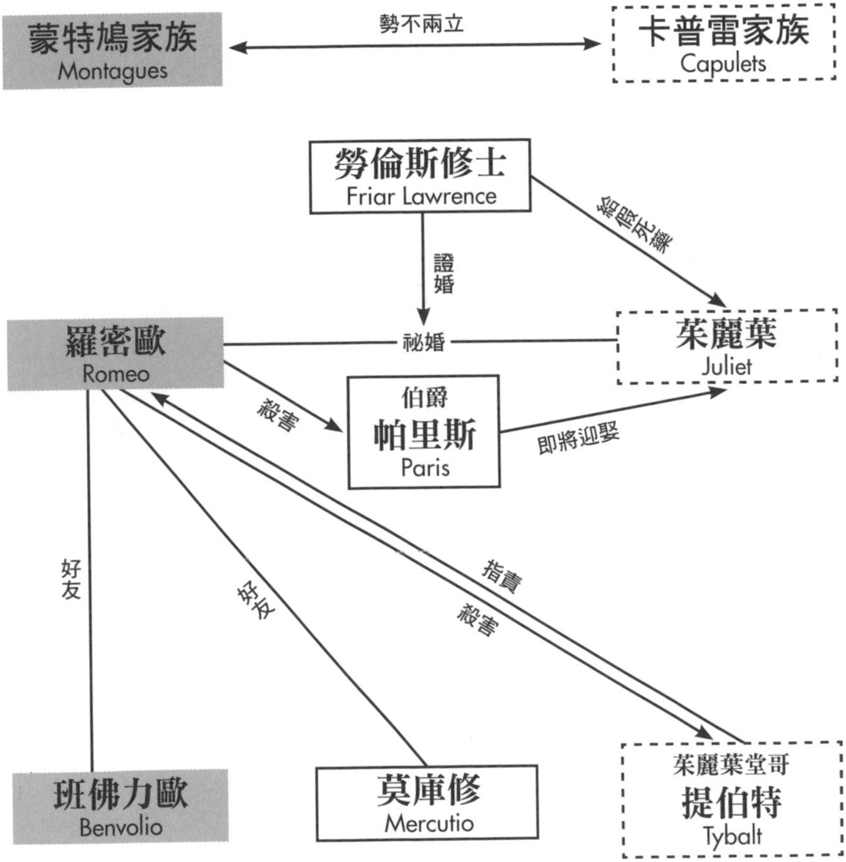
蒙特鳩家族
Montagues
勢不兩立
卡普雷家族
Capulets
勞倫斯修士
Friar Lawrence
給假死藥
證婚
羅密歐
Romeo
祕婚
茱麗葉
Juliet
殺害
伯爵
帕里斯
Paris
即將迎娶
好友
好友
指責
殺害
班佛力歐
Benvolio
莫庫修
Mercutio
茱麗葉堂哥
提伯特
Tybalt

羅密歐與茱麗葉

Romeo and Juliet

屬性：悲劇

創作年代：一五九一至一五九五年

關於羅密歐與茱麗葉：

* 莎士比亞生前最受歡迎的戲劇之一，另一部是《哈姆雷特》。也是當時演出次數名列前茅的一部劇作。
* 劇中主角羅密歐與茱麗葉至今已成為戲劇中的年輕愛侶典型，在英文中，羅密歐甚至成為男性戀人的代稱。
* 心理學中有所謂的「羅密歐與茱麗葉效應」，也稱為「禁果效應」，意指當戀愛關係受到外力阻礙時，反而會強化戀人間的感情，戀愛關係變得更加堅固。
* 此劇中莎士比亞使用了多種詩歌形式，例如用十四行詩開場，當中運用最多的還是無韻詩。
* 有一說認為原始劇本中沒有陽台，因為陽台（balcone）這個字一直到莎士比亞過世兩年後才出現在英文裡。
* 在伊莉莎白時代，劇中主角年僅十三歲的茱麗葉都由男孩扮裝演出，表現也出奇地好，一直到一六六〇年後才由女性擔綱演出。
* 此劇被認為是莎士比亞作品中改編形式與數量最多的，包括戲劇、歌劇、交響樂、芭蕾舞劇、電影電視、繪畫、小說、動畫等。
* 改編芭蕾舞劇中最有名的是普羅高菲夫（Sergei Prokofiev）的同名作品，他原本曾想改編成大團圓結局。
* 改編歌劇至少有二十七個版本。一八六七年法國作曲家古諾（Charles Gounod）的版本最為著名，貝里尼（Vincenzo Bellini）則寫下了《兩族情仇》（*I Capuleti e i Montecchi*）。一八三九年白遼士以戲劇交響曲的形式改編此劇，結合管弦樂與聲樂。一八六九年，柴可夫斯基改編成十八分鐘的管弦樂作品。一九五七年此劇更被改編成百老匯著名的音樂劇《西城故事》（*West Side Story*）。

✻改編電影眾多，當中最知名的三部作品為一九三六年喬治．庫克（George Cukor）導演的同名作、一九六八年柴菲瑞利（Franco Zeffirelli）導演的《殉情記》、一九九六年巴茲．魯曼（Baz Luhrmann）導演與李奧納多（Leonardo DiCaprio）主演的同名作。

✻二〇〇七年由日本動畫公司改編成動畫《羅密歐×茱麗葉》。

哈姆雷特
Hamlet

To be, or not to be: that is the question.

生存或毀滅，
這是個必答之問題。

——哈姆雷特，第三幕、第一景

丹麥國王哈姆雷特猝死之後還不到兩個月，王后葛楚德就改嫁給國王的弟弟克勞迪厄斯。全國上下都覺得奇怪，認為王后這種做法魯莽輕率、薄情寡義，甚至還有更不堪的評語。克勞迪厄斯跟她的亡夫不管在人品或思想上，兩者實有天壤之別。克勞迪厄斯外表猥瑣，性情卑鄙下流，有人不免懷疑，他可能暗中謀害哥哥，目的就是為了迎娶皇嫂、登上丹麥王位，讓年輕的哈姆雷特——既是先王的兒子，也是王位的合法繼承人——無法順利承襲王位。

不過，王后這種魯莽的作為，影響最大的是年輕的王子，他對已故父親的愛與尊敬幾乎到了偶像崇拜的地步。哈姆雷特為人正直，向來極為講究禮數，對於母親葛楚德的可恥行徑痛心疾首。這位年輕王子一面哀悼父親的死，一面為母親的婚姻感到恥辱，陷入深沉的憂鬱，不僅失去了往日的歡樂，俊秀的容貌也跟著走了樣。他向來從書本中得到不少樂趣，現在讀起書來卻索然無味。適合他這種高貴青年身分的種種運動跟遊戲，再也吸引不了他。他對世界感到厭倦，在他眼裡，這世界成了一座雜草叢生的花園，所有嬌嫩的花朵都被擠得無法生存，只剩野草欣欣向榮。

他無法繼承他應得的王位，對年輕氣盛的王子而言，可說是苦澀的創傷跟嚴重的侮辱，這件事雖然壓得他心頭沉甸甸，但最讓他忿忿不平，也讓他精神一蹶不振的，是母親竟然轉眼就將他父親拋諸腦後——多麼好的一個父親啊！而且對她向來是如此深情溫柔的丈夫！而身為妻子的她總是表現得多情溫順，總是跟丈夫如膠似漆，綿綿情意如植物向光一般朝丈夫傳送。父王辭世才兩個月，對年輕哈姆雷特來說感覺還不到兩個月，母親竟然就改嫁了，而且對象還是哈姆雷特的叔叔、她親愛亡夫的弟弟。血緣這麼相近的婚姻原本就不合禮數，也不合法，而母親如此倉促地成婚，挑選這麼一位不配當國王的對象共枕而眠、同享王位，就更不合體統了。這件事比失去十個王國，更讓這位可敬的年輕王子精神深受打擊，心頭蒙上一層陰影。

母后葛楚德或國王想盡辦法要逗哈姆雷特開心，但全是白費功夫。他依然穿著深黑色孝服出現在宮廷裡，哀悼父王的死，連母親的大喜之日，他也不肯換套衣服來表示恭賀，更不願參加任何歡慶活動，因為他覺得那是教人蒙羞的一天。

最令他苦惱的是不確定父親真正的死因。克勞迪厄斯對外宣稱國王死於蛇咬，但年輕的哈姆雷特機敏地起了疑心，懷疑那條毒蛇就是克勞迪厄斯本人。說得直白點，克勞迪厄斯為了篡奪王位才謀害哈姆雷特的父親，而此刻端坐在王位上的，正是那條螫死他父親的蛇。

他這樣的猜測有幾分正確？他又該怎麼看待自己的母親？母親對這件謀殺案的涉嫌有多少？謀殺是否先經過了她的同意？她事前知不知情？這些疑點不斷糾纏著哈姆雷特，令他惶惶難安。

年輕的哈姆雷特聽到了一則謠言，一連兩三個晚上，站崗哨兵半夜都在宮殿前方的高台上撞見了鬼魂，鬼魂長得跟他已故的父王一模一樣。鬼魂出現的時候總是全副武裝，身穿同一套甲冑，跟死去國王穿過的相同。而鬼魂現身的時間跟方式，看過的人說法都相當一致，其中包括哈姆雷特的拜把兄弟何瑞修。鐘敲響十二下的時候，鬼魂就會出現，蒼白的臉龐上憤怒多過於悲傷，滿腮的斑白鬍子，深棕色之間摻雜了點銀白，正如國王生前的模樣。哨兵對鬼魂講話，但鬼魂從不回答。不過，有一次他們看到鬼魂抬起頭，作勢要說話，但公雞在這時發出晨啼，鬼魂一畏縮便在眼前消失不見。

聽到這番話，年輕的王子驚訝極了。他們的說法前後一致，頗為吻合，讓人不得不相信。他判定那鬼魂就是他父親的幽靈，於是決定當晚跟士兵一起站崗，也許就有機會親眼一見。哈姆雷特推斷，鬼魂不會無緣無故就出現，而是有什麼話想說，雖說鬼魂遲遲沒開口，不過一定會對他講話才對。他焦急地等待夜晚的降臨。

入夜之後，他、何瑞修以及衛兵馬塞勒斯登上鬼魂經常出沒的高台。那是個冷颼颼的夜晚，空氣異常濕冷刺骨。哈姆雷特、何瑞修跟他們的伙伴聊起了夜晚的冷冽。突然，何瑞修打斷了大家的談話，說鬼魂出現了。

一見到父親的幽靈，哈姆雷特頓時覺得驚訝又害怕。他先是請求天使跟神祇保佑他們，因為他不知道鬼魂是正是邪，也不曉得它意在行善或作歹。不過，他漸漸生出了勇氣，覺得鬼魂的外表就像父親沒錯，父親用令人哀憐的神情望著他，彷彿有意談談。就各方面看來，鬼魂就像他父親在世的模樣。哈姆雷特忍不住對鬼魂說話，呼喚對方的名字：哈姆雷特，國王，父親！並且懇求鬼魂解釋離開墳墓的原因。葬禮上，他們親眼看到他安葬於墳墓裡，現在為何回到人間，在月光之下出現？哈姆雷特也求鬼魂讓他們知道，要如何才能讓他的靈魂得到安息。

鬼魂要哈姆雷特獨自隨它到僻靜的地方去。何瑞修跟馬塞勒斯極力勸阻年輕王子別跟鬼魂走，他們擔心它可能是惡靈，故意引誘王子前往臨近的海邊，或是可怕的懸崖頂端，然後搖身變出兇惡的面貌，將王子嚇得發狂而縱身躍下。可是不管他們怎麼勸說跟懇求都動搖不了哈姆雷特的決心。哈姆雷特早已看淡生死。至於他的靈魂，既然跟鬼魂同樣永生不朽，幽魂又能奈他的靈魂如何？他們使勁拉住他，但他覺得自己跟獅子一般強悍，於是掙脫阻攔，任由幽靈帶領他。

等鬼魂跟哈姆雷特獨處的時候，鬼魂打破了沉默，說自己就是哈姆雷特父親的鬼魂，說自己遭人殘忍謀害，還說出了謀殺的手段。正如哈姆雷特所懷疑的，元兇正是父王的親弟弟克勞迪厄斯，也就是哈姆雷特的叔叔，目的就是希望能篡奪王后跟王位。那天，國王按照生前的習慣到花園裡午睡，叛徒弟弟便悄悄溜到他身邊，趁他熟睡之際，將毒液倒進他的耳裡，這種奪命毒液的藥效極強，像水銀一般迅速流遍他通身的血管，烤乾血液，讓全身皮膚結出硬殼似的繭。他的親弟弟就這樣一舉奪走了他的王位、王后跟性命。鬼魂懇請哈姆雷特，如果哈姆雷特真心愛他親愛的父親，就要為這場卑劣的謀殺復仇。接著鬼魂又向兒子哀嘆說，他母親竟然墮落至此，背棄了對丈夫的愛，嫁給了弒夫元兇。但鬼魂提醒哈姆雷特，不管他要怎麼對邪惡的叔叔施行報復，都不要以暴力傷害他的母親，而是留待上天去審判，讓她面對自己良心的譴責吧。哈姆雷特承諾一切都會按照鬼魂指示的去辦，鬼魂就消失了。

只剩哈姆雷特獨自一人時，他鄭重下定決心，要將記憶裡的一切、從書本跟見聞裡學到的一切，立刻都忘得一乾二淨。腦海裡只留下鬼魂說過的話跟指示他做的事。跟鬼魂交談的細節，哈姆雷特只透露給好友何瑞修一人知道。他吩咐何瑞修跟馬塞勒斯絕對別把當晚看到的事情說出去。

哈姆雷特原本就身體虛弱、意志消沉，看到鬼魂的驚駭對他衝擊過大，差點害他精神錯亂，逼得他失去理智。哈姆雷特害怕這樣下去會引人矚目，讓叔叔升起戒心，懷疑姪子意圖對他不利，或是懷疑姪子知道父親真正的死因。哈姆雷特做了個奇怪的決定，從今以後要假裝真的發了瘋，他認為這樣比較不會引起猜疑，叔叔會認為姪子沒有能力認真執行什麼計畫。而且藉由瘋狂的偽裝，他可以遮掩內心真正的不安，不讓任何人察覺。

從這時起，哈姆雷特就在衣著、言談舉止上故作瘋狂跟荒誕的模樣，裝瘋賣傻的技巧精湛到國王跟王后都信以為真。他倆不曉得鬼魂現身的事，推斷喪父的悲痛還不至於讓哈姆雷特心神錯亂，最後判定他的病因就是愛情，也自認知道他愛慕的是誰。

哈姆雷特還沒有變得如前述那樣憂鬱以前，深深愛著名叫奧菲莉亞的美麗姑娘，她是國王御前大臣波隆尼厄斯的女兒。哈姆雷特寫過信，也送過戒指給奧菲莉亞，多次向她表達愛意，以體面的方式頻頻示愛。奧菲莉亞相信哈姆雷特的誓言跟追求都是真心誠意的。可是他近來深陷憂鬱，冷落了她，而且從他想出裝瘋這個計謀以來，就故意對她表現得無情又粗魯。但這位好姑娘並沒有責備哈姆雷特變心，還自我安慰說他只是得了心病，所以近來才對她不如以前殷勤，她相信他不會一直這麼無情下去。她將哈姆雷特原本的高貴心靈跟超群智力比作一串美妙的鈴鐺，能奏出無比動聽的樂音，但是如果被搖得走了調或是搖得很粗暴，就只會發出惹人反感的刺耳聲響。

哈姆雷特手上的要事（對殺父兇手展開報復）是很殘暴的，跟追求女性的輕快心情不僅不相稱，也沒有兒女情長的空間。現在就他看來，愛情是種瑣碎無用的情感，但他有時不免情思難捨，想起奧菲莉亞。在那種時刻，他覺得自己對這位溫柔姑娘殘酷得未免不講情理，便寫了封信給她。儘管信裡以誇張的措辭，寫滿了狂放激情，正符合他此刻偽裝的瘋樣，但字句之間依然夾雜著柔情，這位可敬的小姐讀了還是覺得哈姆雷特打從心底愛著她。他在信裡說，她大可以懷疑星星不是一團火，懷疑太陽不會動，懷疑真相是謊言，但永遠不要懷疑他的愛，信裡還有更多這種誇張的言辭。奧菲莉亞恭順地把信拿給父親看，老人覺得有義務通報給國王跟王后知道。國王跟王后從那時起便認定哈姆雷特發瘋的真正起因就是愛情。王后真心希望哈姆雷特確實是為了奧菲莉亞的美貌才發瘋的，這樣兒子還有可能因為奧菲莉亞的美德而恢復正常，倘若如此，哈姆雷特跟奧菲莉亞都有機會臉上添光。

可是哈姆雷特的病根比王后想的深，不是單憑得到所愛就能治癒。他見過父親的鬼魂後，影像一直在腦海裡縈繞不去。父親下令要他報殺父之仇，在實現這個神聖命令以前，哈姆雷特永無安寧的一日。每拖延一個鐘頭，對他來說都是罪過，都等於違背了父親的命令。可是，國王身邊隨時都有守衛保護，要奪走他的命實非易事。哈姆雷特的母親也經常跟國王同進同出，讓哈姆雷特行動起來左支右絀，這都是他難以突破的地方。更何況篡位者是母親的現任丈夫，這點不免也讓他起了惻隱之心，行動起來更是猶豫不決。

哈姆雷特生性敦厚，要奪走他人的性命原本就是件令人厭惡又恐怖的事。憂鬱心境，加上長期處於情緒低潮，讓他變得優柔寡斷、搖擺不定，遲遲無法採取極端的行動。再者，他心裡不免有些顧慮，不確定自己看到的幽靈到底真的是他父親，還是惡魔的化身？據說惡魔有能力易容變形，可能是為了利用他身體虛弱、鬱鬱寡歡的時候，驅使他做出謀殺這樣的暴力行為。他決定不要單憑幻象或幽靈的說法來行動，因為有可能是一時的錯覺，他要等掌握更確切的根據再說。

哈姆雷特躊躇不決的當兒，有個劇團來到宮廷。他以前相當喜歡他們的演出，尤其愛聽一位演員表演悲劇裡的一段台詞，描述特洛伊老國王普里亞姆之死，還有王后赫卡柏的悲痛。哈姆雷特對這些老朋友表示歡迎，然後憶起過去那段讓他回味再三的台詞，於是要求演員再表演一次。演員又唱作俱佳演了起來，呈現年老體衰的老國王如何慘遭殘酷殺害，他的子民跟整個城市都葬生火海，年老的王后悲痛得發狂，赤著腳在宮廷裡來回奔跑，原本戴王冠的頭上蓋了條破布，原本披王袍的腰際只裹著慌忙當中抓起的毛毯。這場戲表演得活靈活現，駐足觀看的人都差點以為自己親臨現場，不禁潸然淚下，連演員本人都語帶哽咽，淌下了淚水。這個情景讓哈姆雷特想到，不過演了一段虛構的台詞，演員的情緒就激動到這般程度，為了百年前、從未謀面的古人赫卡柏流下淚水，相較之下，他就顯得很麻木，明明有應該激動的動機跟理由——正宗的國王跟親愛的父親慘遭謀殺——他卻無動於衷。

這陣子以來，他日子過得渾渾噩噩，復仇心沉睡於遺忘之中！他想起演員跟演戲的事，想到演得活靈活現的好戲會給觀眾帶來多大影響。此時，他憶起過去的一件事例，有個兇手看了舞台上的一齣謀殺戲碼，因為場面動人、情節類似，兇手內心受到撼動，當場招認自己犯下的罪行。哈姆雷特決定叫這批演員在叔叔面前演出他父親遭到謀殺的劇情，他要仔細看看這齣戲會對叔叔產生什麼影響，從叔叔的神情就能更確定對方是不是兇手。他交代演員照著這個意思籌備一齣戲，到時他會邀請國王跟王后過來觀賞。

那齣戲描寫的是維也納一位公爵的謀殺案，公爵名叫貢札果，他妻子叫貝提斯塔。戲中公爵的一個近親魯西安納斯為了圖謀公爵的資產，在花園裡毒害了公爵，而謀殺案發生不久之後，兇手就得到了貢札果妻子的愛。

戲上演的時候，國王不知道這是專為他設下的圈套，偕同王后跟滿朝臣子一同前來觀賞。哈姆雷特坐在叔叔附近，專心觀察他的神色。這齣戲開場的時候，貢札果正在跟妻子交談，妻子頻頻表白自己的愛，說即使貢札果先她而死，她也絕不改嫁，還發誓說如果她再嫁，就會受到詛咒，然後還補充說只有謀害親夫的邪惡女人才會再嫁。哈姆雷特觀察到國王聽見這番話時變了臉色，跟王后兩人彷彿都像吞了苦草似地難受。接著，魯西安納斯趁著貢札果在花園裡睡覺時來毒害他，這個情景跟國王在花園裡毒殺哥哥的行徑非常相似，篡位者的良心受到極大衝擊，無法安穩坐著把戲看完，而以身體突然不適為托辭（或許確實有點微恙），驟然下令要人拿火把來護駕他回寢宮，唐突地離開了劇場。國王一退席，戲就停了。

現在，就哈姆雷特觀察到的，足以讓他判定鬼魂說的真有其事，而不是什麼幻覺。哈姆雷特突然一陣歡喜，就像心頭大惑或是疑慮豁然開朗。他向何瑞修保證鬼魂說的千真萬確，說他願意拿一千鎊來賭。可是他還沒決定要採取何種復仇行動之前，母后就派人喚他到個人密室私下晤談。

其實王后找哈姆雷特過來是國王的意旨，要她向兒子表示，兒子方才的行為惹惱了他們夫婦倆。國王希望掌握這場會談的全部內容，想著母親可能會偏袒兒子，隱瞞一些兒子所說的話，而那些話對國王來說可能至關緊要，於是囑咐老御前大臣波隆尼厄斯躲在王后密室的帷幕後方偷聽。這個計策特別適合波隆尼厄斯的性格，因為他在爾虞我詐的政治醬缸裡打滾了一輩子，用迂迴狡詐的方式刺探內情，最得他的心。

哈姆雷特來到母親跟前，她劈頭就斥責兒子的舉措跟行為，說兒子嚴重得罪了他父親——意指現任國王，也就是他叔叔，因為他們結了婚，她就稱丈夫為哈姆雷特的父親。哈姆雷特聽到她把「父親」這個親暱又可敬的稱謂，用在一個壞蛋身上，而這個壞蛋謀害了他的親生父親，於是用尖銳的口吻答話：「母親，妳才是嚴重得罪了我父親。」

王后說他回的是傻話。「什麼程度的問題只配得到什麼程度的回答。」哈姆雷特說。王后問他是不是忘了自己在跟誰講話。

「唉！」哈姆雷特回答，「我真希望我忘得了。妳是王后，妳丈夫弟弟的妻子；妳是我母親。我還真希望妳全都不是。」

「既然你對我這麼不敬，」王后說，「我只好找些能言善道的人過來。」她正準備去找國王或波隆尼厄斯過來跟哈姆雷特談。可是哈姆雷特怎麼都不肯放她走，好不容易找到母子獨處的機會，他要試試看能不能說服她，讓她稍微認清自己的墮落生活。他一把扣住母親的手腕，緊緊制住她，逼她乖乖坐下。兒子熱切緊繃的神態把她嚇壞了，很怕兒子會因為瘋狂而做出傷害她的舉動，於是放聲叫喊。

此時帷幕後方傳來人聲：「來人啊，救救王后！」

哈姆雷特聽到以後，以為藏在那裡的是國王本人，於是拔劍刺向聲音的來源，假裝在捕殺逃竄的老鼠，最後帷幕後頭沒了聲音，他判定那人已經死去。可是當他把人拖出來，一看才知道刺死的不是國王，而是波隆尼厄斯，那位愛管閒事的老御前大臣竟然躲在帷幕後面當密探。

「噢，天啊！」王后驚呼，「你看你做了多麼魯莽又殘忍的事啊！」

「母親，是殘忍沒錯，」哈姆雷特回答，「可是沒比妳做的事更糟糕，妳殺了個國王，還嫁給他弟弟。」

哈姆雷特說得太過頭，如今煞不住車了。他此刻的心情是想跟母親把話全部攤開來講，於是也這麼做了。對於父母的過錯，為人子女的理當盡量包容，可是父母如果犯下了重大罪過，只要出發點是為父母好，希望父母能夠改邪歸正，而不單是為了指責而指責，為人子也可以用嚴厲的態度對母親大人說話。現在，這位品德高尚的王子以感人肺腑的言詞指出王后犯下了多麼醜惡的罪過，竟然輕易忘懷已故的國王，在短短時間內就跟國王的弟弟成婚，而大家都認為後者是謀害國王的兇手。她對第一任丈夫立過誓約，卻做出這等事情來，足以讓人對所有女人的誓約起疑，足以讓人將所有的美德視為虛偽，讓人覺得結婚誓約還比不上賭徒誓言，讓人覺得信仰只是嘲諷跟一派空話罷了。他說她的作為讓上天都覺得羞愧，連大地都因此而厭惡她。

他拿兩幅肖像畫給母親看，一幅是她的首任丈夫，已故的國王，另一幅是現任國王，她的第二任丈夫，他要母親注意兩者之間的差異。他父親的眉宇溫文仁慈，多麼像個神祇！有太陽神阿波羅的鬈髮，有眾神之王朱比特的額頭，戰神馬爾斯的眼睛，身姿有如眾神信使墨丘利剛降落在高聳入雲的山巔！他說，這個人曾經是她的丈夫。接著再讓母親看看取代他父親的人又是什麼模樣：多麼像害蟲或霉菌啊，因為他殘害了原本健壯的哥哥。這番話讓王后看見自己的靈魂現在變得如此黑暗畸形，使她慚愧至極。哈姆雷特問母親，這個人謀害了她的首任丈夫，像賊一樣以欺盜的手段偷走了王位，她怎麼能以妻子的身分繼續跟這個人生活下去？

就在哈姆雷特說話的當兒，他父親的鬼魂出現了，模樣正如生前，就是他日前看過的樣子。哈姆雷特膽戰心驚，詢問鬼魂來做什麼。鬼魂說哈姆雷特似乎忘了復仇的諾言，說自己是來提醒他的。鬼魂要他去跟母親談談，不然她可能會在悲痛跟恐懼的雙重打擊下死去。接著鬼魂就消失了。鬼魂只有哈姆雷特看得見，無論他怎麼指出鬼魂佇立的地方，或是如何描述給母親聽，她都一概看不到。在她看來，哈姆雷特對著空氣講話，這點讓她相當害怕，認為都是因為他精神錯亂的關係。可是哈姆雷特懇求她不要吹捧自己的邪惡靈魂，以為把他父親鬼魂召來人間的，是他的瘋病而不是她的罪過。他要母親摸摸他的脈搏，看看跳得多麼溫和，一點都不像瘋子。哈姆雷特淚流滿面懇求母親向上天懺悔自己的罪過，以後不要再跟國王為伍，不要再對國王行妻子的本分。如果母親以尊重的態度緬懷他父親，扮演稱職的母親角色，他會以兒子的身分向她尋求祝福。她答應照著兒子說的去做，母子的對談到此結束。

現在，哈姆雷特有餘力可以查看自己不幸魯莽殺害的人是誰了。確認對方是波隆尼厄斯，是他深愛的奧菲莉亞小姐的父親，便動手將屍體拖到他處去。此時他的心神稍微平靜了些，便為自己所做的事垂淚。

波隆尼厄斯的橫死給國王一個藉口，可以把哈姆雷特趕出國境。國王覺得哈姆雷特是個威脅，巴不得立即將他處死，但人民愛戴哈姆雷特，國王不敢違逆民意，也怕王后的反應，因為縱使她犯下諸多過錯，卻仍然對兒子相當寵溺。於是詭計多端的國王就以保護哈姆雷特的安全為由，要他在兩位朝臣的照看下，搭上一艘航向英格蘭的船，不然他得為波隆尼厄斯的死扛起責任。此時，英格蘭是向丹麥朝貢的屬邦，國王寫了封信給英格蘭王室，交由兩位朝臣傳達。信裡編了一些特殊理由，交代對方等哈姆雷特在英格蘭一上岸，立刻將他處死。哈姆雷特懷疑其中有詐，便在夜裡悄悄取得信函，巧妙地抹去自己的名字，把有待處死的人，換成了負責押送他的兩位朝臣，最後再把信函封好，放回原位。不久之後，那艘船就遭到海盜攻擊，雙方陷入一場海戰。交戰時，哈姆雷特急著展現英勇，獨自執劍登上敵人的船。原本的那艘船卻怯懦地拋下他逃之夭夭，任他自生自滅。兩位朝臣帶著哈姆雷特竄改過的信函，平順快速地抵達了英格蘭，最後罪有應得地魂斷他鄉。

海盜俘虜了哈姆雷特，他們知道他貴為王子之後，對他客氣有加，希望他能在宮廷裡替他們多說點好話，以報答他們的善意。他們將哈姆雷特載到最近的一個丹麥港口，放他上了岸。

哈姆雷特就從那裡寫信給國王，告訴對方自己因為一場離奇的遭遇又回到了祖國，並表示他寫信的隔日就會來晉見國王陛下。哈姆雷特一到家，迎面而來的卻是悲慘的景象。

是年輕美麗的奧菲莉亞，哈姆雷特昔日親愛戀人的葬禮。打從可憐的父親死去之後，這個年輕姑娘的精神就陷入錯亂。看到父親橫死，下手的又是自己深愛的王子，整件事對這位溫柔的年輕姑娘打擊太大，不久後就精神失常了。

她會跑到宮裡送花給裡面的仕女，說是要用在她父親的葬禮上，她嘴裡老是哼著關於愛情跟死亡的歌曲，有時還唱起意義不明的曲子，彷彿對自己經歷過的事情毫無記憶。有棵柳樹斜長在小溪上頭，葉影倒映於水面上。有一天，她把雛菊、蕁麻、野花跟雜草編成花圈，趁人不注意，來到了小溪溪畔，手腳並用爬上柳樹，要把花圈掛在枝椏上，結果有根枝椏斷了，這個美麗的年輕姑娘跟著花圈還有採來的花花草草，一同跌落溪裡。衣服的浮力讓她在水面上漂了一陣子，嘴裡唱著一些老歌的片段，彷彿對危難毫無所覺，彷彿自己是個深諳水性的生物。可是沒過多久，她的衣服便吸飽了溪水，沉甸甸的，原本發出悅耳歌聲的她就被拖進汙泥裡悲慘地溺斃了。

哈姆雷特返家的時候，這位美麗姑娘的哥哥雷爾提斯正在替妹妹舉行葬禮，國王、王后以及全朝臣子都出席了。當時他還沒弄清楚這個場面的含意，只是佇立一旁，不想打斷儀式的進行。他看到有人將花朵撒在墳墓上，這是辦理處女葬禮的習俗。

王后一面撒花一面說：「美麗的花朵獻給甜美的女孩！可愛的姑娘，我原本想拿鮮花來妝點妳的新床，而不是要拿來撒妳的墳墓的。妳原本該要嫁給我兒子哈姆雷特的啊。」

哈姆雷特聽到她哥哥雷爾提斯說，希望她的墳墓長出紫羅蘭，接著又看到雷爾提斯悲痛得發狂，縱身跳進墳坑裡。雷爾提斯叫隨從把土鏟來，堆得跟山一樣高，將他跟妹妹合葬在一起。哈姆雷特對這位美麗姑娘的愛再次湧上心頭，他無法忍受一個哥哥為妹妹悲痛到這個地步，他認為自己對奧菲莉亞的愛勝過四萬個哥哥，於是他就衝了出來，猛地跳進墳坑，態度跟雷爾提斯一樣狂亂，或者更狂亂。雷爾提斯知道對方是哈姆雷特，他父親跟妹妹都是因為哈姆雷特而死，便把哈姆雷特視為仇人，一把揪住他的脖子，兩人打成一團，最後隨從好不容易才將他們拉開來。哈姆雷特在葬禮過後表示歉意，說自己跳進墳裡的行為太過急躁，造成要跟雷爾提斯對決的錯覺。哈姆雷特說他只是無法忍受有人因為美麗奧菲莉亞的死，比他更傷心。兩個高貴的青年似乎暫時言歸於好。

可是，雷爾提斯為了父親跟奧菲莉亞的死依然滿腔悲憤，哈姆雷特的邪惡叔叔——現任國王就利用這一點，策劃陰謀要剷除哈姆雷特。他先慫恿雷爾提斯以雙方和解作為托辭，挑戰哈姆雷特來一場劍術友誼賽，哈姆雷特接受了，比賽的日期也訂好了。朝廷上下的人全都到場觀賽，雷爾提斯在國王的指示下，準備抹了毒的劍。哈姆雷特跟雷爾提斯的劍術都相當高明，這點人盡皆知。朝臣對這場比賽下了頗大的賭注。按照規矩，比劍應該用輕劍或鈍劍。哈姆雷特挑了把鈍劍，毫不懷疑雷爾提斯有什麼詭計，也沒仔細查看對方的武器。雷爾提斯用的卻是尖頭劍，劍尖上還抹了毒。

起初，雷爾提斯只是跟哈姆雷特隨意比劃，讓哈姆雷特搶得了幾分，假惺惺的國王對哈姆雷特一番盛讚，替哈姆雷特的成功乾杯，還投注了大筆賭金，賭哈姆雷特必定勝出。但是兩人過招幾回之後，雷爾提斯出手越來越重，最後以毒劍給哈姆雷特致命的一擊。哈姆雷特火冒三丈，但還不知道全盤的詭計。在這番混戰當中，哈姆雷特無意間將自己那把無害的劍，換成了雷爾提斯那把致命毒劍，回刺了他一下，雷爾提斯就這麼中了自己的奸計。

此刻，王后放聲尖叫說自己中毒了。原來國王預先替哈姆雷特備好一碗飲料，等哈姆雷特比劍比得身體發熱、想喝東西時，就可以給他。陰險的國王在碗裡放了致命的毒藥，要是哈姆雷特沒死在雷爾提斯的劍下，那麼這碗飲料也可以保證他魂歸西天。但國王忘了事先警告王后，結果王后喝下這碗飲料就馬上暴斃，用最後一口氣喊說自己中毒了。

哈姆雷特懷疑這裡面藏有陰謀，當場下令要人把門都關起來，好讓他查個水落石出。雷爾提斯告訴哈姆雷特說無須費心調查，因為他就是主謀。他中了哈姆雷特一劍，覺得就快因為毒傷而死，於是招認自己使了什麼奸計，現在他反倒成了受害者。他告訴哈姆雷特那把劍頭抹了毒，這種毒沒有解藥，哈姆雷特也只剩半小時可活了。雷爾提斯請求哈姆雷特原諒他，臨死前控訴說這是國王在背後一手策劃的奸計，接著便斷氣了。

眼見自己即將死去，哈姆雷特發現劍上還殘留了一些毒藥，便突然轉向奸詐的叔叔，一把將劍刺進對方的心臟。如此一來，他就實現了父親幽靈的囑咐，成功替父親向那個卑鄙的謀殺兇手復仇。接著哈姆雷特覺得呼吸困難，感覺生命即將終結，於是轉向好友何瑞修。何瑞修目睹了整場致命的悲劇，原本想尋死來陪伴王子，但哈姆雷特用最後一口氣，請求何瑞修活下來，將他的故事公諸於世。何瑞修知道所有的內情，答應一定會將他的故事忠實呈現給世人。哈姆雷特聽了覺得心滿意足，高貴的心隨之迸裂。何瑞修跟在場的人們無不淚流滿面，他們將這位可愛王子的靈魂託付給天使守護。哈姆雷特是個仁慈溫柔的王子，因為眾多高貴的人格特質而深受人民愛戴，倘若他活了下來，肯定會在丹麥成為偉大賢明的君王。

哈姆雷特　人物關係表

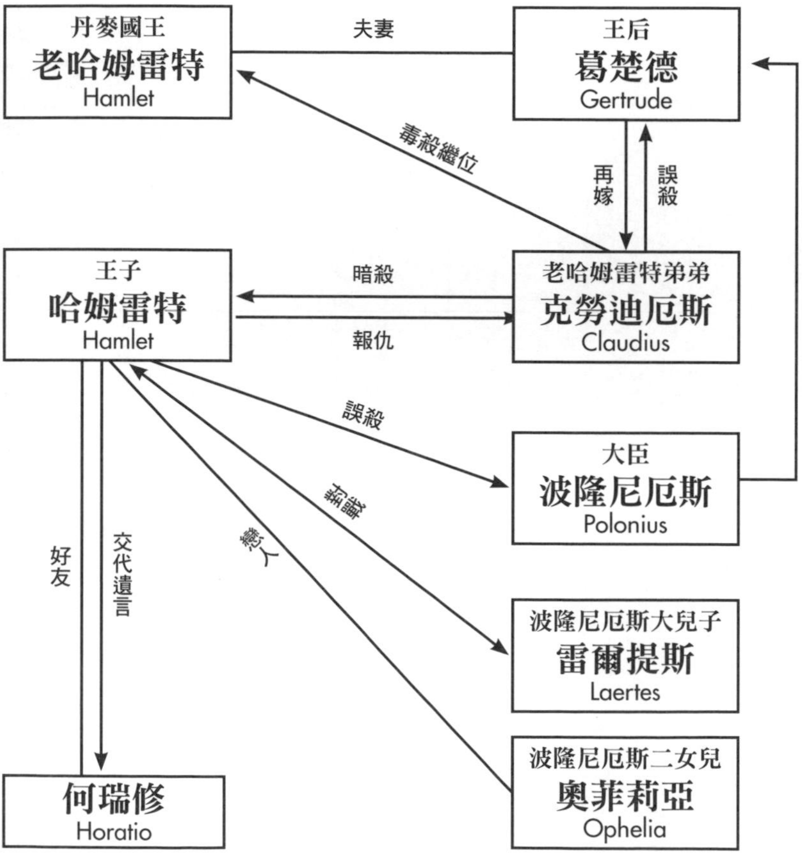
丹麥國王
老哈姆雷特
Hamlet
夫妻
王后
葛楚德
Gertrude
毒殺繼位
再嫁
誤殺
監視
王子
哈姆雷特
Hamlet
暗殺
報仇
老哈姆雷特弟弟
克勞迪厄斯
Claudius
誤殺
大臣
波隆尼厄斯
Polonius
對戰
戀人
好友
交代遺言
波隆尼厄斯大兒子
雷爾提斯
Laertes
波隆尼厄斯二女兒
奧菲莉亞
Ophelia
何瑞修
Horatio

哈姆雷特

Hamlet

屬性：悲劇

創作年代：1599-1602年

關於哈姆雷特：

* 莎士比亞筆下篇幅最長的一齣劇，也是他的作品中引起討論最多、影響英美文學最深遠的。公認為他最偉大的一部作品。
* 此劇與《馬克白》、《李爾王》和《奧賽羅》並稱為莎士比亞的「四大悲劇」。
* 此劇出自丹麥傳奇《阿姆雷特》（*Amleth*），收錄在中世紀歷史學家瓜瑪堤克斯（Saxo Grammaticus）以拉丁文寫成的《丹麥史》（*Historia Danica*）中。
* 劇中主角哈姆雷特的名字，除了沿用《阿姆雷特》，有一說是莎士比亞為了紀念早逝的兒子哈姆尼特（Hamnet），他於一五九六年離世，年僅十一歲。
* 此劇的一大特點是大量的角色獨白，觀眾可以經由獨白進入角色內心世界，而當時的戲劇多以劇情為主。
* 哈姆雷特常被認為帶有哲學性，有一說是莎士比亞受到同時代法國思想家蒙田（Michel de Montaigne）的懷疑論影響，在哈姆雷特的台詞中有多處呼應蒙田的思想。
* 佛洛依德（Sigmund Freud）在著作《夢的解析》中提到，他認為哈姆雷特之所以遲遲未復仇，是因為叔叔克勞迪厄斯替他完成隱藏在潛意識中弒父戀母的欲望，也就是所謂的伊底帕斯情結（Oedipus complex）。
* 文學家歌德、梅爾維爾、狄更斯、艾略特的作品都受到此劇影響，此劇也出現在二十世紀愛爾蘭作家喬伊斯（James Joyce）的重要著作《尤利西斯》（*Ulysses*）中。
* 自二十世紀以來，超過五十部電影改編自此劇。一九四八年勞倫斯．奧立佛自導自演了同名電影，

一九六九年的版本則由安東尼·霍普金斯（Anthony Hopkins）出演克勞迪厄斯，一九九〇年柴菲瑞利導演的版本由梅爾·吉勃遜（Mel Gibson）飾演哈姆雷特，一九九六年肯尼斯·布萊納自導自演的版本是難得的全本哈姆雷特，全長四小時。二〇〇六年馮小剛導演的《夜宴》也是改編自此劇。

奧賽羅
Othello

Oh, beware, my lord, of jealousy!
It is the green-eyed monster, which doth mock
The meat it feeds on.

啊，主帥，您要留心嫉妒啊；
那是一個綠眼的妖魔，
誰做了它的犧牲，就要受它的玩弄。

——伊阿古，第三幕，第三場

威尼斯有個富有的元老叫柏拉班修。他有個美麗出眾的女兒，就是溫柔的黛絲狄蒙娜。黛絲狄蒙娜的追求者眾多，不只因為她品德出眾，也因為她有望繼承大筆遺產。可是同膚色的本國人全都打動不了她的心，這位高貴的姑娘把人的心靈看得比外表還重，最後看上了黑皮膚的摩爾人——她這種獨到的品味可以欽佩但不可仿效。她父親很賞識這位摩爾人，時常邀他到家裡作客。

黛絲狄蒙娜選了奧賽羅當情人，也不能怪她挑得不恰當，因為這個高貴的摩爾人除了是個黑人，他具備所有可以贏得最優秀姑娘的條件。他是驍勇善戰的軍人，在跟土耳其的幾次浴血激戰當中指揮有功，在威尼斯的軍隊裡得到拔擢，官拜將軍，備受國家的敬重與信任。

奧賽羅遊歷過許多地方，黛絲狄蒙娜跟一般姑娘沒有兩樣，很喜歡聽他講述種種冒險故事。奧賽羅會從早年的往事開始娓娓道來，談起親身經歷的戰役、圍攻跟衝突。談起過往在陸地與海上遇過的種種險境。談起攻破防禦線或是對著炮口挺進時，如何千鈞一髮逃過死劫。談起他曾遭蠻橫的敵人逮捕並且販賣為奴，而在那種慘況中如何自處，後來又怎麼成功逃脫。除了這些經歷，他還講起在異國所見識到的奇聞軼事。提到廣闊無邊的荒野、頗具情調的洞窟、深坑、奇岩怪石，高聳入雲的山脈、野蠻的國度跟吃人的部族，還說起非洲有個民族，他們的腦袋長在肩膀下方。這些遊歷各地的精彩見聞讓黛絲狄蒙娜聽得津津有味，聽到興頭上的時候，如果因為家務事被叫開，她會快馬加鞭把事情辦完，趕回來如飢似渴地聆聽奧賽羅的描述。有一次，時機正好，奧賽羅在她的請求下答應將此生的故事完整述說一遍，她過去雖然聽過不少回，但往往只是零星片段。他同意了，他談起年少時期吃過的苦頭，賺取了黛絲狄蒙娜不少淚水。

奧賽羅講完自己的經歷之後，黛絲狄蒙娜為了他所受過的磨難，嘆氣嘆個不停，說這些經歷好離奇又可憐，實在太可憐了。她立下了動聽的誓言——說她巴不得沒聽過這些故事，卻也希望上天能替她創造這樣一個男人。然後她向奧賽羅道謝，並告訴他，如果他有朋友愛上了她，他只要教朋友怎麼講述生平故事，肯定能贏得她的芳心。她這番暗示雖然還算坦率但不失矜持，帶點迷人的柔媚，況且說的時候還面露嬌羞，奧賽羅不會不明白。於是奧賽羅向黛絲狄蒙娜公開示愛，並趁著這個寶貴時機，取得這位教養良好的淑女的首肯，準備私下成婚。

以奧賽羅的膚色或是財產看來，柏拉班修不會接受這樣的人當女婿。柏拉班修向來不干涉女兒，不過他確實希望，女兒再不久就會跟其他威尼斯的貴族小姐一樣，找個擁有元老身分或是有望成為元老的人當丈夫。可是他在這件事情上失策了。黛絲狄蒙娜愛上了摩爾人，儘管他是黑人，她還是把心跟財富都獻給了這個英勇又高尚的人。她挑選奧賽羅當丈夫，全心全意愛著他；對一般的姑娘來說，他的膚色是個無法克服的缺陷，唯有這位眼光敏銳的小姐認為，追求過她的年輕威尼斯貴族雖然肌膚白淨透亮，但奧賽羅的膚色遠比他們都來得高貴。

他們兩人悄悄舉行了婚禮，但這個祕密守不了多久，就傳到了柏拉班修這個老人家的耳裡，他在元老院肅穆的會議上指控摩爾人奧賽羅，一口咬定奧賽羅用符咒跟法術，引誘黛絲狄蒙娜愛上他，讓女兒沒先徵求父親的同意就嫁給他，指責奧賽羅違反了身為客人的道義。

就在此時，威尼斯政府正需要奧賽羅立即擔起一項任務，因為有消息傳來，土耳其人組成強大的艦隊，正要前往塞浦路斯，打算從威尼斯人手上奪回軍事重地。在這個危急緊迫的關頭，威尼斯政府寄望奧賽羅可以為國效命，因為唯有他有能力指揮軍隊，抵禦土耳其人進犯塞浦路斯。因此元老院將奧賽羅召去，一方面是國家要職的候選人，另一方面是身為被告，按照威尼斯法律，他背負的罪名足以判處死刑。

老柏拉班修歲數大，加上又有元老身分，在這個肅穆的場合上，眾人都得耐著性子聽他控訴。可是這個火冒三丈的父親毫無節制，把臆測跟疑點當作確鑿罪證。元老院要奧賽羅替自己辯護時，他只需平鋪直敘把自己跟黛絲狄蒙娜的戀愛經過講一遍就綽綽有餘了。他樸實又動人地描述追求黛絲狄蒙娜的全部經過，如同前面所述。他說話的態度如此高貴坦率，證明他說的就是實情，連身為主審官的公爵都忍不住坦承，要是他的女兒聽到這樣的故事，也會愛上奧賽羅。奧賽羅用來追求黛絲狄蒙娜的符咒跟魔法，只不過是戀愛中的男人會使出的正派話術。而他所用的唯一法術，就是跟姑娘說些動聽的故事，吸引姑娘的興趣。

黛絲狄蒙娜親口證實了奧賽羅的供詞。她來到法庭裡，先是表明父親對她有生養與教育之恩，她確實該向父親盡女兒的本分，然後又要求父親准許她盡更崇高的本分——對她的主人跟夫君，就像她母親對丈夫柏拉班修的重視勝過自己的父親。

這位上了年紀的元老無法再堅持自己的主張，於是唉聲嘆氣地把摩爾人叫到跟前，迫不得已把女兒交給對方。他告訴奧賽羅，要是他能夠隨心所欲把女兒扣留起來，他會想盡辦法不讓她跟奧賽羅接觸。然後又補了一句話說，他打從心底高興幸好沒有其他孩子，因為黛絲狄蒙娜的離棄，會讓他變成非常專制的父親，把女兒全部鎖在家裡。

這件糾紛解決了之後，奧賽羅欣然扛起了指揮塞浦路斯戰事的職責。因為習慣使然，艱辛的軍旅生活對他來說有如家常便飯一般自然。新婚夫婦通常會沉浸在消遣娛樂上虛度光陰，雖然難免有風險，黛絲狄蒙娜卻寧可夫君去爭取榮譽、建立功勳——她爽朗地同意他披甲出征。

奧賽羅跟妻子才在塞浦路斯上岸，就有消息傳來，說一場劇烈的風雨把土耳其的艦隊吹得七零八落，所以這座島暫且沒有遭受攻擊之虞。可是奧賽羅個人要面臨的戰爭，此刻才要開始。壞人的惡意挑撥，使他對無辜的妻子起了猜忌，而猜忌這種敵人在本質上比陌生人或異教徒都更為致命。

奧賽羅將軍的朋友當中，最受他信任的是個年輕軍官麥克·卡西歐。卡西歐是佛羅倫斯人，生性開朗多情、能言善道，有不少特質都很得女人的歡心。他長得俊美、口才便給，恰恰就是會讓年紀長些（奧賽羅年紀也不輕了）、娶了年輕嬌妻的男性燃起妒火。奧賽羅人格高尚，從不嫉妒別人，他自己做不出卑鄙的事情，自然也不會猜忌他人。他跟黛絲狄蒙娜談戀愛的過程當中，還曾經找卡西歐幫忙；卡西歐當時扮演的角色有點像是媒人。奧賽羅害怕他說不出動聽的話，沒辦法討姑娘的歡心，所以常常商請卡西歐代表他（奧賽羅是這麼說的）去追求對方。這種天真單純可說是這位英勇摩爾人在性格上的榮譽而不是汙點。所以這也難怪，溫柔的黛絲狄蒙娜除了奧賽羅本人之外，最喜愛也最信任的人就是卡西歐，不過，她就跟一般的賢淑妻子一樣，跟卡西歐保持遠遠的距離。他倆婚後對卡西歐的態度一如既往。卡西歐常常登門拜訪，他無拘無束、生氣勃勃的談話，對奧賽羅來說也不失為討人喜歡的變化，奧賽羅本人的個性較為嚴肅，嚴肅的人往往喜歡聽性格相反的人說話，藉以適時擺脫自己性格所產生的過度壓迫。黛絲狄蒙娜跟卡西歐有說有笑，就像當初他替朋友前來示愛一樣。

奧賽羅近來剛剛將卡西歐升為副官，這是個備受信任，也最接近將軍的高位。此次的拔擢嚴重得罪了伊阿古，伊阿古是資歷較深的軍官，自認比卡西歐更有資格受到重用，常常譏笑卡西歐說他只適合跟姑娘們作伴，對於戰術或是怎麼部署作戰陣形，懂得還沒女孩子多。伊阿古憎恨卡西歐，也痛恨奧賽羅，部分因為奧賽羅偏愛卡西歐，部分因為他對奧賽羅起了莫須有的猜疑，輕率地認為摩爾人對他妻子艾蜜莉亞動了情。這些憑空想像出來的冤仇，激發生性陰險的伊阿古策劃出一項恐怖的復仇計畫，事關卡西歐、摩爾人跟黛絲狄蒙娜，他要讓他們同歸於盡。

伊阿古詭計多端，對人類本性的研究深入，知道人心的折磨遠比肉體的酷刑更加痛苦，也知道在所有折磨人心的事物裡，尤以嫉妒的痛楚最教人難忍、最為椎心。如果他能挑起奧賽羅對卡西歐的妒意，他認為這是個絕妙的復仇計謀，最後卡西歐或奧賽羅當中不是有一死，不然就是雙亡，他才不在乎。

將軍跟夫人抵達塞浦路斯，加上敵人艦隊被暴風雨驅散的消息傳來，島上瀰漫著過節的慶祝氣氛。人人縱情歡宴作樂、開懷暢飲，頻頻為黑人奧賽羅跟他美麗夫人黛絲狄蒙娜的健康乾杯。

當晚，卡西歐負責指揮守衛隊，奧賽羅特別吩咐他別讓士兵飲酒過量，免得酒醉鬧事，驚擾島上的居民，或是惹得島民對剛剛上岸的軍隊心生反感。那天晚上，伊阿古開始推動他精心策劃的陰謀。他以對將軍表示忠誠跟敬愛為名，慫恿卡西歐隨興暢飲，而這對負責守衛的軍官來說是個嚴重失誤。起初，卡西歐推辭了，可是伊阿古裝出誠實坦率的樣子，頻頻替卡西歐斟酒，還高唱勸酒歌助興，不久之後，卡西歐便一杯接一杯喝個不停。卡西歐嘴裡不斷盛讚黛絲狄蒙娜，一次次為她乾杯，說她是豔冠群芳的夫人。最後，卡西歐灌進嘴裡的敵人偷走了他的理智。有個傢伙事先受到伊阿古的教唆，刻意挑釁卡西歐。兩人拔劍相向，一位優秀的軍官蒙塔諾前來排解糾紛，卻在混戰當中受了傷。

事情越鬧越大，發動這場陰謀的伊阿古是頭一個對外發出警報的人，還要人敲響城堡的警鐘，彷彿發生的是危險的兵變，而不是酒醉鬧事的小爭端。警鈴聲把奧賽羅吵醒了，他連忙穿好衣服並趕到事故地點，質問卡西歐事情的起因。現在卡西歐醉意稍減，已經清醒過來，可是慚愧得無法答話，伊阿古故作非常猶豫的模樣，彷彿不願告卡西歐的狀，裝得好像因為奧賽羅堅持要把真相查清楚，才勉為其難把整件事全盤托出，自己在其中扮演的角色則省略不提，反正卡西歐也記不清楚。伊阿古描述的方式乍聽之下好像在替卡西歐開脫，實則讓卡西歐顯得罪過更大。結果，向來嚴守紀律的奧賽羅不得不拔掉卡西歐的副官職位。

伊阿古的第一個奸計大獲成功。他破壞了自己痛恨的敵人的名聲，讓對方丟了官，他準備再進一步利用這個多災多難的夜晚。

卡西歐不疑有他，還是把伊阿古當成朋友。經過這次的不幸事件之後，卡西歐清醒過來，向伊阿古哀嘆說，他竟然這麼愚蠢，任由自己酒醉到變成野獸的地步。卡西歐說他真的完蛋了，該怎樣請將軍讓他復職呢？奧賽羅一定會罵他是醉鬼。卡西歐還說他真是瞧不起自己。伊阿古假裝這件事並不嚴重，說偶爾喝醉是人之常情，表示當前的要務是要力挽頹勢。伊阿古說將軍的夫人現在影響力很大，奧賽羅對她言聽計從，勸卡西歐最好請黛絲狄蒙娜夫人出面幫忙向夫君說情。說她個性坦率又樂於助人，一定很願意幫這個忙，讓卡西歐重新得到將軍的重用。還說兩人的情誼經過這次波折，會變得更加堅韌。要不是因為伊阿古心懷鬼胎，這個建議是相當好的，伊阿古的奸計在之後會漸漸顯現。

卡西歐照著伊阿古的建議，向黛絲狄蒙娜夫人提出請求。只要為了正當的事情求情，黛絲狄蒙娜往往答應得很爽快。她向卡西歐承諾說，一定會為他向夫君求情，說她寧死也不會拋開他的要事不顧。她馬上以誠懇又動人的方式幫忙說情，儘管奧賽羅對卡西歐惱怒至極，卻也阻擋不了妻子的溫情攻勢。奧賽羅說現在就赦免嚴重觸犯軍紀的人，未免太快了，希望等過一陣子再說。但她毫不退縮，堅持奧賽羅應該在隔天晚上，最晚在後天早上就要讓卡西歐復職。接著她描述可憐的卡西歐有多麼懊悔又慚愧，說他的罪過不該受到如此嚴厲的懲戒。奧賽羅依然遲遲沒有應允。

「什麼！我的夫君，」黛絲狄蒙娜說，「我竟然需要費這麼大的勁來替卡西歐求情，卡西歐可是當初替你來追求我的人啊，有好幾次我批評你的不是，他還一直替你辯護哪！我認為我請你做的只是區區一樁小事。等我真正想試探你的愛，我會開口求件大事的。」對於這樣的求情者，奧賽羅怎麼都拒絕不了，只能要求黛絲狄蒙娜把復職的時機交由他定奪，他承諾會再次重用卡西歐。

巧的是，奧賽羅跟伊阿古先前走進黛絲狄蒙娜所在的房間，來請她幫忙求情的卡西歐正從對面的門離開。詭計多端的伊阿古故作自言自語低聲說：「看來不妙。」

奧賽羅當時不怎麼留意他的話，因為隨後馬上就跟夫人討論起事情，把這句話拋諸腦後。等黛絲狄蒙娜離開以後，伊阿古假裝純粹好奇，隨口問起奧賽羅在追求夫人的時候，卡西歐知不知道他的情意。將軍說卡西歐清楚得很，還補充說，卡西歐還時常幫他們兩人撮合呢。伊阿古蹙起眉頭，彷彿對什麼可怕事情有了新的體會，並且嚷道：「真的嗎？」

這個反應倒讓奧賽羅想起之前走進房間，看到卡西歐跟黛絲狄蒙娜在一起時，伊阿古脫口而出的話。奧賽羅開始思考伊阿古是不是話中有話，因為他認為伊阿古為人光明磊落，對人忠誠又正直。說起話來欲言又止，如果表現在奸詐的惡徒身上，可能是詭計，但在伊阿古身上，卻是正直心靈的自然展現，彷彿事情嚴重到難以說出口。奧賽羅請求伊阿古將自己知道的事情如實托出，要他儘管把最壞的想法說出來。

伊阿古說：「萬一有什麼卑劣的想法闖進了我的心裡，又該怎麼辦呢？就像宮殿也難免會有汙穢的東西溜進去？」

伊阿古接著又說，如果因為他漏洞百出的觀察，害得奧賽羅惹上麻煩，那就太遺憾了。還說要是他把自己的想法說出來，可能會惹得奧賽羅心神難安。伊阿古說不能單憑他不足取的猜疑，就毀掉他人的清譽。伊阿古的種種暗示跟隨口脫出的評議，讓奧賽羅疑神疑鬼到心神大亂。伊阿古佯裝真誠關懷著奧賽羅，希望他保持心情平靜，而勸他不要嫉妒。這個惡徒假意勸告奧賽羅不要輕易猜忌，卻藉由這個手段，讓毫無戒備的奧賽羅產生猜忌的心結。

「我知道我妻子長得很美，喜歡社交跟宴飲，說起話來沒有拘束，唱歌、演奏跟跳舞樣樣行，可是，人貞潔，這些才華才算是美德。我要有真憑實據，才會認定她不貞。」

看到奧賽羅不輕易懷疑夫人的節操，伊阿古裝作很高興，坦承自己確實沒有實據，但是請奧賽羅仔細觀察卡西歐在場時，黛絲狄蒙娜的種種舉措。伊阿古要奧賽羅別嫉妒，但也不要過於信任，他說自己身為義大利人，比奧賽羅更清楚當地女子的性格，還說在威尼斯，妻子會暗地玩些不敢讓丈夫知道、只有上天才曉得的鬼把戲。接著他狡猾地暗示說，黛絲狄蒙娜當初嫁給奧賽羅的時候，就騙過她父親，保密到了家，讓可憐的老人家以為奧賽羅耍了巫術。伊阿古的說法正中奧賽羅的心坎，惹得奧賽羅激動難抑——如果她曾經騙過自己的父親，難道就不會騙自己的丈夫？

伊阿古請奧賽羅原諒自己惹得他這樣激動。奧賽羅雖然表面故作無動於衷，內心則因為伊阿古說的話波濤洶湧、悲痛不堪。奧賽羅請伊阿古說下去，伊阿古先是連聲道歉，說卡西歐是他朋友，彷彿百般不願說卡西歐的壞話，接著便狠狠直擊要害——他提醒奧賽羅，曾經有不少門當戶對、膚色相同的本國人追求黛絲狄蒙娜，可是她都一一拒絕了，最後嫁給了身為摩爾人的他，顯示她可能會一時做出違反自然的事，更證明她是個倔強任性的人。等她恢復理智，就可能會把奧賽羅拿來跟義大利青年的清秀外貌跟白皙皮膚比較。

最後，伊阿古奉勸奧賽羅，把跟卡西歐和解的時間再往後推延一下，並且在這段時間裡，好好觀察黛絲狄蒙娜會用多麼懇切的態度替卡西歐求情，說他應該能從中得到不少線索。這個奸詐惡徒就這樣將詭計安排妥當，準備把無辜夫人的美好特質變成毀滅她的工具，要用她的善良織成羅網俘虜她：先是慫恿卡西歐請求她代為調停，再利用這次的調停擬出毀滅她的策略。

話談完的時候，伊阿古請求奧賽羅在取得更確切的證據以前，務必把妻子視作清白的。奧賽羅承諾會沉住氣。但從那一刻起，受騙的奧賽羅心情再也沒有平靜的時候。罌粟花、曼陀羅的汁液或世上的任何安眠劑都無法讓他像以往那樣酣睡。他開始厭倦自己的職務，對軍事武備再也提不起興致。他以往看到軍隊、旗幟跟陣形就會大感振奮，聽見號角隆隆響起或戰馬嘶鳴就會摩拳擦掌，他似乎失去了自豪跟雄心這些屬於軍人的美德。他對軍事的熱忱以及以前的愉悅心情都不見了。

他時而認定妻子是忠實的，時而認為不是。時而認為伊阿古是正直的，時而覺得不是。然後他巴不得自己從來不知道這件事；即使妻子愛上了卡西歐，只要他不知情，就不會受到影響。這些教人紛擾不安的思緒將他折磨得生不如死。有一回奧賽羅還掐住伊阿古的喉嚨，逼他拿出黛絲狄蒙娜出軌的證據，要不然就因為蓄意誣陷，馬上將他處死。伊阿古佯裝忿忿不平，說自己一片真誠，竟然遭到如此誤解，然後問奧賽羅有時候是不是會看到妻子拿著繡有草莓圖樣的手帕。奧賽羅答說他給過妻子這麼一條手帕，是他頭一次送她的禮物。

「我今天才看到卡西歐用那條手帕擦臉呢。」伊阿古說。

「如果事情真如你說的，」奧賽羅說，「不下毒手報復，毀掉他們兩個，我絕不善罷甘休。首先，為了表示你對我的忠誠，限你在三天之內把卡西歐除掉。至於那個美麗的魔鬼（意指他妻子黛絲狄蒙娜），我會回去想個快速的辦法，了結她的生命。」

對心存嫉妒的人來說，連空氣似的瑣碎小事，都會成為像聖經一般的歷歷鐵證。奧賽羅受到欺瞞，一聽說卡西歐的手上拿著妻子的手帕，就足以讓他動念宣判兩人的死罪，也不先問問卡西歐是怎麼拿到的。黛絲狄蒙娜從沒送過卡西歐這樣的禮物，這位忠實的夫人也不會做出對不起丈夫的錯事，將丈夫的禮物轉贈給其他男性。卡西歐跟黛絲狄蒙娜都是清白的，他們根本沒做出任何得罪奧賽羅的事。

可是邪惡的伊阿古無時無刻想著要為非作歹，就以想要描摹手帕上的繡樣為藉口，要自己生性善良但軟弱的妻子，把這條手帕從黛絲狄蒙娜那裡偷來。最後伊阿古把手帕故意扔在卡西歐經過的路上，讓卡西歐撿到，這麼一來伊阿古就可以藉機向奧賽羅暗示，那是黛絲狄蒙娜送給卡西歐的禮物。

奧賽羅見到妻子不久，就佯裝頭痛——也許他的頭真的痛起來，要她把手帕拿出來借他壓壓太陽穴。她也這麼做了。

「不是這條，」奧賽羅說，「我要用我送妳的那條。」如同先前所述，那條手帕早被偷走，不在黛絲狄蒙娜的身上了。

「怎麼？」奧賽羅，「這可糟了。那條手帕是一個埃及女人給我母親的。那個女人是個巫婆，可以讀懂別人的心思。她跟我母親說過，只要我母親把手帕留在身邊，就會讓她變得很得人疼，我父親就會一直愛著她。可是如果她把手帕弄丟或是轉送別人，我父親就會變心，過去有多愛她，現在就變得有多討厭她。母親死前把手帕送給我，交代我說，如果我結婚，就把手帕送給妻子。我也這麼做了。當心了，妳要把那條手帕當成跟雙眼一樣寶貴才行。」

「真的是這樣嗎？」夫人害怕地說。

「是真的，」奧賽羅繼續說，「那條手帕有魔法，織這條手帕的人是在世間活了兩百年的巫婆，是她陷入出神附身狀態的時候織出來的，這條手帕先用聖蠶吐出來的蠶絲織成，再從處女木乃伊的心臟汲取液體來染色。」

黛絲狄蒙娜聽到這條手帕的神奇效力，嚇得魂飛魄散，因為她很清楚自己把手帕弄丟了。她好擔心手帕丟了，也會一併失去丈夫的愛。接著奧賽羅猛地跳起身，狀似就要做出魯莽的事，他依然執意向妻子索討那條手帕。她既然拿不出來，就試著把丈夫從過於嚴肅的思緒上轉移開來，語氣爽朗地告訴丈夫她明白了，他緊咬手帕的話題不放，一定是為了阻止她替卡西歐求情，接著她把卡西歐誇讚了一番，正如伊阿古預料的。最後奧賽羅發了瘋似地衝出房間。這時，黛絲狄蒙娜縱使百般不願，也不得不開始懷疑她夫君在吃醋。

她想不通自己到底做了什麼，竟會惹得丈夫吃起醋來，接著她又怪自己竟然責怪高貴的奧賽羅，她想威尼斯一定傳來了什麼負面消息，或是有什麼國政難題破壞了奧賽羅的心情，使得他的脾氣不如從前溫柔。她說：「男人又不是神，不可能是完美的，也不能期望他們在結婚以後，會跟新婚當天一樣殷勤有禮。」雖然奧賽羅對她態度很惡劣，但她接著又責怪自己竟然如此嚴苛地批評他。

奧賽羅跟黛絲狄蒙娜再次碰面時，他更加直率地指責她不忠實，說她愛上別的男人，可是他一直沒說明是誰。奧賽羅哭了起來，黛絲狄蒙娜說：「唉！今天真是可怕的一天！你為什麼哭了？」

奧賽羅告訴她，他可以堅忍地承受貧窮、疾病跟恥辱等各種磨難，可是她的不忠讓他心碎。奧賽羅罵她是株野草，外表如此美麗、氣味如此芬芳，令人渴望不已。說他真希望她從沒出生過。奧賽羅走開之後，這位無辜的夫人聽了夫君對她的不實猜疑，震驚得不知所措，沉重的睡意頓時襲來，她只希望侍女可以快點鋪好床，將新婚之夜的床單覆在上頭。她說大家在教導幼兒時，會用溫柔的方法跟簡單的指示，奧賽羅也該用那種方法對她才是，因為她受責備的時候就跟個孩子沒兩樣。這位溫柔的夫人就只有這麼點怨言。

黛絲狄蒙娜上床就寢後，以為丈夫隨後就會過來，不久便因為情緒痛苦而陷入沉眠。奧賽羅走進房間時，心存謀殺妻子的黑暗念頭。可是當他看到她熟睡的模樣，既不忍讓她流血，也不願在她比雪花石膏更白皙的肌膚上留下傷痕。可是他已經打定主意要結束她的性命，他說，要是讓她活下去，她會繼續背叛更多男人。奧賽羅說要吻她最後一回，但是這枚吻如此甜美，他忍不住再吻她一回，他哭了，但他說這是冷酷的淚水。

黛絲狄蒙娜被奧賽羅吻醒了，她仰頭望著丈夫，看到他咬著下唇、翻轉眼珠，知道他露出這個神情時總會做出可怕的事。他要妻子準備受死，要她為自己祈禱，因為他不想殺害她的靈魂。這個無辜的妻子只能任憑丈夫擺布，一面乞求他的憐憫，她想知道自己到底犯了什麼過錯。這時奧賽羅提起了卡西歐，還指控她把那條手帕送給對方。這個清白的夫人正要澄清時，他卻突然不願再聽下去，只是用被子一把蒙住妻子，將她活活悶死。

就在此刻，有人將卡西歐抬進屋裡，他受了傷一身血跡斑斑，是伊阿古派嘍囉去刺殺他的。但是那個傢伙事情沒辦成，卡西歐雖然受了傷但不至於致命。伊阿古害怕事跡敗露，索性將嘍囉滅了口，但是有人在嘍囉的口袋裡搜出了幾封信，毫無疑問地證實了伊阿古的詭計跟卡西歐的清白。卡西歐現在過來是要請求奧賽羅原諒的，也想問自己到底哪裡得罪了對方，竟然指派伊阿古來謀殺他。

真相大白之後，對奧賽羅來說簡直是晴天霹靂，他現在明白自己等同於殺人兇手，原來可憐無辜的夫人一直都是忠於他的，他陷入極端的痛苦，覺得無法再苟活下去，於是一刀刺向自己，倒在親愛夫人的屍身上便斷了氣。

在場旁觀的人都為了這些魯莽行徑感到極度恐懼跟驚愕，因為在受到惡徒的奸計操弄以前，奧賽羅向來聲譽卓著。奧賽羅本性高尚，從不隨便猜忌，而且一直是個情深意重的丈夫。

他愛得太深，但愛得不夠明智。他堅毅的雙眼雖然不習慣為每件小事掉淚，但一旦意識到自己鑄下大錯之後，淚水簌簌落下，快如樹液湧出阿拉伯橡膠樹。奧賽羅過世之後，眾人追憶他過往的功績與英勇的作為。現在，奧賽羅的繼任者只有一個任務，就是按照法律嚴懲伊阿古，以極刑將他處決，同時也把這位名將令人悲嘆的死訊，通報給威尼斯政府。

奧賽羅　人物關係表

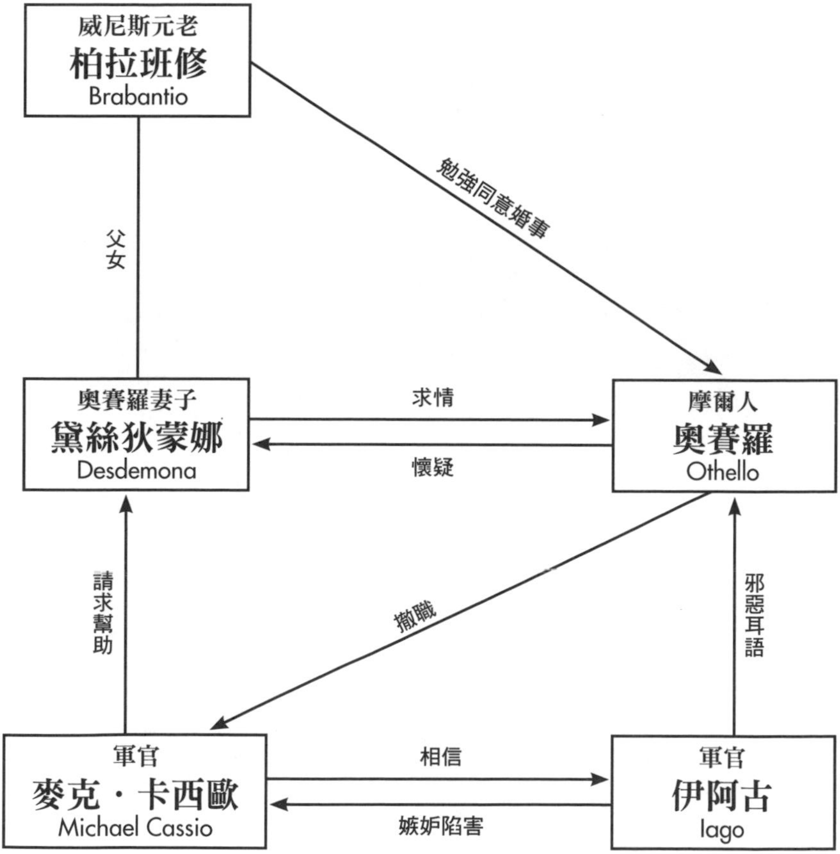

威尼斯元老
柏拉班修
Brabantio
勉強同意婚事
父女
奧賽羅妻子
黛絲狄蒙娜
Desdemona
求情
懷疑
摩爾人
奧賽羅
Othello
請求幫助
撤職
邪惡耳語
軍官
麥克・卡西歐
Michael Cassio
相信
嫉妒陷害
軍官
伊阿古
Iago

奧賽羅

Othello

屬性：悲劇

創作年代：一五九九至一六〇二年

關於奧賽羅：

✷ 莎士比亞四大悲劇之一。此劇創造莎翁筆下最令人憎恨的惡角伊阿古，以及最慘烈的悲劇英雄奧賽羅。白人伊阿古病態作惡，黑皮膚的奧賽羅老實單純，兩人形成強烈對比，也顛覆觀眾以往對舞台上種族角色的偏見。

✷ 在莎士比亞的所有劇作中，此劇引起關於種族以及種族歧視的討論是最多的。

✷ 此劇源於一五六五年義大利人辛席歐（Giraldi Cinthio，本名 Giovanni Battista Giraldi）的《故事百則》（*Hecatommithi*）裡的《一位摩爾上尉》（*Un Capitano Moro*）。在辛席歐的版本中，奧賽羅令伊阿古殺害妻子，事後兩人毀損屍體、打破屋頂，假裝成意外並一起逃走，最後兩人先後落網。而莎士比亞改成奧賽羅親手掐死妻子，最後發現事實真相自刎，這樣的改寫被認為是降低黑皮膚角色的野蠻程度。

✷ 改編作品眾多。改編歌劇有數個版本，一八一六年羅西尼（Gioachino Rossini）的改編是最早的版本，一八八七年威爾第改編的版本號稱天才之作，至今仍在演出。也曾改編為芭蕾舞劇。

✷ 一九八〇年英國廣播公司改編為影集，由安東尼．霍普金斯出演奧賽羅。一九九〇年改編為電視電影，由伊恩．麥克連飾演伊阿古。一九九五年改編成電影《狂殺情焰》，由勞倫斯．費許朋（Laurence Fishburne）主演。二〇〇一年改編成電影《千方百計》（O），背景改為美國高中籃球隊，由喬許．哈奈特（Josh Hartnett）主演。

泰爾親王佩里克利斯

Pericles, Prince of Tyre

Who shuns not to break one will sure crack both.

不惜食言的人也會把約誓撕得粉碎。

——————佩力克里斯，第一幕，第二場

泰爾親王佩里克利斯發現邪惡的希臘皇帝安提荷斯暗中犯下駭人聽聞的惡行，希臘皇帝為了報復，威脅要對泰爾這個城市以及佩里克利斯的臣民帶來恐怖的災禍。為了躲避災禍，佩里克利斯只好主動離開他的領土並且自我放逐。窺探大人物隱匿的罪行，一般來說都是相當危險的事。佩里克利斯把國事委託給能幹又正直的大臣賀里卡納斯之後，便乘船離開泰爾城，想等位高權重的安提荷斯怒氣平息之後再回來。

親王第一個前往的地方就是塔色斯，他聽說塔色斯城正面臨嚴重的饑荒，於是帶了不少糧食去救濟他們。他抵達的時候，發現這座城已經到了山窮水盡的地步，他帶著意想不到的援助前來，恍如從天而降的使者，塔色斯的總督克里翁帶著無限的感激歡迎他。佩里克利斯在塔色斯才停留不到幾天，就收到了忠心大臣的來信警告，說他留在塔色斯並不安全，因為安提荷斯查出了他的行蹤，打算暗中派人取他的性命。佩里克利斯收到信之後再次揚帆離去，受過他賑濟的塔色斯城民都前來送行，祝福他並為他禱告。

船沒走多遠就遇上恐怖的暴風雨，除了佩里克利斯之外，船上的人全數罹難，佩里克利斯赤裸裸被海浪拋上了不知名的海岸，他在岸邊徘徊不久就碰見幾位窮苦的漁夫，他們邀他到家裡來，供應衣服跟食物。漁夫告訴佩里克利斯，他們這個國家叫賓塔波里斯，他們的國王叫做西蒙尼底斯。大家都叫他「好西蒙尼底斯」，因為他治國有方、國泰民安。佩里克利斯也從漁夫那裡得知，國王有個美麗年輕的女兒，隔天就是她的生日，宮廷要舉辦一場盛大的比武大會，到時會有眾多來自各方的王子跟騎士前來參加比賽，藉此贏得美麗公主泰莎的芳心。親王聽到這番話，暗暗痛惜自己丟失了那副好盔甲，無法跟這些英勇騎士一爭高下。有個漁夫在海裡撈到了一套完整的盔甲，拿來給他，好巧不巧就是他丟失的那一副。佩里克利斯看著自己的盔甲並說：「命運之神啊，謝謝祢。雖然祢讓我經歷這些磨難，卻還是給我機會補償。這副盔甲是先父遺留給我的，為了紀念父親，我深深愛著這副盔甲，不管到哪裡去，總是隨身帶著。雖然驚濤駭浪將盔甲奪走了，現在風平浪靜，又將盔甲歸還給我。既然找回了父親的遺物，我不再覺得那場船難是災禍了。」

翌日，佩里克利斯穿著英勇先父的盔甲，前往西蒙尼底斯的宮廷，在比武大會上的表現驚豔全場，輕輕鬆鬆就打敗了勇敢的騎士跟英勇的王子。這些人披甲上場、彼此較量，都是為了獲得泰莎的青睞。當勇士在宮廷比武大會上，為了獲取國王女兒的芳心而一較高下，如果有人擊敗他人，最後單獨勝出，按照規矩，尊貴的小姐就要向那位為了她表現得如此神勇的人，至上最高的敬意。泰莎也遵循習俗，先請落敗的那些王子跟騎士退席，然後特別親切地對待佩里克利斯，向他表示好感，替他戴上勝利的花冠，讓他成為當日的幸福之王。看到花容月貌的公主，佩里克利斯一見傾心，立即熱烈地愛上了她。

好西蒙尼底斯對佩里克利斯的英勇跟高貴品格非常讚許，佩里克利斯確實是個多才多藝的紳士，對種種技藝都相當精通。佩里克利斯深怕安提荷斯得知自己的行蹤，所以只自稱是來自泰爾城的一般貴族。雖然西蒙尼底斯不知道這位陌生人有王族的血統，但是當他察覺女兒已經深深愛上佩里克利斯的時候，也不反對這位來歷不明的勇士成為女婿。

佩里克利斯跟泰莎結婚才幾個月，就接到消息說敵人安提荷斯已經過世。他去國太久，泰爾的臣民失去耐性，威脅要造反，討論要讓賀里卡納斯繼任王位。這個消息正是賀里卡納斯託人捎來的，身為親王的忠臣，不願接受大眾擁戴他上位，而是派人捎信將臣民的意願告訴佩里克利斯。這樣佩里克利斯就可以回國重享應有的權位。西蒙尼底斯發現女婿（原本隱姓埋名的騎士）原來是知名的泰爾親王，又驚又喜，但也遺憾女婿不是一般的貴族，如此一來他就必須跟自己佩服的女婿與鍾愛的女兒分離。加上泰莎已經懷有身孕，他害怕女兒會在航海期間遭逢危險。佩里克利斯也希望泰莎先留在父王身邊，等生產之後再走。但這個可憐的夫人真心想跟丈夫同行，最後他們只好勉強同意，希望她可以撐到泰爾之後再生產。

佩里克利斯在海上的運氣實在不佳，他們距離泰爾還相當遙遠時，海上又掀起一場可怖的暴風雨。風狂雨驟，把泰莎嚇得病倒了，不久，她的奶媽莉克麗達懷裡抱著一個嬰孩，來到佩里克利斯的面前，同時通知他一個悲慘的消息。小寶寶一出世，他妻子就過世了。奶媽把寶寶捧到她父親面前並說：「這就是您已故王后留下的孩子。這孩子太幼小，禁不起海上的磨難啊。」

佩里克利斯聽到妻子過世的消息，悲痛得無法言喻，過一陣子才勉強說出話來。他說：「噢，神啊，為什麼先讓我們愛上祢們美妙的恩賜，然後又硬生生地奪走？」

「堅強起來啊，殿下，」莉克麗達說，「王后過世了，就留下這麼一個小女兒。為了您的孩子著想，請打起精神。殿下，即使只是為了這個小寶貝，也請您堅強起來吧。」

佩里克利斯把新生兒摟在懷裡，對著小寶寶說：「願妳能有平靜的人生，因為沒有一個孩子在更動盪的狀況下出生！願妳的生活平順安穩，因為從來沒有一個親王之子在出生的時候要面對這樣狂暴的對待！願妳日後幸福美滿，因為空氣、水火跟天地都發出這麼吵雜的聲響，預告妳將要誕生！妳剛剛來到人間就蒙受損失（指的是面臨母親的死亡），即使將人間的所有歡樂加總起來，也無法彌補這樣的損失。」

狂風暴雨依然肆虐不停，水手之間有個迷信，他們認為如果有死者留在船上，風浪永遠不會停歇。他們來到佩里克利斯的面前，要求把王后丟下船，他們說：「您有勇氣對抗風浪嗎？殿下？上天保佑您！」

「我有的是勇氣，」悲傷的親王說，「我不怕風雨，風雨已經給我帶來最大的不幸，可是為了這個可憐的嬰兒，這個初次出海的娃兒，我盼望風浪早早平息。」

「殿下，」水手說，「那麼就必須把王后丟進海裡。浪很猛，風很強，不擺脫船上的死人，風浪不會緩和下來。」

雖然佩里克利斯知道這種迷信很難讓人信服，而且毫無根據，可是他堅忍地聽從了，並說：「就照你們的意思來吧，非得把可憐的王后丟下船不可了！」這位不幸的親王看了親愛的妻子最後一眼，他望著泰莎並說：「親愛的，妳在這麼糟糕的狀況下生產，既沒有燈，也沒有火，無情的大自然完全棄妳於不顧，我也來不及替妳舉辦正式的葬禮，連個棺柩也沒有，就要把妳丟進海裡。原本應該在妳的屍骨上立碑紀念，現在卻只能讓妳的屍骸跟卑微的貝殼一同躺臥海底，任由海水淹沒。噢，莉克麗達，叫奈斯特把香料、墨水跟紙，還有首飾盒跟珠寶帶來給我。然後叫尼肯鐸把裝綢緞的匣子搬過來。莉克麗達，先把寶寶放在枕頭上，馬上去張羅這些事。我要代替祭司為泰莎做告別的祝禱。」

他們搬了個箱子過來，用緞布當成壽衣將王后裹好之後，佩里克利斯將王后抱進箱子裡，然後在她身上撒了馥郁的香料，將珠寶跟紙條放在她身旁。紙條上寫明她的身分，祈禱如果有人碰巧發現這個裝著他妻子屍骸的箱子，能夠將她好好下葬，接著親王便將箱子擲入海裡。風雨平息之後，佩里克利斯命令水手將船開往塔色斯。佩里克利斯說：「寶寶恐怕撐不到泰爾，我要把她留在塔色斯，找人悉心照料。」

在風狂雨急的夜裡，泰莎被拋進海中。隔日清晨，以弗所一位德高望重的紳士賽里門正站在海邊，他是個醫術精湛的醫生。僕人把一只箱子抬到他面前，說是海浪沖上岸的。其中一人說：「我從沒見過這麼大的浪，都把箱子沖上岸了。」

賽里門吩咐僕人把箱子抬到家裡去，打開箱子一看，詫異地發現是年輕美麗的女子屍骸。從馥郁的香料跟裝滿珠寶的首飾盒看來，賽里門推斷用這種怪異方式下葬的，一定是個身分高貴的人物。他進一步搜尋，找出一張紙條，從紙條上得知他眼前的屍骸原本貴為王后，也是泰爾親王佩里克利斯的妻子。賽里門對於這個離奇的意外感到驚訝，更是同情失去這位甜美夫人的丈夫，他說：「佩里克利斯，如果你還活著，肯定悲傷得心都碎了。」

接著仔細觀察泰莎的臉龐，看到她的面色鮮潤，不像斷氣的模樣，於是說：「把妳丟進海裡的人未免也太心急了。」他不相信她已經死了，吩咐僕人生火，叫人把補藥帶來，要人奏起輕柔的音樂，要是她甦醒過來，就能幫忙平撫她受到驚嚇的心緒。

大家團團圍住她，賽里門對他們說：「請各位讓開點，給她一點空氣吧。這個王后會活下去的，她失去意識的時間前後不超過五個鐘頭。看吧，她又開始有了氣息。她活著。看哪，她的眼皮顫動了。這個美人兒會活下來訴說自己的遭遇，讓我們聽了都掬一把淚。」泰莎並沒有死，只是在產下小寶寶之後深深暈厥了過去，所以那些服侍她的人都判定她死了。

現在，在這位仁慈紳士的照拂之下，她重獲生命之光。她睜開眼睛說：「我在哪裡？我的夫君呢？這是什麼地方？」賽里門一點一滴讓泰莎明白了自己的遭遇，等他認為泰莎的狀況恢復到足以承受情緒衝擊時，便把她丈夫親手寫的紙條跟珠寶拿給她看。她看著那張紙條並說：「這是我夫君的筆跡沒錯。我清楚記得自己乘船出海。至於有沒有在海上生下孩子，我真的沒把握。既然再也見不到丈夫了，我要換上守貞的修道裝束，不再享受世俗的歡愉。」

「夫人，」賽里門說，「如果您真有那個打算，離這裡不遠的地方有座黛安娜神廟，您可以進去修道。再者，如果您願意，我有個姪女可以到神廟伺候您。」泰莎滿心感謝地接受了這份提議。等她體力完全恢復之後，賽里門就將她安置在黛安娜神殿，她成為女神黛安娜的信女或祭司。泰莎認定丈夫已死，於是在神廟裡安頓下來，一面哀悼丈夫，一面依照當時的教規虔心修行。

因為在海上出生，佩里克利斯將女兒命名為瑪麗娜。他帶著小女兒到塔色斯去，打算託付給那座城的總督克里翁跟他夫人黛歐妮西亞照顧，他認為塔色斯受饑荒之苦的時候，自己曾經贈糧賙濟，他們理應會好好照顧他這個喪母的女兒。克里翁見到佩里克利斯親王，聽說他遭逢了重大不幸，便說：「啊，您那位可愛的王后，上天如果願意讓您把她帶來這裡，讓我有幸見上一面，那該有多好呢。」

佩里克利斯回答：「我們一定要遵從上天的旨意。泰莎既然已經葬生大海，就算我像怒海一般發狂咆哮，結局也不會改變。我將我的好寶寶瑪麗娜託付給你們，只盼你們秉持慈愛對待她。我把她交到你們手上，她還是個嬰兒，懇求你們給她符合公主身分的教育。」接著他轉向克里翁的妻子黛歐妮西亞，並說：「好夫人，請妳好好養育她長大。」

她回答：「陛下，我自己也有個孩子，我會同樣疼愛她們，不會有差別待遇。」

克里翁許下同樣的諾言並說：「佩里克利斯親王，您曾經用糧食救濟過我的人民，他們天天都為您助禱，我們會謹記您的善舉、善待您的孩子。如果我對您的孩子有所疏忽，曾經受您救助的人民也會強迫我善盡職責。如果這件事我還需要別人敦促，我跟我的子孫願受神祇的懲處。」佩里克利斯知道他們一定會妥善照料他的孩子，就將瑪麗娜交託給克里翁跟他妻子黛歐妮西亞，也把奶媽莉克麗達留下來。他要離開的時候，小瑪麗娜還不知道自己失去了什麼，但莉克麗達要跟主人離別的時候，傷心得哭了起來。

「噢，別哭了，莉克麗達，」佩里克利斯說，「別哭了，好好照料妳的小主人吧，將來妳還得仰仗她呢。」

佩里克利斯安全返抵泰爾，平順安穩地重新掌政，而他認定已死的王后則悲傷地繼續留在以弗所。不曾跟這位不幸母親見過面的小寶寶瑪麗娜，則由克里翁以合乎她高貴出身的方式撫養長大。克里翁非常用心地教育瑪麗娜，等瑪麗娜長到十四歲的時候，她的學養已經可以媲美最博學的人士。她的歌聲宛如天使，跳起舞來有如女神。她的女紅手藝如此高超，可以把大自然的鳥禽、水果或花卉描摹得維妙維肖；她用絲綢做成的玫瑰花如此逼真，連天然的玫瑰花都沒這麼相像。可是當她學會這些才藝，人人見了都驚嘆時，克里翁的妻子黛歐妮西亞卻因為嫉妒而成了她的死對頭。黛歐妮西亞的親生女兒心思遲鈍，明明年紀跟瑪麗娜一般大，也跟瑪麗娜一樣受到完善的教育，但效果不彰，表現總是沒有瑪麗娜優秀。黛歐妮西亞發現大家都只顧稱讚瑪麗娜，相形之下，她的女兒就備受冷落，於是她想出一個計謀要除掉瑪麗娜。她誤以為，只要大家看不到瑪麗娜，就會更尊重她那個笨拙的女兒。為了遂行這個奸計，她雇了人來殺害瑪麗娜，她很會挑時機，就選在忠心的奶媽莉克麗達剛剛去世的這個節骨眼。當年輕的瑪麗娜正在為過世的莉克麗達哭泣，而黛歐妮西亞則在跟受命執行謀殺的男人商談。她雇來做壞事的男人叫里恩奈，他雖然為人惡毒，也不忍心加害瑪麗娜，因為瑪麗娜早已贏得所有人的歡心。

他說：「她是個善良的人兒啊！」

「那更該送她上天到神祇身邊去，」無情的敵人黛歐妮西亞答道，「她來了，正在為她死去的奶媽莉克麗達哭呢，你下定決心要照我說的去做了嗎？」

里恩奈不敢違逆她，就回答：「我下定決心了。」就這樣短短一句話，無人能比的瑪麗娜就注定要早夭。

瑪麗娜現在攬著花籃走了過來，說要天天到好莉克麗達的墳上撒花。夏季期間，要用紫羅蘭跟金盞花鋪滿莉克麗達的墳。「唉！」瑪麗娜說，「我真是個可憐又不幸的姑娘，在狂風暴雨中出生，還失去了母親。這個世界對我來說就像是永不停歇的暴風雨，害得我跟親友一一分離。」

「欸，瑪麗娜，」虛偽的黛歐妮西亞說，「妳怎麼一個人在哭呢？我女兒怎麼沒陪著妳呢？不要為莉克麗達傷心了，妳可以把我當成妳奶媽啊。妳這樣傷心沒好處的，模樣都沒有本來美了。來吧，把妳摘的花給我，海風會把它們吹壞的。跟里恩奈去散散步，空氣很新鮮，可以讓妳打起精神。來吧，里恩奈，挽著她的手臂，陪她散個步。」

「不了，夫人，」瑪麗娜說，「請不要讓我占用您的僕人。」里恩奈就是黛歐妮西亞的侍從之一。

「去散散步，去吧，」這個狡猾的女人想找藉口，把瑪麗娜獨自留給里恩奈，「我很愛妳父親泰爾親王，我也很愛妳。我們之前就向妳父親稟報過，妳已經出落得國色天香。我們天天盼著妳父親過來。妳如果過度悲傷，相貌都變了，等他過來的時候發現妳的模樣不如我們所說的，會以為我們虧待了妳。請去散散步吧，像以前那樣開心起來。妳的容貌讓老老少少都傾倒，可要細心呵護啊。」

瑪麗娜禁不起這樣的強求，「好吧，我去，可是我並不想。」

黛歐妮西亞離開的時候，對里恩奈咬耳朵說：「記得我說的！」這句話很嚇人，因為意思就是要里恩奈記得把瑪麗娜殺了。

瑪麗娜望向她的出生地大海，並說：「現在吹的是西風嗎？」

「是東南風。」里恩奈回答。

「我出生的時候吹的是北風。」她說著說著，腦海就浮現了那場風雨、父親的憂愁以及母親的死。她說：「莉克麗達跟我說過，我父親當時並不害怕，而是對著水手高喊拿出勇氣來啊，好水手，他那雙尊貴的雙手都因為抓緊纜繩而磨傷了，他緊緊攀住桅杆，承受差點把甲板劈成兩半的大浪。」

「那是什麼時候的事？」里恩奈說。

「就我出生的時候，」瑪麗娜說，「從來沒有這麼猛烈的風跟浪。」接著她描述那場暴風雨、水手的反應，還有水手長的哨聲，以及船主人的高聲吶喊。她說：「這麼一來，船上的騷亂程度就增加了三倍。」莉克麗達常常跟瑪麗娜說她不幸的出生故事，所以這些景象似乎時時存在於她的想像之中。可是里恩奈在這時打斷了她，要她禱告。

「你是什麼意思？」瑪麗娜說著便莫名地害怕起來。

「如果妳需要一點時間禱告，我答應妳，」里恩奈說，「別拖拖拉拉的，神祇的耳朵靈得很，我發過誓要把事情快快辦完。」

「難道你要殺我？」瑪麗娜說，「天啊！為什麼？」

「是夫人交代的。」里恩奈說。

「她為什麼要叫人殺我？」瑪麗娜說，「就我記得的，我這輩子從來沒傷害過她，我也沒說過別人的壞話，更沒有傷害過任何生物。相信我，我沒打死過老鼠，也沒傷害過蒼蠅。我有一次不小心踩到了蟲子，還傷心得掉淚。我到底犯了什麼過錯？」

殺手回答：「我只是奉命行事，不是來談殺妳的道理。」他正準備動手殺掉她的時候，幾個海盜湊巧上了岸，看到瑪麗娜，就把她當成戰利品擄走，帶回船上去了。

把瑪麗娜當成戰利品的海盜，將她帶到密提林，當成奴隸賣了。雖然瑪麗娜的地位變得如此卑微，但很快就因為美貌跟品德而名動全城。她替買下她的主人賺了不少錢，讓那個主人發了財。她教授音樂、舞蹈跟精細的女紅，將賺來的學費全數交給主人夫婦。她因為學識跟勤懇出了名，名聲傳到了年輕貴族萊西姆克斯耳裡，他是密提林的總督。為了親眼見見這位全城讚不絕口的才女，萊西姆克斯來到瑪麗娜住的那棟房子。她的談吐讓萊西姆克斯喜出望外，關於這位人人稱讚的姑娘，他聽過不少傳聞，但萬萬沒料到她會這麼通曉事理，品格這樣高尚，心地如此善良。他離開瑪麗娜身邊的時候說，他期許她永遠這麼勤奮，也永遠這麼有品德。他還表示，如果她再接到他的消息，一定對她有好處。萊西姆克斯覺得瑪麗娜如此通情達禮，教養良好、品格卓越，加上面容姣好、舉止優雅，他真想娶她為妻。儘管她目前身分卑微，他卻巴望有一天發現她其實出身高貴。可是每逢有人問起家世背景，瑪麗娜只是靜靜坐著淚流滿面。

同時，在塔色斯，里恩奈深怕黛歐妮西亞會大發雷霆，於是謊稱自己已經殺了瑪麗娜。那個邪惡的女人對外謊稱瑪麗娜已經死去，辦了一場假葬禮，還立起一座氣派的墓碑。不久之後，佩里克利斯在大臣賀里卡納斯的陪同之下，從泰爾搭船來到塔色斯，目的就是要見見女兒，打算帶她返鄉。瑪麗娜還在襁褓中，他就把她託付給克里翁夫婦照顧，自此沒再見面。想到終於要見到他死去王后的親愛孩子時，心裡真是歡喜極了！可是當他們說，瑪麗娜死了，還帶他去看他們替瑪麗娜豎立的墓碑時，這個可憐的父親真是肝腸寸斷。瑪麗娜是他最後的希望，也是他親愛泰莎遺留在世上的唯一回憶。他無法忍受再多看一眼埋葬瑪麗娜的這個國家，於是匆匆忙忙上船離開塔色斯。從登船的那天起，他就陷入了麻木沉重的憂鬱裡。他一言不發，對周遭的一切似乎麻木無感。

從塔色斯航向泰爾的途中，行經密提林，就是瑪麗娜居住的城市。這裡的總督萊西姆克斯從岸上觀察到這艘皇家的船隻，很想知道搭船的是誰。他為了滿足好奇心，於是乘著駁船接近那艘大船。賀里卡納斯彬彬有禮迎接他，告訴他這艘船來自泰爾，正要把佩里克利斯親王載回家。

「大人，殿下他已經有三個月都不跟人講話了，」賀里卡納斯說，「也幾乎沒吃多少東西，一直沉浸在悲痛當中。要把他心病的來龍去脈重說一遍實在太冗長，可是主要的原因是他失去親愛的女兒跟妻子。」

萊西姆克斯求見痛苦的親王一面，當他看到佩里克利斯，就看出他是個儀表堂堂的人，於是對他說：「親王殿下，萬歲，願神祇保佑您，萬歲，親王殿下！」可是，萊西姆克斯對他說這番話也只是白費工夫，因為佩里克利斯根本不回應，連有陌生人來到面前也毫無知覺。萊西姆克斯於是想到舉世無雙的瑪麗娜姑娘，她悅人的談吐也許可以讓沉默的親王開口說話。經過賀里卡納斯的同意，萊西姆克斯派人去把瑪麗娜帶來。

瑪麗娜登船的時候，她父親正悲痛地坐定不動，眾人歡迎她上船的方式，彷彿知道她就是公主。他們喊道：「真是個清秀佳人啊！」

聽到眾人的褒獎，萊西姆克斯相當高興，於是說：「她這麼優秀，如果我能確定她擁有高貴的出身，就不會想要另覓對象。要是能娶她為妻，我會覺得萬分幸運。」

接著萊西姆克斯用十分謙恭的口氣對瑪麗娜說話，彷彿這位地位看似低微的姑娘，著實如他所期望，是個出身高貴的小姐。萊西姆克斯稱她為美麗可人的瑪麗娜，告訴她船上有位尊貴的親王，因為陷入悲愁而不願說話。萊西姆克斯懇求瑪麗娜醫治這位陌生親王的憂鬱，彷彿她有力量能夠賜人健康跟幸福似的。

「大人，」瑪麗娜說，「我會盡全力替他治病，但是有個條件，就是只有我跟我的女僕可以單獨接近他。」

瑪麗娜在密提林小心翼翼隱瞞了身世，她羞於讓人知道自己這麼一個擁有王族血統的人，現在竟然落得成為奴隸的下場。但是她卻當著佩里克利斯的面，侃侃談起自己坎坷多舛的命運，說她從高貴的地位淪落到現今這般景況。她彷彿曉得她就站在父王面前，口裡說的全是自己的悲慘境遇。但她這麼做是因為，她曉得聽別人說起跟自己同等不幸的災難，最能贏得遭逢不幸者的注意。瑪麗娜跟她母親長得像是一個模子印出來的，她悅耳的嗓音喚醒了垂頭喪氣的親王，他抬起呆滯許久的目光時，赫然發現眼前這位姑娘的五官就跟他過世的王后一樣，不禁大吃一驚。大家聽到沉默多時的親王開口了。

恢復神志的佩里克利斯說：「我最親愛的妻子，就跟這個姑娘長得一模一樣，我女兒要是活著，也會是這個模樣。這姑娘有我王后的寬闊額頭，身高相當，身姿同樣筆直，嗓音有如銀鈴，眼眸也像寶石。年輕姑娘，妳住哪兒啊？講講妳的父母吧。我想妳剛剛說過，妳受了不少委屈跟傷害，還說如果把妳經歷過的苦難都講出來，悲痛程度跟我不相上下。」

「我的確說過這樣的話，」瑪麗娜回答，「而且我這麼說是有憑有據的。」

「跟我講講妳的身世吧，」佩里克利斯答道，「如果妳蒙受的苦難有我的千分之一，那麼妳就像男子漢一樣承擔了悲苦，而我卻像女孩子似地禁不起磨難。妳看來確實就像忍耐女神的塑像，凝望著君王的墳塚，以微笑來化解一切苦難。謙恭有禮的姑娘，妳叫什麼名字？請妳把身世講給我聽聽。來吧，坐我身邊。」

當她說自己叫瑪麗娜時，佩里克利斯吃驚極了，因為他清楚這可不是普通的名字，而是他當初親自替孩子取的，代表她在海上出生。「噢，這是上天在捉弄我嗎？」他說，「難道有哪位神祇發怒了，故意派妳過來，好讓世人嘲笑我。」

「殿下，請您耐著性子，」瑪麗娜說，「不然我就不說了！」

佩里克利斯說：「別這樣，我會沉住氣的。妳說妳叫瑪麗娜，妳不知道我聽了有多吃驚啊。」

她回答：「那個名字是位高權重的人給我取的，就是我父親，他是個國王。」

「啊，原來妳是國王的女兒！」佩里克利斯說，「而且還叫瑪麗娜！妳真的是有血有肉的活人嗎？不是仙子嗎？繼續說，妳在哪裡出生的？為什麼叫瑪麗娜？」

她回答：「我叫瑪麗娜，因為我在海上出生。我母親是國王的女兒，我一出生她就死了，我的好奶媽莉克麗達生前常常哭著告訴我。我父王把我留在塔色斯，克里翁的殘忍妻子後來竟然想謀殺我，結果恰好有一群海盜出現，他們救了我，把我帶來密提林。可是殿下，您為什麼哭了？也許您以為我是冒名頂替的人，可是殿下，我真的是佩里克利斯國王的女兒，如果那位好國王還在世的話。」

接著，佩里克利斯似乎為了這份突來的喜悅感到恐懼，懷疑這不是真的，大聲呼喚他的侍從，侍從聽到他們愛戴的國王終於開口了，全都歡欣鼓舞。親王對賀里卡納斯說：「噢，賀里卡納斯，打我吧，或是在我身上劃出一道傷口，讓我馬上感到痛楚，免得歡喜的大浪朝我襲來時，將我生命的海岸都給沖垮。噢，上前來吧，妳這個出生在海上，埋葬在塔色斯，如今又在海上尋回的姑娘。噢，賀里卡納斯，跪下來感謝神聖的眾神吧！這位就是瑪麗娜。祝福妳啊，我的孩子！親愛的賀里卡納斯，把我的新衣服拿過來！她在塔色斯險些就被野蠻的黛歐妮西亞殺害。等你跪下來稱她公主，她會把來龍去脈告訴你。這是哪位？」親王頭一次注意到萊西姆克斯。

「殿下，」賀里卡納斯說，「這位是密提林的總督，他聽到您深陷憂愁，過來探望您。」

「先生，讓我擁抱您，」佩里克利斯說，「把我的袍子拿來吧！看到瑪麗娜，我的心就一陣狂喜。噢，上天保佑我的女兒！聽啊，那是什麼音樂？」此時，不知道有哪位慈悲的神祇送來音樂，或許親王是因為歡喜而產生錯覺，佩里克利斯似乎聽見了輕柔的樂聲。

「殿下，我沒聽到啊。」賀里卡納斯回答。

「沒聽到嗎？」佩里克利斯說，「那是天上傳來的音樂啊。」

既然其他人都沒聽到樂聲，萊西姆克斯判定親王一定是因為突來的喜悅而神智一時恍惚，於是說：「別去反駁他，順著他的意思吧。」於是大家都說他們也聽到了音樂。佩里克利斯現在表示自己有點昏昏欲睡，萊西姆克斯就勸他到躺椅上歇歇，墊個枕頭在他腦袋下面。過度的歡喜讓佩里克利斯陷入了酣睡，瑪麗娜就在躺椅旁邊默默守著熟睡的父親。

佩里克利斯沉睡時做了個夢，讓他決心到以弗所一趟。他夢見以弗所的女神黛安娜向他顯靈，吩咐他到她在以弗所的神廟去，在祭壇前面述說平生的經歷與逆境。黛安娜女神以她的銀弓發誓，如果他照她的命令去做，就會遇到難得一見的幸運。他醒來的時候，奇蹟似地恢復了元氣，他把自己做的夢說給大家聽，並且說他決定遵照女神的指令去做。

接著，萊西姆克斯邀請佩里克利斯上岸來，說密提林會竭誠款待他，讓他重振原本的活力。佩里克利斯接受了這番盛情邀約，同意到他那裡作客一兩天。在這期間，我們可以想像，密提林的總督為了迎接他親愛瑪麗娜的父王，會如何設宴歡慶，提供豐富的表演與娛樂活動。在瑪麗娜處境卑微的時候，萊西姆克斯就已經非常尊重她；現在，萊西姆克斯向瑪麗娜求婚了。當佩里克利斯明白，萊西姆克斯在女兒地位低微時就對她禮遇有加，並不反對這樁婚事，瑪麗娜也沒有反對的意思。佩里克利斯只提了個條件，在他同意這樁婚事以前，他們兩人要隨他到以弗所的黛安娜神廟朝拜。不久之後，他們三人就結伴搭船前往黛安娜神廟，女神庇佑他們一路順風。幾個星期之後，他們安全抵達以弗所。

佩里克利斯在隨從的簇擁下踏進神廟，那位好賽里門正巧站在女神祭壇附近，賽里門就是當年救活佩里克利斯的妻子泰莎的人，現在已經老態龍鍾。泰莎如今是神廟裡的祭司之一，她正站在祭壇前方。儘管佩里克利斯多年以來都不曾走出喪妻之痛，容貌因此有了極大的變化，但泰莎還是認得出丈夫的長相。當他走近祭壇一開口說話，她就認出了他的嗓音，她又驚又喜地聽著他說話。

佩里克利斯站在祭壇前所說的話如下：「萬福，黛安娜女神！為了遵從您的旨意，我到此表明，我就是泰爾親王，為了避禍逃離自己的國土，在賓塔波里斯與美麗的泰莎結為連理。她在海上產下孩子之後便與世長辭，遺留一個叫瑪麗娜的嬰孩。瑪麗娜由黛歐妮西亞在塔色斯扶養長大，長至十四歲，黛歐妮西亞企圖殺害她未果，幸好福星高照，帶領瑪麗娜來到密提林。我湊巧搭船路過密提林的海岸，好運道又把這姑娘帶到了我的船上，她憑著清晰無比的記憶，證明了她就是我女兒。」

聞此，泰莎再也無法承受他的話語在她心中掀起的狂喜，於是嚷道：「你是……你是……

噢，尊貴的佩里克利斯。」然後就昏倒了。

「這位女士怎麼了？」佩里克利斯說，「她快死了！來人啊，救救她。」

「殿下，」賽里門說，「如果您在黛安娜神壇前所說的都是真相，這位就是您的夫人啊。」

「可敬的先生，這不可能啊，」佩里克利斯說，「是我親手將她擲下海的。」

賽里門於是回顧當時的情景，說這位女士如何在狂風驟雨的清晨，被猛浪沖到了以弗所岸上，他打開箱子之後，看到裡面有貴重的珠寶跟一張紙條，又說他怎麼幸運地將女士救活，最後安置在黛安娜神廟裡。

此時，泰莎從暈厥中醒來了，並說：「噢我的夫君，你不是佩里克利斯嗎？你說話的嗓音跟他一樣，模樣也跟他相同。你剛剛不是提到一場風暴、有人出生跟有人死亡？」

他驚愕地說：「這是死去泰莎的聲音啊！」

「我就是泰莎啊，」她回答，「就是你們以為死了、以為葬身海底的那個泰莎。」

「噢，好靈驗的黛安娜！」佩里克利斯驚呼，衷心感到驚奇而激動不已。

「現在，」泰莎說，「我更確定是你了，我們當初在賓塔波里斯跟父王流淚道別時，父王送的戒指，就戴在你的手上。」

「足夠了，眾神！」佩里克利斯喊道，「你們現在賜下的恩典，讓我過去的慘痛遭遇都成了娛樂消遣。噢，來吧，泰莎，再一次葬在我的懷抱裡吧。」

瑪麗娜說：「我的心跳得好快，急著想投入母親的懷抱。」

接著佩里克利斯讓母女相會，並說：「看看跪在這裡的是誰，是妳的親骨肉，妳在海上生下的孩子，她叫瑪麗娜，因為她是在海上出生的。」

「上天保佑啊，我的孩子！」泰莎說。

泰莎欣喜萬分地摟住女兒，佩里克利斯跪在神壇前說：「純潔的黛安娜，感謝祢托夢給我，從現在起，我每晚都會供奉祢。」佩里克利斯在取得泰莎的同意之後，當場就鄭重地將貞潔的瑪麗娜許配給值得她深愛的萊西姆克斯。

如此，我們在佩里克利斯、他王后跟女兒身上，看到教人難忘的美德榜樣。他們受到災難的打擊——上天默許這樣的災難發生，是為了教導眾人忍耐跟堅貞的美德——而在美德的指引之下，戰勝了災禍與動盪，最後踏上成功的道路。在賀里卡納斯身上，我們看到了正直、講信義、重忠誠的傑出典範，他原本有機會榮登王位，卻不願委屈他人、成就自己，寧可恭請合法的國王返國執政。賽里門救活了泰莎，在他身上可以學到，在知識的指引下行善事、為人類帶來幸福，這種作為最接近神的本性。最後只剩一件事要提，克里翁的惡毒妻子黛歐妮西亞，最終得到了應有的懲罰。黛歐妮西亞謀害瑪麗娜的殘忍企圖敗露之後，塔色斯的居民同心一致要替他們恩人的女兒報仇，於是縱火焚燒克里翁的宮殿，夫婦倆跟家人全都葬生火窟。眾神對於這個結局似乎頗為滿意，因為如此卑劣的謀殺陰謀雖然並未實現，但因為惡性重大，得到這樣的懲罰也是恰如其分。

泰爾親王佩里克利斯　人物關係表

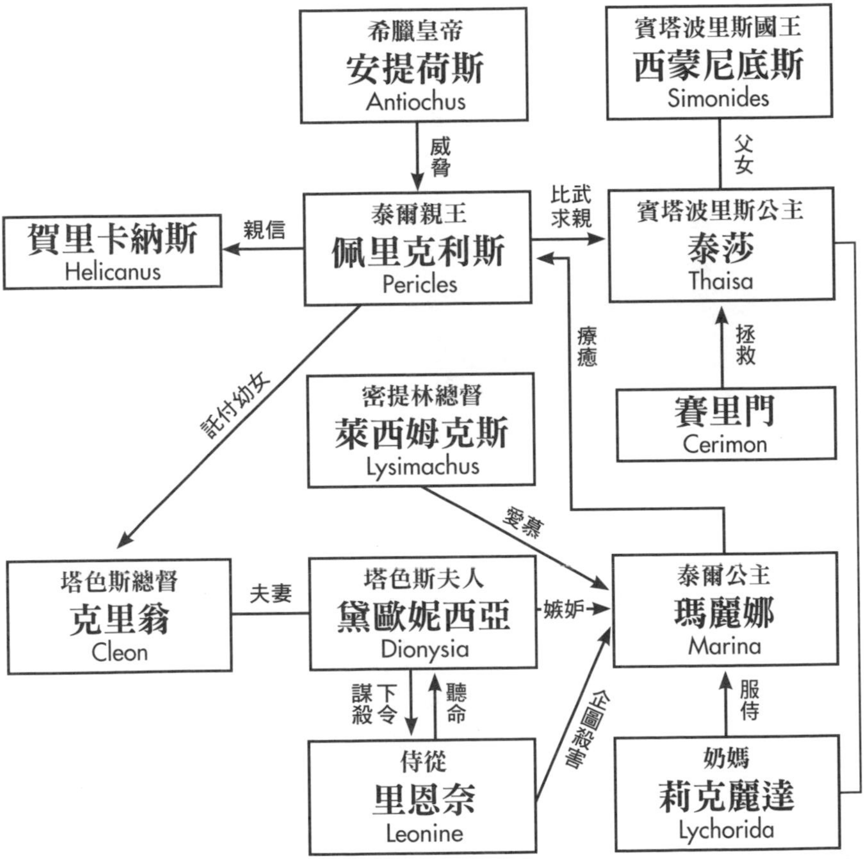
希臘皇帝
安提荷斯
Antiochus
賓塔波里斯國王
西蒙尼底斯
Simonides
威脅
父女
泰爾親王
佩里克利斯
Pericles
比武求親
賓塔波里斯公主
泰莎
Thaisa
親信
賀里卡納斯
Helicanus
療癒
拯救
託付幼女
密提林總督
萊西姆克斯
Lysimachus
賽里門
Cerimon
愛慕
母女
塔色斯總督
克里翁
Cleon
夫妻
塔色斯夫人
黛歐妮西亞
Dionysia
嫉妒
泰爾公主
瑪麗娜
Marina
下令謀殺
聽命
企圖殺害
服侍
侍從
里恩奈
Leonine
奶媽
莉克麗達
Lychorida

泰爾親王佩里克利斯

Pericles, Prince of Tyre

屬性：傳奇劇

最早演出紀錄：一六〇六至一六〇八年

關於泰爾親王佩里克利斯：

* 普遍認為此劇並非莎士比亞獨立完成的作品，另一位作者為喬治．威爾金斯（George Wilkins）。威爾金斯並非文學家，在當時以從事犯罪活動（竊盜）以及皮條客出名。
* 此劇源自一三九三年詩人高爾（John Gower）著作《愛人的告白》（*Confessio Amantis*）中的故事〈泰爾的阿波羅尼奧斯〉（Apollonius），也參考了勞倫斯．特文恩（Lawrence Twine）改寫高爾故事的著作《痛苦的冒險》（***The Pattern of Painful Adventures***）。
* 此劇中出現的許多主題，在莎士比亞日後的傳奇劇中再次出現，例如《冬天的故事》中赫米溫妮雕像復活應該承襲泰莎死而復生的橋段，以及女兒失蹤、遇難後又重新與父母團聚的情節，兩劇也相當類似。至於因為暴風雨導致失散，接著是災難，最後重新聚首這點，也與《暴風雨》極為相似。瑪麗娜的養母黛歐尼西亞也跟《辛白林》中伊茉珍的繼母相似。可以說此劇是莎士比亞日後創作更複雜的傳奇劇的基礎。
* 一九八四年由英國廣播公司改編成同名電影。

作者簡介

莎士比亞（William Shakespeare）原著

西方文學史上最偉大的劇作家，也是全世界最知名的文學家之一。

他留下來的作品包括三十八部戲劇、一百五十四首十四行詩、兩首長敘事詩以及其他作品。他的戲劇至今仍以原貌或改編形式在全世界各地演出，累積演出次數到目前為止也無人能及。也或者化身成電視、電影、歌劇、小說、漫畫、廣播劇等不同媒介進入人們的生活。

莎士比亞作品中那些貪婪、天真、浪漫、衝動、優柔寡斷等複雜生動的人性，到今日依舊能引起共鳴，他觸碰到的問題如種族歧視、公平正義……等，仍能引起大眾深思。

蘭姆姊弟（Mary & Charles Lamb）改寫

瑪莉・蘭姆（Mary Lamb，1764-1847）與查爾斯・蘭姆（Charles Lamb，1775-1834）兩人出生於十九世紀的英國倫敦，家中共有七個兄弟姊妹，瑪莉是老三，查爾斯是老么，兩人差了十一歲，但從小感情甚篤。

查爾小時候念寄宿學校時，跟日後的著名詩人柯勒律治成為好友，一七九二年進入東印度公司工作，直到五十歲退休為止。他跟姊姊瑪莉都曾受精神疾病所苦。

一七九五年，已經在文壇嶄露頭角的查爾斯，因病在精神病院住了六個禮拜。一七九六年，在家接裁縫工作的姊姊瑪莉，同時要照顧年老的父親、意外受傷的哥哥約翰，母親又相當依賴她，家庭加上工作壓力，讓她精神崩潰，並失手殺了母親。

此後，弟弟查爾斯一肩挑起家庭生計（哥哥約翰後來也在一七九九年去世），以及照顧姊姊的責任。兩人後來互相依靠，終生並未嫁娶。

弟弟查爾斯的寫作領域相當廣泛，既寫詩也創作劇本，不過仍以散文著作最為成功，作品特色包括幽默、多變、含蓄、感傷等，以《伊利亞隨筆》為代表作。工作之餘仍致力創作，在姊姊瑪莉病況好轉之後，也介紹好友柯勒律治與華茲華斯給她認識，很快，姊姊跟兩位詩人的妻子成為好友，也會在文人圈中分享自己的作品。

一八〇六年，在友人戈德溫（William Godwin）的邀請下，瑪莉與查爾斯開始創作《莎士比亞故事集》，後來瑪莉發現自己可以靠寫作維生。兩人日後又合著了《給孩子的詩》。

譯者簡介

謝靜雯

荷蘭葛洛寧恩大學英語語言與文化碩士，主修文學。譯作有《生命清單》、《派特的幸福劇本》、《永遠的杏仁樹》、《當我們談論安妮日記時，我們在談些什麼》、《先知：中英文經典收藏》、《最美麗的王爾德童話：愛與死的寓言》、等。譯作集：miataiwan0815.blogspot.tw/

莎士比亞故事集
影響世界 400 年經典莎劇精選【附人物關係表、莎劇小知識】
Tales from Shakespeare
初版書名：莎士比亞故事集（莎翁四百周年紀念版 / 附莎劇人物關係表、莎劇豆知識）

作　　者　莎士比亞（William Shakespeare）原著、
　　　　　蘭姆姊弟（Mary & Charles Lamb）改寫
譯　　者　謝靜雯
封面設計　莊謹銘
內頁構成　高巧怡
行銷企劃　蕭浩仰、江紫涓
行銷統籌　駱漢琦
業務發行　邱紹溢
營運顧問　郭其彬
責任編輯　劉文琪、張貝雯、周宜靜
總 編 輯　李亞南
出　　版　漫遊者文化事業股份有限公司
地　　址　台北市103大同區重慶北路二段88號2樓之6
電　　話　(02) 2715-2022
傳　　真　(02) 2715-2021
服務信箱　service@azothbooks.com
網路書店　www.azothbooks.com
臉　　書　www.facebook.com/azothbooks.read

發　　行　大雁出版基地
地　　址　新北市231新店區北新路三段207-3號5樓
電　　話　02-8913-1005
訂單傳真　02-8913-1056
初版一刷　2016年2月
二版一刷　2024年2月
定　　價　台幣399元

ISBN　978-986-489-902-9（精裝）

國家圖書館出版品預行編目（CIP）資料

莎士比亞故事集：影響世界400年經典莎劇精選（附人物關係表、莎劇小知識）/ 莎士比亞(William Shakespeare) 原著；蘭姆姊弟(Mary & Charles Lamb) 改寫；謝靜雯譯. -- 二版. -- 臺北市：漫遊者文化事業股份有限公司出版：大雁出版基地發行, 2024.02
面；　公分
譯自：Tales from Shakespeare
ISBN 978-986-489-902-9（精裝）
873.4332　　113000949